남도
4

남도

정형남 장편소설

4 겨울 구들장

애플북스

| 목차 |

제4부 겨울 구들장

제4부

겨울 구들장

내 안의 작은 섬

1

"에그메, 놀래라!"

가을비에 젖은 솔갱이에 눈물을 질금거리며 겨우 불씨를 안겨 아궁이에 밀어 넣던 종부네는 인기척 소리에 뒤를 돌아보다 말고 자지러지듯 놀랐다. 비쩍 마른 벙거지가 정지문 앞에 서 있었다.

"접니다."

"뭐시야?"

종부네는 목소리를 듣는 순간 부지깽이를 내던졌다.

"왜, 그리 놀라시오?"

"니가 참말로 백상이 맞냐? 하이구메, 시상에 그 꼴이 뭐시라냐. 다른 집 자식들은 살만 포동포동하게 누룩살이 되어 휴가를 오든만."

종부네는 기가 막혔다. 얼마나 모지랍스럽게 고생을 하였으면 저리도 뼉다귀만 남아 검게 탔을까? 그리고 저 차림새라니. 저 옛날 친정 둘째 동생이 전쟁터에서 돌아오던 몰골, 그것이었다.

"우선 절 받으세요."

"절이고 뭐시고, 목간부터 하고, 옷이나 갈아 입그라. 징상스럽고 소름 끼친 총하고 군장일랑은 저쪽으로 치우고. 워메, 시상에……."

종부네는 가슴이 미어져 내렸다. 남들 다 가는 군대, 지놈이라고 별수 있느냐, 체념 어린 마음으로 군대를 보냈더니 저 꼴이 무엇인가. 피골이 상접이라. 얼마나 훈련이 고됐으면 어미가 자식을 못 알아 볼 정도인가? 종부네는 불씨가 숨죽어 가는 아궁이 불을 다시금 입김 불어 살리며 눈물 콧물로 얼룩졌다. 씨뱅이여. 시상이 어째서 갈수록 살벌하고 험상할꼬이. 언제 군대를 면하고 통일이 올까. 종부네는 탄식이 저절로 나왔다. 밥물이 포르라니 차오르자 물때를 짚어보며 원뚝머리로 나갔다. 한우균이 주복물이라도 봐오는가 싶어서였다. 삐죽갈네 집 굴뚝 연기가 피어나지 않았다. 조용한 걸 보니 친정 아니면 건너 마을 시가집에라도 갔는가 보았다. 이천이 어멈도 어디로 행차를 하였나? 그 어멈도 괜스레 마음이 출렁거릴 것이다. 삐죽갈네가 서울로 떠나면 도리없이 아들네 집으로 들어 갈 수밖에 없는데도 고집스레 머리를 내저었다. 그렇다고 노인네가 비집고 들어앉을 마땅한 집을 구하자면 그리 쉬운 일은 아닐 터였다.

"아니, 이 추운 날에 누가 바다 속에 뛰어들어 허우적거린다냐?"

종부네는 눈을 휘둥그렇게 떴다. 선창머리에서 누가 바닷물에 목을 내놓고 첨벙거리고 있었다. 이 쌀쌀맞은 날 죽으려고 환장을 하지 않았다면 정신머리가 빠진 작자일러라. 순간, 살아생전 여름이면 바닷물에 하마처럼 잠겨 지내던 무공이 떠올랐다. 무공이도 찬바람 쌀쌀하면 바닷물에서 나와 단풍든 산야를 배회하지 않았는가. 그런데 바다에서 첨벙거리다 말고 선창으로 올라와 옷을 입는 모습을 보니 백상이었다.

"저것이 무슨 강심장이여? 훈련은 제대로 받았는가 보네."

종부네는 또 한 번 놀랐다. 아무리 짠물 먹고 자랐기로서니 입술이

덜덜 떨릴 차가운 물에서 목욕재계라니? 마침 한우균이 삐그작삐그작 한가롭게 노를 저어왔다. 백상은 추위를 잊으려는 듯 선창머리에서 물수제비를 뜨기 시작하였다. 한우균은 노를 저어 수문께에 배를 댔다.

"오늘은 영판 한가하요."

"김발 좀 손질하고 오요. 아무래도 이맘때가 되면 그런대로 한가하지 않으요."

"일손 부지런한 사람들이 그렇제, 어디 우리 같은 사람들이야 그렇소. 괴기 좀 들었습디요?"

"아쉬운 면은 했소. 그런디 저게 누구다요? 군인 같기도 하고, 이 계절에 바닷물에서 목욕을 하다니 보통이 넘으요."

"백상이요. 나도 못 알아보았소."

"그래요? 엇따, 그 녀석 훈련 한번 제대로 받았는가 싶소. 아들 줄라고 괴기 찾는 거요?"

"뼈만 남았습디다. 얼마나 군대생활이 고됐는지 검둥개 꼴이요."

"군대생활은 고된 법이요. 엿시오. 회도 떠주고, 매운탕도 제대로 해주시오. 바다가 점점 맑아져 가고, 이러다가는 머지않아 괴기 씨알도 구경 못할 것 같소."

한우균은 주복물을 본 고기를 몽땅 안겨 주었다.

"금메 말이요. 우리 친정 아부지가 어장막이 할 때는 괴기가 지천이더니, 그 흔한 낙지며, 장어도 갈수록 귀해지요. 바다 흉년이 따로 없소."

"김발도 이렇듯 밀식(密植)을 하다간 제대로 발육이 될까 모르겠소. 점점 욕심들만 똥창 가득 들어 가지고 미래를 생각하지 않으니 큰일이요."

"그래서 하나 둘 도시로 나가는 것 아니요. 풍요로운 시절은 흐르는 물처럼 가는가 보요."

종부네는 집으로 돌아와 광어와 감성돔과 볼락은 회를 뜨고, 나머지

잡어들은 매운탕거리로 장만하였다. 백상은 이슥토록 있다가 대문을 들어섰다.

"무슨 장군이라고 이 추운 날에 바다 목욕이냐, 그래."

"바닷물이 그리워서요. 큰집에 다녀왔는데, 눈물로 얼룩진 큰어머님의 자식 사랑은 여전합디다. 학재 형님은 보이지 않더군요."

"그놈이사 허구헌 날 술타령 아니냐."

"명상은요?"

"면 일 끝나면 오겠지야. 임 면장이 임시로 면 일을 보게 했다. 느그 잘난 아부지와의 우정을 생각해서 마음을 쓴 모양이다."

"임 서기, 그 분이 면장이 됐군요. 그렇지 않아도 한번 찾아뵐까 하였는데. 아무튼, 세월이 무상합니다."

"뭣, 땜새야?"

"그건 알 것 없구요. 저녁은 명상이 들어오는 대로 같이 들지요."

"씨뱅, 아직도 비밀이 많기도 하다."

종부네는 속으로 눈을 흘겼다. 백상은 완전군장과 총을 종부네 눈에 띄지 않도록 공부방 깊이 처박아 넣었다. 지형정찰을 마치고 삼사일 여유가 있어 집에 들른 것이다. 백상은 방을 정돈하고 나서 종부네와 대청마루에 나앉았다. 담배 한 보루를 선물로 내놓았다.

"돈이 어디 있어 담배냐."

종부네는 콧잔등이 시큰하였다. 선물 가운데 담배가 제일이었다.

"마을이 지붕 개량으로 산뜻합니다."

"제일로 그놈의 마름을 엮지 않아서 좋다."

"제 생각에는 우리 집만이라도 예전 모습 그대로 놔두었으면 좋았을 걸 그랬습니다."

백상은 명상으로부터 정부시책 상 지붕 개량을 할 수밖에 없었다는 간략한 편지를 받았었다.

"버틸 수도 없었어야. 이왕지사 이참에 새로 기왓장을 얹고 싶었다만, 태풍이라도 불라치면 바람에 날릴 것이고 해서 슬레이트를 올렸다만, 왠지 가벼운 느낌이 든다."

종부네는 담배를 피워 물었다. 남편도 기왓장을 올리지 못한 것을 아쉬워하지 않았던가.

"큰집은 우물을 깊이 팠더군요."

"학재도 술값은 해야 쓸 것 아니냐. 아, 참. 명상이 오기 전에 이걸 좀 보거라. 지붕 개량할 때 나온 것인디, 느그 아부지가 보던 책하고 글씨들이 나오지 않것냐. 나도 모르는 사실이라, 암만 생각해도 느그 아부지가 초가지붕 속에 다급한 대로 쑤셔 박은 성싶다."

종부네는 장롱 깊숙한 곳에서 서류뭉치들을 꺼내왔다. 비밀스러운 물건이라도 된다는 듯 창호지로 겹 싸고 신문지에 말고 명주 보자기로 쌌다. 두 권의 책과 미농지에 휘갈겨 쓴 평문과 잡다한 서류들이었다. 빗물에 얼룩져 습습한 곰팡내가 났다.

"굉장히 달필이군요."

백상은 자신도 알 수 없는 뭉클한 감정이 솟구쳤다. 아버지의 얼굴도, 생사도 모르는데 체취가 묻어나는 글씨를 대하다니. 아버지의 실체를 확인하기 위해 얼마나 떠돌았던가. 그런데 이렇게 가까이 그 훈김을 맡아보다니. 백상은 되도록 솟구치는 감정을 누지르며 한 장 한 장 펼쳐보았다.

"느그 동생은 아궁이 속에 처넣자는 것을 너에게 보이고 나서 결론을 내리자고 하였다."

"잘 하셨습니다."

"명상이 말인즉슨 금기사항들이 들어 있다고 하던디, 그게 무슨 말이다냐? 쪼끔은 이해가 간다만…….”

“다 보고 나서 말씀 드릴게요.”

백상은 책과 서류를 한쪽으로 따로 분류하였다. 잡다한 서류들은 부락사에 관한 것들과 외상장부, 암호 비슷한 연락문서 등이었다. 무언가 중요하다고 생각한 나머지 숨겨둔 것이리라. 명상이 들어서는 바람에 한쪽으로 미루어 놓고 저녁을 들었다.

“군대생활이 고됐는가 보네.”

명상은 불에 탄 소나무 등걸만 같은 백상을 반기는 순간, 애써 밝은 얼굴을 하였다.

“지붕 개량이야, 김발이야, 농사야, 공무까지 네가 고생한다.”

“형에 비하면 편하고 즐겁지.”

“어따, 밤마다 처녀들과 어울려 날 새는 줄을 모른다.”

“엄니도. 젊은 날의 열정이지요.”

“그러다 며느리가 못으로 들어올까 무섭다.”

종부네는 눈을 흘겼다. 결코 밉상만은 아니라는 표정이었다. 좀체 감정을 드러내지 않는 차갑기 그지없는 백상과는 달리 매사 훈훈함이 감돌았다. 그깐놈의 공부는 해서 무엇 하느냐고 일찌감치 대학 따위는 눈도 거들떠보지 말라고 가슴에 말뚝질을 한 관계로 순순히 종부네 뜻을 따라 주었다. 그래도 머리는 있어 하나를 보면 열을 꿰뚫어 알았다. 책 속에 눈을 박고 지냈던 백상보다 오히려 살아가는데는 지혜로움을 지니고 있었다. 임 면장의 말이 아니더라도 그냥 집에서 썩기에는 아까웠다. 임시 면서기나마 제 역량을 다할 수 있어 다행이지만, 지 애비 그늘에 짓눌려 그 이상은 꿈도 꾸지 말라고 단단히 다짐을 받았다. 그래서일까, 백상과는 성격 자체가 전혀 달랐다. 상글상글한 생김새 값을 하는지 처녀들이 그렇게나 따랐다.

"어머님 마음에 드는 처녀가 있으면 일찌감치 며느리로 들여앉히죠. 저는 아무래도 결혼과는 거리가 멀 테고."

"아무리 그래도 나는 큰아들 큰며느리에게서 밥상을 받으란다."

종부네는 끙 소리를 내며 승능을 떠왔다. 군대 가서 성질 좀 변하였는가 싶었더니 그녀러 성깔, 여전하였다.

"외가집은 자주 가세요?"

"내가 그 낙으로 살지야. 외할아부지가 돌아가시기는 했다만, 외삼촌들과 어울리면 시름을 놓는다."

"외할아버지께서 돌아가시다니요?"

"올 여름에 갑자기 눈을 감았다. 참 한 많은 세월을 안고 운명하셨다."

종부네는 친정아버지의 모습을 잠시 떠올렸다. 훤칠한 장부요, 남의 사정을 알아주는 인정 많은 분이셨다. 육이오 전쟁 때 아들을 잃은 그 충격을 망여섬에서 어장막이로 세월을 숨죽였다.

"여수 외삼촌은 어떻게 됐다요?"

"무슨 일이 있었는데?"

백상은 명상의 물음을 얼른 받았다.

"판봉이 그놈한테 홀라당 먹혔어야. 그놈이 우리와 전생에 무슨 원한을 맺었기에 상피 붙듯 잡아 묵는다냐, 그래. 찢어 죽일 놈."

종부네는 이를 부드득 갈았다. 약혼녀가 탐이 나서 청춘이 구만리 같은 시동생을 끌어다 총살시키고, 온갖 잡행을 하더니, 그것도 부족하여 이번에는 친정 동생을 꼬드겨 상회를 말아먹다니.

"판봉이가 왜요?"

누구보다도 놀란 것은 백상이었다. 판봉의 그간의 행적도 알 수 없었거니와 박수혁과 판봉과는 전혀 상관관계가 없지 않는가.

"그놈이 사람 죽인 백정답게 온갖 악행을 다 저지른 모양이다."

종부네는 진즉부터 판봉이 서울에서 굴러먹으며 못된 이력을 쌓는 다고 귀동냥으로 들었지만, 박수혁이 그놈의 마수에 걸려 들 줄은 몰랐다. 판봉은 내침을 받다시피 고향을 떠난 뒤로 유순한 부잣집 딸을 후려내어 처갓집 재산을 기반으로 동대문 시장에서 해산물 유통업을 하였다. 일종의 중간 도매상으로 바닷가에서 나는 해산물을 집합, 소매상에게 넘겼다. 그렇게 거들먹거리며 반반한 여자들을 울렸고, 거래처에 제때 계산을 해주지 않기로 이골이 나 있었다. 박수혁은 김발에 사용하는 통대라든가, 장말을 어민들에게 외상으로 풀어 넘기고 김을 비롯하여 건어물을 외상 대금으로 받아 넘겼는데, 어떻게 알았는지 판봉이 박수혁과 거래를 튼 것이다. 처음 박수혁은 판봉을 달갑지 않은 존재로 여겼는데, 넉살 좋고 교활한 판봉이 어찌나 엉겨 붙는지 결국 합자 형식으로 거래를 하였다. 박수혁이 산지에서 상품을 거두어 서울로 보내면 판봉은 중간에서 소화를 하였다. 여수나 부산 등지의 판로보다 훨씬 이익이 웃돌았다. 그런데다 판봉은 주위의 인식과는 달리 거래를 확실히 하였다. 점차 판봉에 대해 신뢰를 가지게 되었다.

"판봉이 그놈을 어이 믿고 여기서 태평성대로 술판이냐?"

"그 사람, 옛날 판봉이 아닙니다."

종부네가 옆구리를 꼬집으면 박수혁은 느긋하게 종부네의 판봉에 대한 인식을 밀어냈다.

"오냐. 내 말이 맞는가, 틀리는가 보거라."

종부네의 예감은 곧바로 들어맞았다. 박수혁이 잠시 여유를 부리며 노닥거리는 사이, 판봉은 젊은 요정 종업원을 꼬드겨 잠적 하였다. 박수혁 혼자 피해를 입은 것은 아니었다. 산지사방의 소매상들의 물품대금을 송두리 채 가방에 쓸어 담고 행적을 감춘 것이다. 비로소 사태의 심각성을 깨달은 박수혁은 판봉의 행방을 수소문하였으나 찾을 길이 없었다. 외상거래자들의 상환 독촉에 꼼짝없이 거리에 나앉을 판이었다.

"이번 일로 숨겨 두었던 과거지사가 낱낱이 밝혀져 마누라와도 헤어졌답니다."

"살인마에다 사기꾼을 누가 가장네로 모시겠느냐. 거기다 천하에 팔난봉꾼 아니냐. 너도 여자 조심혀."

"제가 처녀 뒤꽁무니나 따라 다니는 줄 압니까. 주기적으로 한 번씩 모임자리를 가질 뿐인데요."

명상은 쓰거운 표정을 지었다. 아직도 건전한 남녀관계를 불미스러운 시선으로 바라보는 구시대적 사고가 불만이었다. 하기야, 학재의 연애사건 때문에 신경이 곤두설 만도 하였다.

"외삼촌은 어디 계시지요?"

"모르것다. 처자식들만 놔두고 이곳저곳 기웃거리면서 판봉을 찾는가 보더라만 붙잡은들 무슨 소용이 있것냐. 더러운 사지를 찢어 가질 수도 없고……."

"판봉을 영산포 어디서 봤다는 사람이 있는갑습디다만."

"언젠가는 행방이 밝혀지것제. 피곤한디 그만 자거라. 내 원산네 집에 다녀올란다. 어이구, 그 성님도 지지리 복이 없제."

"왜요?"

"원산이가 원양어선에서 괴기를 잡다가 죽었단다. 시신도 못 오고, 사모안가 어딘가에 묻혔다는구나. 참말로 서러운 팔자제."

"정말이에요?"

백상은 신발을 꿰차고 대청마루를 내려서는 종부네에게 반문하였다. 믿기지 않았다. 어린 나이에 돈을 벌어 남들처럼 살아보겠다고 원양어선을 탔는데 목숨을 잃다니.

"형님이 군에 입대한 곧바로 그런 변을 당하였어요. 잘못하다간 원산이 어머니까지 죽게 생겼어요. 그래서 매일밤 마을 아낙네들이 마음을 달래 주어요."

"아들 하나 보고 살았는데 심화병이 안 생기겠냐."

"원산이 운명은 그렇다치고, 마을의 젊은 친구들이 하나 둘 도시바람이 들어 고향을 떠납니다. 바다가 점점 맑아지고, 한마디로 옛날의 풍요로움은 지나갔다고나 할까."

"고향을 떠나지 않고도 얼마든지 생산적인 방법을 모색할 수 있지 않을까? 양식업이라든가, 보다 발전적인 투자가 요구될 때가 아닐까 몰라. 너는 고향에 남아서 그랬으면 하는 바람이다. 김이라든가, 미역, 어패류의 양식이 앞으로의 소득원이 되지 싶다."

"좀 더 생각해 보고요. 다녀 올 데가 있어 잠깐 나갔다 올게요."

"어머님 말씀처럼 바쁘구나."

"모임이 있거든. 오늘은 푹 자고 내일 근사하게 한 턱 낼게."

명상은 넉살좋게 웃으며 대문을 나섰다. 백상은 지붕에서 찾아낸 책과 서류들을 꺼냈다. 책을 펼쳐들자 순간 무공의 품속에서 꺼냈던 푸르동의 저서가 생각났다. 한 권은 일본어판 마르크스 사상을 집대성한 것이었고, 또 한 권은 일본 사학자가 발췌한 조선의 민속 연구서였다. 백상은 육이오 전쟁의 그 황급하였던 상황에서 어째서 이 두 권을 지붕 속에 숨기게 되었는지, 곱씹어 생각하였다. 그렇게도 절실한 양서였는가? 거기서 한민서의 평소의 사상과 진로의 가늠자가 무엇이었는가를 그간의 여러 정황을 견주어 볼 때 추출해 낼 수 있었다. 메모 형식으로 쓴 평문들도 그 두 갈래의 사상을 표출해 낸 것이었다. 프롤레타리아 독재라든가, 노동자 계급에 대한 원론적인 이론을 다분히 의식한 것이었다.

―프롤레타리아 독재는 부르주아지의 붕괴 후에 노동자 계급이 사회주의 혁명의 정치적 승리의 성과로서 수립하는 정치적 지배다. 따라서 노동자 계급이 사회를 혁명적으로 변혁하고 공산주의 사회 구성체를 건설하는데 주요 도구가 되는 것이다. 프롤레타리아 독재 개념은 사회주의적 국가 유형의 계급적 내용과 계급적 기능을 반영한다면, 노동자 계급은 인류의 역사상 가장 혁명적인 계급으로서 자본주의에서 사회주의로의 이행기에 존재하는 현대 사회의 주요 세력이라 할 수 있다. 노동자 계급의 역사적 사명은 자본주의적 사회 질서를 폐지함으로써 수 천 년 동안 계속되어온 인간에 의한 인간의 착취를 종식하고 사회주의 및 공산주의의 건설을 통해 계급 일반을 없애는 데 있다…….

　이것들은 언제 어디에 무슨 목적과 필요에 의해 쓰였을까? 유학의 발목을 잡힌 채 암중모색을 하고 있을 때, 지하조직이 붕괴된 항일농민운동을 재건하는데 있어 다분히 사상의 재무장이 필요한 것은 아니었을까? 독재에 항거할 때도 그러한 사상의 성향과 본질이 다소 다를지라도 필요하였다. 그래서 일제의 불온사상이 반공이데올로기에서도 그대로 차용 적용되어 적색분자로 분류되지 않았는가.

　조선의 민속 연구는 일제 침략의 야욕의 발판을 구축하기 위한 민중의 행동반경을 연구한 것인데, 국수주의의 논리에 입각한 것이었을지라도 여러모로 참고가 되었을 것이다.

　대문 소리가 나고 마당을 가로 질러오는 발자국 소리가 났다. 백상은 얼른 책과 서류들을 보자기에 싸서 이불 속에 묻었다.

　"백상이 왔다면서야?"

　술에 젖은 학재의 목소리였다. 백상은 대청마루로 나왔다. 재문과 함께였다.

"여전하십니다. 들어오시죠."

"어머님은 어디 마실 가셨냐?"

"원산네 집에 가셨어요."

"군대 간 아들보다 죽은 넋의 위로가 더 큰 모양이다."

재문이 자리에 앉으며 농담 섞어 말하였다. 학재는 재문과는 달리 얼굴빛이 유난히 찌들어 있었다. 바닷바람 때문만은 아닌, 병색이 짙은 모습이었다. 학재 역시 백상의 군대생활이 고되다는 것을 그 몰골에서 짐작하였다. 학재 자신 지원입대를 하였고, 육신을 혹사하는 쪽을 원하였었다. 일종의 자학행위였다고나 할까. 백상도 그와 비슷한 자기 학대가 다분하지 않을까?

"가만있자. 어무니도 안 계시고, 우리가 가는 게 좋겠다."

"그렇게 하자구. 너도 일어나거라."

"저요? 쉬고 싶은데요."

백상은 뜨막한 표정을 지었다.

"너 왔다고 해서 현오 더러 오리 한 마리를 잡으라고 했다. 우리가 술 받아들고 가는 게 낫겠다."

"어머님께서 요즘은 술을 담그지 않는가 보지요?"

"인자 영 손 썼었다. 단속도 심하고 지붕 개량 뒤부터는 웬일인지 저 저이 머리를 젓는다. 느그 집 지붕 개량 때도 술도가에서 술을 길어왔다."

"왜일까요?"

"알듯하면서도 모르겠다. 자, 가자."

백상은 그들의 성의를 내칠 수 없었다. 마을은 어딘지 모르게 예전보다 삭아진 듯하였고, 따스한 온기가 감돌지 않았다. 밤의 정적을 둘러쓰고서 죽은 듯 잠들어 있는 처마 끝마다 그전에 감지하지 못한 냉기류가 흐르고 있었다. 명상의 말처럼 하나 둘 젊은이들이 고향을 떠나서인가?

당상나무께를 지나치는데 현오와 채종이 보자기를 싸들고 내려오다 마주쳤다. 백상은 두 사람에게 인사를 하였다.

"고생 많이 했제? 삐쩍 말랐구나."

채종은 그 큰 가슴으로 흐벅지게 백상을 껴안았다.

"자네 집으로 되올라가세."

"그려. 백상이 느그 집이 영 파장이 되어 버렸다. 인자 삐쭉갈네마저 이사 가면 더욱 쓸쓸하고 허전할디."

현오는 보자기를 나누어 든 채 앞장을 섰다. 현오 집은 유일하게 지붕 개량을 하지 않은 서너 채 가운데 한 집이었다. 손안에 쥐면 파실하게 부서질 것 같은 흙담집이라, 지붕 개량을 하나마나 일 것이었다. 백상은 오히려 그 모습이 정겨웠다. 건 듯 바람에도 쓰러질 듯하면서도 방구들이 자글자글 끓는 오두막.

"내년 봄에는 새집을 짓거라."

"그럴 계획이요. 식구가 늘어났고, 노친네 모시고 살자면 집칸부터 윤기 나게 지어야 되지 않겄소."

채종의 말에 현오는 스스로에게 다짐하듯 말하였다. 인기척 소리에 봉창문이 돌쩌기 빠지듯 찌그덕 열리며 새색시가 얼굴을 내밀었다. 기어코 자숙과 결혼을 하였다. 단단한 각오로 승자가 된 것이리라. 처가쪽 사람들과의 갈등과 반목을 참으로 용케 이겨 나왔구나. 백상은 마음속으로 축하를 보냈다. 학재와는 또 다른 사랑의 결실이 아닌가.

"제수씨, 이왕 수고한 김에 술안주 좀 만들어 주시오."

"엇따, 이놈아. 어째서 니가 시숙님이냐? 하늘이 알고 삼신님이 알듯이 두 달이나 늦게 난 놈이."

노친네가 재문의 말에 실긋게 눈을 흘겼다. 어쨌거나, 가난한 집안에 뒤늦게나마 며느리를 보아 마음이 흐뭇한가 보았다. 자숙은 남폿불을 켜들고 부엌에 들고, 네 사람은 비좁아 터진 신방으로 들었다.

"새악시 방이라고 제법 향수 냄새가 난다이?"

"성님은 안 그러요? 거기다 노래 잘 부르겠다, 태깔 곱겠다, 노총각 장가 한번 잘 들었어요."

"늘그막에 마음 흐벅지다."

채종은 마누라 말이 나오자 저절로 입이 허벌죽 벌어졌다.

"재문이도 그렇고, 나만 구닥다리 신랑이네."

학재는 시뻣하게 입가에 웃음을 매달았다. 마누라보다 술이 더 좋은 신세가 아닌가. 어쩌다 술김에 안기라도 할라치면 시르죽죽 영 말을 듣지 않았다. 부부생활이 갈수록 젬병이었다.

"그란디, 느그들 저쪽과 화해는 했냐?"

"화해고 뭐고가 있소. 우리도 자존심이 있는디."

"한 동네에서 머리 맞대고 살면서 언제까지 그러면 못써야. 그놈의 전쟁 통에 마을 인심이 두 쪽으로 갈라진 것만도 무엇한디. 인자 겨우 한 마음으로 미간의 주름살 펴고 살라고 하잖냐. 이런 시절에 감정을 풀지 못하고 살면 쓰것냐."

"성님의 말씀은 백 번 옳은 말이오만, 재문이가 무슨 죄인이며, 우리가 어째서 미운털이요?"

"그거사, 즈그들도 양심은 있을 것인께 이쪽에서 먼저 손을 내밀거라. 자네들이 여유를 보여야 쓸 것 아니여."

"시간이 가면 대동강 얼음 녹듯 풀리겠지라우."

"두 말할 것 없이 내년 삼월삼짇날 대동계걸이 때는 마음들을 풀거라. 안 그러면 코쩨기 내기를 해도 무사히 넘어가지는 않을 것이다."

백상은 영문을 몰라 가만히 들을 수밖에 없었다. 그들의 대화는 사건의 진상을 좀 더 깊이 파 뒤집었다. 재문이 새마을 지도자로 지붕 개랑에 앞장섰는데, 현오의 처가 쪽에서 소개한 업자들을 물리치고 엉뚱하게도 장 목수가 천거한 목수들에게 전적으로 일을 맡긴 데서 비위장이 틀어진 것이다. 재문은 그들에게서 응분의 사례금을 받았다는 것이었는데, 그 불똥이 학재와 현오에게까지 번졌다. 고성이 오고가고, 아버지네들의 사상까지 들먹이는 지경에 이르러 서로 마주치기를 꺼려하였다. 채종의 염려는 감정의 골이 깊을수록 서로의 상처만 덧난다는 것이었다.

"그 이야기는 그쯤 접어두고 술이나 드십시다. 죽일 놈 살릴 놈 해싸도 머리 맞대고 살지 않소."

술과 안주가 들어오자 현오가 마누라 듣기 거북하다는 듯 분위기를 한잔 술로 돌렸다.

"동생도 한 잔 할 줄 알제?"

"앗따, 군바리가 술도 못한다냐. 백상이 너도 옛날 백상으로서는 군대생활이 감당하기 어려울 것이다."

재문은 우격다짐 식으로 술잔을 안겼다. 백상은 예의상 술잔을 받았다.

"마을은 외부의 바람에 의해 싫든 좋든 변화가 오는데, 언제까지 묵은 감정의 찌꺼기를 들추며 반목해서야 되겠습니까."

"내가 그 말이다. 참말로 핏줄이 뭔지, 그녀러 사상이 뭔지, 생각할수록 가슴이 답답하다."

채종은 백상이 처올리는 술잔을 받으며 오리 날갯죽지 한 개를 포만스럽게 뜯었다.

"저것들이 그렇게 못 갈림을 하잖소. 그리고 세상이 갈수록 반공이데올로기를 못 박으며 숨통 막히게 하지를 않나."

학재가 투깔스럽게 내뱉었다. 웃음을 짓고 살자 해도 보이지 않는 적대감이 사람을 괴롭게 하였다.

"너는 몇 날이나 휴가를 받았냐?"

"지형정찰을 나왔다가 삼사일 여유가 있어서요."

"비상사태도 아닌디?"

"간첩이 출몰하고, 제가 속한 부대가 그런 임무를 띠고 있어요."

"숙모님이 늘상 어린 느그들을 바라보며 저놈들도 크면 군대를 갈끄나? 치마 꼬랑지에 한숨을 묻어내더니, 시상이 이렇게 나가다가는 꽃손자까지도 변함이 없겠다."

"국경이 있는 한 국방의 의무는 필수적이죠."

"어쨌거나, 몸 건강히 지내거라."

채종은 남은 오리 날갯죽지를 백상에게 내주었다.

"건너 마을 한조 아들은 월남전에 참전하여 상당히 돈을 벌었담시러?"

"운전병으로 있으면서 한몫 챙겼다고 하던만. 제대와 동시에 양계장을 한다나. 광주 변두리에 땅을 제법 장만했다던가?"

"그 집구석 팔자 펴게 생겼네."

"형님도 궁둥이가 들썩 거리요?"

"자네 형수가 곤식이 말만 들을라치면 바람을 넣는단 말시. 언제까지 섬구석에서 갯물 둘러쓰고 살거냐고, 코흘리개 자식 놈들을 가리킨단 말시."

"곤식이 말을 다 들어요? 김발이나 제대로 막으며 언 손 호호 불며 살면 등 따숩게 살 것인디. 그게 싫다고 촐랑 방귀를 뀌며 살림 보퉁이 싸들고 부산 나가더니만 그 꼴좋습디다. 애꿎은 여편네만 죽자고 고생하지 않소."

"누가 아닌가. 지나 내나 배운 게 있나, 하다못해 회사 수위실에 넣어줄 빽줄이 있나, 도시 나가봤자 공사장 막노동 신세밖에 더 하겠냐.

명경지수처럼 환히 내다보이는데도 여편네가 자꾸만 졸라싸서……."

"마음이 한량없이 좋으니께 밤마다 베개머리 송사가 고통스럽겠소."

"자식 놈들 장래를 생각하면 땡고함을 칠 수도 없고, 더군다나 점점 바다가 메말라 가니 무슨 대책을 세워야겠고……."

"다들 떠나도 나는 고향을 지킬 것이여."

학재는 술잔을 털어 넣으며 스스로에게 다짐을 놓았다.

"나도 마찬가지네."

"학재야 전답 있겠다, 아직도 살림살이가 여일하제. 현오는 방앗간 주인 행세를 하고 말이여."

"방앗간도 곁눈 흘기는 사람이 생길라 해서 고민이요. 이는 이로 대한다더니 맞불 작전으로 우리의 기세를 꺾을락 하요."

"어떤 쌍녀러 자식이 그런 해꾸지를 한다 하디야?"

"차차로 알 것이요."

현오는 채종의 울컥하는 성질을 누지르며 술잔을 건넸다. 백상은 갑자기 피로가 몰려왔다. 고향에 내려와 즐거운 대화를 나누어도 무엇 할 것인데 따분하고 씁쓸하기만 하였다.

"왜, 갈라고야?"

"어머님께서 기다리지 싶습니다."

"그러겠다. 아기자기한 분위기도 아니고. 귀대할 때 만나고 가거라."

학재는 숨죽인 목소리로 백상을 보냈다. 백상은 골목을 돌아 내려왔다. 안방에 불이 켜져 있었다. 종부네가 기다리고 있었다.

"어디를 댕겨 오냐?"

"학재, 채종, 재문, 현오 형님께서 오리를 잡아 주더군요."

"그랄 때는 사람 구실한다. 썩을 놈, 해마다 아까운 무논들을 한 자락씩 야금야금 술독에 처넣는다. 며느리 년이 대가 차면 또 모를 것인디, 장차 이 일을 어이해야 좋을지 모르겠다."

"그래도 고향을 지키겠다고 하더군요."

"지놈이 어디를 가서 행세를 할 것이냐. 곤식이 여편네처럼 마누라라도 야무치면 그 덕으로 술 밑천 삼을까. 도암네 성님, 아직도 눈만 뜨면 일밖에 모르는디, 암만해도 학재 꼴 보기 싫어서라도 내가 이놈의 곳을 떠나야 할란 둥…….."

"어무니도 갑자기 도시 바람이 들었어요? 삐죽갈네 아짐 이사 말이 나왔을 때는 이 집을 한발작도 안 나가겠다고 하고선."

백상은 자신도 모르게 너스레를 떨었다.

"내가 떠나게 되면 이 집을 머리에 이고 가제 빈손치고 갈까 봐서?"

종부네는 포르라니 눈을 흘기며 담배를 피워 물었다. 간이 녹아 내리는지 점점 얼굴 상판대기가 망가져 가는 학재의 모습을 볼라치면 자신도 모르게 울화가 치밀었다. 술을 빚지 않는 이유도 따지고 보면 거기에 있었다.

"학재 형님, 너무 나무라지 마세요. 오늘 보니까 많이 달라졌습디다."

"어미 먼저 죽을 때가 되가니께 그렇겠지야. 명상이 놈은 또 뭐라냐. 즈그 성이 왔는데도 외출이라니. 내가 이래저래 말라죽겠다."

"그래도 명상이 듬직한 기둥 아닌가요?"

"암만해도 일찌감치 장가를 보내사 쓸랑갑다."

"그게 전통적인 수법 아닌가요?"

"엇나가는 소리는."

종부네는 심기 사납게 담배꽁초를 누질러 껐다. 지 애비 억지 장가를 들여 발목에 쇠고랑을 채우듯 하였다는 엇장소리가 아니고 무엇인가. 그 땜새 내 팔자가 요 모양이고, 느그들도 태어났으니…….

"내일은 외갓집에 다녀올까 합니다."

"그러면 좋지야. 아니다. 다음번에 정식으로 휴가를 맡아오면 차분하게 다녀 오거라. 지금 네 몰골도 그렇거니와 여수 외삼촌 일로 심기가 들끓고 있을 것이다. 나도 썩 내키지 않아 요 근래 발길을 접고 있다. 망여섬은 더욱 쓸쓸하고. 판봉이 그놈을 어떻게든 잡아서 주리를 틀어야 할다⋯⋯."

"알겠습니다. 편히 주무세요."

백상은 건너방으로 돌아와 잠자리에 들었다. 오랜 만에 깊고 포근한 잠 속으로 빠져들었다.

2

"형, 저녁 퇴근 무렵 만나자고. 오늘은 가만 안 있을 텐께."

단잠을 자고 난 백상은 아침에 집을 나서면서 하던 명상의 말을 떠올렸다. 모든 것이, 의식구조가, 예전 같지가 않았다. 개량 지붕도, 마을 사람들의 얼굴빛도, 명상의 유쾌하고 발랄한 성장도. 바닷물과 앞산만 그 빛깔 그 모습이었다. 또 모른다. 세상이 변하고 인심이 변하면 바다 빛깔도, 앞산의 푸른 정기도 변화를 일으킬지.

백상은 하루 종일 나른한 기분으로 방구들을 짊어지고 뒹굴다가 해거름에 집을 나섰다. 특별히 만나볼 친구들도 없었지만 무료하였다. 마음이 통한다 싶은 벗들은 군대 아니면 도시로 나가고 없었다. 면사무소에 들어서니 명상은 아직도 근무를 하고 있었다.

"일찍 나왔네. 쪼끔만 기다리소. 그 동안 면장님을 만나 볼랑가? 형의 소식을 자주 물어보는구만."

백상은 면장실로 들어섰다. 임 면장은 결재서류에 도장을 찍고 있었다. 임시 면서기에서 면장까지 올라선 입지전적인 사람이었다. 그만큼 성실하게 세상을 살아 왔다고나 할까. 임 면장은 부동자세로 인사를 올리는 백상을 못 알아보았다.

"오, 그래. 네가 한민서 큰아들이구나. 정말 몰라보겠구나."

임 면장은 관등성명을 듣고서야 반가이 자리를 권하였다. 검게 탄 비쩍 마른 모습에서 어린 날 피부병으로 뒤척이던 아슴한 기억을 떠들리게 하였다. 자세히 보니 콧날하며, 눈매가 한민서를 그대로 닮았다.

"동생을 음으로 양으로 생각해 주셔서 고맙습니다."

"아니야. 그만한 인재를 갯물 둘러쓰게 할 수는 없지. 군대생활이 고된게로구만."

"차차 좋아질 것입니다."

"자네를 대하니 새삼 부친의 생각이 절로 나네. 마음 깊은 친구였고, 아까운 사람이었어."

"이제 와서 그 말씀을 듣고 싶어 찾아 뵌 것은 아닙니다."

"그 마음 알겠네만, 그때 상황을 자네에게만은 언제든지 자세하게 이야기 해 줄 수 있네."

"지금 들려주시죠."

"다음 기회가 좋겠어. 한가지만은 자네가 알게나. 부친은 사상적으로 좌익선상에 한 발 내딛었지만 선동가는 아니었네. 자신의 위치를 분명히 헤아리고 가릴 줄 알았네. 어쩌면 그 때문에 희생양이 되었는지 모르고."

임 면장은 주위를 의식해서인지 내밀한 이야기는 삼갔다. 그 정도는 백상도 이미 알고 있었다. 더 깊은 이야기는 다음 기회로 미룰 수밖에 없었다. 어쩌면 생존자들 가운데 그때의 상황을 가장 절실하게, 자세한 부분까지 알고 있을 것이었다. 침묵 그 자체까지도. 백상은 면장실을 나왔다.

"나갑시다."

명상은 기다리고 있었다는 듯 책상을 정리하고 자리에서 일어났다. 두 사람은 면사무소를 나왔다.

"임 면장은 아직도 아버지에 대한 우정을 지니고 있더구나."

"고맙지 뭐요. 그런데 내게 뭔가 말을 할 듯 하면서도 머뭇거려요."

"나한테도 그렇더구나."

"바락바락 졸라 댈 수도 없고, 기회만 보고 있어요. 성격 자체가 워낙 소심해서 그럴 거요."

"언젠가는 가슴에 담고 있는 비밀을 들려주겠지. 역사의 실체는 세월과 함께 베일을 벗게 되어 있어. 페인트칠이 세월과 더불어 탈색되고 벗겨지듯 말이야. 어디를 가는 거야?"

"배를 타고 밤바다에 나가 모임을 갖기로 했어요."

"픽이나 낭만적이구나."

"섬에서 살면서 그런 즐거움은 누려야지요."

명상은 나들이께에 이르러 선창가에 매여 있는 채취선 닻줄을 사리었다.

"듬직하지요? 어무니가 태풍으로 쓰러진 소나무를 켜서 보관해 두었던 재목으로 지은 배요. 장 목수는 마지막으로 짓는 배일지도 모른다고 너스레를 떨더군요. 아닌 게 아니라 장 목수도 많이 노쇠하고 일감도 없지만."

"튼실하게 지었다."

백상은 배에 올랐다. 태풍으로 하늘을 치받들고 있던 소나무들이 쓰러진 때가 언제였던가? 사라호 태풍. 어머니는 인내심 깊게도 명상이 자라기를 기다렸던가? 정말 무서운 기다림이 아니고 무엇인가.

"이 자식들이 왜 안 오지?"

"누가 온다는 거야?"

"건너 마을을 비롯하여 서쪽 관산, 여동 화가리에서 올 거요. 또 한 팀은 가래 마을을 비롯하여 동쪽에서 배를 지쳐 나올 것이고. 저기들 오는구랴."

"동서 화합이구나."

백상은 가까이 다가올 때까지 그들을 눈 여겨 바라보았다. 사내애들과 계집애들로, 명상의 또래들이었다. 그들은 배에 오르면서 백상에게 인사를 하였는데, 예기치 않은 상황이었는지라 조금은 떨떠름해 하였다. 우람하게 덩치 큰 녀석이 노를 저었다. 어둠을 가르는 파도가 뱃전을 때렸다.

"형, 이럴 때 바다가 순수하지요?"

"자장가를 담고 있어. 금방이라도 잠을 재울 것 같지 않아?"

백상의 그 말에 계집애들이 입을 가리고 웃음을 머금었다.

"그런 감정으로 펜팔을 한다면 군대생활이 지루하지 않을 것인데……."

"아직은 그럴만한 여유도, 생각도 해보지 못했다."

백상은 순간 송광사 매점 김정허 누이동생의 얼굴이 눈앞에 다가왔다. 그녀는 지금쯤 어떻게 지낼까? 결혼을 꿈꾸고 있지는 않을까. 그때 너무 매정하게 떠나지 않았는가. 김정허와 고학의 길을 떠난 뒤로 그녀를 찾지 않았다.

"오늘 밤 형에게 아주 멋진 아가씨를 소개해 줄 테니까 펜팔을 해봐요."

"잘만 되면 느그 형수가 되겠네."

뱃전에 엉덩이를 내려놓은 녀석이 말하였다.

"형수감이지. 일찌감치 점찍어 놨거든."

명상의 말에 사내애들은 계집애들을 돌아보며 호기심을 안았다. 배는 서서히 미끄러져 숫돌바우목을 지나고 가래 앞 바다에 이르렀다. 명상은 미리 준비해둔 램프를 이물 칸에서 꺼내어 불을 밝혔다. 그러자 저쪽에서 반짝 불이 켜졌다.

"기다리고 있었네. 형은 우리 모임이 끝날 때까지 장어 낚시를 하소. 여기 낚시도구와 미끼가 있으니께. 모임이 끝나는 대로 부를 테니까요."

명상은 기다리고 있는 배에 이쪽 배가 살풋이 이마를 부딪치자 고물을 떠들리고서 낚시도구를 안겨주며 저쪽 배에 올랐다. 백상은 모처럼 밤바다에서 장어를 낚는 것도 고향에 온 보람이라고 생각하였다. 그들과 멀리 떨어져 바닷물에 낚시를 던졌다. 장어는 의외로 잘 물었다. 백상은 신이 났다. 자리를 옮겨가며 낚시에 열중하였다. 시간은 그 사이 말없이 흐르고 추위가 옷깃을 파고들었다. 그와 함께 고기랄 놈들도 도통 입질을 하지 않았다. 간사스러운 복어랄 놈이 번번이 미끼를 쪼아 먹었다. 백상은 낚시를 거두고 배를 저어 나갔다. 명상이 또래들은 웃음소리가 질펀한 가운데 바야흐로 노랫소리가 들렸다. 쌀쌀하게 바람이 일었다. 겨울바람이 날을 세우면 파도도 따라 날을 세운다. 백상은 명상이 또래들과 점점 멀어져 나들이목 선창에 배를 잡아매고 집으로 돌아왔다. 마을은 죽은 듯이 고요하였다.

"어디를 갔다 온다냐?"

종부네는 인기척 소리에 눈 흘기듯 방문을 열었다.

"명상과 바다에 나가 생각지도 않은 장어 낚시를 하였어요."

백상은 고기 통주리를 내보였다.

"눈멀고 배고픈 장어가 더러 있었는갑다. 어디를 가면 간다고 말하고 가야제. 명상은?"

"친구들과 낚시를 더 할 거라고 해서 먼저 왔습니다."

"니가 감싸고돌지 않아도 금방 알것다. 보나마나 가시내 머시매들과 어울려 밤 뱃놀이 하것지야. 어짜면 똑같은 배에서 나왔는디 형제간에 그리도 다른지……."

"명상이라도 밝고 사교적이니까 근심을 덜잖아요."

"그렇기는 하다. 머시매 가시내들이 몰려와 들방구를 칠 때면 저절로 눈을 흘기다가도 집안에 생기가 도는 듯하여 눈감아 준다."

"내일 부대에 들어갈까 합니다. 하실 말씀이라도 있으십니까?"

"벌써야? 따로 할 말이 있것냐. 그저 몸 건강하랄 밖에."

"그 점은 염려 마십시오."

"니 꼴이 어디 그렇냐. 참, 지붕에서 꺼낸 책과 서류들은 어쨌냐?"

"땅 속에 묻어 놨어요."

"만에 하나 그걸로 말썽 나지 않게 해라이?"

종부네는 단단히 당부하였다. 자라보고 놀란 가슴 솥뚜껑보고도 놀란다고, 무슨 꼬투리를 잡힐지 모를 일이었다.

"저는 여수 외삼촌이 걱정됩니다."

"금메 말이다."

종부네는 한숨을 내쉬며 담배를 찾았다. 박수혁만 생각하면 울화가 치밀었다. 다른 사람에게 사기를 당해 사업을 말아먹었다면 또 모른다. 하필이면 자다가도 소름이 돋는 판봉에게 당하다니.

"누님은 어떻게 산답니까?"

"인자, 맘 놓아도 되겠다. 대들보 같은 아들놈들이 미래를 밝게 한다. 느그 매형도 알뜰하고. 너무 구두쇠 짓거리를 해 싸서 탈이다만."

"돈을 벌자면 헤프면 안 되죠. 남 좋은 대로 생활하다보면 주머니가 헐거워요. 귀대하면서 찾아보겠어요."

"그래라. 느그 누님도 외롭고 보고 싶을 것이다. 어여, 그만 자거라."

종부네는 방문고리를 잡는 백상의 뒷모습을 바라보았다. 오늘 같은 날은 에미와 함께 자면 좋으련만 어찌도 저리 지 애비만 닮았는고. 인정이 모자라서 그런가, 아니면 태어난 성품 탓인가. 종부네는 담배를 마저 피우고 나서 부대에 들어가서 마른 문어라도 군것질로 맛보라고 설경 위에 올려놓은 석작을 내렸다. 추석 전에 대섬목에서 피문어를 몇 마리 잡아 말려 놓았었다.

다음날, 백상은 아침을 들고 집을 나섰다. 연안연락선을 타자면 아직 시간이 일렀으나, 두루 인사를 할 것 같으면 빠듯할 것이었다.

"형, 총을 가지고 왔으면 진즉 말할 것이제. 물오리라도 한 마리 잡게요."

"어따, 소름 끼치는 소리하고 있다. 저렇게 철이 없웅께 밤마다 철딱서니 없게 노작거리제."

종부네는 명상을 향하여 눈을 똑 흘겼다. 마을사람들은 완전군장을 한 백상을 신기한 눈으로 바라보았다.

"내 새끼, 어쨌거나 무사히 마치거라이?"

도암네는 백상의 손을 잡은 채 눈물부터 찍어 눌렀다. 작은어머니 상정네와 석재는 당상나무께까지 따라 나왔다. 석재는 방위병으로 근무하고 있었다. 학재는 원뚝머리까지 배웅하였다.

"니가 우리 집안의 정신적 기둥이라는 것을 어디서나 잊지 말거라."

"저라고 별 수 있겠습니까."

"나는 그러리라 믿는다. 언제 또 볼지 모르겠다만, 내 말 귓결로 흘려 듣지 않기를 바란다."

"어디 가시려구요?"

"난 한발작도 고향을 떠나지는 않을 것이다."

학재는 그윽한 눈길로 손을 흔들었다. 예전에 볼 수 없었던 모습이었다. 명상은 선창머리까지 따라와 배표를 끊어주었다. 백상은 아직도 선창머리를 지켜보고 있는 학재를 먼빛으로 바라보았다. 어쩐지 예감이 좋지 않았다.

"학재 형님, 외롭지 않게 해 드려라."

"걱정 말소. 작은집 석재 형하고 내가 있는데 몰매야 맞겠소."

"건강이 좋지 않은 것 같다."

"술을 그만큼 들어부었는데 온전하겠어요. 엊저녁에는 뭘 도망치듯 가 버렸는가? 형수 될 사람을 소개시켜 준다니까. 여기 있네. 마음 내키면 편지를 띄워 보시오. 내가 어련히 알아서 할 테니까요."

명상은 주소와 이름을 휘갈겨 쓴 메모지를 주머니에 찔러 넣었다.

"내가 무슨 연애지상주의자냐? 그보다는 판봉이 소재를 알고 있으면 일러다오."

"판봉이? 나도 추적 중인데 영산포 읍내 장거리 술집에 은신해 있다고 들었어요. 가만있어 보소. 여기 어디 있을 것이구만. 근디, 형이 그건 왜요?"

명상은 안쪽 주머니에서 수첩을 꺼내더니 판봉의 소재를 적은 쪽지를 건네주었다.

"그 작자 상판대기를 한번보고 싶어서다."

"가만, 그 총부리를 들이댈 것인가? 제발 감정 죽이고, 살인은 금물이요."

"응징을 해야겠다."

"하여튼, 장전은 하지 마소. 연락선이 망여섬을 돌아오네. 종선에 타시오."

명상은 먼저 종선에 올랐다. 장 목수가 뒤늦게 종선에 올랐다.

"왔다는 소리는 들었다만, 어째 그리 빨리 간다냐?"

"잠깐 들렀습니다. 어디 가세요?"

"칠량 좀 간다. 옛날 옹기배 선주가 죽었다는 부고를 받고 부실한 몸을 이끌고 간다."

"건강 하셔야죠."

"늙고 병들고, 그게 인생 아니더냐. 좋은 시절은 다 가고 쓸쓸함만 가득하구나."

"너무 그렇게 자조하지 마세요."

"아니다. 인자 느그들 시상이다. 일감도 없고, 노랫말처럼 옛날의 영화는 간 곳 모르고, 시상이 허무롭다."

장 목수는 명상의 말에 외로움을 내비쳤다. 흥청망청 잘 나가던 때는 파리 떼처럼 와자지껄 모여들더니 돈 떨어지고 늙어 병들자 누구 한 사람 들여다 보는 사람이 없었다. 그 가운데 박수혁만은 의리 있게 한잔 술로 인정을 내보였는데, 박수혁도 저 모양이 되었으니. 뱃고동이 울리고 백상과 장 목수는 연안연락선에 올랐다. 삐죽갈네가 곱게 단장한 모습으로 연락선에서 내렸다.

"백상이 아니냐?"

삐죽갈네는 놀랍고 반가운 얼굴로 백상의 손을 잡았다.

"여전하십니다. 이사하신다는 말은 들었습니다만."

"서울 사는 친정동생이 주선해 주었다. 유복이 공부 땜새 가야겠다. 느그들 말대로 그림 공부를 하기로 했다. 군경원호 가족이라고 시험 보지 않고 학교에 다니게 되었다."

"잘 되었습니다. 반드시 길은 있는 법입니다."

"왜, 안 그래야. 이사 가면 못 보겠다. 아니지야. 나는 시시때때로 고향에 내려올란다. 느그 어무니야, 어쩌코롬 도시에서 버려진 듯 혼자 살것냐."

뱃고동이 울리며 연안연락선이 뱃머리를 돌리자 삐죽갈네는 손을 흔들었다. 백상도 명상과 삐죽갈네에게 손을 흔들었다. 점점 종선이 멀어지고 상가마니산이 먼빛으로 나앉았다. 바다에 떠있는 고향의 자태가 꿈꾸는 소라 껍질처럼 아름다웠다. 왜 이렇듯 맑고 순결하기까지 한 섬이 삶의 터전으로 풍요로움을 드리우지 못하고 메말라 가는 걸까? 아무리 흉년이 들어도 바다는 말없이 흉년을 이겨나게 하였다. 그런데 이제는 그 모든 풍요로움이 고갈되어 가다니. 섬사람들은 그저 바다를 내려다보며 한숨짓고 있다. 원인은 어디에 있는가? 누가 노략질해 가기라도 하였단 말인가. 씨알을 남기지 않은 무지막지한 남획. 가만히 바다만 내려다보며 맹목적으로 의지해서는 안 될 것이니, 다시금 풍요를 누릴 발전적이고도, 진일보한 개선책이 뒤따라야 하지 않을까. 명상이 또래의 젊은 청년들이 그 사명감을 인식해야 하는데, 그들은 스스로 버팀목임을 포기한 채 도시로 떠나고자 한다. 어쩔 수 없는 시류의 물결인가?

"바람이 차갑다. 선실로 들자."

장 목수는 기침을 쏟아내며 백상을 잡아끌었다. 선실에는 연탄난로가 추위를 몰아내고 있었고, 승객 몇 사람이 난로 주위에 머리를 맞대고 있었다.

"몸이 많이 불편한가 봅니다."

"일하는 사람은 일을 해야 몸도 마음도 윤택해지는 법인디, 연장통을 놓으니께 부석한 시멘트 마냥 부실하다."

"일감이 그렇게 없는가요?"

"바다가 점점 메말라 가니께 투자를 안 한다. 배 한 척 묻는데도 그만한 투자 가치가 따라야 하지 안 것냐. 플라스틱 그릇들이 나와 옹기배도 없어지고, 참말로 지랄이다."

"듣고 보니 심기가 불편할 만도 하겠습니다."

이제 장 목수는 시대의 표본실에서 표백된 박제인간이라고나 해야 할까. 어느새 시절은 그렇게 변화를 가져왔다.

"헌디, 너 혹시 월남 가는 것은 아니지야?"

"파월이라니요."

"총이며, 철모며, 그런 줄 알았다."

"어머님의 근심걱정이 그렇지 않아도 깊은데 가고 싶다 해도 갈 수 없지요. 더구나 사상이 불순한 자식 놈인데 남의 나라 전쟁터에 보내겠습니까."

"그녀러 사상. 언제 느그들을 누지르는 먹장구름이 가실끄나."

장 목수는 속으로 혀를 찼다. 이제는 기억에도 희미한 한민서의 모습이 눈앞에 다가왔다. 아직도 구천을 떠도는 살아있는 죄인이여. 흐르는 세월은 마냥 덧없는데 전쟁의 상흔은 진물로 번져나 피고름이 맺히지 않는가.

연안연락선은 갯바우께를 돌아 마량 선착장에 들어섰다. 장 목수와는 칠량까지 완행버스에 동승하였다. 바다와 합류하는 탐진강을 끼고 돌아가는 버스길은 삭막한 계절인데도 마음을 출렁거리게 하였다. 강 건너 멀리 다산의 유배지가 보이고, 산 구비를 휘도는 곳에는 청자 도요지가 낡은 간판을 내걸고 있었다.

"옛날에는 돛단배가 한가롭게 떠있더니 한 척도 보이지 않습니다."

"그러게 말이다. 옹기를 굽고, 소금배며, 식량을 실은 배며, 강물이 저절로 찰랑거렸는디, 잔잔하게 숨죽어 있구나."

"지금도 옹기는 굽고 있지요?"

"겨우 명맥만 유지헌다. 플라스틱 그릇들이 나오고부터 누가 써야 말이제. 숨 쉬는 우리네 그릇이 제일인디 말이여."

"다산이 유배지에서 읊조리던 포구는 갈대밭이 되었구요."

"그 분 초당도 술병 차고 가봤더니 잡초만 우거졌더구나. 오래된 일이다만. 옛 것을 소홀히 하면 벌을 받는다고 하였는디, 어디를 가나 그 모양이다."

"차차 복원되겠지요. 사대주의 근성이 아직도 남아 있는지 모르지만 너무나 우리 것을 홀대해요."

"그 말 잘했다. 지붕 개량만 해도 그렇더구나. 분별력이 있어야 하는디 쥐나 개나 마구잡이식으로 스레트만 올린다 해서 되느냐? 조화롭게 분별하여 보존할 것은 하고 개량할 것은 해야제."

"초가지붕의 아름다움을 가난의 대명사로 여긴 무지와 한스러움이 배어난 때문 아니겠습니까."

"느그 집 돌담을 헐어버리고 브로크로 담을 쌓을 때 제일로 화가 치밀었다. 느그 아부지의 땀방울이 서려 있기도 하지만, 얼마나 튼실하고 믿음직스러운 담이냐. 보기에도 좋고. 봐라마는 브로크 담이라는 게 지금은 보기에 쌈박할지 몰라도 태풍이라도 불어쳐 봐라. 견디어 내는가."

"저도 몹시 서운했습니다. 앞으로 두고두고 후회하지 싶습니다."

"명상이 더러 돌담만은 그대로 놔두라고 신신당부하였는데도 새마을 멋을 한껏 내자면 할 수 없다고 하더구나."

"사람은 항상 십 년 앞을 제대로 내다보기 어렵지요."

"십 년이 뭐냐. 내일 일도 모른다. 나는 여기서 내릴란다. 잘 가거라이?"

장 목수는 먼지를 뒤집어쓰며 버스가 멎자 차에서 내렸다. 희끗한 구레나룻이 가을 갈대처럼 앙상 맞았다. 백상은 버스에 흔들리면서 무념스레 생각을 떠올렸다. 파랗고 붉게 페인트칠한 개량주택 지붕들이 겨울로 가는 계절과는 썩 어울리지 않았다. 그 속에 어머니의 한숨이 묻어났다. 코끝에서 단내가 나는 생활 속에서 아직도 마음의 평정을 다스리지 못하는 저 한스러움. 자식의 세대는 진물로 배어나는 그 서러운 회한을 다 헤아리지 못한다. 세월과 함께 뭉개지고 허물어진 분묘처럼 잊혀지고 망각한 그 위에서 새로운 삶을, 젊음을 노래한다. 어쩌면 그게 정상적인 삶의 여정이자 시대의 흐름인지 모른다. 언제까지 피고름으로 얼룩진 상처를 안고 한숨지을 수는 없지 않는가. 하지만, 어머니의 회한을 풀어줄 씻김굿 한마당은 필요하지 않을까? 한마당 씻김굿. 그것은 말하지 않아도 통일의 그 환희가 아닐까. 그러나 그 염원은 아직도 요원하다. 어쩌면 더욱 굳건히 철책을 두르고서 핏발 선 눈으로 서로를 노려보고 있지 않는가. 내가 어깨에 맨 총 뿌리가 어디로 향하고 있는가?

허접한 생각을 굴리는 사이 버스는 영산포에 이르렀다. 영산포? 백상은 솟구치듯 버스에서 내렸다. 자신도 예기치 못한 돌발적인 행동이었다. 명상이 건네 준 판봉의 주소를 펼쳐들었다. 주체할 수 없는 분노가 치밀었다. 빠른 걸음으로 시장통을 들어섰다. 장날이 아니어서인지 썰렁한 기운이 감돌았다. 차가운 바람이 텅 빈 좌판을 비질하였다. 명상이 말한 술집은 장터 끝머리에 있었다. 무허가 건물로 초라하기 이를 데 없는 선술집이었다. 그에 비해 주인 여자는 젊고 해말끔하였다. 선술집과는 아무리 뜯어보아도 어울리지가 않았다. 판봉이 꿰찰만한 자태였다. 그 미모에 반해서인지 중년의 사내 둘이 여자를 안주 삼아 소주잔을 들이키고 있었다. 백상은 한쪽 구석진 자리에 앉으며 술과 안주를 청하였다.

"오늘은 장사하는 날이 아니에요."

주인 여자는 백상의 위아래를 훔쳐보며 쭈뼛한 표정을 지었다. 어깨에 둘러 맨 총을 보고 마뜩찮아 하였다. 하지만 말씨는 그지없이 나긋하였다.

"문을 열었잖소."

백상은 퉁명스럽게 내쏘았다.

"준비가 안 되어서……."

"거, 드는 손님 문전박대 허면 못쓰는 법이요. 더구나 나라를 지키는 국군용사 아니요. 우리도 군바리 시절에는 어디를 가나 목이 말랐소."

덩치 큰 사내가 백상이 쪽을 거들었다.

"그럼, 조금 기다리세요."

주인 여자는 어쩔 수 없다는 듯 주방으로 들어갔다. 사내들은 백상을 개의치 않고 술잔을 주고받으며 군대 이야기로 화제를 띄웠다. 주인 여자가 술과 안주를 내왔다.

"여기 판봉이라는 분 계시지요?"

백상은 술과 안주를 거들떠보지 않고 위압적으로 물었다.

"그런 분 안 계셔요."

순간, 여자의 얼굴 한쪽 구석에 당혹스러운 그늘이 스치고 지나갔다.

"제가 꼭 만나야 할 사람입니다."

"저는 전혀 몰라요."

"그래요?"

백상은 술잔에 술을 가득 따라 단숨에 들이켰다. 목울대를 타고 내려가는 술기운이 짜릿하였다. 자신도 모르게 진저리를 쳤다. 오늘따라 술이 이렇게 목울대를 쏠 줄이야. 학재는 이렇듯 독한 술을 몇 년을 들이켜 왔는가. 소금에 절인 간고등어. 학재의 모습은 바로 술에 절인 간고등어였다. 백상은 연거푸 술잔을 비웠다. 술기운이 온몸에 불을 지피듯 확 달아오르고 가슴이 벌름거렸다. 백상은 총신에 대검을 꽂아들고 벌떡 자리에서 일어났다. 불문곡직 주방 곁에 딸린 방문을 열어 제꼈다. 술을 마시던 사내들과 주인 여자가 눈을 화등잔처럼 뜨며 공포에 질렸다. 그들보다 더 놀란 사람은 무료하게 화투패를 떼던 잠옷 바람의 사내였다.

"누, 누구요?"

"당신이 판봉이지?"

백상은 대검을 꽂은 총 끝을 사내의 가슴에 들이댔다.

"파, 판봉이라니……?"

사내는 새파랗게 질린 채 몸을 떨었다.

"내가 당신 낯가죽을 모를 줄 알고. 내가 누군지 아시오? 똑똑히 보시오. 한민서의 아들이며, 한옥서의 조카며, 박수혁의 외조카요. 그래도 아니라고 발뺌을 하겠소?"

백상은 총 끝의 대검에 힘을 주었다. 여차하면 심장을 꿰뚫어 버릴 옹골찬 기세였다.

"자, 자네가……?"

"이제야 자신을 드러내는군. 내가 이렇게 찾아온 용건을 알겠소?"

"미안하이. 아니, 죽을죄를 졌네. 박수혁에게만은 피해를 안 주려고 하였는데, 상황이 그리 되었네."

"헛소리 그만하고 지금 당장 토해 내요. 당신 때문에 길거리에 나앉아 폐인이 되다시피 한 걸 모르시오?"

"여보게. 내 박수혁에게만은 최대한 어떻게 해 볼 테니까 그 총뿌리 좀 거두어 주게."

"총뿌리 무서운 줄은 아는구려. 당신, 과거를 돌아보시오. 얼마나 많은 사람들에게 총뿌리를 내둘렀는가. 한옥서 삼촌에게 가했던 것처럼 가슴에 총알을 박아 줄까?"

"아니지, 아니여. 내가 다른 사람들은 몰라도 한옥서만은 가슴에 방아쇠를 당기지 않았네."

판봉은 다급하게 손을 내저었다.

"너무 가증스럽고 뻔뻔한 거 아니야?"

"정말이네. 그때 우리는 한옥서를 이끌고 공구지산 폭포 쪽으로 데리고 갔었네. 죽일 생각은 없었고, 질투심과 쓰잘데 없는 우쭐함으로 가혹하게 짓뭉개고 싶었네. 승자로서 마음껏 심통을 부리고 싶었던 게지."

폭포수 위에 한옥서를 세워놓고 판봉은 총부리를 겨눈 채 함께 동행한 동료더러 옷을 벗기라고 하였다. 신발을 벗기고 상의와 하의를 벗기고 내의까지 차례로 발가벗겨 희붐한 새벽빛 아래서 수치심을 주려고 하였다. 알몸뚱이가 얼마나 잘 빠졌으면 꽃 같은 여자를 약혼녀로 삼았느냐고. 판봉은 질투심으로 불타올랐다. 상의와 하의를 벗기고 속내의를 벗기려는데 한옥서가 희죽거리는 동료의 사타구니를 걷어참과 동시에 폭포수 아래로 몸을 내던졌다. 판봉은 당황한 나머지 순간적으로 방아쇠를 당겼다. 허공을 가르는 메아리였다. 판봉은 눈에 불을 켜고 폭포수 아래로 내달아 한옥서를 찾았다. 어찌된 일인지 종적이 묘연하였다. 물줄기를 따라 바다까지 나가 찾았으나 헛수고였다. 판봉은 죽은 걸로 결론을 내렸다. 그게 위안이 되고 마음 편하였던 것이다. 그 뒤로도 여러모로 한옥서의 행방을 추적하였지만 알 수가 없었다. 그야말로 오리무중이었다. 약혼녀의 집 주위는 물론 공구지산 전체를 이 잡듯 뒤지기를 수십 번도 더 하였으나 수수께끼였다. 바다에 잠겼는가, 하늘로 솟았는가. 약혼녀도 한옥서의 죽음을 의심할 나위 없이 받아들였지만, 지금까지 풀리지 않는 의문부호였다.

"누가 그 말을 곧이들을 것 같소?"

"믿지 않아도 좋네. 하늘에 맹세하건데 내 손으로 한옥서를 죽이지 않았네. 그것만은 정말이네."

판봉은 무언가 짐을 벗은 망아지처럼 후련하다는 표정을 지었다. 백상은 그 모습에서 거짓 증언이라고 윽박지르지 못하였다. 미궁에 빠진 듯한 기분이었다.

"약혼녀의 아버지께서 시신을 거두어 폭포수 옆에 묻었지 않았소?"

"단언하건대 옷과 신발을 주워 모아 묻었을 걸세. 나는 그 점을 알면서도 모른 체 하였네. 그럼으로써 나의 입지가 확실해지고 한옥서의 약혼녀를 차지할 수 있으리라 믿었으니까. 지금 생각하면 부질없는 맹목적인 짝사랑이었지만, 그녀의 아버지도 한옥서의 죽음을 기정사실로 받아들임으로써 시달림을 받지 않을 것으로 계산하였을 걸세."

"삼촌의 약혼녀께서도 그 사실을 알고 있었단 말이요?"

"짐작컨대 몰랐을 것이네. 아마 그녀의 아버지는 그 사실을 비밀로 부쳤지 싶네. 그리고 오늘에 이르기까지 한옥서는 살아 돌아오지 않았네."

미궁이로구나. 백상은 자신도 모르게 총부리를 거두었다. 또 한 사람의 행방불명. 어떻게 정리해야 한단 말인가. 하지만 행방불명이 되게 한 장본인이 판봉이 아닌가. 행방불명은 죽음과도 같은 것이다. 아무리 짝사랑에 눈이 멀고 질투심과 맹목적인 전쟁놀음에 우쭐댔다지만 용서할 수 없었다.

"당신을 어찌했으면 좋겠소?"

"한번만 봐주게. 내 이렇게 무릎 꿇고 빌겠네. 한옥서를 대신하여 자네에게 엎드려 사죄하네."

판봉은 한 가닥 마음을 놓으면서도 이마에 땀방울이 맺혔다. 죽음의 땅을 한 발작 밟는 게 이런 것인가 몰랐다.

"사죄는 내가 받아들일 성질이 아니오. 삼촌의 약혼녀에게 해야지. 그리고 지금까지 당신이 저지른 죄과를 어떻게, 무엇으로 다 보상할 것이오?"

"…… 할 말이 없네."

"내 오늘은 이것으로 물러가지만 언젠가는 당신에게 육체적, 정신적으로 피해를 입은 사람들 앞에 끌어다 돌팔매로 응징하도록 할 것이오. 거듭 말하지만 박수혁 외삼촌을 다시금 일으켜 세우도록 하시오.”

백상은 다짐을 받고 돌아섰다. 버스에 올랐을 때는 보다 냉정하게 자신을 다스릴 수 없었던 감정의 폭발이 엇박자만 같아 쓰거움을 베어 물었다. 이성적으로 얼마든지 죄과를 다스릴 수 있었는데 총부리를 들이대다니. 아니다. 그 작자에게는 그럴 수밖에 없었다. 백상은 지그시 눈을 감았다. 몇 년 전과는 다른 과격한 일면이 마음 어느 구석에 자리하고 있음을 스스로 감지할 수 있었다. 부딪치고 도전하고 으깨고 싶은 저항의식은 어디에서 온 것일까? 세상이 그렇게 변화를 불러오고 부추긴 것은 아닌가. 백상은 판봉을 대하였던 감정의 격랑을 안고 누님 집에 들어섰다. 눈 또록한 조카 녀석들이 백상의 모습을 신기한 눈으로 맞았다.

“휴가는 아닌 것 같고, 어인 일이냐?”

“작전훈련에 나왔다가 잠시 시간이 있어서요. 밤차로 가야합니다.”

“나는 탈영이나 안 했는지 놀랐다.”

누님은 적이 안심을 하였다. 그 동안 고생한 보람이 있어서인지 제법 부티가 났다. 매형이 인색한 구석이 있다고는 하나 고마운 일이었다. 가난보다 부자 살림이 사람마다 바라는 바가 아닌가.

“매형은 어디 가셨어요?”

“시골에 내려갔다. 내년 묵을 식량을 제하고 처분해야 할 것 같아서.”

“조카들이 귀엽고 똑똑하게 자랐습니다.”

“저놈들이 사는 보람을 안겨 준다.”

누님은 겁게 마른 백상이 그저 짜안하다는 표정이었다. 기름지고 따스한 음식이라도 먹여 보내기 위해 서둘러 저녁을 장만하였다. 백상은 조카들과 어울려 드잽이를 하며 놀았다. 조카들의 모습에서 백상의 어린 시절을 보는 듯하였다. 젖먹이 적부터 전쟁의 상흔을 안고 외롭고 고통스럽게 자라 나온 속에서 철부지 웃음과 뛰노는 즐거움이 있었기에 푸른 하늘과 눈부신 햇살과 사계절을 넘나드는 바람과 계절마다 피고 지는 꽃들을 바라보며 살았다.

"어따, 숯 검둥이가 된 외삼촌 어디가 좋다고 저 야단이라냐. 저녁 묵자."

누님은 통닭 한 마리를 내왔다. 조카 녀석들이 침을 삼켰다. 백상은 닭다리 하나씩을 안겨 주었다.

"학재 형님의 건강이 좋지 않더군요."

백상은 친정집 근황을 묻자 울적한 얼굴로 말하였다.

"이미 짐작은 하고 있었다. 여수 외삼촌은 어떻다 하디야?"

"다시 일어서기가 난망한가 봐요. 오는 길에 판봉이를 만나고 왔어요."

"어디 있더냐?"

"영산포 장터거리에 은신해 있습디다. 총부리를 가슴에 들이댔습니다."

"그냥 살려 줬냐?"

"인생이 불쌍해서요. 그런데 말이죠. 판봉이 옥서 삼촌을 죽이지 않았다고 하더군요."

"뭐시야? 그런 사기꾼의 말을 곧이들었냐?"

누님은 펄쩍 뛰었다. 저렇듯 순진하고 한심한 얼굴이라니.

"아니에요. 그 말은 진실인 것 같았어요. 위기를 모면하기 위한 임시 방편은 아니었어요."

"시신이 땅 속에 묻혀 있는디 그 말을 믿어야? 너같이 순진한 사람 주무르기에는 누워서 떡 묵기제."

"시신이 아니라 구두와 옷이랍니다. 옥서 삼촌 약혼녀 아버지께 물어보면 알 것 아닙니까."

"그 분 돌아 가신지가 언제인디 물어봐야."

"그렇다면 이장을 하면 알 것 아닙니까."

"하늘이 두 쪽이 난다해도 나는 못 믿겠다."

"저는 믿기로 하였습니다. 학재 형님더러 내년 봄 한식날 옥서, 태서 삼촌 시신을 선산발치 아래로 이장하라고 부탁하겠어요."

"이장은 해야지야. 얼마나 원통하고 억울한 죽음들이냐. 가만있거라. 옥서 삼촌 약혼녀 말이다. 아주 극적으로 만났다."

"언제, 어디서요?"

"하숙을 칠 때였다. 여학생 한 사람을 들였는디, 곱상하고 공부도 잘 하고 착하길래 마음을 써 주었지야. 그 점을 방학 때 내려가서 부모님 께 말하였던지 고마운 마음을 안고 딸과 함께 올라왔더라. 첫눈에 어디 서 많이 본 듯한 얼굴이었다."

그녀도 누님을 보는 순간 낯설지 않다는 것이었고, 자연스럽게 서로 의 고향을 물었다.

"오메, 그럼 원뚝머리 그 집…!"

그녀는 누님의 손을 끌어 잡으며 목이 메었다. 중년부인으로 변하였 어도 가슴속에는 아직도 한옥서를 품 안고 있었다. 누님은 너무나 놀랍 고 반가운 나머지 한동안 말을 잇지 못하였다.

"가정을 가졌구만이라우."

"부모님들과 주위의 권유에 못 이겨 뒤늦게 체념하였네. 가슴속에 채워진 자네 삼촌을 다 비워내지 않고서는 어느 남자도 받아들일 수 없 었네만, 코뚜레를 지른 소처럼 끌려갔네. 꿈속에서는 아직도 자네 삼촌 을 만나네. 현실처럼. 어쩔 때는 꿈과 현실을 구별 못할 때가 있네."

"잘 하셨소. 죽은 사람은 어쩔 수 없다지만 산 사람은 살아야지요.

더구나 처녀의 몸으로 살아 갈 수는 없지 않것소."

"자네를 만난 것도 꿈과 현실을 구분 못하는 나의 염원이지 싶네."

"어무니도 늘상 궁금해 하던디 소식을 들으면 마음을 한결 놓겠소."

"결혼하고부터는 친정과 발길을 끊었네. 아버님 부탁 말씀도 있고 해서 철저히 담을 쌓고 살았네."

"그 마음을 왜 모르겠소."

누님은 마음이 아릿하였다. 얼마나 회한과 상사로 멍든 가슴이었으면 오늘까지 잊지 못하고 지내는 걸까. 아버지를 잃은 자신은 아버지의 망령을 잊고자 하였고, 세월과 함께 남편과 자식들을 바라보며 아버지 없는 서러움에서 알게 모르게 놓여났다.

"자네 어무니라도 한번 만나보고 싶은디 그것도 마음뿐이네. 자네 어무니에게만은 꼭 할 말이 있네만."

"언제 제 집에 오시면 자연스럽게 만나 보도록 하지요."

"그랬으면 좋겠네만……. 아버님 행방은 묘연하제?"

"아이구, 시절이 어느 땐디 아직도 살아 있다고 믿겠소. 부질없는 짓이제."

"어무니께서는 그래도 한 가닥 기다림으로 지새울 것 아닌가?"

"그거야, 살아온 과정이 하두 억울하고 한스러워서 그러겠지라우. 누구한테 그 고통을 보상받겠소."

"누가 그 서러운 세월을 봄날 훈풍처럼 쓸어 줄게?"

"땅속까지 지니고 가겠지요."

"모진 놈의 시국. 언제 대동강 물이 녹아내리듯 시상이 달라질까?"

그녀는 한숨을 지었다. 모든 원혼들은 살아생전 가슴에 품은 회한을 다 풀지 못하고 죽어 저승까지 안고 간다. 그것이 인생이라면 차라리 태어나지 말아야 하는데, 어찌하여 저마다 사연 많은 세상을 살아야 하는지……. 누님과 그녀는 밤이 깊도록 가슴을 부여안고 그간의 세월을 이야기하였다.

"어머님과는 만났어요?"

"아니다. 어쩐 일인지 그렇게 만나고 나서 다시는 우리 집을 찾지 않았고, 딸의 졸업과 동시에 소식이 없었다. 딸이 외국 유학을 간다던 가……?"

"딸과 함께 이민이라도 갔을까요?"

"글쎄다. 그런디, 판봉이 정말 삼촌을 죽이지 않았을끄나?"

"메치나 되치나 죽은 건 마찬가지지만 그런 확신이 들었어요."

"가만히 생각해본께 삼촌 약혼녀의 말 가운데 한두 가지 의구심이 들기도 한다. 결혼하기 전에는 그녀의 친정아버지께서 딸의 결혼을 극구 반대하셨다는디, 결혼과 동시에 친정 쪽에 발을 내딛지 말라고 했고, 결혼하고 나서 꿈과 현실을 구별 못한다는 것은 또 무슨 의미이며, 어무니에게 꼭 하고 싶은 말이 있다고 했는디, 그 비밀한 말은 무엇일끄나?"

"저도 그 점에 대해 의문이 남습니다만, 그 의구심을 풀어줄 사람은 이미 돌아가셨고, 장본인은 연락을 끊어 버렸어요. 삼촌의 묘를 파보는 수밖에요."

"삼촌 약혼녀를 찾을라고 마음 묵으면 왜 못 찾을라디야?"

"때가 되면 찾아뵙고 확인을 해봐야겠어요."

백상은 말은 그렇게 하면서도 그 때가 언제일까, 아득한 기분이 들었다.

"삼촌네들 한 분만이라도 살아 계셨더라도 우리가 이렇듯 외롭고 고통스럽지는 않았을 것을……."

"우리의 희망사항이지요."

"인자 너도 방황은 안 할 거지야?"

"노력해야겠지요."

"어무니를 위해서도 아주 작은 마음가짐으로 살거라. 군대 가기 전에는 무슨녀러 시국사건만 일어나면 가슴이 철렁 내려앉았다. 울분대로 주먹질하지 않은 것은 천성이지 싶다만."

"명상이 말이죠. 어머님이 잘 보셨어요. 마음이 밝아 든든하기만 해요."

"어디서 그런 성격이 나왔는지, 너를 보다가 명상을 대하면 나 역시 즐거워진다."

"명상이 우리 집안의 모든 걸 책임졌으면 좋겠어요."

"그렇다고 너무 책임을 떠넘기지 말거라. 시간이 벌써 저렇게 됐다냐?"

"갈 시간이 됐군요. 이 녀석들 귀엽게도 잔다."

백상은 어느새 잠들어 있는 조카 녀석들의 엉덩이를 토닥거려 주고 나서 군장을 꾸렸다. 누님은 꼬깃한 지폐를 주머니에 찔러 넣어 주었다. 밤바람이 제법 차가웠다. 열차에 몸을 실었을 때는 현관 앞에 서있던 누님의 얼굴이 밤하늘의 별빛처럼 멀어져 갔다. 조용히 눈을 감고 잠을 청하였다. 오늘 너무나 많은 일과 이야기들이 머리를 어지럽게 하였다.

3

서울을 다녀온 삐죽갈네는 본격적으로 이삿짐을 꾸리고 집을 정리하였다. 시댁으로부터 물려받은 전답은 시동생이 대신 경작하기로 하였고, 집은 임자가 나서서 팔았다. 아들은 이미 서울 외삼촌 집에서 묵으며 전학을 하였고, 전세방도 마련하였다. 학재와 백상의 고언대로 아들을 미술학교에 보냈는데, 오직 할 수 있는 것이라고는 그림 그리는 재주밖에 없는지라 어쩔 도리가 없었다. 장차 밥벌이나 제대로 할랑가?

들어앉으면 만화 같은 그림이나 그려대고, 저절로 한숨이 나왔다. 그래도 즈그 외삼촌은 하다못해 극장 간판이라도 그릴 거라면서 삐죽갈네의 마음을 위로하였다. 서울 거리를 지나치며 극장 간판이라도 볼라치면 그 말이 절로 생각키어, 아이구나, 저것도 밥벌이가 되는가? 반눈에도 차지 않았다. 그래도 어찌할 것인가. 맹모삼천지교라고, 유복자 하나 바라보고 청춘을 허송하였는데 최선을 다할 수밖에.

"서울 사람 되어 간다니께 신색이 훤하구랴."

"성님, 말도 마시오. 누가 기다린다고 물설고 낯설은 그 복잡하고 눈코 빼묵는 서울로 가고 싶것소. 아들놈 땜새 이사는 하요만 정든 고향 떠나 어떻고롬 살랑가 모르것소."

"도시물 묵으면 금방 마음이 달라질 것이네. 또 아는가. 훤출한 홀애비라도 나타나 자네 혼을 뺄지. 큰 맘 묵고 팔자 한번 고치게나."

"누가 시들어 가는 꽃을 좋아 할랍디요."

"사람 팔자는 뒤웅박이라고 했네."

종부네는 삐죽갈네의 말속에 들뜬 기분을 느껴 볼 수 있었다. 고향을 떠나 막상 도시에 들어서면 두려움이 발목을 적실지라도 그 속에서 숨쉬고 싶은 충동과 욕망이 가슴을 지배하는 법, 삐죽갈네라고 예외는 아닐 것이다. 더구나 군경원호 가족으로 혜택을 누려 생활비 걱정은 크게 하지 않을 것이어서 유민처럼 흘러드는 사람들보다 마음의 여유가 있을 터였다.

"성님, 이천네 어멈은 어쩔께라우? 나만 좋자고 매정허게 떠나는 것 같아 마음이 찌뿌듯 하요."

"자식 며느리가 없는가, 집이 없는가? 인자는 따뜻이 손자들 재롱 속에 묻혀 지내야제."

"그라면 얼마나 좋겠소만 저저이 싫다고 하니 딱하기만 하요."

"자네 집 산 사람이 들어올 때까지 당분간 빈 집 지키고 살것제."

종부네는 이천네 어멈의 속내를 이해하면서도 이 기회에 낮은 창문틀 머리 숙이고 들어가 안방 차지하면 누가 뭐라 하겠는가. 노친네 고집도 어지간하며, 그래봤자 기력이 쇠잔해지고 병이라도 들라치면 당신만 입지가 좁아질 것이었다.

"집 산 사람이 마냥 비워 둘랍디요. 살림 일구기 위해 집 샀는디. 내 생각에는 성님 집에서 불편하더라도 같이 웅숭그리고 지냈으면 좋을 듯싶소. 크나큰 집에 빈방도 있고라우. 성님 말동무도 되고."

"싫네."

종부네는 한마디로 내쳤다. 노친네 부지런을 떠는 것하며, 깔끔한 생활 습관하며, 붙임성 좋은 것 하며가 나무랄 데 없다지만 이번 기회에 아들집에 들어가지 않으면 자식 꼴이 민망하고 우세스러울 터였다.

"이천네 어멈은 한숨 섞어 성님이 방 한 칸 적선한 셈치고 내줬으면 합디다. 은근히 속내를 내보이며 나더러 말 좀 해줬으면 하더구만이라우."

삐죽갈네는 종부네가 삭둑 무 자르듯 내칠 줄은 몰랐다. 이천네 어멈의 마음이 저렇다면 종부네 집 아니더라도 얼마든지 다른 집을 얻어들수 있을 것이나, 종부네 집을 바라는 것은 그만큼 마음 편해서 일 것이다.

"나도 그 정도 눈치는 챘네만 내키지가 않네."

"그렇다면 할 수 없지라우."

삐죽갈네는 울타리 너머로 공수네가 얼굴을 내보이자 말문을 닫았다.

"머리에 인 것은 뭔가?"

"갓김치 담을까 하네. 서울로 이사간다던마는 이사 짐 꾸려주러 왔는가?"

공수네는 종부네를 보는 순간 담배 생각이 났다. 집을 나서면서 담배를 잊고 나왔다.

"이별이 서럽고 아쉬워 왔네. 담배나 한 대 꼬시고 썻으소. 나도 갓 김치를 담아사 쓸디, 명상이 말고는 누가 묵을 사람이 있어야 말이제."

"내 담그면 나누어 묵세."

공수네는 수문통에 갓김치를 내려놓고 울타리를 돌아왔다.

"이천네 어멈은 어디 갔는가?"

"밤이나 낮이나 원산네 집에서 비비대지 않던가."

"그 성님 어서 일어나야 할디. 모여 앉으면 도통 흥이 나지 않으요. 인자 곱사춤을 못 보고 이사 갈랑갑소."

"금메말시. 마을이 갈수록 활기가 없어지네. 이사는 언제 갈랑가?"

공수네는 종부네가 권하는 담배를 맛있게 빨아 당겼다. 손가락 사이에는 누렇게 니코틴이 물들어 뭉툭한 손가락을 치장하였다.

"몸만 달랑 갈 수 없고, 한 며칠 걸리겠지라우."

"땟국 흐르는 촌살림 내뿔고 가소. 서울 가면 새 물건이 쌔고 쌨을 것인디 괜히 고생만 하네."

"그렇긴 하요만, 손때 묻은 것은 평생 지니고 살아야제라우."

"새마을 사업으로 보릿고개도 없어지고 지붕도 번지르한디, 하나 둘 도시로 나가고 속은 갈수록 빈 강정 꼴이네. 채종이도 마음이 심란허게 들떠간다고 하드구만."

"채종이가라우?"

"그 여편네가 마음을 꼬집고 들쑤시는 모양이데."

"도시에 나가면 누가 원님 밥숟갈 떠 묵일 줄 알고? 배운 것이라고 는 지게목발인디 제놈이 도시에 나간다고 별 수 있어. 험상한 공사판이 나 뼈빠지게 기웃거리제."

종부네는 줏대 없이 마누라 충동질에 마음이 들떠 가는 채종을 못마 땅해 하였다. 며칠 전만 해도 따끔하게 일침을 놓았더니, 숙모님 지가

가면 어디를 가겠소. 죽으나 사나 갯물 둘러쓰고 살아야지요. 너부데데
회반죽 모양으로 너스레를 떨었다.

"공사판을 기웃거릴지라도 도시물이 좋다는디 어쩔 것인가. 자식들
미래도 생각해야 하고."

"섬구석지에서 산다고 배울 놈이 못 배우던가?"

"도시에 살면 아무래도 여기서 보다 공부시키기가 수월 하제."

공수네는 삐죽갈네를 흘끔 돌아보았다. 삐죽갈네도 아들 공부시키기
위해 정든 고향 떠나지 않는가.

"채종이 뿐만 아니라 앞으로 힘깨나 쓰는 젊은 애들은 모두가 도시
로 나가게 생겼소."

"그렇긴 하네."

종부네는 담배를 짓눌러 껐다. 명상이도 언제 싱숭생숭 도시 바람이
들지, 그게 걱정이었다. 지금은 임시 면서기나마 직장이 있어 밤마실을
돌망정 별탈이 없으나, 제 또래들이 고추 모종 솎아내듯 소리 소문 없
이 도시로 나가 유혹의 손길을 보내면 그 성질에 가만히 마음 뿌리를
내릴지, 그게 문제였다. 벌써부터 은근슬쩍 밤마실을 돈다고 모퉁이를
줄라치면, 나보다 더 못한 놈들도 갯물 털어 버리고 삐까뻔쩍 희멀끔한
차림새로 살지 않느냐고 마음 귀퉁이를 내보였다. 자고로 물고기는 먹
을 것이 많은 큰 바다에 모여들기 마련이고 보면, 이녀러 섬이 어째서
나날이 살기 어렵게 피폐해 가는지…….

"그란디, 말그만이 하고 채종이가 정말 그렇고 그런 사단이 있었을께?"

"자네는 그 말을 액면 그대로 받아들이는가?"

"그러게."

공수네는 종부네의 되쏘는 말에 자세를 고쳐 앉았다. 채종이와 말그
만이라니? 도대체가 씨알이 먹히지 않았다.

"이웃지간에 물으막음이 몇 번이나 일어났소?"

"그거사, 질투심에서겠제."

"질투심이라면 동네방네 왜장을 칠랍디요."

"자네는 부부간의 사랑도 제대로 알지 못하면서 어째 그리 잘 아는가?"

"그런 자네는 얼마나 안다고."

공수네는 삐죽갈네를 쥐어박듯 하는 종부네를 웃어 넘겼다.

"하여간 나는 안 믿네."

종부네는 당치 않다는 표정을 지었다. 말그만이와 김공개와의 관계를 마을사람들이 다 아는데 채종이가 뭐가 그리 답답하여 정분을 틀 것인가. 채종이 마누라를 볼작시면 노래 잘 하겠다, 얼굴 그런대로 반반하겠다, 말그만이 하고는 상대가 되지 않았다.

"김공개와 말그만이는 어디 어울려서 보릿대 속에서 전쟁을 치렀소?"

"그거사, 두 년 놈들이 똑 같아서 그랬제."

"성님은 아무리 조카라고 그렇게 감싸고 돌면 안되라우."

"자네가 현장을 잡기라도 했는가?"

종부네는 삐죽갈네의 말에 이 기회에 채종의 흉허물을 벗겨보자고 작심을 하였다. 채종이와 말그만이와의 관계는 벌써부터 사람들의 입에 오르내렸고, 그로 인하여 이웃간에 틈새가 벌어져 앙숙이 되었으며, 채종이 도시로 나가겠다는 빌미를 제공하기도 하였다.

말그만이와 김공개와의 불륜지정이 잠잠해졌는가 싶었는데, 도암네 머슴으로 들어앉은 땅재주꾼 무턱이와의 결혼으로 또 다른 사단이 일어났다. 무턱이와 말그만이와의 혼사는 장난스레 웃고 한 농담이 진담으로 얽혀진 결과였다. 정월대보름이 지나고 영등할미가 한바탕 난장을 치고 물러난 뒤 봄기운이 새금새금 사타구니를 간지럽힐 때, 나들이목에서 마을사람들은 남녀노소 할 것 없이 김발을 쳐올렸다. 마을이 온통 옮겨온 듯 시끌벅적 시골 장터를 연상시켰다. 별별 희떠운 소리와 웃음소리, 시근시근한 요철이야기가 오고가는 가운데 장정들은 물때에 맞추어 치렁한 김발을 바다에서 빼 날리고, 아이들과 아낙네들은 낫으로 칸사리를 토막 내어 댓가지를 풀어헤치고, 한쪽에서는 댓가지에 달린 김을 홀치기로 훔쳐 김 광주리에 뿌리쳐 넣었다. 마을사람들은 시렁시렁 손을 놀려가며 피로와 무료를 잊기 위해 육자배기 같은 육담과 우스갯소리를 풀어놓을라치면, 아낙네들은 워매, 워매, 허리를 잡고 또르르 웃음을 쏟아냈다.

그 가운데 땅딸막하고 죽은깨투성이에다 노릿한 머리채하며, 그야말로 볼품없는, 오종종한 말그만이가 갯물과 파래똥물을 둘러쓰고 성두아제네 김발을 품앗이로 거들었다. 낫으로 칸사리를 칠 때마다 물불은 새끼줄에서 파래똥물이 온몸으로 튀겨 옷이고 얼굴이고 꼴뚜기 먹물 형상이었다. 그 오종종한 몰골에 파래똥물이 튀겨 배겼으니 입 달린 사람들 치고 가만히 있을 리가 없었다. 저마다 한마디씩 내던지며 웃음판을 짜는데, 난데없이 밤생이 당숙이 중매를 들고 나왔다.

"무턱이 자네, 씨암탉에게 장가 들 생각 없는가?"

바로 곁에서 학재와 낭창낭창한 댓가지를 홀치기하고 있는 땅재주꾼에게 익살맞은 눈길을 주었다.

"씨암탉이라면 푹 고와 옻칠계를 할 것이제, 무슨 엉뚱한 소리다요?"

학재가 싱거운 소리를 한다는 듯 모퉁이 소리를 하였다.

"사십이 다 되도록 몽달귀신으로 늙어 가는 게 안쓰러워서 그렇다."

"누구, 적당한 색싯감이라도 있습디요?"

도암네가 허리를 펴면서 솔깃해 하였다. 제 발로 머슴을 살겠다고 들어와서 말썽 없이 착실히 일해 주는 것이 고맙기만 하여 그 동안 그럴싸한 여자를 짝지어 줄려고 무던히 애를 썼으나, 신분이 그런데다 아래

턱까지 없고 보니 어느 집 처녀가 선뜻 시집오겠다고 나서지를 않았다. 시집온다는 처녀만 있으면 도암네가 전적으로 혼례를 치러 줄 것이고, 그가 모은 새경으로 집 장만이라도 해 줄 생각이었다.

"등잔 밑이 어둡다고, 아주 가까운 지근거리에 색시감을 두고 그러시오?"

"눈 씻고 봐도 없구마는 당숙께서 실없는 농담으로 사람 마음 설레게 하시오?"

학재는 홀치기 한 김을 김발 광주리에 처넣듯 밤생이 당숙의 말을 생뚱맞게 내쳤다.

"내가 언제는 실없는 농담이나 하디야?"

밤생이 당숙도 지지 않고 와락 언성을 높였다.

"그럼, 어디 말씀 해 보시오."

"하두 콩알만 해서 네놈 눈에는 안 보이지야? 바로 여기 있지 않느냐."

"워메, 말그만이라우?"

질겁을 하는 도암네의 외마디에 사람들이 또르르 배를 움켜쥐었다.

"농담이 지나치시오."

무턱이도 어처구니가 없다는 듯 실팍하게 웃음을 삼켰다. 김공개가 도망치듯 섬을 떠난 뒤, 말그만이는 김공개를 기다리다 지쳐 자지러졌다. 밤마다 아랫도리가 굼실거리며 질척해 올 때마다 구렁이가 똬리 틀듯 사지를 뒤틀며 저주를 퍼부었고, 똥개랄 놈이 흘레를 하는 것만 보아도 몸을 가누기 어려웠다. 한겨울 그놈의 욕정을 누지르지 못해 찬물 바가지를 얼마나 뒤집어썼는가. 남정네들을 볼라치면 괜스레 마음이 울렁거려 새 눈길을 보내면 꾀죄죄 웃음을 말아 올리며 지나쳤다. 얼굴만 반반하면 여자인가? 알토란 같이 실속이 있어야제. 어우동이가 따로 있고, 옹녀가 대수인가. 천하의 오입쟁이 김공개도 나를 안고 돌 때면 숨을 헐떡이며 무릉도원을 헤맸는디, 네까짓 것들이 무얼 안다고. 말그만이는 째지도록 눈을 흘겼다.

"말그만이, 너 이리 와보거라."

"뭣 땜새라우?"

말그만이는 자신을 일거리 삼아 입에 올리는 밤생이 당숙을 불퉁한 얼굴로 돌아보았다.

"호강 좀 시켜줄라고 그런다."

"방구들 놓듯 따슨 온기라도 깔아 줄라요?"

말그만이는 지침지침 다가왔다. 파래똥물을 뒤집어 쓴 몰골이 보면 볼수록 가관이었다. 학재는 푸시시 웃으며 돌아앉았다.

"너, 여기 무턱이를 어떻게 생각하느냐?"

밤생이 당숙은 단도직입적으로 물었다.

"어떻게 생각하고 말고가 있을랍디요. 그저 생긴 그대로 무턱이제."

말그만이는 힐끔 땅재주꾼을 훔쳐보았다. 저나 나나 상판 하나는 국보급이제. 어찌 그리 팔자 사납게 태어났을고.

"내가 시방 느그 둘을 합궁시켜 줄라고 한다. 생각이 어떠냐?"

"참말로 아귀 안 맞는 두 짝 돌을 맞추어 방구들을 놓을락 하시오?"

말그만이는 그 꼴에 어이가 없다는 표정을 지었다. 무슨 씨나락 까먹는 소린고이.

"너도 보아하니 사내 품에 들어야 하고, 무턱이도 노총각 신세를 면해야 쓸 것 아니냐. 이래저래 두 짝이 딱 어울릴 법하다. 조금 튀어나온 곳이 있으면 살짝살짝 귀퉁이 모서리를 깨뜨려 무지르면 될 것이고, 들어간 곳은 채우면 될 것이고."

"대낮에 무슨 날벼락인지 모르것소. 그라고 본께 내가 서방 맛 못 보아 환장한 년 같소이."

"네 얼굴에 그렇게 써있다. 잔말 말고 마음을 움직여. 네깟 것이 무슨녀러 양귀비라고 뒷짐을 놓아?"

"시상 참……!"

말그만이는 밤생이 당숙만 아니라면 한마디하고 싶었다.

"자네는 어떤가?"

이번에는 무턱의 의중을 떠보았다.

"노총각 신세가 더 나을 성 싶으요."

"둘 다 동문서답이구랴. 정 그렇다면 오늘밤이라도 미리 합궁을 해봐. 잘 맞으면 그 길로 살림을 차리고, 안 맞으면 하룻밤 오입한 셈 쳐."

"참말로 편하게도 말씀하시오."

말그만이는 억장치듯 돌아서 다시 일손을 잡았다. 무턱이라? 땅재주를 넘는 걸 보면 아래턱은 없어도 연장은 실할 터? 속는 셈치고 밤생이 당숙 말처럼 하룻밤 시험 삼아 정분을 나누어 봐? 말그만이는 어느 사이에 아랫도리가 칙칙해옴을 느꼈다.

땅재주꾼을 유혹하기란 그리 어렵지 않았다. 학재네 행랑채 옛날 몽선이 어미가 기거하던 방에 살고 있는 무턱은 그저 일이 고되어 저녁밥숟갈을 놓기가 무섭게 이불을 뒤집어썼다. 그리고 새벽녘에 일어나 부지런을 떨었다. 학재가 술독에 빠져 지낸 까닭에 들일 집안일 집안의 대소사를 전부 무턱이가 휘어잡아 나갔다. 말그만이는 싱숭생숭 몸을 뒤치적거리다 마음을 단단히 먹고 학재네 집으로 살금살금 걸음을 내딛었다. 그날사 말고 그놈의 음심이 발동하여 허리깨를 뒤틀다가 도저히 참을 수 없어 결행을 한 것이다. 까짓것, 밑져야 본전이제. 턱이 없으면 어떠냐. 아랫도리만 실하면 그만이제. 이불 속에서 없는 아래턱이 보이기나 하겠는가. 말그만이는 제법 떨리는 가슴을 안고 가만가만 무턱에게 다가갔다. 땅재주꾼은 저녁 반주로 한잔 들이켰는지 콧구멍으로 술 냄새를 풍기면서 세상 모르게 코를 골았다. 말그만이는 살며시 기대어 허리띠를 풀고 아랫도리부터 점검하였다. 에그머니나! 생김새와는 달리 불쑥 솟은 몽둥이가 말그만이를 그만 질식케 하였다. 순간 숨이 멎는 듯하였다. 얼마 만에 만져보는 몽둥이냐. 말그만이는 숨을 할딱이며 치마를 걷어 올리고서 솟구쳐 오른 몽둥이를 치마 속에 쓸어 넣었다. 그리고 힘차게 요분질을 하였다. 그때서야 무턱이 끙 소리를 내며 눈을 흡떴는데, 말그만이의 질펀하고도 익숙한 요분질에 자신도 모르게 땅재주를 넘기 시작하였다. 둘 다 얼굴은 내놓을 게 못됐지만 아랫도리는 딱 들어맞았다. 말그만이는 속으로 밤생이 당숙을 몇 번이고 숨 넘어가는 소리로 고마워하며 깨방아를 찧었다. 세정이 넘치고 비구름을 몰아오는 가운데 이불을 홍건히 적셨다. 아이구, 몽달귀신아, 이제까지 몽둥이를 감추고서 어떻그름 지니고 다녔더냐. 말그만이는 무턱이 가슴에 묻혀 까무룩 숨이 넘어갔다. 김공개도 쓸데없네. 이제사 내 낭군을 찾았네. 어절시구, 어절시구, 말그만이는 덩실덩실 춤이라도 추고 싶었다. 무턱이도 덩달아 천상에 오른 듯, 이년이 무산신녀인가, 옹녀의 넋인가. 오로지 넋을 잃고 꿈속을 헤맸다. 지지난 세월 땅재주가 이보다더 황홀하였던가. 한참을 황홀경에 헤매다 제정신을 차려보니 말그만이가 가슴에 안겨 있었다.

그렇게 무턱이와 말그만이는 한 몸이 되어 부부지정의 연분을 맺게 되었는데, 마을사람들은 두 사람의 희한한 결합을 웃음으로 받아 넘겼다.

"그것들이 아궁이에 불도 때지 않았는디 사단을 냈네, 그려."

밤생이 당숙은 헛웃음을 쳤다. 농담이 진담이 된 것이다. 도암네는 그간의 정리와 모아둔 새경을 보태어 집을 마련해 주었고, 무덤골 잔등에 엎드려 있는 밭 뙈지기를 살림 밑천으로 떼어 주었다. 무턱이와 살림을 차린 말그만이는 그저 신바람이 났다. 밤마다 치솟는 욕정으로 땅

재주 굿판을 벌이다 보면 새벽닭이 울고, 땀에 젖어 기진한 무턱을 일
으켜 세워 들녘으로 내보냈다.

"갈수록 오동통하니 윤기가 감도는구랴."

"이래 봬도 신혼 아니요."

아낙네들이 농담 삼아 한마디 할라치면 말그만이는 너무나 당연하
다는 듯 흔연스레 받아 넘겼다. 그러나 무턱은 그렇지가 않았다. 신혼
얼마 동안은 말그만이의 몰캉몰캉 조여 오는 사랑에 아랫도리가 한없
이 뿌듯하고 황홀하기만 하였는데, 그것도 하루 이틀 말이지 밤마다 지
칠 줄 모르고 안겨드는 정열에 배겨날 재간이 없었다. 새벽빛을 둘러쓰
고 일어나면 사지가 후들거리고 몸이 착 가라앉아 녹작지근 힘을 쓸 수
가 없었다.

"이 사람이 날이 갈수록 빙든 장닭맨치러 하품질로 나앉기만 하네."

이웃지간에 농사일, 바다일을 품앗이로 하는 채종은 예전 같지 않은
무턱을 보며 알밤을 놓듯 하였다. 비실비실 일손이 매번 흐물거렸다.

"자네에게 말하네만 밤마다 죽을 맛이여."

"너무 좋아서?"

"하룻밤 쉬는 날이 없네."

"자네가 불감당이라?"

채종은 젊은 날 땅재주꾼으로 놀아난 사람이 쥐 불알만한 콩각시 하
나 제대로 감당하지 못하고 비루먹은 망아지 꼴이냐고 핀잔을 놓았다.

"아녀. 이러다가는 내 명대로 지탱하지 못할 것 같으이."

"당분간 묘안을 짜내어 휴전을 하소."

"그래야겠는디, 밤마다 놓아주어야 말이제. 이참에 입덧이라도 난다
면 좋겠는디."

무턱은 비교적 입이 무거운 채종에게 속내를 털어놓았다. 때맞추어

채종의 마누라가 해산을 빌미로 친정에서 몸을 풀기 위해 집을 비웠다. 무턱은 채종과 함께 바다 일을 마치고 술잔을 나누다 보면 취기와 피로가 몰려들어 채종의 집에서 쓰러져 잤다. 볼 것 없이 피신처로는 안성맞춤이었다. 몸이 단 것은 말그만이었다. 오살헐 놈의 작자가 쫄깃쫄깃한 여편네를 놔두고 무슨녀러 이웃 외박이여? 포르라니 성깔을 달고서 하마 올까 기다리다 지쳐 채종의 집으로 내달았다. 무턱은 천하태평 코를 골고 있었고, 채종은 술잔을 끌어 쥔 채 콧노래를 흥얼거리고 있었다.

"속치마 바람으로 서방님을 모시러 왔는감. 아무리 울타리 없는 이웃지간이라지만 남녀가 유별한디 그 꼴로 동동거리고 오면 어쩔 것이여?"

채종은 취기어린 눈으로 말그만이를 나무랐다. 콩알만 한 게 무슨 성정이 그리 세다고 무턱이 나자빠질까, 그래.

"술이 그렇게도 좋소? 나도 한잔 줘 보시오."

말그만이는 새침스레 마주 앉으며 단숨에 술잔을 비웠다. 서방은 술에 취해 세상모르고, 채종과 상대로 말그만이는 주거니 받거니 술잔을 거듭하였다. 한번 둑을 허문 말그만이는 밤만 되면 채종이네 집에서 술판을 벌였다. 친정집에서 몸조리를 하고 있던 채종이 마누라가 붉으락푸르락 내달려온 것은 한 달 보름만이었다. 집에 들어서기가 무섭게 말그만이의 머리채를 휘어잡고 떼기질을 하였다.

"이런 사당 갈보년아, 이웃지간에 발정 난 암캐처럼 남의 서방을 넘본 거냐? 물불은 콩알만한 것이 분수도 모르고 거웃을 드러내다니."

말그만이는 도리 없이 몰골사납게 당하였다. 채종이 마누라는 한번으로 끝나지 않았다. 말그만이만 보면 분기가 치솟아 머리채를 휘어잡았는데, 말그만이도 언제까지 당하고 있지만은 않았다. 두 여편네가 머리채를 잡고 뒹구는 꼴은 점점 가관이 아니었다.

"동네 창피해서 못 살겠네. 에라, 뜨거운 물맛이나 보거라."

채종은 더는 참고 볼 수 없어 소죽솥의 물을 퍼다가 두 여편네에게 모둠으로 끼얹었다. 두 여편네는 엇따, 뜨거라 떨어져 나갔는데, 그 꼴이 우스워 구경꾼들은 뱃살을 움켜쥐었다. 채종은 마을사람들이 보기 만망하여 이사를 가자고 하였다. 무턱이와 이웃지간에 언제까지 원수처럼 담을 쌓고 살 수는 없는 노릇이었다.

"채종이 마누라는 말그만이가 떠나야제, 왜 우리가 떠나야 하느냐고 게거품을 문다며?"

"그러면서 말그만이 보기 싫어 어서 떠나자고 설레발을 치는요."

"누가 아닌가. 제년이 채종의 마음을 흔들어 쥐어짜면서."

공수네는 삐죽갈네의 말에 흘기듯 내뱉고 나서 담배를 한 대 더 피워 물었다.

"무턱이가 먼저 떠날지도 모르겠네."

종부네는 참담한 얼굴로 신세 한탄을 하던 무턱을 떠올렸다. 내가 팔자에 없는 마누라를 얻어 낯을 들 수가 없습니다요. 여기가 안태고향인갑다, 생각하고 뿌리를 내릴려고 했는디 인연이 다 된 모양이요. 무턱의 그 말속에는 지난날 유랑자의 회한이 서려 있었다. 말할 것 없이 도시의 변두리로 나가게 되면 뜨내기 신세밖에 더 되겠는가.

"허긴, 심성 좋은 무턱이 오종종한 마누라 앞세우고 골목길 나서기도 뭣할 것이구만."

"그라고보면 동네가 많이 어수선 하요."

"금메 말이네. 이러다가는 쭉정이들만 남것네."

"그나저나 자네, 갓김치 다 떠내려 가것네."

"내 정신 좀 봐라. 수문 물소리가 저렇게 크게 들리는 것도 모르고 정신 빠져 있었네."

공수네는 자리를 떨치고 일어났다. 밀물로 수문을 박차고 밀려드는 바닷물이 드세었다. 갓김치 포기가 둥둥 떠갔다. 공수네 손길이 후적후적 바쁘게 움직였다.

삐죽갈네가 서울로 떠나기 전날이었다. 이삿짐이라야 미리 다 정리할 것은 하였는지라 홀가분하였다. 침구야 자잘한 일용품은 서울 가면 새 것으로 얼마든지 장만하면 될 것이었다. 촌스럽게 땟물 흐르는 살림살이를 가져가 무슨 우사를 할 것이냐는 주위의 말을 귀담아 들은 것이다. 덕분에 고스란히 이천네 어멈의 차지였는데, 이천네 어멈은 담뱃대만 빠끔거리며 떠남을 서운해 하였다. 삐죽갈네의 이사로 이 집 저 집 떠돌 것을 생각하니 한숨이 절로 나왔다. 삐죽갈네와 살 때가 좋았제. 어느 며느리 딸자식이 그렇게 머리 맞대고 살라든가. 벌써부터 마을사람들의 모퉁이 말이 귓구멍을 두드렸다.

"아짐, 몸 성히 잘 살시요이? 아무리 그래싸도 아들 며느리야 손자들 득시글하겠다. 가슴속에 따스함이 들어있지 않으요."

삐죽갈네는 정들었던 방안을 휘둘러보며 이천네 어멈이 잡은 손을 놓을 줄 몰랐다. 눈에는 눈물이 그렁하게 맺혀 있었다. 이천네 어멈이 내뿜는 담배연기가 천장이며, 벽바람이며, 구석구석 켜켜로 먼지 내려앉듯 배어있는 땀 배인 방안 등물이 그간의 세월을 말없이 말해 주었다. 스물 나이에 유복자를 낳고 청상으로 새파란 젊음을 뉘었던 방구들. 누가 알까. 그 긴긴밤의 그리움에 문드러지고 찌들었던 외로운 베갯머리를. 남편의 사랑이 무엇인지 몰랐으나, 가슴에 똬리를 틀고 있는 젊음과 간절한 욕망은 계절을 뛰어넘었고, 세월을 아드득아드득 떼기장을 치게 하였다. 바늘로 여리고 탄탄한 살갗을 찌르는 아픔도 거기에 견줄 수 없을레라. 그 어떠한 혹독한 시련일지라도 가슴을 쥐어뜯는 외로움에는 비교할 수 없을 터였다. 그 한숨과 고통이 고스란히 뒤엉켜 땟국 흐르는 장판지에, 천장에, 벽바람에, 문신처럼 새겨져 있음에랴. 지나고 보면 세상사 부질없는 먼지바람인데도 하루하루 밤과 낮은 왜 그리도 가슴에 인두질을 하였던가.

"나사, 얼마나 더 살겠는가. 지척지척 쉬엄거리다 어느 날 눈을 감으면 그만이제. 자네나 물설고 각박한 서울 생활 제대로 하여."

이천네 어멈도 목소리가 젖어 있었다. 며느리, 딸자식보다 더 마음을 위해 주었다. 드는 정은 몰라도 나는 정은 안다고, 괜스레 자식을 떠나 보내는 이상으로 허전하고 서러운 심사였다. 신상이 궁핍한 사람일수록 남의 슬픔에 눈물 흘린다고, 어찌 이리 마음 아플까?

"친정 동생이 든든한 버팀목으로 곁에 있는디 설마 어쩔랍디요."

"허긴, 한 뱃속에서 나온 형제만큼이나 더 소중한 사람이 시상천지에 있을라디야."

"정말 이참에 눈 질끈 감고 아들네 집으로 들어가시오."

"처음에는 며느리 년 보기 싫어 집을 나왔다만, 지금은 내 쪽에서 염치가 없어 마음이 천근 무겁네. 자네 집 산 사람이 들어올 때까지 지키고 있다가 그때 봐서 내 알아서 할란다."

"그 마음은 알 것소만 사람의 일이란 마냥 좋은 일만 있는 게 아니요. 연세도 있으시고."

"안다만 내 마음자리가 그렇다. 예부터 가까운 사이일수록 어느만큼 거리를 두고 살라고 하였는디, 자네야말로 드넓은 가슴으로 나를 이해하고 받아들였네. 담배연기만 하더라도 보통 사람들 같았으면 감내하기 어려웠을 것이여. 자네의 한량없는 그 마음이 내 서러움을 잠재웠네."

"인자, 그 독한 담배연기가 가슴에 배어 진한 된장국처럼 간 배인 추억으로 자리 잡을 것이요."

"흐훗, 그럴 만도 하겠다."

이천네 어멈은 웃음을 삼키며 담뱃대를 놋쇠 쟁반에 탕탕 털었다. 재떨이로 사용하는 놋쇠 쟁반은 푸릇한 녹과 니코틴이 버무려져 으슥한 광채를 띠고 있었다. 마을 아낙네들이 작별의 정을 나누기 위해 하나 둘 모여들었다. 자리에 누워 지내는 원산네와 제사를 지내는 학수네만 빠졌다.

"오늘 같은 날은 종부네가 빚은 동동주라도 있었으면 얼마나 좋아. 그놈의 밀주 단속으로 술맛도 제대로 못 보네."

"그럴 줄 알고 도가에서 일하는 친정동생 더러 술 한 통 제대로 날라다 주라고 했소. 안주거리는 변변치 못하요만."

삐죽갈네는 부엌에서 술통을 내왔다.

"이제 가면 보기 아득할 것인디 우리라고 가만있것는가. 수굿네 아범이 횟감을 잡아 올 것이네."

"지랄, 학재나 채종이 같은 젊은것들에게 시킬 일이제."

수굿네가 종부네를 돌아보며 눈을 곱다시 흘겼다. 주책머리 없이 물질만 나가면 삐죽갈네 울타리를 넘보는가 하면 고기 마리나 썰어들고 종부네와 더불어 인심을 곧잘 썼다. 그렇다고 삐죽갈네가 왼눈이나 끔뻑 내주는가.

"젊은 놈들이 오면 닭서리라도 시키제."

"옛날 소리 하는구랴. 지금 시상은 닭서리가 아니라 도둑으로 몰리는 판에 벌건 대낮에 무슨녀러 닭서리여?"

"우선 술잔이나 돌리소. 이별주가 서러웁네."

마을 아낙네들은 죽 돌아가며 술잔을 들었다. 공수네는 그 사이 담배 한 대를 피웠다. 아낙네들은 오랜만에 벽돌림 술잔을 들이켰다. 새마을 운동이 일어나고부터 철저히 밀주 단속을 하는 터라 농사철이 되어도 입안에 착착 달라붙는 감칠맛 나는 술을 맛 볼 수 없었다. 밀가루를 풀어놓은 듯한 뜨물 같은 양조장 막걸리로 목을 추기다 보니 아예 독하고 쌈박한 소주로 피로를 잊었다. 아들을 잃고 몸져누운 원산네를 위로하는 자리도 소주잔으로 슬픔을 함께 하였다.

"술이 쪼깐 맛이 들었네."

"친정동생 더러 신경을 쓰라고 일렀구만이라우."

"그나저나 자네는 신색이 훤해 질 것인디, 우리는 죽는 그날까지 갯물 둘러쓰고 살것네."

동천네는 술잔을 영주네에게 안기며 시누이가 살고 있는 부산을 떠올렸다. 앞산만한 배들이 들고 나는 항구도시는 세계의 풍물이 그득하게 들어차 있는 듯하였다. 휘황한 거리의 간판이며, 번듯한 주택가며, 빌딩군하며, 오라잇 소리도 생경한 차량들하며, 두 눈이 휘둥그레 황홀하기만 하였다.

"없는 사람들은 살기 더 궁핍하다고 하데."

"그려. 못 배우고 가진 것 없는 사람일수록 땅돼지기나 갈아엎으며 사는 게 제일이여."

"시상이 변해 가는디 언제까지 소득도 시원찮은 땅돼지기나 갈아엎고 갯물이나 둘러쓰면서 살 것이여? 동천이만 하더라도 신발 공장 반장인가 한담시러? 농사만 바라보고 살 때는 지났네. 바다도 나날이 해맑아 지고."

"바다야, 큰 바다에서 씨알도 남기지 않고 잡아 제끼니께 맑아 질 수밖에."

"볼 것 없이 자식들은 도시로 내보내야 혀. 올 농사만 하더라도 가뭄에 태풍까지 불어쳐 예전 같았는가? 소득을 늘린다 해싸도 한계가 있는 법인께. 옛날에는 흉년이 들면 뭍에서 섬으로 짓쳐 내려와 배고픔을 해결하였는디 어디 그런가? 바다가 오히려 흉년살이니."

마을 아낙네들은 술이 두어 순배 돌아가자 담배연기를 내뿜으며 지난날을 되찾았다. 발자국 소리가 울타리를 돌아들더니 토방마루에 짐을 부리는 소리가 들렸다. 방문 곁에 있던 또딸네가 방문을 열었다. 수굿네 아범이었다.

"어서 오시오. 안주 시원찮은 술잔 속에 목이 빠져라 기다렸소."

"마음은 급헌디 물때가 사나와 이제사 왔소."

수굿네 아범은 꾸역꾸역 기어 나오는 담배연기에 머리를 내두르며 생선 광주리 째 또딸네에게 안겼다. 파닥이는 고기들이 물비늘을 떨구었다.

"횟감이야 동천네가 잘 뜨제."

"씨뱅, 찬물거리는 내 차지인가? 맨날 딸만 낳는 가운데 아들 하나 심어 달라고 영감탕구에게 신물나게 횟감 떠올리지 않았남."

"어여, 그럼 둘이서 얼른 떠와. 시간 없응께."

종부네는 두 사람을 등 떠밀었다. 삐죽갈네가 수굿네 아범에게 술잔을 처올렸다. 그래도 심심찮게 물질 인심을 쓰지 않는가.

"술맛이 이별잔이라? 진즉 이렇게 따북허니 술잔을 받았으면 얼마나 좋았을고……."

엇따, 용천지랄. 수굿네는 영감의 너스레에 눈을 석자 깊이로 감추었다. 바둑이가 뛰어 갑니다. 수굿네 집으로 뛰어 갑니다. 삐죽갈네 아들놈이 어려서 책을 읽는다는 게 그 식, 그 모양이었다. 보고 듣는 것이 염불이랬다고 왜 하필 우리 집이냔 말이여? 머리끄덩이 잡힐 일은 없었지만 짝사랑도 병이라고, 눈살 곱지만은 않았다. 하기야, 두 사람 사이에 무슨 사단이 일어났다면 이천네 어멈과 종부네가 가만 두지 않았을 터. 그 점은 안심이나 아녀자의 미세한 감정이 어디 그러한가.

"이별 노래는 아무나 부르는 게 아니요."

종부네는 수굿네 표정을 흐뜨리며 빗장을 놓았다. 말이 말을 만든다고, 한 다리 건너뛰면 무슨 말로 부풀리고 변색될지 모를 일이었다. 사람이 사람을 미워하는 것보다 좋아하는 것이야 나무랄 수 없으나, 삐죽갈네가 없는 가운데 해괴망측한 뒷소문이라도 날라치면 마음의 상처를 안겨 줄 것이었다.

"내가 말 실수를 했는갑소. 장 목수라도 오지 않고……."

수굿네 아범은 금방 계면쩍어하였다. 삐죽갈네를 마음속으로 짝사랑하고 좋아 한 것은 아니었다. 그저 분위기가 좋아서였고, 청상과부의 그 시린 듯한 행동 가짐이 동정심을 불러 일으켜서였다. 동천네와 또딸네가 생선회를 장만하여 들여왔다. 술판은 더욱 풍성하게, 비릿한 향기로 무르익었다.

"장 목수 말이 나왔응께 하는 말이네만, 좋은 시절 다 갔네. 사람은 자고로 시세가 날 때 앞날을 여미어야 하는디, 남 좋은 일만 다하고, 늙고 병들고 한 시절가니께 누가 찾아나 보는가."

이천네 어멈은 신세 한탄을 하듯 장 목수의 처지를 동정하였다.

"인생살이가 어찌 보면 메뚜기 한철 아니요. 장 목수뿐만 아니라 너 남없이 그렇게 시상을 사요."

"그래도 아까운 솜씨여. 모르긴 몰라도 당대에 그런 목수는 없을 거여."

"누가 배를 묻어야 대목수가 나오고 말고제요. 삐그덕삐그덕 노를 저어 괴기를 잡던 시절은 지나갔소. 대구리 배들이 바다 밑을 비질하지 않으요."

수굿네 아범은 한숨을 술안주로 들이켰다. 발동선이 아니면 김발도 막을 수 없고, 고기도 쌍끌이 그물이 아니면 잡을 수가 없었다. 그 만큼 바다 멀리 나가야 하고, 투자를 필요로 하였다. 이제 조금 지나면 발동선도 퇴물로 물러나고 쾌속정을 필요로 할지 모른다.

"벌써 파장 소리가 나는갑네."

학재와 재문이었다. 어디서 한잔 걸쳤는지 눈빛이 충혈되어 있었다.

"씨암탉이라도 잡아오는 줄 알았더니 그게 뭐라냐?"

"학수네 집에서 제사 음식을 싸 줍디다."

"학수네 제사 음식이야 매신하제."

작별의 자리는 더욱 풍성하고, 뒤늦게 채종과 현오가 자리를 비집고 들어앉아 수굿네 아범을 취하게 하였다. 화기로운 우스갯소리가 떠돌던 방안의 분위기는 자정에 이르러 점점 가라앉고 잘 가소, 잘 있으시오, 자리를 떨치고 일어났을 때는 모두가 눈시울이 시큰하였다.

다음날, 뻬죽갈네는 연안연락선에 올랐다. 마을사람들은 원뚝머리에서 시집보내는 딸을 바라보듯 하였다.

"성깔은 뻬죽뻬죽해도 참으로 곱게 홀로 지냈네. 열녀비라도 세워 주어야 마땅하련만, 뒷모습이 한없이 쓸쓸하구나."

이천네 어멈은 기어코 눈물을 훔쳤다.

"딸자식도 아짐 담배연기 속에서 질식하였을 것이요."

"암만. 보고 싶어 어쩔끄나."

이천네 어멈은 연안연락선이 시야에서 보이지 않을 때까지 망부석처럼 지켜보았다.

"그나저나 뻬죽갈네 집에 새 사람이 이사 들어오면 이천네 어멈 우리 집에서 지낼라고 저래쌌는디 난감하기만 하다."

종부네는 뻬죽갈네를 배웅하고 나서 아침상을 내려놓으며 명상의 의향을 물었다.

"이해는 하요만, 안되지요."

명상은 짤막하게 머리를 내저었다. 친구들이야, 손님들이 수시로 드나드는데 아무래도 불편하지 싶었다.

"니가 조금 양보하거라. 나도 매정하게 잘라 말했다만, 사람의 마음이 어디 그렇냐."

"형님 휴가 오거든 의논하세요."

"백상이야 뭐라 하것냐."

"저, 출근 시간 바빠요."

명상은 숟가락을 놓기가 무섭게 신발을 꿰어찼다. 저놈이 암만 저래 싸도 설마 등 떠밀기야 할라구. 종부네는 숭늉을 들고 나서 담배를 피워 물었다. 간밤의 술기운이 아직도 미열처럼 남아 있었다. 대문 소리가 나고 학재가 들어섰다.

"술 좀 생각해서 마시거라. 얼굴빛이 말이 아니다. 해장국 한 그릇 주랴?"

"아니요. 백상이 편지를 보냈습디다."

학재는 대청마루 끝에 엉덩이를 내려놓으며 자못 심각한 표정을 지었다.

"고생이나 안 하는지 모르겠다."

"파견 생활을 한다고 합디다. 영내보다는 훨씬 자유롭지요. 그런디, 오는 한식날 옥서, 태서 삼촌을 선산발치 아래로 이장했으면 좋겠다는 의견을 보내왔습디다."

"갑자기 지놈이 무슨 소갈머리로 그런 말을 했을끄나?"

종부네는 느닷없는 말에 잠시 생각을 여미었다. 그렇잖아도 늘 그게 마음에 걸렸는데, 백상이 무슨 마음으로 의견을 띄웠으며, 평소 같으면 콧방귀를 뀌었을 학재가 진지하게 의향을 물어오는지 알다가도 모를 일이었다.

"어머님 생각은 어떠시오?"

"반대하고 말고가 있것냐. 성님과 동서도 말은 하지 않아도 마음에 두고 있었는디, 느그들이 나서서 하겠다는 데야 좋을 수밖에."

"그럼, 오는 한식날 석재하고 명상과 의논을 모아 이장을 하기로 하겠습니다. 뼉다구나 제대로 남아 있는지 모르겠지만……."

"이왕지사 좋은 마음으로 하도록 해라. 세월도 말없이 그만큼 빛바래지 않았느냐."

"무슨 말씀인지 알아듣겠소."

학재는 자리에서 일어났다.

4

종부네는 애꿎은 담배만 피워 댔다. 종부네의 심기를 더욱 울적하게 한 것은 박수혁의 출현이었다. 어디에서 떠돌았는지 남루하고 수척한 몰골은 잘나가던 시절의 윤기 흐르던 모습과는 너무나 대조적이었다. 금방이라도 짚불 사그라지듯 쓰러질 것만 같았다.

"상거지 꼴이구나!"

넋 나간 사람처럼 방 아랫목에 널브러지는 박수혁을 바라보며 종부네는 목이 메었다. 판봉이 놈, 사지를 찢어 발겨도 시원찮을 것 같았다. 그놈의 멱살을 잡아 쥐고서 주리를 틀 듯하여 박수혁에게 사기 친 돈을 게워내게 할꼬? 말없이 근신하던 명상도 박수혁의 모습을 보는 순간 발끈하였다.

"쌍녀러 인사, 그 자식을 잡아야겠어요."

"니가 알고나 있냐?"

"진즉부터 행방을 추적했어요."

명상은 불끈 자리를 박차고 일어났다. 그 길로 연안연락선에 올랐다. 그리고 영산포에서 숨어 지낸다는 판봉을 찾았다. 판봉은 이미 그곳에서 자취를 감추고 없었다. 요 쥐새끼 같은 놈이 어디로 꼬리를 감춘 거야? 명상은 두 주먹을 불끈 말아 쥐며 누님 집에 들러 며칠 마음을 안정시키고 돌아왔다. 그나마 바깥 공기를 쐬고 나니 숨통이 트일 것 같았다. 패싸움만 생각하면 마음이 어지러웠다. 악몽이나 다름없었다.

"왜, 빈손치고 들어 오냐?"

"없습디다. 누님 말로는 백상이 형이 찾아가 한바탕 총부리를 들이댔다 합디다. 형한테 혼쭐이 나고 행방을 감춘 듯합디다."

"백상이가 어떻게 그놈 숨어있는 곳을 알았으며, 무슨 용기로 총부리를 들이댈 수 있었다냐?"

종부네는 믿어지지 않았다.

"주소는 제가 알려 주었어요. 대한 남아 군인인데 형이라고 성깔이 없겠어요. 한바탕 분탕질을 하려고 저한테 주소를 가져갔나 봅디다."

"모를래라. 누님은 잘 살디야?"

"조카들이 초롱초롱 합디다. 살림살이도 그만하면 됐고요."

"나도 그놈들이 보고 싶구나. 그나저나 느그 외삼촌 어쩔끄나?"

"너무 염려 마세요. 어떤 분입니까. 곧 회복되어 옛 모습을 되찾을 겁니다."

"그랬으면 얼마나 좋을끄나."

종부네는 아직도 방 아랫목에서 넋이 빠져있는 박수혁을 돌아보며 한숨을 묻어냈다. 사람이 상할라니께 하루아침에 저리 되는가 싶었다.

"학재 형님과 장 목수를 오시라 하여 술이라도 나누면 기분이 전환될지 모르겠습니다."

명상은 종부네의 대답을 듣기도 전에 대문을 나섰다. 곧바로 희끗한 구레나룻을 달고 장 목수가 들어서고, 조금 있어 학재, 채종, 재문, 현오가 나타났다. 채종의 손에는 집오리 한 마리가 들려져 있었다.

"자네가 오니께 옛날의 정겨움이 솟아나네."

"허헛, 그런가요?"

박수혁은 모처럼 음울한 기운을 거두어 냈다. 집오리를 장만하는 동안 삐죽갈네 친정동생이 술 한 통을 배달하였다. 발 빠른 명상의 배려였다.

"명상이 머리 회전 하나는 끝내줘."

"앞으로 기대가 큰 마을의 일꾼일세."

"마을의 일꾼만 되겠는가."

현오의 말에 재문이 술통을 방으로 안고 들어왔다. 종부네는 술상을 차려주고 여느 때와는 달리 술상에서 물러났다. 박수혁의 몰골을 마주 대하고 술잔을 나누기에는 마음이 심란하지 싶었다. 호미와 바구니를 들고 갯가로 나갔다. 바지락이나 캐서 속풀이라도 해 줄 요량이었다. 학수네가 대섬목에서 갯벌을 뒤집어쓰고 있었다.

박수혁은 오랜만에 술맛이 감돌았다. 쓴 소주 한잔으로 날밤을 지새우며 사람을 피해 다니다 보니 밥맛도 썼다. 상거지 꼴로 고향을 찾고 싶지 않았으나, 자신도 모르게 발길이 종부네 집에 이르렀다. 하루아침에 생의 낙오자로 떨어질 줄이야. 아직까지 절망을 모르고 살아왔는데 무엇이 절망의 나락으로 밀어 넣었는가? 누구의 탓이 아니었다. 자신의 판단 착오요, 잘못이었다. 자신에게 철저하지 못하였고, 너무 안이하게 사람을 믿었고, 관리를 소홀히 하였다. 그 모든 게 자신의 대인관계에서 온 결과물이었다.

"들세나. 이렇게 술자리를 함께 한 것이 얼마 만인가?"

장 목수가 술잔을 들었다. 장 목수 또한 삶의 뒤안길에 서 있다고나 할까. 늙고 병들고 할 일이 없다는 것, 그것은 삶의 막다른 골목이었다. 어쩌다 내가 여기까지 와 버렸는가? 찾아주는 사람 없어 허허벌판에 놓여있다는 외로움을 곱씹으며 혼자 소주잔을 빨았다.

"술잔 받으시오. 마음을 홀홀 털어 버리고 다시 일어나야지요."

"고맙네. 새로운 지평을 열어야겠지."

박수혁은 채종이 처올리는 술잔을 받았다. 너부죽한 모습으로 갯물 둘러쓰고서 우직하게 삶을 일구는 채종이 오늘따라 건강하게 보였다.

"세상은 새로운 변화를 요구하는가 보오."

"그려. 우리야 구시대의 유물이나 진배없지만."

장 목수는 날로 날로 자신을 뒤로 밀어내려는 데서 세월의 아픔을 깨물었다.

"농촌은 이농현상으로 공동화가 되려는 조짐이 보이고, 도시는 도시대로 변두리 빈민가가 생겨나고, 예사로 받아 넘겨서는 안 될 것이오."

학재는 채종마저 도시로의 유입을 꿈꾸는데서 말할 수 없는 배신감 같은 것을 느끼는 터였다.

"우리들이야 떠날 엄두를 내지 못하제. 뿌리를 너무 깊이 내렸으니께."

재문은 채종을 바라보며 뼈있는 한마디를 하였다. 마누라가 고향을 떠나자고 보챈다고 철부지처럼 마음이 들뜨다니. 나이를 생각해야 할 것 아닌가.

"자네는 경쟁자가 생겼다며?"

장 목수는 현오에게 술잔을 건넸다.

"글씨 말이오. 바로 이웃에서 방앗간을 차릴 모양이오."

"자네가 돌리는 방앗간은 워낙 고장이 잦아서 그런 것 아닌가?"

"변명의 여지는 없소만, 아직도 나에 대해 고까운 것이지요. 그렇다고 내가 그냥 죽을 것 같으오?"

현오는 주먹을 말아 쥐었다. 오늘까지도 적대감을 지니고 있다니. 더구나 저쪽에서는 반대를 무릅쓰고 장가 든 것을 비슷날을 꽂은 하나의 도전으로 받아들이는 터였다. 오냐, 얼마든지 해 봐라. 나는 죽지 않는다.

"김공개더러 새 동력기를 사 보내라 하지 그러냐?"

"그 사람, 듣자 허니 족집게 도사로 행세하며 전국을 떠돈다는디 방앗간 생각이나 하겠소."

장 목수의 말에 채종은 물컹한 웃음을 머금었다.

"엉뚱한 변신이구먼."

"어찌 생각하면 김공개도 파란만장한 세상을 사는구랴."

"누구를 탓하겠소."

학재가 불퉁하게 내뱉었다. 처신을 곱게 해야 하는데, 그게 무슨 망령인가.

"헌디, 올해 김 생산은 어쩔까, 모르겠네."

"대목수께서 할 일 없어 김발을 몇 대 막더니 근심을 앞당겨 하는군요."

"나야, 소일거리로 대섬목에서 파래만 잔뜩 맛보았네만, 예전 같잖아 수출도 시원찮고, 욕심들이 너무 많은 것도 같고……."

"맞는 말이요. 이러다간 밀식에서 오는 과잉생산으로 품질은 물론 판로가 문제요."

박수혁은 모처럼 떠듬하게 말문을 열었다.

"앞으로의 연구 과제입니다. 김, 미역, 어패류에 이르기까지 보다 진일보한 양식업으로 나가야겠지요."

"그러자면 많은 투자가 필요 하것제."

술좌석은 대화가 거기에 이르러 석양 노을처럼 잦아들었다. 예전 같으면 술이 들어갈수록 열정으로 들뜰 것인데, 그 속에 세월의 무상함이 젖어 있었다. 나이는 어쩔 수 없는 것인지…….

"가만있으시오. 저게 무슨 소리요?"

재문은 방문을 열었다. 원산네 지붕 위에 망자의 옷이 널려져 있었다.

"원산네가 기어코 숨을 거둔 모양이네."

"한 많은 죽음이요. 가 봅시다."

"아재는 오랜만에 녹슨 대팻날을 쓰게 생겼소."

학재는 자리에서 일어나며 마음 쓰거워 농담을 건넸다.

"극락왕생하라고 정성들여 관이라도 짜주어야겠제."

장 목수는 신발을 꿰신으며 콧날이 시큰함을 느꼈다. 박수혁은 그들이 대문을 나서는 것을 바라보며 혼자 남은 술을 들었다.

원산네의 죽음은 마을사람들에게 남다른 슬픔과 동정을 자아냈다. 원산이네 아범이 육이오전쟁 때 인민군들의 강요에 못 이겨 쌀가마니를 짊어지고 송장골을 돌아나가다가 총에 맞아 죽은 죄로, 본의 아니게 빨갱이 집안으로 낙인 찍혀 온갖 수모와 냉대를 받으면서도 웃음을 잃지 않았다. 어디를 가나 곱사춤을 앞세운 웃음판은 좌중을 또르르 뱃살을 움켜쥐게 하였다. 가난하여 끼니가 곤궁할지라도 우는소리 한번 내지 않았다. 아이구, 내 강아지야. 엣다, 배 꾹꾹 눌러 묵어라. 목침만한 고구마를 이밥 대신 먹이면서 웃음과 넉넉함을 매달았다. 그 가난과 사회적인 멸시를 내치기 위해 어린 나이에 원양어선을 탄 아들의 장도를 얼마나 흐뭇한 눈길로 바라보며 무사하기를 빌었던가. 그 아들이, 마지막 희망인 대들보가 바다의 고혼이 되자 실의에 잠겨 눈물로 지새우다 드디어 눈을 감았다. 희망이 없는 삶은 죽은 목숨이나 다름없어 스스로 죽음을 선택하였는지 모른다.

"원산이도 쪼끔 참았다가 다른 애들처럼 도시로 나갔더라면 죽음을 면했을 것인디, 생각할수록 아깝고 불쌍하네."

"원양어선 타면 다들 부자소리가 나오지 않던가. 원산네도 원산이가 살아 돌아왔더라면 마을을 울렸을 것이네."

"누가 아닌가. 장례식이나마 성대하고 즐거운 마음으로 치러 주세나. 관속에 누워서도 옴죽옴죽 곱사춤을 추라고."

"무턱이 땅재주굿도 오랜만에 구경하세. 성두 아제, 뭣하시오? 상여소리 한번 구성지게 읊으시오. 밤생이 당숙도 뒤로 나앉지 말고."

마을사람들은 애써 한 마음으로 어울려 밝은 쪽으로 나아가고자 하였다. 성두 아제는 큼큼 목청을 다듬은 다음 상두소리를 선창하였다. 밤생이 당숙이 분위기를 다독이고, 무턱이는 한잔 술로 땅재주를 놀았다. 상가 집 마당이라기보다 여느 놀이판을 연상케 하였다. 그런 가운데 장 목수는 대팻날로 관을 짜고, 한쪽에서는 꽃상여를 만들었다. 쌀이며, 술이며, 음식은 물론, 모든 장례비용은 십시일반 가가호호 한줌씩 거두어 채웠다.

"관이 천상의 배만 같소. 틀림없이 원산네 아짐은 이 관을 타고 하늘나라로 올라갈 것이요."

"그런가? 내 평생 많은 배를 묻었지만 하늘나라로 영혼을 신고 갈 방주는 처음이지 싶네."

장 목수는 학재가 처올리는 술잔을 받으며 구레나룻을 쓸어 내렸다. 이제부터는 녹슨 연장으로 운명을 다한 자들을 위해 천상의 배를 연상케 하는 관을 짜 주리라. 장례는 삼일장으로 치루었다. 마을을 돌아 지풍골로 넘어가는 길은 이웃 동네 사람들도 길을 메워 애도를 하였다.

"살아생전 한도 많고 배고픈 설움도 컸는디 호상이구랴. 나도 저렇게 죽어사 쓸디 내 신세가 눈물이구나."

이천네 어멈은 큰밭재 너머까지 따라오며 신세 한탄을 하였다.

"아짐이사 아들 며느리 손자까지 호박 넝쿨에 호박 열리듯 했는디 원산네 죽음을 부러워하시오?"

공수네가 뒤통수에 알밤을 놓듯 생쿵하게 말하였다.

"그러게 말이네. 아무려면 아들 잃은 죽음만 할라든가. 그보다 더 못한 몽선이 어미도 상주가 뒤를 따랐는디, 쓸쓸하기 그지없소."

"성두 아제 상여소리도 나이가 들었네만 구슬픈 가락은 여전하네."

"인자 동네 초상은 다시 없어사 쓸디."

"다들 자식새끼들 도시로 나가는디 동네 초상일 수밖에. 어쨌거나, 진 땅에 묻히고 보면 살아생전의 이력이 얼마나 절통하고 원망스러울까이."

마을 아낙네들은 장지까지 따라와 뜨끈한 국물이며, 술잔을 안겨 주었다.

"허헛, 젊은 놈들은 다들 어디로 가고 우리들이 펫장을 짊어지는구랴."

"우리들 여기 있소."

채종의 넋두리에 명상이 또래 서넛이 말대꾸를 하였다. 봉분을 짓고 돌아서는 발걸음은 누구나 없이 허정하였다.

"저 집은 오늘밤부터 도깨비가 나것네."

"이천네 어멈더러 지키라면 되겠네. 영락없이 버려진 집 아닌가."

"상주를 대신한 딸이 알아서 하것제."

"팔더라도 지어미 일 년 상은 마치고 정리해야 도리제."

마을 아낙네들은 불 꺼진 원산네 집을 바라보며 다시금 인생무상을 곱씹었다. 어제만 하더라도 사람의 온기가 떠돌지 않았던가. 원산네가 죽고 나자 종부네 집은 다시금 아낙네들의 사랑방이 되었다. 전과는 달리 김을 발라 뜨는 발장을 엮었다.

"자네는 왜 새끼줄을 꼬는가?"

"나뭇단 하나라도 묶을라치면 이렇게라도 꽈야제."

"명상이는 어짜고?"

"그놈의 솜씨는 치마끈 풀린 속치마 꼴이시."

종부네는 손바닥에 침을 뱉어가며 쉬엄쉬엄 새끼를 꼬았다. 이제나 저제나 남들처럼 욕심껏 김발을 막지 않는지라 조바심치며 애달아 준비를 하지 않아도 되었다.

발장 엮는 소리는 밤마다 종부네 집에서만 들리는 것은 아니었다. 처녀들 있는 집은 어김없이 다듬이 소리처럼 한밤을 울렸다. 더러는 끼리 끼리 모여 앉아 밤참을 먹어가며 밤늦게까지 발장을 쳤다.

명상은 요즘 끼리끼리 모여 앉아 발장을 치는 처녀들 방을 순례하듯 찾아다니는 즐거움으로 지냈다. 처녀들은 어디를 가나 명상을 환영하였다. 곁에서 심심찮게 잡다한 이야기를 들려주는 그 입심과 매력적인 행동 가짐은 피로를 덜어주고도 남았다. 종부네 말처럼 넉살 좋고 인물 좋아 밉상은 아니었다.

"정말로 애순이가 오빠를 좋아하는가?"

"나는 금시초문이네."

"워따, 왼눈 하나 깜박이지 않고 시침 뚝 따기는. 벌써 소문이 자자 한디."

"애순이가 설마 날 좋아한다고 선포하지는 않았겠지."

"두 사람이 지풍골 재에서 데이트를 한 걸 봤다는디."

"오, 그거. 내가 당목 출장을 다녀오다 마주친 거여."

"그것도 같은 장소에서 한두 번인가?"

"오늘은 뭘 얻어먹으려고 터무니없는 낭설을 유포하는 거여? 유포 죄로 심기 불편하게 할지도 모르는디."

"살인사건이야 날라고."

"뭘 먹고 싶은 게냐?"

"떡 줄 사람이 알아서 하지."

"좋다. 그 대신 한 사람 당 발장 다섯 장씩 공출한다. 아니, 입도선매

하겠다. 알겠지?”

“알량한 밤참 몇 푼어치 인심 쓰고 나서 본전 뽑을라 하네.”

그러면서도 그녀들은 은근히 밤참이 기다려졌다. 발장 다섯 장쯤이
야 선심 쓰면 그만이었다. 명상은 후손을 불러 기타를 가져오게 하고,
상점에 내달아 푸짐하게 밤참거리를 사왔다. 후손은 깊은 밤 무슨 봉창
문 두드리냐고 구시렁거리며 기타를 걸머메고 왔다.

“기타리스트까지 대동하고 오늘밤 오빠 끝내 주네.”

그녀들은 밤참을 들고 기타 반주에 맞추어 요즘 유행하는 노래를 벽
돌림으로 한차례 부르고 나면 피로가 풀릴 것이었다. 밤참은 순식간에
바닥이 나고, 후손이 소주잔을 홀짝 들이키고 나서 기타 음율을 골랐다.

“누구부터 시작할 거야?”

“그야, 오빠부터 해야제.”

명상은 목소리를 가다듬고 나서 기타 반주에 맞추어 노래를 불렀다.
노래라면 뒤지지 않았다. 내일은 이 기분으로 애순이를 만나야지. 애순
이 마을도 저녁이면 모여들 앉아 발장을 칠 것이었다. 그녀들도 머지않
아 치마폭에 도시바람이 풍선처럼 들것이고, 하나 둘 고향을 떠나겠지
만, 아직은 고향을 지키는 순박하고 어여쁜 처녀들이었다. 그 가운데 애
순은 남다른 매력을 지니고 있었다. 한없이 유순하면서도 자기 색깔이
분명하였다. 명상은 그 점이 사랑스러웠다. 노래는 벽돌림으로 이어졌
다. 옛날 같으면 오밤중에 담장 밖으로 노래 소리가 흘러 나가면 볼 것
없이 치도곤을 맞는데 세월이 그 만큼 관대하였다.

“기타리스트는 계속 기타를 뜯어 주셔. 우리는 그 소리에 취해 발장
을 칠 텐게.”

그녀들은 한차례 벽돌림 노래가 끝나자 손놀림도 날렵하게 공이를
넘겼다. 시간은 자정으로 치달았다. 명상은 자리에서 일어났다. 후손이

도 뒤를 따랐다. 후손과 헤어진 명상은 대문을 들어섰다. 안방에서는 아직도 두런두런 이야기를 나누며 발장을 치고 있었고, 종부네의 새끼 꼬는 모습이 창문으로 비쳤다. 모친들을 위해 밤참이라도 사올 걸 그랬나? 명상은 죄스러운 마음이 들었다.

다음날, 명상은 애순과 만났다. 그녀를 처음 만난 것은 밤 뱃놀이 모임 때였다. 그녀는 서울에서 학교를 다니다 건강이 좋지 않아 내려와 있었는데, 그날 밤 뱃놀이에 동승한 것이다. 달빛 아래서 그녀의 모습은 창백한 만큼 많은 이야기를 담고 있었다. 명상은 첫눈에 마음에 들었다. 밤 뱃놀이가 그날따라 즐겁고 유쾌한 것도 그녀 때문이었다. 만남이 잦을수록 감정은 충만한 풍선처럼 부풀어 올랐다.

"미자가 왜 우리 사이를 신경 쓰는지 모르겠어요."

"호기심이겠지."

명상은 가볍게 들어 넘겼다. 미자가 명상을 좋아하는 것은 사실이었다. 아마 애순이가 나타나지 않았더라면 그녀와 가까운 사이가 되었을 것이다.

"난, 그 애가 자꾸만 걸려요."

"애순이답지 않게 내 마음을 그렇게 모르는 거야?"

"잘 알기에 그렇죠."

"나는 애순이를 밤하늘의 별처럼 가슴에 새길 거야."

명상은 그녀를 충만한 가슴으로 안았다. 조용하면서도 여유를 지니고 있다. 명상의 외향적이고 조금은 격정적인 성격을 잘 소화시켜 주는 여자다.

"저는 저 별이고 싶어요."

애순은 명상의 어깨에 머리를 기대며 유난스레 빛나는 별을 가리켰다.

5

"올 겨울 김 생산 실적은 아무래도 재봉이가 제일일거여."

"실험적으로 막은 김 양식이 성공적이라 할 수 있어. 장말 대신 부표를 사용한 새로운 김 양식이 생산량을 늘릴 줄 몰랐네."

"앞으로는 부이식만이 활로여."

학재는 재봉의 실험 정신을 무엇보다 높이 샀다. 장말의 한계를 극복한 것이다. 장말은 길이의 한계가 있어 바다 깊이로 나갈 수 없을 뿐더러 드센 물살을 이겨 낼 수 없었다. 그런데 부이식은 물살 드센 깊은 바다에 김발을 띄울 수 있어 마음껏 양질의 김을 생산해 낼 수 있었다. 바닷물이 깊고 물살이 드셀수록 품질 좋을 수밖에 없고, 그 만큼 수익성이 높기 마련이었다. 그리고 노동의 절감을 가져온다는 것이다. 삼복 불볕더위 아래서 댓가지를 추슬러 김발을 엮지 않아도 될 것이고, 채식이야, 이식이야, 추위에 떨며 수고로움과 번거로움을 덜 것이며, 수심도의 높낮이와 힘에 부친 장말을 바다 깊이 내리꽂고 빼 올리는 고달픔을 반복하지 않아도 될 것이었다.

"하지만, 그것도 쉬운 노릇은 아닐 듯 싶더만. 뭐니 뭐니 해도 씨종자를 잘 받아야 하는디, 실험실에서 배양한 종자를 실낱 같은 밧줄에 하나하나 매달아 채워 키운다는 것은 문제가 많을 듯싶으이."

"성님의 그 말에 일리가 있소. 자연산이라면 그 적응도가 빠르겠지만 인공배양 포자는 수온에 적응하자면 세심한 노력과 주의가 필요할 것이요."

채종의 말에 재문은 그 나름대로의 회의를 가졌다. 우선 바다 멀리 나가자면 기동력이 있어야 하고, 모험을 살만한 투자를 필요로 하였다. 그렇지 않아도 밀식에 따른 품질 저하와 바다 조류의 완만함이 바다의 생태계에 적잖은 영향을 끼치는 터에 더 깊은 바다에서 너도나도 수익성만 따지고 밀식을 한다면 조류의 흐름은 더욱 방해를 받아 바람직한 결과를 기대할 수 없을 터였다.

"재봉의 성공으로 생각들이 달라질 것이여. 또 그렇게 나아갈 수밖에 없고. 변화의 모색은 항상 한두 번의 실패와 시행착오가 따르기 마련이고, 그런 가운데 새로운 지평이 열리지 않던가?"

학재는 방죽재를 넘기 전에 한숨 쉬어 가자고 지게를 내렸다. 물이 흐르는 생김은 걸을수록 어깨를 짓눌러 방죽재를 넘자면 담배 한 대 피우는 숨고르기를 필요로 하였다.

"그려. 그녀러 홀치기 하기도 신물이 나구만. 말장 빼 올리는 것도 갈수록 힘에 부치고."

현오는 담배연기를 길게 내뿜었다. 홀치기를 하면서 댓가지 가시에 찔린 엄지손가락이 욱신거렸다.

"우리들 힘이 솟구칠 때 새로운 양식 개발이 있었더라면 좋았을 걸."

"우리 시대야 항상 박복한 시절이 아니었소. 자식들을 위해 우리가 밑거름이 되는 것이라고 위안을 삼아야지요."

"술로 한 세월을 보내는 동생 입에서 그 말이 나온께 묘한 생각이 든다."

채종은 학재를 돌아보며 너부죽 웃음을 지었다. 울분을 산화한답시고 디립다 술독에 빠져 지내온 인생이 아니냐.

"그래도 드난살이는 하지 않았소. 술에 절은 모습도 보기에 따라서는 귀감 어린 본보기가 될 것이오. 나는 저래서는 안 되겠다, 자각심을 불어넣어 줄 수 있잖소."

"백상이나 그런 생각을 여밀까……."

"비굴하게 살지 않았다는 것만은 확실하요."

재문은 끙 소리를 내며 지게를 짊어졌다. 그리고 일행은 단숨에 방죽 재를 치어 올랐다. 어디서 봄기운이 가슴을 두드렸다.

김발을 끝낸 무턱이는 다독이며 모아둔 살림살이를 정리하였다. 그간 알뜰하게 장만한 살림살이는 무엇 하나 가벼이 버리고 싶지 않았다. 하지만 어쩌랴. 도시 생활과 농어촌 생활과는 근본이 다른 것을. 김발에 쓰였던 장말과 채취선을 헐값에 떠넘기다시피 하고, 잡다한 살림살이는 이웃에 나누어주다시피 하였다. 어차피 도시의 변두리 방 한 칸 얻어드는 바에야 구질구질하고 너절한 세간은 짐이 될 것이었다. 채취선만 하더라도 결혼하고 나서 물방죽 같은 기천네 배를 얻다시피 사서 땜질에 땜질을 하여 정을 들였다. 장 목수도 톱날이 쑥쑥 들어가는 뱃창을 갈아내며 혀를 찼지만 무턱이는 그저 흥감하였다. 하긴, 장 목수가 워낙 일감이 없어 측은지심으로 손을 봐 주었기에 망정이지 그렇지 않았다면 땔감으로도 쓸모가 없을 터였다.

"자네, 정말 떠나려는가?"

채종은 무턱이가 떠나려는 데는 자기 잘못이 컸다고 여기는 터였다. 말그만이와 비릿한 육담을 안주 삼아 술잔을 나누지 않았더라면 아무렇지도 않았을 것이다. 말그만이가 벌그데데한 눈빛으로 욕정을 보였어도 사통까지는 내닫지 않았지만, 여기에 이르고 보니 마음이 편치 않았다. 마누라가 집을 비웠다고 무턱이 술에 골아 떨어져 발치께에서 코를 골고 있는데, 어찌 양심상 말그만이의 그 알량한 몸뚱이를 탐냈겠는가. 적어도 우정에 금이 갈만한 행동거지는 아직까지 하지 않았다. 못 배우고 궁색하지만 사나이 의리와 세상의 도리에는 어긋지게 살지 않았다. 그러나 말그만이와의 비릿한 술 나눔이 결과적으로 이웃 간에 싸움을 야기하였고, 오늘에 이르러 이사까지 하게 되었다.

"나사, 천년만년 이 마을이 안태고향처럼 부여안고 뿌리 내리려고 하였는디, 여편네가 저리 앙탈을 부려싸니 할 수가 있는가. 덩달아 자네까지도 마음 들떠가고. 자네가 고향을 떠나느니 내가 떠나는 게 낫지 않겠는가."

"듣자니 탄도 설도가 부산 근처 낙동강 하구라나, 하는 곳에서 김발과 장어 통주리를 한다고 하데. 자네도 배운 도둑질이라고 그곳에서 새롭게 갯물을 들러쓰소. 나도 은근히 거기가 마음을 움직이네만."

"나도 답사 차 가봤네. 참 좋드만. 그 친구는 벌써 뿌리를 내렸고. 헌디, 여편네가 한사코 고개를 내젓네. 도시로 나갔으면 정식으로 도시물을 묵을 것이제, 도시도 아니고, 그렇다고 아주 어촌도 아닌 어정쩡한 곳에서 사람 김새게끔 갯물 둘러 쓸 것이냐고. 섬 생활도 지긋지긋 하담시러."

"마누라한테 야무치게 불알을 잡혔구만."

"내가 어쩌다 늦장가를 갔는지 모르겠네. 내 여편네지만 그 꼴에 오두방정을 떠는 데서야 차마 못 보겠네."

"신바람이 나는 가보데."

채종은 속으로 푸시시 웃음을 삼켰다. 말그만이와 마누라가 괜한 오해로 머리채를 휘어잡고 게거품을 물며 쥐어뜯었을 때, 마누라가 먼저 말그만이 꼴 보기 싫어서라도 고향을 뚝 떠나 살자고 채종을 몰아 세웠다. 말그만이는 한술 더 떠서 손뼉치고 나섰다. 네년 보기 싫어 내 먼저 떠날란다. 우리 몸이 가볍제, 네년 몸이 가볍더냐? 나더러 떠나 살라는 눈 흘김이 아니고 뭣이냐. 오냐, 오냐, 내 떠나주마. 행복한 마음으로 떠나주마. 도시 나가면 빈 손 쥐고 굶어죽을 줄 알고? 보란 듯이 잘 살란다. 떵떵거리고 잘 살란다. 내 집 앞에서 문전걸식하는 꼴을 볼란다. 포악을 해대며 채종이 마누라 먼저 이사를 서둘렀다.

"자네는 마누라 꾹 누지르고 고향에 살소. 타관객지가 좋으면 얼마나 좋을라든가."

무턱은 객지의 설움을 뼛속 깊이 아는 터였다. 태어난 근본도 모른 채 어려서부터 사당패를 따라 다니며 발길에 채이는 슬픔과 좌절을 맛보았다. 오죽하였으면 사당패를 따라 이곳까지 흘러왔다가 풍족한 해산물과 인심 좋은 훈김에 이끌려 도암네 머슴으로 들어앉았을까.

"내야, 엄두나 내겠는가. 그녀러 마누라가 자네 여편네 몰아내자고 해악을 부렸제."

"소문은 그게 아니잖는가?"

"마누라가 자네 이사 간다니께 더욱 쌤통이 나는가 보네. 아무나 도시 생활을 할 수 있는가, 그래."

채종은 말은 그렇게 하면서도 밤마다 마누라 채근에 파김치 꼴이었다. 더 못난 무턱이도 과감하게 빈 손 쥐다시피 도시로 나가는데, 그 등치에 어디 가면 못살까봐 몸을 사리느냐고 꼬집었다. 우리 고생은 자식들을 위한 밑거름인 줄 아시오. 자식새끼 반듯하게 키우고 가르치자면 일찍부터 도시로 나가 뿌리를 내려야 할 것이요. 민들레도 시멘트 옥상 위에서 꽃핀다 합디다. 그리고 말그만이 요년 사는 꼴을 보기 위해서도 그년 사는 코앞에서 보란 듯이 살아야겠소. 내 분이 그래야 풀릴 것이요. 마누라는 기회 있을 때마다 발싸심이었다. 떡을 할, 더 늦기 전에 결정을 내려? 채종은 마음속으로 무턱의 결단이 부럽기도 하였다.

무턱은 영등할미가 한바탕 분탕질을 치고 봄기운에 못 이겨 시부저기 올라간 삼월, 이삿짐을 싣고 부산행 연락선에 올랐다. 말그만이는 오종종한 낮바닥에 밀랍 같은 치장으로 웃음을 사려 물었다. 화장발이 닿지 않은 검게 탄 목덜미와 새하얗게 분칠 한 얼굴의 대조가 탈바가지를 쓴 듯하여 웃음을 자아냈다. 가관이네, 가관이여. 말그만이 가관일세. 황성 가는 뺑덕이네도 저보다는 나았을 걸. 무릎 치고 웃기에는 그 모

습 처량도 하여 턱없는 낭군님, 울상이네, 울상이여. 마을사람들은 무턱
을 떠나보내면서 웃음을 깨물었다. 삐죽갈네가 이사 가던 때와는 정반
대였다.

"육시헐년, 도시 나가는 꼴이 뺑덕이네 뺨치는구랴. 또 모르제. 도시
한복판에 턱없는 땅재주꾼 내버리고 어느 사내 품에 안길지."

채종이 마누라는 울타리 너머로 말그만이의 행뚱거리는 뒷모습을
바라보며 주먹총을 놓았다. 오냐, 내 곧 뒤따라 갈 것이다. 네년 사는 꼴
을 지켜봐야지야. 앓는 이 빠지듯 시원하였다.

"발길이 떨어지지 않는 사람들에게 무슨 말버릇이여?"

"워따, 얼마나 정분이 들었으면 저 발길을 애스러워 할까? 우리가 먼
저 저 꼴 두고 떠나잔께 무던히도 고향 생각하요."

채종의 나무람에 마누라는 눈에 쌍심지를 돋우었다.

"운명이 떠나라면 할 수 없지만 아직은 아니여. 인자 곱다시 마음 주
저 앉혀. 내 마음 더 이상 흔들지 말고."

"운명은 만든다 합디다. 내 기어코 말그만이 저년 눈앞에서 살면서
자식새끼 판검사 만들 것이요."

"서울 산다고 다 서울대학교에 들어가디야? 청보 아들은 이곳에서
서울대학교만 들어가고, 호쟁이 아들은 다음 번 국회의원이 될 거라고
벌써들 그 집구석 위세가 대단하드라."

"우리가 그 사람들맨치로 살림이 넉넉하요, 근본이 여일하요? 백상
이 숙모님 살림살이 정도만 되면 또 모를가."

"근본이야 그 사람들도 그렇고 그렇제. 가난은 다 제 분복이여. 도시
로 나가나 여기서 사나. 배움을 말할 것 같으면 개천에서 용 난다고, 반
딧불 아래서도 공부하여 출세를 한다고 하였다."

"저렇게 태평한께 꾹꾹 말뚝을 박듯 용을 써도 이 모양 이 꼴이여.

자고로 사람은 대천 한바닥에서 살라고 하였응께.”

“저녀러 여편네, 소갈머리하고는…….”

채종은 두 눈을 은하수를 가르는 별똥별처럼 내리 흘겼다. 어쨌거나, 무턱이 말없이 잘 살거라. 채종은 연락선이 회진포를 돌아들 때까지 지켜보며 담배를 피워 물었다.

도암네는 다른 사람들과는 달리 떠나는 무턱이 마음을 쓸쓸하게 비질하였다. 아짐, 태어난 고향처럼 여미며 마음 풍족하게 살라요. 시어머니 장례를 치르고 슬픔에 잠겨 있는데, 사당패를 따라왔던 무턱이 머슴살이를 자청하며 다부지게 말하였다. 그리고 그 말을 소홀히 흘리지 않았다. 매사에 열심이었다. 학재가 밖으로 나돌며 술독에 빠져 지내는 동안 계절 따라 농사일이야, 바다 일이야, 차질 없이 감당해 나갔다. 처음 밭을 갈 때는 쟁기머리를 잡아보지 못한 어설프기 짝이 없는 그 모습에서, 시원찮은 중생이 무슨녀러 남의 집 밥을 먹겠다고 설움을 싸 짊어지고 왔는고 혀를 찼는데, 세월이 흐르자 눈썰미 매섭게 일을 휘감아 나갔다. 그 정성과 땀 흘림이 불쌍하고 고마워 새경을 불리고 장가 밑천으로 옹달진 밭뙈기를 한 자락 떼어 주었다. 그런데 어쩌다 말그만이와 연분을 맺어 저렇듯 도시로 흘러가는지, 짜안한 마음이 절로 솟았다.

“성님, 무턱이 떠나는 뒷모습이 외롭게만 보이요.”

종부네도 어깨를 움츠리고 떠나는 무턱의 뒷모습이 안쓰러웠다.

“내 눈에도 그렇게 비치네. 말그만이와 결혼을 안 시켰어야 하였는디, 우리가 생각을 잘못 한 것 같네.”

“밤생이 시숙님이 괜한 소리를 해 가지고 그리 되었소.”

“그 시숙님 듣는디서 그런 소리하지 말게. 보나마나 땡고함을 칠걸세. 말그만이 그년 음심이 발동하여 무턱이 자는 방을 짓쳐오지 않았는가. 물불은 콩알만 한 게 어디에 그런 음심이 들어차 있는지.”

"천하 바람둥이 김공개를 제대로 받쳤다면 말 다 했지라우."

"그걸 알면서도 억지로 떼어내지 못한 것이 후회스럽네."

"저저금 운명인 걸 어쩔 것이요. 도시에 나가 잘 살기를 바래야지요."

"휘황찬란한 불빛 아래서 희멀끔한 사내들을 보게 되면 말그만이 그년 금방 넋을 놓아 버릴 지 누가 아는가."

도암네는 제 분수 모르고 행똥거리는 말그만이를 못내 못미더워 하였다. 무턱이가 떠나고, 살인사건 때 패싸움을 하였던 젊은 애들이 소리소문 없이 봄바람에 떠밀리듯 도시로 나갔다. 돌쩌귀 빠져나가듯 동네마다 아귀가 맞지 않는 틈새가 벌어졌다. 젊은이들과 노인네들과의 균형 감각이 맞지 않은 것이다. 분명 젊은 쪽의 시이소 무게가 더해야 하는데, 그 반대현상을 불러왔다. 또 누가 도시로 나갈 것인지. 어느 집이 가대를 정리하고 고향을 등질 것인지, 모여 앉으면 그게 이야깃거리였다.

"앞산에 조림사업을 해야 하는데, 인원 동원이 큰일입니다."

명상은 새마을 모자를 고쳐 쓰고 나서 괭이를 둘러맸다.

"무슨 나무를 심는다냐?"

종부네는 점심 도시락을 싸 주었다. 그 전에도 마을 주위에 식수를 한 차례 하였는데, 나무 품종이 영 마음에 들지 않았다.

"아카시아 나무와 오리목이요."

"워따, 씨뱅. 저 높은 산에 아카시아 나무를 심어 뭔 이익을 본다냐? 말짱 쇠씸이제."

"소먹이 사료도 좋고, 땔나무 감으로도 괜찮다 안 합디요."

"그거사, 밭두둑이나 야산에 심어 산사태 방지나 그런다나 모를까, 가시가 엉성한 그놈을 어떻게 땔감으로 쓴다냐. 어느 놈이 그런 발상을 했는가 모르겠다만, 육이오전쟁 때 도륙을 낸 민둥산에 사철 푸른 나무를 심어야 백년대계가 서제 그 무슨 멍청한 짓거리라냐. 아카시아 나무 따위는 예로부터 언덕배기 제방이 부실한 곳에 심었다. 뿌리가 그 만큼 지독하다는 뜻인디, 앞으로 아카시아 때문에 저 명산이 버려질 것이 뻔하다. 지난번에 야산 주위에 아카시아나 오리목을 심은 것하고는 근본적으로 다르다.”

“어무니께서 농림부 장관이라면 이 수고로움을 하지 않을 것인데, 저도 한심지경입니다.”

명상은 도시락과 괭이를 들고 대문을 나섰다. 마을 정자나무 아래 마을사람들이 잡담을 나누고 있었다.

“면장 좀 오라고 해라.”

밤생이 당숙이 다 닳아빠진 곡괭이를 들고서 대뜸 명상을 윽박질렀다.

“면장님은 쩡바등재에 나와 계실 겁니다. 그 아래까지 트럭이 묘목을 날라다 주기로 하였으니까요.”

“도대체 산림을 안다는 작자들이 그래, 명산이라 일컫는 산에다 기껏 아카시아 나무를 심어야? 지진이 심한 일본이나 그런 나무를 심제, 어디서 불상놈 같은 나무를 심는다는 거냐? 난 절대로 불가다.”

“당숙님, 우리들 마음대로 할 수 있습니까. 상부의 강력한 지시인데.”

“아무리 군대식 정부라고 백성이 이치에 안 닿는다면 시정을 해야제. 지붕 개량도 일방통행 식으로다 하더니 이거, 원. 갈수록 태산이구랴.”

“심어놓고 보면 설마하니 내버리기야 하겠어요.”

“난 못하겠다. 벌금을 내라면 낼 테니께 그리 알아라. 다리 힘도 없어 앞산에도 못 오를 것이고.”

밤생이 당숙은 성깔지게 내뱉고 뒤돌아섰다. 성두 아제 같은 사람들이야 아들놈을 대신 보낼 수 있겠지만 늙은이가 산에 올라가 땅이나 파겠는가. 공사만 일어나면 힘이 부치고 부아가 치밀었다. 아들 하나 뒤늦게 낳아 도시로 내보내 남들은 호강에 초치는 소리라고 할는지 모르겠지만 운력이 재미가 없었다. 옛날에는 꼬막장이야, 굴 양식장이야, 바지락장이야, 일마다 생산적이고 기념비적이어서 방구들 놓듯 신명나게 부락일을 하였는데, 지금은 가당찮은 일만 벌어졌다. 그것도 부락민들의 자발적인 의논을 거쳐 집행하는 것이 아니라 명령을 내리듯 우격다짐 식으로 하달하였다. 쇠쎕도 우리가 뭐, 군대식으로 조련된 사람들인가?

"연세도 드시고, 앞으로는 운력 자체를 빼 주십시다."

이장의 제안에 모두가 이의가 없었다.

"그리고 보면 바야흐로 내가 제일 연장자가 되는 셈이구만."

장 목수가 싱겁게 웃음을 매달았다. 장 목수는 이제 한참 여드름이 피어나는 아들 녀석을 내보내도 되었으나, 바람도 쐴 겸 사람 구경이나 하자고 나왔다. 더구나 비가 오나 바람이 부나 날이 좋으나 계절 따라 앞산만 바라보았지 젊은 시절 앞산을 오르고는 아직까지 오르지 못하였다.

"자, 그럼 가봅시다."

이장은 출석을 부른 다음 앞장을 섰다. 쨍바등재에 이르자 산업계장이 면장 대신 기다리고 있었다.

"면장님은 안 보이네."

"서부 쪽에 나가셨어요. 다른 부락은 벌써 나와 자기들 몫을 가져갔으니까 챙겨들 가시오. 묘목 심을 구역은 말하지 않아도 잘 알겠지요? 명상이 나왔으니까 믿고 갑니다."

"늦게 온 벌로 제일 많이 남겨놓은 것 아닌가?"

"그럴 리가요. 가구 수 비례로 분배를 하였으니까 제대로 심으세요. 나중에 확인하러 갈 겁니다. 군에서도 나오고, 도에서도 현장 확인을 나오니까 정성껏 잘 심어 주세요. 명상이 자네가 수고 좀 많이 하소. 난 또

당목을 나가봐야겠네."

산업계장은 시계를 내려다보며 바쁘게 자리를 떴다.

"나무 같지도 않은 것을 무던히 위해 쌌구만."

채종은 구시렁거리며 묘목을 을러멨다. 차례로 묘목을 들고 상가마니를 올랐다.

"아이구나, 숨차다. 철 나무 짐을 짊어지고 어떻고롬 이 길을 오르내렸는지 모르겠네."

장 목수는 뒤처지며 허리를 폈다. 자신은 해마다 겨울 땔나무를 해보지 않아 철 나무 짐을 이고 지고 오르내리는 수고로움을 실감하지 못한 터였다.

"뒤늦게 말씀은 장하시오. 철 나무 한 짐의 땀방울을 알지도 못한 양반이 철 나뭇단에 빗대기는요."

채종은 장 목수를 떠밀듯하며 핀잔을 주었다. 겨울을 나기 위해 이 높은 산에 올라 주먹밥으로 허기를 때우며 하루 종일 낫질을 하다가 서산에 해 떨어질 때쯤 나뭇단을 짊어지고 가파른 산길을 내려오자면 뱃구레는 등허리에 붙고, 다리는 떨려 눈앞이 아득하였다.

"그렇다는 것이제. 요놈들 잎 무성하면 소라도 몇 마리 방목해야겠네."

"늙어 꼬부랑 노인이나 되지 마시오."

"아카시아 나무야 한 오 년 자라면 너끈히 소 입맛을 당기게 할 걸."

"꿈도 야무치시오. 어서 오르기나 합시다."

채종의 재촉에 장 목수는 다시금 묘목을 을러멨다. 귀머거리 만식이가 뒤늦게 가쁜 숨으로 내달아 와 장 목수 몫을 들쳐 멨다. 허어, 네놈이 효자로구나. 장 목수는 한 짐 벗어나며 담배를 피워 물었다. 담배 맛이 그지없이 달았다. 만식은 가볍게 산을 차오르다 메아리 굴 앞에 이르러 땡고함을 질렀다. 건너편 바위굴에서 만식의 땡고함을 그대로 되돌려

주었다. 귀머거리 주제에 저 소리나 제대로 듣는다는 것인지. 장 목수는 뒤따라 오르며 싱겁게 웃음을 지었다.

장 목수가 상정례문(相頂禮門)에 이르렀을 때, 앞서 오른 사람들은 시원한 바람 끝에 이마의 땀방울을 식히고 있었다. 미리 준비한 술이 배달되고, 먼저 올라온 이웃 마을사람들은 자기들끼리 무리를 지어 도란도란 술잔을 나누고 있었다.

"우리도 한잔씩 걸치고 나무를 심드라고."

현오의 그 말에 이의를 달고 나올 사람은 아무도 없었다. 명상과 젊은 애들이 술잔을 죽 돌렸다. 명상은 감시 겸 운력을 나왔기에 뒤치다꺼리를 맡아 놓고 할 수밖에 없었다.

"이 쌍수(雙樹) 말이여. 육이오전쟁 때 불 맞은 상처를 안고도 늘 푸르네."

장 목수는 고고한 성자처럼 이마를 맞대고 서있는 두 그루 소나무를 경건한 눈으로 올려다보았다. 남쪽과 북쪽에서 처음으로 섬에 발을 내딛은 두 사람이 길을 열어오다 마주친 이곳에서 서로 인사를 나누고 그 기념으로 심었다는 나무였다. 섬의 역사가 나이테 속에 새겨져 있는 섬의 상징이요, 조상의 숨결이 깃들어 있다. 바람도 쉬어 넘고 구름도 잠시 머물다 가는 나무가 아닌가.

"오래도록 보전해야 할 것인디, 어쩔랑가 모르겠소."

"말이라고 하는가. 만약 이 소나무에 변고라도 생길라치면 섬이 죽는 날이네. 더욱 힘써 지켜야제. 옛날에는 정월대보름날 제물을 올렸는디, 그것도 이제는 생략하고, 너무 소홀히 대하는 것은 아닌지 몰라."

"맞는 말씀이시오. 자, 우리도 슬슬 시작합시다."

이장은 일을 독려하였다. 이웃 마을 사람들은 제각기 할당된 구역에 흩어져 묘목을 심고 있었다. 장 목수와 이천은 모내기를 하듯 줄자를 잡고 간격과 넓이를 가늠하였고, 마을 사람들은 한 줄로 서서 구덩이를 파고 묘목을 심어 나갔다. 모두의 손끝에 정성이 실려 있지 않았다.

"형님, 무더기 채 파묻듯 심으면 안 됩니다."

"새마을 회관 준공식 때 생솔가지를 베다가 심어 놓고 높은 양반들 테이프를 끊지 않았는가벼. 어차피 몇 년 지나면 밤생이 당숙 말처럼 아무 쓸모 없을 나무 마음 써 무얼 할 것이여."

명상은 만식의 말에 할 말을 잃었다. 아무리 군사문화의 유산이라지만 어떻게 이런 사고방식이 가슴에 밀려들었는지, 겉치레적인 획일주의, 자칫 허상에 떨어진 관행 등등. 진정한 통치자는 그러한 행동법규를 원치 않을지도 모른다. 그러나 이것은 아니다. 아카시아 묘목만 하더라도 그렇다. 그 지방의 기후와 토질은 물론, 특수성을 감안하여 그 지방에 맞는 나무를 장려해야지 일방적으로 지시를 내리다니. 유자나무를 충청도에 심으라면 어떻게 되는가? 모든 행정 절차가 그 모양이었다.

묘목은 해거름이 되도록 목표치에서 반도 소화를 시키지 못하였다. 한잔 술로 세월아, 네월아, 해작거리며 일을 한 때문이었다. 하기야, 바쁘고 말고가 없었다. 봄날 한가하겠다, 마음에도 들지 않는 일, 재봉이 말처럼 서두른다 해서 누가 상을 주나, 등산 겸 산에 올라 봄기운을 맞자는 마음들이었다. 약초가 많은 산답게 구덩이를 팔 때마다 약초가 뒤집혀 나와 거기에 정신들이 팔려 더욱 일의 진도가 더디었다.

"나머지는 내일 심기로 합시다."

이장은 길게 산그늘이 지자 하루 일을 마쳤다.

"오늘 하루 품삯은 이걸로 충분하겠다."

채종은 약초를 들어 보이며 너부죽하게 웃었다. 장 목수까지도 제법 약초를 챙겼다.

"우리는 이쪽으로 가자."

학재는 명상을 잡아끌었다. 학재 역시 더덕이야, 새박죽을 손에 들었다.

"이 길로요?"

"가래, 매제 집에 가자. 가깝게 살아도 가본지가 오래 됐다."

명상은 별 뜻 없이 뒤를 따랐다. 계곡을 흐르는 물소리가 향기로웠다.

"오는 청명 한식에는 두 삼촌을 이장해야겠다."

"백상이 형님도 편지로 그랬더군요. 미리 교감이 있었어요?"

"지난번에 편지를 보냈더구나."

"백상이 형께서 왜 거기에 신경을 쓸까요?"

"글쎄다. 언젠가는 우리들이 당연히 해야 할 숙제지만……."

"아주 자세하게 썼습디다. 특히 옥서 삼촌에 대해서요. 시신을 거두게 되면 신발과 허리띠와 양복을 확인해 보라고요."

"뼈마디야 폭포수 옆 그 축축한 곳에서 온전히 남아 있을라고. 옷가지도 마찬가지겠지만."

"그렇다 하더라도 무언가 암시를 한 것만 같았어요."

명상은 지난번 누님을 만났을 때, 백상이 판봉을 만났던 혈기 넘친 사건을 들었었다. 판봉이 한옥서를 직접 죽이지 않았다고. 하지만 판봉이 누구인가? 액면 그대로 받아들이다니. 누님도 그랬지만 정말 순진하기 짝이 없었다. 총부리를 들이댄 절박한 상황에서 무슨 말을 못하겠는가?

"죽은 자의 시신 속에 무슨녀려 암시가 잠들어 있것냐."

학재는 퉁명스럽게 내뱉었다. 싫으나 좋으나 처절하게 죽은 원혼을 다시금 일으켜 세워 이장한다는 현실이 가슴을 두드렸다.

"계곡 웅덩이마다 피라미 떼들이 놀고, 봄날의 청정수입니다."

명상은 학재의 심기를 이해하기에 눈길을 흐르는 계곡물에 던졌다. 흐르는 물은 변함없이 청량하고, 그 속에서 노니는 피라미 떼들 또한 평화롭기만 한데, 세상사는 그렇지가 못하니…….

"저놈들이라고 상처가 왜 없을라디야. 낭만과 사랑이 가득했던 저 집도 이제는 폐허로 버려졌다."

명상은 학재가 가리키는 눈길을 따라갔다. 소를 이룬 웅덩이 위, 대나무 숲이 바람에 일렁이는 시인의 집이었다. 혼례청마다 나타나 축시를 읊조렸던 축사쟁이의 집이었다. 그는 그렇게 결혼식 마당을 찾아다니며 축시를 읊조리다가 재 너머 마을 처녀와 사랑에 빠졌다. 두 사람의 사랑은 감미롭고 열렬하였다. 양가 집안에서는 육이오전쟁 때 서로가 적대적이어서 결혼 불가로 내쳤다. 두 사람은 첩첩 산골이나 다름없는 인적 없는 이곳에 집을 짓고 자연과 벗하며 사랑을 노래하였다. 친구들의 도움으로 겨우 굶주림을 면한 궁핍한 나날 속에서 두 사람은 그저 행복하였다. 새들이 머리 위에서 두 사람의 사랑을 지저귀었고, 그는 사랑하는 그녀에게 시를 들려주었다.

그러한 행복을 시샘하듯 두 사람에게 불행의 그림자가 문지방을 넘어섰다. 그녀가 산달이 되어 산통이 시작되었을 때, 영양결핍으로 태아를 온전히 분만할 수 없었다. 사경을 헤맨 끝에 그녀는 뱃속의 생명과 함께 눈을 감았다. 시인은 절망하였다. 사랑하는 여인을 집 뒷산에 묻고 날마다 그녀의 무덤 곁에서 지나온 사랑을 눈물로 노래하였다. 그리고 눈보라가 휘날리는 겨울날 시 한 수를 남겨 놓은 채 그녀의 무덤 곁에서 숨을 거두었다.

"많은 시를 남겼다면서요?"

"탄도, 정준이가 지니고 있다고 하더라. 둘은 사돈이자, 친구 아니었냐. 나도 몇 편 보았다만 심금을 울리더구나. 친구를 기리는 뜻에서 시집을 낼거라고 하더라."

"그런 분들이 아름다운 자연과 고향 산천을 사랑하고 노래해야 하는데요."

명상은 종부네로부터 들은 큰 외숙, 박해수를 떠올렸다. 면장도 불현 듯 생각이 나면 박해수의 수려함과 시인의 면모를 들먹거렸다. 이제는 전설적인 인물임에랴.

"이 땅의 슬픔이지야. 어디를 둘러보아도 쭉정이들만 살아서 끄덕거 린다."

두 사람은 산을 내려왔다. 사촌누님 집에는 방금 나무 심기를 하였던 이 마을사람들 서넛이 소주잔을 기울이고 있었다.

"처남들이 온 줄은 알았지만 거리가 거리인지라 그냥 내려왔소. 우 리는 너구덜 비탈에서 나무를 심었어요."

사촌매형은 횟감을 다루다 말고 두 사람을 안방으로 모셨다.

"이것도 안주로 씻어 오게."

학재는 들고 온 더덕과 새박죽을 내놓았다.

"우리도 더덕 때문에 횟감을 사 왔소. 잠깐 기다리시오."

조금 있자 사촌매형은 투박하게 장만한 생선회와 더덕과 새박죽을 푸짐하게 들여왔다.

"매형은 목수 일로 바쁘지 않는가요?"

"오늘은 섬 전체가 식목을 하는디 쉴 수밖에."

"지붕 개량도 어지간히 마무리 단계 아닌가?"

"그래도 쉬엄쉬엄 일감이 아직은 있어요."

"장 목수도 지붕 개량하는데 녹슬은 연장을 쓸 것이제."

학재는 막걸리 잔에 가득 채운 소주를 단숨에 들이켰다. 명상은 그 모습에 그만 질려 버렸다. 사촌매형도 속으로 혀를 내둘렀다. 사촌매형 도 목수답게 제법 술잔을 들이키는데 학재의 술 마시는 모습을 보노라 면 기가 질렸다.

"장 목수야 천하가 알아주는 대목수인데 서까래나 다듬어 못질하는

스레트 지붕에서 일할 맛이 나나요. 나 같은 어설픈 잡목수나 죽자고 매달리제. 더구나 배를 묻는 대목수 아니요."

사촌매형은 학재의 술잔에 술을 가득 쳐올렸다. 맏형이 목수인 까닭에 잔손질이나 거들어 줄까 하고 쉬엄쉬엄 일을 배우기 시작하다가 지붕 개량으로 일손이 딸리자 썩은 서까래를 들어내고 못대가리나 두들기는 단순하기 그지없는 일을 맡아 하였다. 수입은 의외로 짭짤하였지만.

"바쁘더라도 청명 한식은 비워두어야 쓰것네."

"무슨 일이 있는가요?"

"삼촌들 이장을 할까 하고."

"그 일이라면 열 일 제쳐놓아야지요."

"자네도 도시로 나갈 것인가?"

"아직은 모르겠소만, 점점 목수 일거리도 바닥이 날 것이고, 도시에 나가 공사장에서 일하는 게 어떨까, 궁리 중이요."

"새마을 운동으로 살기 좋은 농어촌이 되어가지 않는가?"

학재는 또 한 사발의 소주잔을 들이키며 비아냥 치듯 말하였다.

"머지않아 공업근대화가 열릴 것이고, 살기 좋은 새마을 운동도 한계에 부딪칠 것이고……."

"자네 판단이 그렇다면 할 수 없제. 앞으로 나 같은 사람들만 남아 무릉도원을 꿈꿀 거야."

"농어촌이야 소득이 고르지 못해 그렇지 마음먹기에 따라서는 어느 시절이나 자연과 벗하며 넉넉한 마음으로 살 수 있지요."

"느그들 젊은 사람들이야 도시건 농어촌이건 젊음의 광장이제. 너는 바람이 들지 않았느냐?"

"저도 모르지요. 언제 도시바람에 불려 갈지. 든든한 형님 믿고 안심하고 떠날지도 모르지요."

"그래라, 그래. 종손인 나는 끝까지 조상 무덤이나 지키겠다."

술병이 바닥남과 동시에 학재는 술에 취해 그 자리에 쓰러졌다. 명상은 학재가 술에서 깨어날 동안 사촌누님의 의미 있는 웃음을 뒤로하고 잠시 자리에서 일어났다. 초승달이 애순의 눈썹처럼 서녘 하늘에 떠 있었다. 이런 밤이면 뱃전을 아우르는 밤바다가 좋을 것이다. 골목길을 휘돌아 애순이 집 뒷담을 넘어다보았다. 애순이 방에 불이 켜져 있었다. 명상은 창문을 향해 돌멩이를 던져 둘만의 신호를 보냈다. 애순이 봉창문을 열고서 명상의 존재를 확인하였다. 조금 기다리자 애순이 살짝 걸음으로 집을 빠져 나왔다.

"난 오늘 안 올 줄 알았네. 서울에서 내려온 이종사촌이 갑자기 무슨볼 일이냐며 의아해 하잖어. 상점에서 군것질 좀 사오마 다둑이고 나왔어요."

"빨리 들어가야겠구만. 나도 사촌누님 집에서 나오는 길이야. 학재형님과 잠깐 들렀어."

"잘 되었네. 저기 동산에서 이야기 좀 나누다 가요."

애순은 사촌누님 집과 중간 거리에 위치한 동산으로 잡아끌었다. 두 사람이 곧잘 이용하는 밀회 장소였다.

"서울에서 사촌이 무슨 일로?"

"바람도 쐴 겸 좋은 소식을 안고 왔어요. 나, 어쩌면 서울 갈지도 몰라요."

"정말이야?"

명상은 갑자기 소중하고 아름다운 비둘기를 날려 보내는 환상에 젖었다.

"공부를 마저 해야 한다면서 나를 작은아버지가 경영하는 회사에 경리 일을 보래요. 야간학교에 편입하고."

"건강은 어떤데?"

"자기가 더 잘 알잖아. 나, 이 기회를 놓치면 안 되겠지?"

"마음은 이미 서울에 가 있는 게 아닌가?"

명상은 충만하게 들어찬 그 무언가가 풍선처럼 빠져나가는 허전함을 느끼며 그녀를 풀잎보다 더 부드럽게 가슴에 안았다. 머릿결 냄새가 허전한 가슴을 후볐다. 그녀가 없는 빈 공간. 상상이나 하였는가. 내 품 안에서 후두둑 날아가는 한 마리 새.

"나, 어디에 있을지라도 자기를 가슴에 안고 지낼 거야. 그것만은 믿어줘요. 알았죠?"

"애순이 만나러 서울 구경도 하고 말이지? 그러다 사랑하는 님 곁에 주질러 앉을지도 모르고."

명상은 그녀의 깊숙한 눈길에 이끌리어 입술을 가져갔다. 진달래 꽃망울 같은 향기로움이 꽃방석으로 가슴을 뉘었다.

한식날, 학재는 명상과 석재, 그리고 채종을 앞세우고 지풍골을 휘돌았다. 도암네와 종부네, 그리고 상정네는 가슴 아픈 전경을 보지 않겠다면서 함께 나서지 않았다. 학재도 눈물을 쥐어 짤 그 모습들을 보지 않아 좋았다. 눈물도 삭아진 지금 어머니네들의 눈물이 보기 싫었다. 가래재를 넘어서자 매제가 기다리고 있었다. 명상은 사촌누님이 들려주는 술과 안주를 들었다. 당숲에 이르자 도라지 냄새 같은, 향긋하고 상서로운 기운이 새소리에 묻어났다.

"당숲과 화가리 해변가 후박나무 군락지는 천하의 보물인데, 갈수록 보살핌이 소홀한 듯합니다."

"누가 아니냐. 사람들의 의식이 점점 자기 이익밖에 몰라 내 안의 소중한 것을 모르고 천대한다. 사대주의, 도시주의, 금전주의, 전부가 자신을 망각한 처사가 아니고 무엇이냐."

"그걸 알면서도 시대의 조류는 어쩌지 못해요."

명상은 애순을 떠올렸다. 지금쯤 도시 속에 묻혀 숨가빠 하리라. 사랑의 힘도 떠남을 막을 수 없었다. 미래를 위해서인가? 아니면 그곳만이 살 곳이어서 인가? 애순을 강력한 힘으로 붙들지 못한 나약함이 새삼 가슴을 쳤다. 아니다. 만남을 전제로 한 도약이 아니냐. 일행은 당숲을 지나 공구지산을 올랐다. 봄기운을 머금은 여린 새싹들이 파릇한 기운으로 움솟고 있었다. 동백나무 숲에는 꽃송이 채 떨어진 붉은 동백꽃이 널브러져 있었다.

"예나 지금이나 동백나무는 여전하구나."

"정말, 오랜만에 와 보요."

학재는 채종의 감탄에 초등학교 시절 소풍 왔을 때가 생각났다. 그때 공구지산을 오르고 나서 처음이지 싶었다. 한옥서 삼촌의 처절한 죽음이 파묻혀 있기에 더욱 멀게만 느꼈었다.

"시신이 잠들어 있는 곳을 아는가?"

"어릴 적 소풍 왔을 때 삼촌의 약혼녀가 개 무덤만도 못한 봉분을 쓸어안고 있더군요. 작은어무니께서 몇 번이고 씹어 일러주시고요."

학재는 퉁명스럽게 내뱉고 나서 폭포수 쪽으로 더듬어 올라갔다. 흑염소들이 우람한 괴목나무가 서있는 공지에서 풀을 뜯고 있었다. 새끼들은 어미 곁을 깡총거리며 귀여움을 떨었다. 폭포수 소리가 시원스럽게 들려왔다. 사철 마르지 않는 폭포수는 말없이 세월을 부시고 있었다. 학재는 기억을 더듬으며 한옥서가 묻힌 곳을 찾았다. 약혼녀가 바닷가 몽돌을 비석 삼아 심어 놨느니라. 종부네의 말을 상기하며 동백나무 가지를 쳐냈다.

"혹시 이것이 아닌가요?"

"그래, 맞다."

학재는 명상이 가리키는 봉분을 확인하였다. 밋밋한 봉분 앞에 큼직한 깻돌이 묻혀 있었다.

"한 삽 뜨면 되겠구나."

채종은 어처구니없어 하며 한 점 허무를 깨물었다. 여기에 시신이 묻혀 있다니. 얼마나 상처로운 잔해냐. 다섯 사람은 술잔을 쳐올리고 나서 봉분을 파헤쳤다. 비지땀을 흘릴 것도 없었다. 채종이 말처럼 몇 삽 뜨지 않아 봉분이 드러났다.

"신발짝과 허리띠밖에 없잖냐."

"이 축축한 습기 찬 땅에 제대로 묻히지도 못하였는디, 시신이 온전히 남아 있을랍디요."

채종의 독백 같은 말에 학재는 전쟁의 상흔만큼이나 슬프고 애스러워 가슴을 쳤다.

"백상이 형이 왜 신발짝과 허리띠와 옷가지를 확인해 보라고 하였는지 아직도 잘 모르겠는데요."

명상은 아무래도 이상하였다. 옷가지는 삭아 없어졌다 하더라도 신발과 허리띠는 형체가 그대로 남아 있는데, 어째서 시신은 없는가? 아무리 진땅에 누워 세월을 머금었다 할지라도 하다못해 두개골이나 이빨 정도는 흔적을 남겼을 것 아닌가.

"뭐라고야?"

채종은 잠시 일손을 멈추며 명상을 돌아보았다. 백상이 무덤 속의 비밀을 어떻게 알고 그 따위 말을 했단 말인가?

"얼른 납득이 가지 않잖아요. 이 정도 공간에는 시신이 누울 수 없을 뿐더러 신발짝과 허리띠는 형체가 남아 있는데 정작 시신은 흔적도 없잖아요."

"듣고 보니 그렇긴 하다만, 장인 될 사람이 시신을 거두었는디 달리 의심할 수야 있것냐. 이것이나마 거두자."

채종은 보자기에 한옥서가 누워있던 자리의 흙과 금방이라도 부스러질 듯한 신발짝과 허리띠를 주워 담았다. 그리고 일행은 산을 내려왔다. 당숲을 돌아 나와 가래재에 이르자 사촌누님이 기다리고 있다가 일행의 뒤를 따르며 눈시울을 적셨다. 일행은 곧바로 짱바등을 치올라 한태서가 묻힌 곳에 도착하였다. 한태서의 봉분도 몇 삽 뜨자 바닥이 드러났다. 한태서의 시신은 부분부분 삭아져 없어졌어도 누웠던 형체를 알아 볼 수 있었다.

"거, 참. 이상하다. 명상이 네 말처럼 태서 삼촌은 뼈마디라도 있는디, 옥서 삼촌은 어째서 흔적이 없을끄나?"

학재는 비로소 머리를 갸웃하였다. 아무리 묻힌 땅이 다르다지만 의문을 불러일으켰다. 백상은 뭘 알고 그런 말을 하였을까?

"이상할 것 없다. 산역꾼들이 기다리는디 어서 서둘자."

채종은 이미 혼백이 삭아진 넋들을 붙안고 시름겨워 해봤자 무슨 소용이 있겠느냐는 듯 시간을 일깨웠다. 두 구의 시신을 모시고 선산발치에 이르렀을 때는 산역꾼들이 묘판을 파놓고 기다리고 있었다. 서둘러 두 분의 시신을 칠성판에 옮겼다.

"이제야 부모 밑에 잠들 수 있어 마음 편하겠다."

밤생이 당숙은 지관을 대신하여 이장을 지휘하였다. 봉분이 거의 끝나갈 무렵 상정네가 사촌누님을 앞세우고 술과 음식을 날라 왔다. 도암네와 종부네는 끝내 모습을 보이지 않았다.

"시동생들 보기가 너무나 가슴 아픈가 보구나."

성두 아제가 술잔을 받아 쥐며 울음을 삼키는 상정네와 사촌누님을 시큰한 눈으로 바라보았다.

"전쟁이 이렇게 비참하고 어리석은 줄을 다시 한 번 보는 듯하이."

장 목수는 숙연한 얼굴로 구레나룻을 쓰다듬었다.

"그러게 말이요. 아까운 청춘들이 꽃다운 나이에 전쟁의 희생양이 되었소."

학재는 덩실하니 바다를 내려다보고 있는 봉분을 다독이며 속울음을 삼켰다. 살아있는 나는 무엇을 하였는가? 허구헌날 술독에 빠져 절망하지 않았는가. 그들의 죽음을, 저 억울하고 회한에 가득 찬 넋들을 위해 해원굿 한마당도 제대로 베풀어주지 못한 못난 조카가 아닌가. 살아있으되 쓸모없이 죽어지내는 인간.

"느그 아부지도 아예 가묘라도 쓰는 게 나을랑가 모르겠다."

재문은 펫장을 심는 명상을 돌아보았다.

"한 사람이라도 살아 있다는 희망을 가지는 것도 좋을 것이여."

현오가 재문의 말문을 여닫았다.

"자, 일어나거라. 그런다고 죽은 넋이 살아 일어나겠느냐."

밤생이 당숙은 학재와 석재를 일으켰다. 산역을 끝낸 마을사람들은 무덤재를 넘었다.

"제대로 안장을 시켰느냐?"

종부네는 들어서는 명상을 기다리고 있었다.

"잘 마쳤어요. 왜, 나오지 않았어요?"

"느그 큰어무니하고는 내일 가보기로 하였다. 세 동서가 억머구리 같은 울음을 쏟아 내는 것도 보기 흉할 것이고. 시신은 제대로 있디야?"

"태서 삼촌은 그런 대로 형체가 있습디다만, 옥서 삼촌은 신발짝과 허리띠만 보입디다."

"그래야? 너무 습지여서 그랬을끄나."

종부네는 의아한 표정을 지었다. 아무리 해묵은 봉분이라지만 그대로 삭아 없어질 리는 없을 터였다.

"형님이 신발짝과 옷가지를 확인해 보라는 그 말이 수수께끼만 같으요."

"백상이가 그런 말을 했어야?"

종부네는 그건 또 무슨 말이냐는 얼굴이었다. 백상이 학재더러 두 삼촌네들의 혼백을 이장할 것을 느닷없이 주장하였고, 학재 또한 예전과는 달리 순순히 받아들이고 이행하였다. 전에는 이장 말만 들먹이면 벌컥 화를 내고 돌아서지 않았던가.

"형이 제대하고 돌아오면 의문이 풀리겠지요."

"제대할 때가 넘었지 않았느냐?"

"그렇긴 하요만, 사정이 있겠지요."

명상은 백상의 제대 또한 궁금하였다. 백상의 편지에 의할 것 같으면 지난달에 제대를 하고도 남았다. 그런데 아직 집에 돌아오지 않았다.

"군대에서 정신이 제대로 들랑가 했더니 여전히 내 속을 썩일 모양이다."

"모르죠. 취직자리라도 마련하려는지."

"그런 생각을 가졌으면 내가 왜 이리 마음고생 하겄냐. 코째기 내기를 해도 그런 중심은 서지 않았을 것이다."

"성격이 많이 달라졌지 않았던가요?"

명상은 백상이 보였던 행동에서 안으로만 똬리 틀고 있던 내면의 세계에서 한 겹 벗어난 격정과 도전의식을 엿보았었다.

"지놈도 험한 시상을 살아가자면 달라져야제. 언제까지 떠돌이처럼 산천을 싸돌아 다녀서야 되것냐."

"당연한 바램이지요."

명상은 종부네의 기대치를 흡족하게 채워줄 백상이 아니란 걸 알기에 마음이 무거웠다. 백상은 누가 뭐라 해도 자신이 가고자 하는 길을 걸어 갈 것이다. 그 어떤 우리 안에서 안주케 할지라도 마음은 한 조각 구름처럼 떠돌 것이니, 누구의 잘못도, 누구를 탓할 성질도 아닐 터였다. 세상을 잘못 만났다거나, 상처로운 운명이라거나, 한 시절을 살다간 아버지에 대한 원망 따위의 겉치레적이고 상투적인 표백제로 백상의 행동과 내면의 갈등을 이해하고 매김해서는 안될 것이다. 어쩌면 백상의 성격 자체에서 우러나오는 고뇌요, 번뇌요, 방황의 무엇인지 모른다. 똑 같은 환경 속에서 자란 명상은 또 다르지 않는가. 세상을 즐거운 시선으로 바라보고, 청춘을 밝고 아름답게 채색하려고 하지 않는가. 사랑의 상처, 친구들로부터 받은 실망감까지도 하나의 삶의 과정으로 소화하지 않는가.

"제대를 하였으면 얼굴이나 내보이고 지놈 맘대로 할 것이제, 이제는 집도, 부모 형제도 잊었다는 겐지……. 암만해도 너 먼저 장가를 보내사 쓰것다."

"그렇게 며느리를 보고 싶으세요?"

"두 놈 가운데 하나라도 마음 든든하게 안주를 해야 쓸 것 아니냐. 너도 애인인가 뭔가 있을 때 똑부러지게 심지를 박아 놓아. 내 속 진물나게 하지 말고."

종부네는 심기 사납게 말하였다. 백상이 제대를 하면 꼼짝달싹 못하게 서둘러 장가부터 보내기 위해 은근히 중매쟁이를 세워 눈 여겨온 처녀를 며느릿감으로 점찍었다. 그런데 의외의 반응을 보였다. 신랑감이야 그만하면 나무랄 데 없다지만, 자식까지도 출세에 지장을 주는 집안에 딸자식 시집보내어 마음고생 시킬 것까지 없다는 것이었다. 기가 막히고 환장할 노릇이었다. 그래도 혹시나 하고 몇 군데 더 매파를 놓았으나 한결 같은 툇짜 물림이었다. 그 애비의 사상이 명예로운 훈장이 될 수 없다는 것이었다. 자식 장래는 물론, 혼사까지도 훼방질하는 남편의 존재가 원망스럽기 그지없었다. 정말이지, 자식의 혼사 길마저 먹장구름을 드리운다면 피를 토하고 죽을 일이었다.

"성급하게 서두른다고 될 일이오. 세상사 마음먹은 대로 되는 게 아닙니다."

명상은 서울로 간 애순이 눈앞에 다가왔다. 그녀를 영원히 사랑한다면 도리 없이 그녀 곁으로 다가가야 하지 않을까?

"하 세월 기다리고만 있으라고야? 그렇게 한가한 집구석이냐?"

"풋감은 떫습니다. 무엇이든지 시절이 있기 마련입니다. 어무니와 아부지를 보세요. 마음에 없는 결혼으로 빚어진 한 많은 운명 아닙니까."

"그때는 그럴 수밖에 없는 시상이었다."

종부네는 사납게 눈을 흘겼다. 지놈이 무얼 안다고.

"어무니께서 백상이 형을 강제로 결혼시켜 붙잡아 매 보세요. 시대 상황은 다를지언정 비슷한 불행이 반복될지 누가 압니까."

"어여, 네놈 말 듣기 싫다. 내일부터 이천네 어멈이 작은방에 들것인께 그리 알아라."

"기어코 올 것이 왔다고 하던마는 참 끈질깁니다."

"어쩔 것이냐. 등 떠 밀 수도 없고. 꼭 불편을 주지는 않을 것이다. 마루를 한번 훔치더라도 곁에서 도움을 줄 것인께."

"저야, 어무니 의사대로 따를 수밖에요."

명상은 옷을 갈아입고 대문을 나섰다. 면사무소 숙직당번이었다. 종부네는 명상의 뒷모습을 눈으로 쫓았다. 저놈 바짓가랑이에는 언제나 바람이 일어.

살얼음판

1

백상은 제대와 동시에 여산 스님을 만나 뵙기 위해 송광사로 향하였다. 그곳 선방에 없으면 지리산 토굴로 해서 진주 표상에게 소식을 물을 작정이었다. 제대와 함께 제일 먼저 여산 스님이 떠오른 것은 어째서일까? 한달음에 집으로 달려가야 도리인데 자신도 엉뚱하다 싶었다. 누님 집에 잠깐 들러 간단한 등산복 차림으로 갈아입고 송광사로 향하였다.

"어무니가 기다릴 텐데 제대 인사나 드리고 네 길을 가든지 말든지 하제, 그러냐? 그녀러 방랑기가 인자는 가신 줄 알았던마는 군복 벗자마자 또 족신통이 발동한다냐?"

누님은 백상의 뒤통수를 쥐어박듯 눈을 흘겼다.

"집에 내려가는 길에 잠깐 들릴 것이요."

백상은 누님을 안심시키고 버스에 올랐다. 송광사는 옛 모습 그대로였다. 다만 주차장 근처의 매점과 광장이 달라졌을 뿐이었다. 버스에서 내린 백상은 갈증을 풀 겸 김정허 선배의 집을 들어섰다.

"저, 모르시겠어요?"

백상은 손님을 맞는 김정허의 어머니에게 꾸벅 인사를 올렸다.

"가만 있거라이. 오메, 그라고 본께 백상이 학생 아니어? 아직도 제대를 안 했는가?"

김정허의 어머니는 깜짝 반갑게 손을 끌어 쥐었다.

"방금 제대를 하고 오는 길입니다."

"어따, 잘했네. 뭘 좀 드실랑가?"

"물 한 그릇 주세요. 송광사 물맛이 그리웠습니다."

"조금도 변함 없네이."

김정허의 어머니는 냉수 한 그릇을 떠 주었다.

"정허 선배님 근황은 잘 전해 듣지요?"

"그놈이 언제는 속내를 시원스럽게 내비쳐야 말이제. 서로 편지 연락을 안하고 지냈는가?"

"군대 편지야 늘상 공식적이지요."

"유신시대인디 그놈의 신상이 좋것는가. 뭐할라고 데모세력에 가담하여 내 가슴을 뽀개는지 모르겠네."

"사람다운 세상을 만들기 위해서죠."

백상은 간단하게 대답하였다. 시월 유신으로 군사독재가 시작되고, 그전에 김정허는 민주수호 전국 청년학생연맹 배후 인물로 활동의 자유가 제한되었다. 일종의 칩거 아닌 영어 신세나 다름없었다.

"어따, 즈그들한테 물어 보게. 자기들이 아니면 나라가 온전할 수 없다고 하들 않는가. 어디까지나 불순한 요주의 인물로 매김 하지 않는가 말이여. 내, 정허 말만 나오면 심장이 터질라고 하네. 남맨치로 공부를 못 하였는가, 인물이 남만 못 하는가. 거기다 성격은 또 어떤가. 그놈이 그렇게 변할 줄 생각이나 했어야 말이제. 일주일이 멀다하고 형사들이 찾아와 집안 동정을 살피지를 않나, 흡사 빨갱이 취급을 하는 통에 잠도 제대로 못 자네."

"세상이 밝아지면 고생한 보람을 얻을 것입니다."

"워따, 그 말은 해방 전에도, 사일구 이전에도 귀 따갑게 들었네."

"이제 젊은 우리들과 양심이 살아있는 지식인들이 국민의 힘을 업고 암울한 독재정권을 무너뜨리고 진정한 민주화를 이룩할 것입니다."

백상은 넋두리로 떨어지려는 김정허의 어머니를 위로하였다.

"행여 그런 말 함부로 하지 말게. 누가 들을까 무섭네."

"잘 알겠습니다. 김 선배님을 만나면 그 마음을 간곡하게 전하겠습니다. 따님은 여전하십니까?"

백상은 김정허의 누이동생 안부를 물었다. 진즉 물어보고 싶었는지도 몰랐다.

"일찍 시집보냈네. 자칫 즈그 오빠 땜새 혼사 길이 막힐 것 같고 해서. 그리고 마냥 자네만을 생각하게 할 수도 없었네. 자네나 정허나 마누라 고생시킬 게 뻔하지 않는가. 그래도 그년은 집에 오면 즈그 오빠와 자네 안부를 묻네, 그려. 시집 간 년이 속창아지 없게스리."

"행복을 빌어야겠습니다."

백상은 한쪽 구석이 허전함을 느꼈다. 첫 휴가 때 김정허를 만나러 왔다가 그녀를 만났었다. 성숙한 여인의 모습으로 변모한 그녀는 예전의 앳된 소녀가 아니었다. 도전적인 눈빛은 여전하였으나, 그 눈빛 속에 수줍음과 청순함을 지니고 있었다. 저한테 빚진 게 있죠? 그녀는 몇 년 전 겨울방학 때, 그녀의 일방적인 약속을 내치고 김정허를 따라 고학의 길로 나섰던 것을 아직도 가슴에 담고 있었다. 어떻게 갚으면 되지요? 백상은 농담조로 반문하였다. 키스요. 용기 있으면 그렇게 갚아요. 그녀는 정면으로 부딪쳐 왔다. 백상은 난망한 얼굴로 형편없이 구겨졌다. 떠나는 날, 그녀는 용기가 넘칠 때까지 기다리죠. 아시겠어요? 귓속말을 하듯 속삭이며 그녀답지 않게 눈망울을 내려뜨렸다.

"세상을 살아가자면 애틋한 인연이 많제. 더구나 결혼은 현실인께."

"사람마다 상처를 안고 있으니까요. 더구나 저와는……."

"알고 있네. 내가 보기에는 부질없는 기다림이고, 기약 없는 인연이었네. 자네 또한 내 딸과는 달리 차가운 성격이고."

"잘 보셨습니다. 절에 좀 다녀오겠습니다."

백상은 경내로 향하였다. 어머니는 기회 있을 때마다 맞선을 보라고 관보를 쳤다. 억지로 인연을 비끌어 매기 위한 부질없는 노력이었다. 결혼 따위는 아주 멀리 내던지지 않았는가. 나 대신 명상이 어머니의 허전함과 소원을 이루어 줄 것을 바랬다.

경내는 예나 지금이나 고요한 가운데 엄숙함이 떠돌고 있었다. 여산 스님은 계시지 않았다. 백상은 경내를 한 바퀴 돌아보고 나서 김정허의 어머니가 자고 가라는 것을 뿌리치고 지리산으로 발길을 옮겼다. 들녘에는 보리들이 새파랗게 봄기운을 안고 있었다. 화개동을 들어섰을 때는 해가 저물었다. 백상은 섬진강가에서 강물 위에 어린 노을빛을 바라보다가 허름한 여관에 들었다. 차 향기가 문틈으로 스며들었다. 그러고 보니 머지않아 햇차가 나오지 싶었다. 여산 스님 덕택으로 우리의 차 맛을 조금 알았는데, 군대에서 깡그리 잊었다. 여산 스님을 만나면 오랜 만에 차 맛을 보겠지.

다음날, 아침 일찍 지리산을 올랐다. 봄을 맞아 산은 더욱 넉넉한 기운을 안고 있었다. 여산 스님의 암자에 올랐을 때는 햇살은 오후로 기울었고, 굴뚝에 연기가 피어올랐다. 반가웠다.

"누군가 했더니 백상이로구먼."

여산 스님은 마당가 널찍한 바위 위에 가부좌를 틀고 있었다.

"송광사에 계시는가 했습니다."

"거기에 간 것은 또 다른 목적이 있어서가 아니었는가?"

여산 스님은 가부좌를 풀며 만면에 웃음을 지었다.

"스님을 속일 수는 없겠습니다."

"제대와 동시에 산 속이나 헤매자고 온 건가? 어머님은 뵈었어?"

"곧바로 이곳에 왔습니다."

"머리라도 깎으려고?"

"스님께서 머리만은 깎지 말라고 하셨잖아요."

"필요에 의한 신분 위장도 있을 수 있겠지."

"가짜 중 행세 따위는 제 자신이 받아들이지 않을 것입니다."

"그럼, 무엇 때문에 왔는가?"

"인사차 들렀습니다."

"그럴 리야 있겠나. 아궁이 불이나 다독이고 들어와."

여산 스님은 먼저 방에 들었다. 백상은 아궁이 불을 다스렸다. 솥 안에는 물이 펄펄 끓고 있었다.

"물이 끓어 넘칩니다."

"목욕부터 하게나."

여산 스님은 방문을 열어 잡는 백상에게 비누와 수건을 내주었다.

"스님께서 사용하셔야지요."

"먼저 해. 손님부터 해야지."

백상은 찬물을 알맞게 탄 다음 머리부터 감았다. 산을 오른 피로가 말끔히 가셨다. 뒤이어 여산 스님은 손수 삭발을 치고 몸을 헹구었다. 백상은 저녁 공양을 지었다.

"촛불 타는 모습을 오랜만에 대하니 마음이 옛 고향을 찾은 듯합니다."

백상은 저녁 공양을 함께 들며 새삼 지리산의 청정한 밤공기를 맡았다.

"그 마음속에 과거, 현재, 미래가 있지."

여산 스님은 저녁 공양을 들고 나서 삼천대천 삼라만상을 울리는 종을 치고 간단히 저녁 예불을 올렸다. 수행자로서 한 점 흐트러짐이 없었다.

"찻물을 끓였습니다."

"잊지 않았군."

여산 스님은 다기를 끌어 당겨 차를 다렸다.

"이건 생차 잎 아닙니까?"

"아직 햇차가 나오지 않아 조금 따왔어. 여린 찻잎을 따서 마시는 것도 괜찮아. 마셔봐."

"약간 떫은 듯 하면서도 향기롭습니다."

"앞으로 어떻게 할 건가? 복학을 해야겠지?"

여산 스님은 그윽한 눈길로 물었다.

"그럴 생각입니다만……."

"마땅히 하숙할 곳이 없어서인가?"

"하숙이나 자취는 찾아보면 있겠지만, 숨통 막히는 이 시대상황에 회의가 들어서요."

"지금 현재가 중요한 게 아니지. 항상 미래를 가꾸는 마음으로 살아야지."

"그 점은 무시할 수 없겠습니다."

"내가 거처할 암자를 소개해 줄 테니까 당분간 그곳에서 숙식을 해결하며 복학을 준비하게나. 고려대학 뒤쪽에 자리 잡은 암자인데, 주지 스님이 나와 도반이야. 학승으로도 이름이 높으니까 공부하는데 도움이 될 거야."

"스님의 배려라면 감사히 받아들이겠습니다."

"고맙군. 난 또 심통을 부리지나 않을까, 걱정하였네. 지난겨울, 주지 스님이 나와 함께 이곳에서 며칠 지냈는데, 그때 자네 이야기를 하였어. 기꺼이 승낙하였으니까 부담 갖지 말고 못 다한 학업을 마저 끝내. 회의가 든다고 내팽개치면 장차 후회를 불러와. 고난이 닥칠수록 배움은 무기야."

"깊이 새기겠습니다."

백상은 여산 스님이 한없이 고마웠다. 세속의 명리를 버리고 무애행을 열어 가는 그 모습이 마음을 아릿하게 하였다.

"아무튼, 군대 생활 고생이 많았을 거야. 여기서 며칠 쉬면서 몸과 마음을 청정하게 여미게나."

"군대 생활이 꼭 고된 것만은 아니었습니다. 새로운 깨달음을 주었어요. 무엇보다 신체의 단련, 그 강인함을 지녔으니까요."

"사람은 어떠한 환경에 처하였을지라도 마음먹기에 따라 자기 것으로 승화시킬 수 있지."

"스님께서도 남들처럼 큰 절 하나쯤 맡으십시오."

"나는 번거로움을 좋아하지 않네."

"대중 속에서 중생들을 교화시키는 것도 부처님의 사명 아닙니까."

"나는 아직까지 거기에 이르지 못 하였어."

여산 스님은 실풋이 웃음을 담았다. 맑은 물에는 고기가 살지 않는다 하였으나, 그 맑은 물은 아래로 흐르기 마련이고, 아래로 아래로 흘러 내려오는 동안 흙탕물과 섞이어 비로소 고기가 숨을 쉬고 생명을 낳는다. 모든 선지자들의 면모가 그러하였듯이, 고고하고 청렴한 기풍은 산 아래로 불어쳐 은연 중 감화를 받기 마련이다.

백상은 여산 스님과 며칠을 보냈다. 시자 노릇을 톡톡히 한 셈인데,

그간의 자취생활과 군대에서 익힌 솜씨를 그대로 내보였다. 나무를 해오고, 불을 때고, 공양을 짓고, 청소를 하고, 그러한 가운데 하루가 즐거웠다. 마음 수양이 어디에서 오는가를 알 듯 하였고, 산이 어찌하여 넉넉한가를 알게 되었다. 산새들이 바람을 떨치는 나뭇가지 위에 둥지를 트는 까닭을 깨달았다.

"나뭇단을 보니 마음이 풍족하기만 하다."

여산 스님은 백상의 수고로움을 흡족해 하였다.

"구름안개가 우리를 하늘 위로 치받듭니다."

"아직도 이곳에서 아버지의 실체를 찾느냐?"

"글쎄요. 풀리지 않는 숙제만 같습니다."

"내가 여기에서 희생된 넋들을 천도해 주기 위해 이곳에 자리 잡았다. 달리 방법이 있겠느냐."

"세월이 좀 더 지나야 안개구름이 걷히겠지요. 그리고 시야가 온전히 트이면서 묵은 숙제가 풀릴 겁니다."

"집요하구나."

"스님께서 말씀 하셨잖아요. 역사의 오류를 바로잡고 증언해야 한다구요. 그러자면 더 방황해야 하고, 누군가 살아있어 역사의 오류를 한점 부끄러움 없이 증언해야겠지요."

"아무리 긴 강일지라도 결국에는 바다에 이른다."

여산 스님은 두 눈을 지그시 감으며 좌선삼매에 들었다. 백상은 그런 스님을 뒤로하였다. 이번에는 진주 쪽으로 방향을 잡았다. 표상은 아랫배가 더욱 튀어 나왔다.

"드디어 제대를 하였구나. 그 동안 고생 많았다. 우선 제대주라도 한잔 나누자."

표상은 백상을 이끌고 단골집인 한식집을 들어섰다. 백상은 떡 벌어진 음식상을 대하자 식욕이 솟구쳤다.

"여산 스님께서 안부 전하라고 하였습니다."

"거기 들렀다 온 게로구나. 여산 스님도 법랍이 그 정도 되었으면 안주 할 곳이 필요한데 언제까지 운수납자로 만족하실 것인지, 내 마음이 편치 않다."

"절이라도 지어 주시죠."

"내 말이 그 말이다. 진즉부터 그리 말해도 저저이 도리질한다. 너는 복학을 해야겠지?"

"여산 스님과 똑 같은 질문이십니다."

"배우는 사람 아니냐."

"고맙게도 여산 스님께서 마음 놓고 묵을 암자를 소개해 주더군요."

"그 참, 잘된 일이다. 학비는 내가 대줄테니까 그렇게 알거라. 투자를 해놔야 앞으로 네 덕 좀 보지."

"그래봤자 앞날이 굴뚝인데요. 오히려 짐만 되지요."

"어느 구름에 비 뿌릴지 아무도 모른다. 세상사는 새옹지마라 했다."

"말씀만이라도 고맙습니다."

"아니다. 내 진즉 그리고 싶었다. 어머님은 건강 하시제?"

"아직 집에 들어가지 못했어요."

"뭐야? 집에서 얼마나 기다리겠느냐."

표상은 적잖이 나무랐다. 백상은 수굿이 받아들였다. 자꾸 권하는 바람에 술을 두어 잔 마셨더니 얼굴이 후끈 달아올랐다.

"진주 음식은 정말 맛있어요."

"배가 고팠던 게지. 군대에서도 술을 배우지 못한 게로구나."

"마시기 싫었어요. 앞으로는 모르지만."

"너라도 멀쩡한 정신으로 살아야지. 세상 돌아가는 꼴을 보면 모두가 제정신이 아니다. 권력에 눈이 멀고, 물욕에 미친 자들밖에 없다. 그 가운데 나도 어쩔 수 없는 한 사람이다만."

"세상을 아예 눈감고 살까요?"

"입을 닫고 사는 세상이라지만 그래서야 쓰것냐. 할 말은 하고 살아야지. 하지만, 너는 행동을 조심해야 한다. 잘못하면 억울한 꼴을 당한다. 남해에서는 술좌석에서 유신을 비판한 사람이 그 자리에서 끌려가 행방이 묘연하다는구나."

"몸은 낮추고 행동은 옳은 길로 나가야겠지요."

백상은 오랜만에 포만감을 느꼈다. 더구나 못 마시는 술까지 마셨으니, 표상과 날카롭게 시국을 논하고 시시비비를 가리고 따지고 싶지 않았다. 술자리에서의 담론은 그저 울분에 지나지 않는다. 행동과 하나가 되어 정면으로 부딪쳐야 한다.

"이번에 사업을 확장하였다. 새로운 사업에 손을 댔다고 해야겠지."

"전망이 밝습니까?"

"이제 새마을사업이 농촌에서 도시 속으로 들어와 경제 부흥을 꾀할 거야. 벌써 그렇게 돌아가고 있어."

"수출산업 국가로 말이지요?"

"거기에 편승하여 수출 위주의 공산품을 생각한 거야."

"그러자면 권력과 싫든 좋든 손을 잡아야 하는데, 뒷배가 든든한가요?"

"나는 적어도 정직하게 사업을 일굴 거야."

"어련히 알아서 잘 하시겠지요."

"만 사람에게 믿음을 심어주고 그 믿음 위에서 사업을 할 거야."

표상은 굳건한 의지를 내비쳤다. 성실과 믿음, 그리고 두둑한 배포로 새로운 사업에 도전하기로 하였다. 지금의 사업은 부인이 충분히 휘어잡고도 남았다.

"제 생각에는 수산물을 취급하는 것도 괜찮을 듯싶은데요. 점점 연근해의 어업량은 줄어들고, 먼바다로 시선을 돌리지 않는가요?"

"듣고 보니 냉동수산물을 수입해 들여와 유통시키는 것도 좋을 듯싶다."

표상은 백상의 말에 잠시 생각에 잠겼다가 머리를 끄덕였다. 음식집을 나온 백상은 표상이 잡아준 여관에 들었다. 지리산 여산 스님의 암자와는 전혀 다른 땀 배인 침대에서 푹신 잠을 청하였다. 진주에서 이틀을 보낸 백상은 집으로 향하였다. 표상의 말처럼 순서가 뒤바뀐 행보였다. 연안연락선에서 내린 백상은 원뚝을 가로질렀다. 개구쟁이 아이들이 삘기를 뽑아 먹고 있었고, 민들레가 발에 밟혔다. 울타리 너머의 삐죽갈네 집은 다른 사람이 살고 있었다. 백상으로서는 뜻밖의 변화였다.

"썩을 놈, 진즉 제대를 했음시러 어디를 깨대댕기다 오는고."

종부네는 대문을 들어서는 백상을 밉살맞게 눈을 흘겼다.

"세상 바람을 쐬었습니다."

"앞으로 얼마든지 쐴 것인디, 그새를 못 참아 내 간장을 졸였냐?"

"삐죽갈네 집도 다른 사람이 사는 것 같고, 마을이 조용합니다."

백상은 이천네 어멈이 집에 놀러 온 줄 알았다. 그런데 알고 보니 지난날 몽선이 기거하였던 행랑채를 차지하고 있었다.

"다들 도시 바람이 들이친 까닭이지야."

종부네는 기다림으로 조바심치던 것과는 달리 아들의 행색이 마뜩찮았다. 저놈의 배낭만 보면 가슴에 통증이 일었다. 공부고, 뭐고, 저놈을 어떻게 해야 허리띠를 붙들어 맬 수 있을까?

"저라도 집에 살아야겠군요."

"제발 그라면 너 좋고 나 좋지야."

종부네는 여전히 심기가 사나왔다. 백상은 그런 종부네의 심기를 모른 체 하고 종갓집으로, 작은집으로 두루 인사를 다녔다.

"어이구, 내 새끼! 훨씬 의젓해졌다. 느그들 모습을 보면 저절로 웃음꽃이 핀다."

도암네는 그저 흐뭇한 얼굴이었다. 백상은 마을을 한 바퀴 돌아보고 수문께를 거닐었다. 올려다보는 마을과 건너 마을은 지붕 개량으로 겉모습은 산뜻하였으나, 왠지 모르게 스산한 바람이 처마 끝마다 머물고 있었다. 그와 함께 마음을 주고받을 친구가 없다는 허전하고 외로운 바람이 백상의 가슴을 헤집었다. 다들 어디로 갔을까? 어려서부터 절실한 친구를 마음에 두지 않았으나, 이런 감정은 느껴보지 못하였다. 고향에 진정한 벗 하나 없다는 것은 파삭하게 마른 겨울나무와 다름없을러라.

"백상이구나. 제대를 했고?"

돌아보니 한우균이었다. 하얗게 바랜 머리칼에서 세월의 인고를 가늠할 수 있었다.

"여전하십니다."

"바다와 더불어 갯물 둘러쓰고 사는디 달라질 게 뭐가 있겠냐."

"고기잡이는 계속 하시구요?"

"고기 씨알이 예전 같지 않아 주복으로 겨우 반찬 정도 잡는 실정이다. 암만해도 새로운 양식어업으로 탈바꿈해야겠다. 고기 씨알도 인공양식으로 키워야 할 것 같으다. 기력이 따라 줄지 모르겠다만.

"생각이 거기에 이르렀으면 남 먼저 서둘러야지요."

"그게 어디 쉽냐."

한우균은 수문턱에 엉덩이를 내려놓으며 담배를 피워 물었다. 시절이 언젠가는 그런 쪽으로 내몰겠지만 아직은 어려움이 많았다. 모험을 사야하고, 부대시설의 비용이 만만찮았다.

"지금까지는 아무런 대가없이 바다에서 소득을 올렸다면 이제부터는 투자를 필요로 하지 않겠어요?"

"투자가치를 중요시하는 자본주의의 개념을 충실히 인지해야겠제."

한우균은 제법 심각한 표정을 지으며 자신의 지식을 내보였다.

"경제원론에 밝습니다."

"그게 다 옛날 느그 아부지 덕택이다."

한우균은 잠시 백상의 얼굴에서 한민서를 찾았다. 나이가 들수록 한민서의 경제철학이라든가, 앞날을 내다보는 예지와 정치철학이 오늘의 시대를 관통하였다. 대섬목의 바지락 양식, 큰개의 꼬막 양식, 굴 양식이 그 대표적인 사례인데, 그때만 해도 지천으로 널려있는 게 바지락이요, 꼬막이요, 굴이었다. 굳이 양식장을 만들지 않아도 바구니 가득 캐담을 수 있었다. 그런데 한민서는 마을사람들을 동원하여 양식장을 만들어 부락 공동체의 살림 밑천으로 삼았고, 두레의식을 고취시켰다. 지금에 이르러 양식장이 있기에 풍족함을 누린다. 그뿐만 아니다. 권력의 속성을 누구보다도 염려하였다. 그때는 한우균도 마음 깊이 새겨듣지 않았는데, 오늘의 유신선포까지 한민서의 우려가 그대로 묻어난 것이다. 백성들에게 언제까지 침묵을 강요하고, 재갈을 물린다면 그 만큼 평등한 사회, 진정한 민주주의는 요원한 것이다.

"아직도 옛날의 고전적인 추억 어린 향수를 지니고 계십니다."

"고전적인 향수가 아니다. 시간의 무게와 세상의 부피가 다를 뿐, 내면을 들여다보면 달라진 게 하나도 없다. 반공이데올로기만 하더라도 그렇지 않느냐. 느그 아부지의 그늘에서 온전히 벗어 날 수 있겠냐? 알게 모르게 느그 아부지로 인해 핍박을 받고 행동의 부자유를 느끼지 않느냐. 그 영향을 부정할 수 없다. 민족자주를 외치고, 군부독재로 치닫는 오늘의 현실에 항거하는 잠재의식은 어디서 온 것이냐?"

"누가 들으면 잡혀가기 딱 알맞겠습니다."

백상은 적이 놀랐고, 한편으로는 반가웠다. 고향에 이러한 사상을 지니고 있는 사람이 있다는 것은 썩지 않은 웅덩이 물이 아니고 무언가.

"하도 답답혀서 너한테 가슴에 묻은 말을 한 것이다. 대화할 사람이 별로 없다. 괜스레 주위의 눈치나 살피며 입 다물고 살자니 울화통이 터질 때가 한 두 번이 아니다."

"고향에 내려와 보니 이해가 갑니다."

"하여튼, 몸조심하거라. 어디에 있든. 집에 붙박혀 있지는 않것지야?"

"그래서 어머님과 충돌하죠."

"느그 어무니도 당신 생각만 해서는 안 된다. 놓아 보내야 한다. 큰 물고기는 큰 바다에서 살아야 한다. 그 마음을 잘 헤아린다만. 그리고 명상이 있지 않느냐."

"어머님께 그렇게 말씀 드려 주십시오."

"그러자. 비교적 내 말은 잘 알아들으니께."

한우균은 고기 퉁주리를 어깨에 둘러맸다. 장어 꼬리를 뻘떡게 한 마리가 물고 늘어져 있었다. 백상은 그 길로 무덤재를 넘어 숫돌바위를 돌아보고 약낭골을 즈려밟은 다음 방죽재를 넘었다. 해가 설핏 기울고 있었다. 당상나무께서 집으로 돌아오는 명상과 마주쳤다.

"진즉 제대를 한 것으로 아는데 이제야 왔는가? 하여간 축하해요."

"그렇지 않아도 어머니께 된통 한마디 들었다."

"들어도 싸제. 형 말대로 한식날 두 분 삼촌을 이장했어요."

"잘 모셨더구나. 학재 형님께 술 한 잔 드려야겠다."

"그런데 옥서 삼촌 말이요. 신발짝과 허리띠만 남았던데, 형은 어찌 알고 그 점을 확인해 보라고 하였어요?"

"판봉이 가슴에 총부리를 들이댔을 때, 옥서 삼촌을 죽이지 않았다고 하더구나."

"세상이 알아주는 사기꾼의 말을 곧이들었어요? 장인 될 사람이 누구보다도 잘 알았을 것인데 어찌 그걸 몰랐단 말인가요?"

폭포수 아래로 알몸뚱이가 되어 뛰어 내렸다? 누가 들어도 서천 소가 웃을 일이었다.

"나도 그게 아직까지 의구심으로 남는다. 아무리 머리를 싸매도 해답이 나오지 않는다."

"형이 판봉에게 속은 거야. 내가 쫓아갔을 때 판봉은 이미 행적을 감추고 없었어요."

"여수 외삼촌에게 변상은 해 주었더냐?"

"그 자식 말을 액면 그대로 받아들이다니, 정말 순진합니다."

"하여간, 옥서 삼촌 약혼녀를 만나볼까 한다. 그녀의 딸이 한동안 누님 집에서 하숙을 했다는구나."

"누님은 자주 만났겠네."

"마음 터놓고 만나지는 못 하였는가 보더라만, 사는 곳은 알 수 있겠지. 당분간은 비밀로 해야 한다. 괜히 슬픔과 분노만 촉발시킬 것이다."

"난, 전적으로 믿기지 않아요."

명상은 어디까지나 부정적이었다. 총질을 도끼자루 휘두르듯 하였고, 박수혁에게까지 사기를 친 판봉의 말을 어떻게 곧이들으란 말인가.

"판봉은 왜 찾아갔지?"

"여수 외삼촌 일로 화가 치밀어서요."

"외삼촌 형편은 어떠냐?"

"완전히 폐인이 되다시피 했어요. 재기의 가망성이 없어 보이는데 마지막 안간힘을 쓰는 것 같아요."

"그렇게 심각한 거야?"

"큰 외숙도 형제애를 발휘하여 재기의 발판을 마련해 주면 좋을 텐

데 방관자연 하는구만. 그간 외삼촌이 어장막이에 얼마나 많은 보탬을
주었는가, 말이요."

"나름대로 사정이 있겠지."

"내가 보기에는 큰 외숙 특유의 무관심이에요. 겨우 마지못해 응달진
곳에 외삼촌 가족들이 기식할 집 한 칸 마련해 주는 걸로 입막음하는
것 같아요. 그나마 마을사람들의 눈이 따가와 마음을 쓴 것이겠지만."

명상은 큰 외숙의 마음 씀씀이를 못마땅해 하였다. 박해수의 유복녀
인 조카딸도 자기 자식들은 돈 보따리를 짊어지우고 도시로 유학을 보
내면서 남의 집 식모처럼 홀대를 하였다. 장자인 박해수에게 물려줄 재
산을 생각해서라도 조카딸 하나만은 친자식 이상으로 기르고 가르쳤어
야 하지 않았을까. 주위의 눈들이 있어 겨우 체면치레 정도였다. 거기다
박수혁이 부도가 나기 전에는 어장막이에 필요한 모든 물자를 지원 받
았으면서 저 지경이 되니까 무관심으로 일관하였다.

"망한 자에게는 살림을 다 들어 도움을 줄 수 없다고 하였다. 스스로
자생의 길이 열리겠지."

백상은 명상의 불만어린 심정을 이해하였다. 한 뱃속에서 나온 형제
라고 해서 다 같을 수는 없을 터였다.

"둘이 한꺼번에 들어오니께 오지기도 하다."

이천네 어멈은 대문을 들어서는 두 형제를 맞으며 담뱃대를 기둥 모
서리에 탕탕 두드렸다.

"저렇게 머리 맞대고 의좋게 살았으면 얼마나 좋겠소."

종부네는 기다리고 있었다는 듯 저녁상을 내왔다. 모처럼 부엌에 드
는 즐거움과 보람을 느꼈다. 아들 군대 보내는 것이 제일로 마음 아팠
는데 무사히 제대를 한 것이다.

"반찬새가 구수하다."

"아짐도 이리 오시오."

"아니다. 밥임이 없어는께."

"어제오늘 밥임이 없으셨소? 어서 밥상 앞에 앉으시오."

"그라면 입맛만 쪼깐 다셔 볼끄나?"

이천네 어멈은 담뱃대를 밀쳐두고 다가앉았다. 명상은 그 모습이 우스워 웃음을 깨물었다. 끼니때마다 밥임이 없다면서도 식사 때는 토끼 귀처럼 쫑긋 잘도 알았다.

"백상이는 내일부터 학재하고 감탕나무 모래밭에서 소 질 좀 들여라."

"저 소 말인가요?"

"느그 외할아버지께서 거져 주다시피 한 소인디, 명상이 더러 시간 날 때마다 질 좀 들이라 했던마는 팔팔한 저 성깔에 소를 달랠 줄은 모르고 반 죽인다. 차분하게 소 질을 잘 들여야 농사짓기 편한 법인디, 당최 소 성깔만 어긋지것다. 올 농사는 저놈으로 지어야지야."

종부네는 다지듯 말하였다. 그래야 백상을 옴죽달싹 못하게 붙들어 둘 것이었다. 그리고 친정아버지가 배 지을 나무를 준 대가로 일찍부터 송아지 한 마리를 주마고 약속하였는데, 돌아가시기 전에 그 약속을 지키셨다. 그냥 가져오기가 송구하여 술값 정도 드렸지만, 돌아가신 그날까지 딸의 살림살이를 걱정하였다. 그 만큼 소홀히 다룰 수 없어 정성껏 먹였다.

"큰집 소는 어떡하구요?"

"폴새 술값으로 날려 보냈다. 거, 이상하제. 학재가 술독에 빠져 지낸다 하지만 흔한 말로 주지육림에 빠져 지내는 것도 아니고, 마셔봐야 깡소주고, 술안주라야 낚시 고기 아니면 학수네 갯바구니에서 낙지 마리나 빼앗듯 하는디, 어째서 살림이 그 모양일끄나?"

종부네는 혼잣소리로 말하였다. 상정네도 그걸 두고, 도대체 이해할 수 없어 하였다. 그녀러 며느리가 들어온 뒤부터 살림살이가 해마다 줄어드니 알다가도 모르것소. 살림 물정 모르고 친정집에서 하던 통 큰 버릇을 못 버리는 갑소. 큰 성님이사 일에만 매달릴 줄 알았제 집안 살림은 도통 모르잖소. 상정네는 살림 축 나는 것을 두고 며느리의 절제 없는 소행으로 단죄하였다.

"참, 아까운 소인데, 작은어머니의 말씀도 전혀 배제할 수도 없을 거예요."

"명상이 말이 맞다. 큰 살림일수록 곡간 단속을 잘해야 허는디, 그 집 곡간에는 암만해도 쥐구멍이 난 듯 싶으다."

이천네 어멈도 밥값을 할 요량으로 명상의 말을 거들었다.

"형, 소 길 들이기 재미있어요. 모래판에서 썰매를 타는 거요."

"니가 그래서 소를 어긋지게 한 거여."

종부네의 입꼬리가 치켜 올라갔다. 쟁기머리에 썰매를 매달고 길을 들이는 것은 초보 단계이지 마냥 재미만을 쫓아서 노닥거리듯 하면 언제 길을 들일 것인가.

"제 몫인 것 같습니다."

백상은 짤막하게 대답하고 저녁상에서 물러났다.

"형, 나 따라 가지 않을랑가?"

백상이 방에 들어 먼지 낀 책장을 펼치려는데 명상이 뒤따라 들어왔다.

"어디를?"

"형과 맞선 보려고 했던 처녀도 볼 겸 손해는 없을 거요"

"피곤도 하고, 네가 즐길 곳이지, 나는 흥미 없다. 앞으로 내 걱정일랑은 하지 말거라."

"형은 젊음을 모른다니까."

명상은 거울 앞에서 한참 멋을 내더니 방문을 나섰다. 애순이 서울

가고 나서 허전한 마음을 달래기 위해 애순이 또래들과 어울렸다. 형이 집에 있을 때 서울을 한번 다녀올까? 명상은 큰밭재를 넘으며 애순을 떠올렸다.

다음날, 백상은 쟁기를 짊어지고 소를 앞세웠다. 사람으로 치자면 이제 여드름이 돋아날 사춘기에 접어든 나이였다. 정성 들여 먹여서인지 엉덩이가 토실하였다. 학재는 벌써 집을 나가고 없었다.

"제대하자마자 소 길들이라고 그라시오? 손 부르튼디 조심하시오."

예분례가 푸시시 웃었다. 마음이 태평해서인가, 살빛이 좋았다. 백상은 방죽재를 넘어 감탕나무께로 향하였다. 방죽재 밭머리에서 석재가 밭을 일구고 있었다. 언제 봐도 부지런하였다. 학재는 재문과 감탕나무 아래에서 냄비를 돌화덕 위에 올려놓고 불을 지피고 있었다. 곁에는 소주병이 있었다. 해장술치고는 동심어린 모습이었다.

"한가하십니다."

"조금 있으면 농번기 아니냐. 제대를 축하한다."

재문은 설익은 농담을 하였다. 냄비가 가쁜 숨을 내지르며 뚜껑을 밀어 올렸다. 냄비 속에는 보리숭어와 장어, 낙지가 양념을 곁들여 들어 있었다. 한우균 아니면 수굿네 아범에게 어거지를 썼을 것이다.

"제대도 하였고, 앞으로의 계획은 서 있냐?"

학재는 재문에게 소주잔을 건네며 진지하게 물었다.

"가을 학기에 복학 해야죠."

"돌아가는 시국이 영 살얼음판이라 내 마음이 불안하다. 너를 믿는 다만."

"이놈의 세상이 총칼 앞에서는 옴싹달싹을 할 수 없으니, 원."

재문은 냄비 뚜껑을 열고 낙지발을 썰어 삼켰다. 백상은 국물을 떠먹었다. 맛이 그저 그만이었다.

"술 한잔하려므나."

"아닙니다. 그러다가는 소까지 비틀거립니다."

"다시는 앞산 큰 굴에서 생식 따위는 하지 말거라."

"바다가 눈앞을 가리면 또 모르지요."

"그 말은 꼭 부처님 화두만 같다."

학재는 투깔스럽게 말하며 재문이 건네는 술잔을 받았다. 넘실거리는 바다가 어디 눈앞만 가로막느냐. 잠결에도 목물로 차오르지 않더냐.

"땀을 한바탕 흘리고 나서 들기로 하세. 소잔등에 안장을 올려 보세나."

재문은 먼저 자리에서 일어났다. 백상은 되새김질을 하고 있는 소를 끌고 왔다. 학재와 재문은 멍에와 안장을 올렸다. 소랄 놈이 길을 들이기도 전에 지레 묽은 똥을 싸제꼈다. 백상은 앞에서 코뚜레를 잡아끌고 학재는 뒤에서 쟁기머리를 붙잡았다. 소랄 놈이 힘에 부쳐하며 자꾸만 뒤물림을 하였다.

"명상이가 길을 들인답시고 맨날 썰매만 탔구만."

재문은 그 모습을 지켜보며 한소리 하였다. 학재는 대여섯 바퀴 돌리고 나서 백상에게 쟁기머리를 넘겨주었다. 이번에는 재문이 코뚜레를 잡아끌었고, 백상은 이랴, 이랴, 소를 몰았다. 생각보다 힘이 부쳤다.

"소 등허리에 땀이 배이고 생똥을 싸제끼는 것을 보니 조금 쉬었다 해야겠다."

재문은 소를 쟁기머리에서 풀려나게 하였다. 소는 가쁜숨을 몰아쉬며 풀을 뜯었다. 학재와 재문은 남은 술을 마저 들었다.

"소가 보기보다 순하다. 잘만 길들이면 논갈이도 충분하겠다."

"그러자면 백상이 손에 물집깨나 들것제."

백상은 두 사람의 대화를 귓결로 흘려들으며 감탕나무 숲을 올려다

보았다. 모래밭에 뿌리내린 감탕나무는 그 오랜 해풍과 밀려드는 파도를 온몸으로 받아들이며 울울창창 생명을 노래하고 있다. 여름에는 매미가 극성을 떠는 가운데 아이들의 놀이터로, 어른들의 피서지로, 넉넉함을 베풀고 겨울에는 차가운 북풍한설을 막아 주었다.

백상은 매일 감탕나무께로 나와 소를 길들였다. 지성이면 감천이라고, 보름이 지나자 코뚜레를 끌지 않아도 소 혼자 가는 방향을 가늠하였다. 연습 삼아 채전밭에 쟁기머리를 들이댔을 때도 말썽을 부리지 않고 거뜬히 차고 나갔다.

"충조네 소보다 낫겠다."

종부네는 모처럼 백상이 하는 일에 흡족함을 나타냈다.

"백상이가 큰일 했다. 처녀 집과는 맞선 보기로 했냐?"

"암말 말시오. 아직은 비밀이요. 행여 백상이 귀에 들어갔다가는 어이쿠나, 뜨거라, 언제 도망칠는지 모르요."

종부네는 이천네 어멈이 귓속말로 물어오자 혹여 백상이 들을세라 입막음을 하였다. 백상이 눈치 채지 않게 은밀히 며느릿감을 물색, 맞선 볼 기회만을 노리고 있었다. 어제는 그 일로 관산부락을 다녀왔다.

"성사가 되고 안 되고는 당사자 마음이제."

이천네 어멈은 샐쭉하니 돌아앉으며 담뱃대를 찾았다.

백상은 보리타작과 모내기를 끝내고 도망치듯 집을 나왔다. 난데없는 맞선이라니. 생각만 해도 끔찍한 일이었다. 어머니는 왜 당신의 전철을 밟게 하려는 걸까? 한편으로는 이해가 가면서도 마음이 쓰거웠다. 어쨌거나, 백상은 집에 있는 동안 학재와 많은 이야기를 나누었다. 한 시대를 술과 벗하며 살아온 그 가슴앓이. 그것은 동정이나 비웃음 이전의 무엇으로, 그 모습에서 일그러진 역사의 편린을 새김 할 수 있을 터였다.

2

여산 스님이 소개해 준 개운암은 도심인데도 고요가 떠돌았다. 세속의 번거로움과는 동떨어진 산 기운이 느껴졌다. 어디선가 매미소리가 들리고 쑥내음이 발길에 밟혔다. 풍경소리가 향내음을 부채질하며 거기에 화합하였다. 백상은 그 같은 적요가 마음에 들었다.

"여산 스님으로부터 올 것이라는 편지를 받았지. 문제적인 학생이 잠자리를 구하러 올 것이라고. 그 전에 지리산에서 부탁을 받고 흔쾌히 허락한 터라 추신에 다름 아닌 부탁의 편지를 뜯어보지 않을 수 없었네. 어떤가. 마음에 드는가?"

무연 스님은 소탈한 구석이 있었다. 그러나 책장이며 방안 등물이 깔끔하게 정리 정돈되어 있어 승려로서의 청렴함이 배어났다.

"흔쾌한 마음으로 받아주셔서 고맙습니다."

"그럼, 마당 가운데 놓여있는 돌멩이처럼 지내보게나."

"명심하겠습니다."

"머무는 곳이 극락정토라 생각하면 세상이 다 내 안에 있네."

무연 스님은 비쩍 마른 체구의 시자 더러 백상이 머물 방을 안내하도록 하였다.

"스님께서 사람 머무는 것을 극히 삼가는데, 운이 좋구려."

"뒷배가 든든해서겠지요."

백상은 시자의 말에 웃음으로 받아 넘겼다. 여산 스님의 도반이라지만, 밥이나 축내며 기식하는 백수를 군말 없이 받아 준 데에 고마움을 깨물었다. 백상이 머물 방은 가장 한갓진 지대방이었다. 어쩌다 객승들이 하룻밤 지새우고 가는 방이었다.

"여름에는 괜찮은데 겨울에는 다소 추울 것이오."

"저야, 더운물 찬물 가릴 때가 아니지요."

"공부하는 학생은 그런 정신 가짐이 필요하지요. 우리 스님께도 모르는 것이 있으면 가르침을 받으세요. 전국의 학승들이 가르침을 받기 위해 많이들 찾아 와요. 공식적인 법회는 하지 않아요."

"왜 후학들을 위해 법회를 갖지 않는가요?"

"그럴만한 나름대로의 사정이 있겠지요."

시자는 대답을 우회하였다. 백상도 굳이 묻고 싶지 않았다.

"제가 목마르면 성가시게 가르침을 달라고 하겠습니다."

백상은 어쩌면 시자와 좋은 우정을 쌓겠구나 생각하였다. 하여간 고요가 흐르는 가운데 마음이 평안하였다. 냄새 나는 자취방을 전전하던 때를 떠올리면 천상의 누각에서 지새는 기분이었다. 다만, 공양주의 차가운 인상이 때때로 마음을 송구스럽게 하였다. 공짜로 얻어먹고 기식하는 자격지심에서인지도 몰랐다. 백상은 숙식을 해결할 수 있는 공간을 마련하자 김정허를 찾았다. 좁은 골방, 책더미 속에서 칩거하고 있었다.

"반갑다. 이제 함께 일해야겠지? 그리고 복학도 해야 할 것이고. 보다시피 수양하는 셈치고 책더미 속에서 번역을 하고 있다."

김정허는 백상을 반갑게 맞았다. 책상 한쪽에는 마시다 만 소주병과 오징어가 생활의 단면을 말하고 있었다.

"송광사를 들렀더니 저더러 선배님을 잘 감시하라고 하더군요."

"너까지 감시자가 된다고? 적과의 동침. 가장 가까운 사람이 가장 위험한 존재라고 하던가? 내 누이동생 말이야. 수절과부처럼 자넬 믿고 기다리라고 하였더니 시집을 가버렸어. 성깔하고는. 여자의 한계랄까, 기다릴 줄 아는 자만이 진정 자기 세상을 가꿀 수 있는데 말이야."

"백년을 다짐한 사이도 아닌데 무얼 믿고 기다려요."

"그 녀석의 눈빛은 자네를 사랑했어. 난 그 눈빛을 보았어. 운명이란 그런 걸까?"

"손 한번 제대로 잡아보지 못하였는데, 사랑을 떠들릴 수 있을까요?"

"그렇다면 몸을 파는 여자는 매일 사랑을 가슴에 저미겠구나? 그건 그 정도로 가슴에 여미고 제대 축하 환영 잔치를 해야겠지."

"거창하십니다."

"그래야 쥐 같은 양반들이 냄새를 맡고 오지. 은밀한 것보다 탁 터놓고 하는 게 오히려 마음 편해. 그 사람들도 건수를 줘야 살맛이 날 테고."

"그럴 때는 철부지들이 얼음 위에서 썰매를 지치는 것 같습니다."

"살얼음판 위에서 술래잡기지. 어린 날, 어슴푸레한 달빛 아래서 술래잡기를 해 보았지? 그것도 얼음판 위에서 말이야."

"저는 생략했으면 좋겠어요."

"내일 축하연을 베풀기로 하지. 우이동 골짜기에서 모임을 갖기로 하였거든. 아니지. 그냥 피서놀이라고 생각하면 될 거야."

김정허는 다시금 번역 작업을 하였다. 미하일 바쿠닌 평전이라? 누가 그런 책을 서점가에 내놓으라고 할 것인가. 보나마나 폐기 처분될, 불온 서적으로 분류 될 것을 저렇게 열심히 심각하게 번역을 하다니. 자신을 위해서? 아니면 숨죽이고 있는 자들에게 한 주먹 소금이 되고자? 백상은 암담한 기분이 들었다. 보이지 않는 감시망 속에서 분노를 삭이며 맞서 싸우는 오늘의 현주소. 승자는 누구이고, 패자는 누구인가? 그것은 미래의 역사가 가름할 것이나, 오늘의 현실은 한결같이 뒤엉킨 가운데 햇살이 쨍쨍 내리비치는 속에서 일방적으로 내몰림을 당하고 있다.

"내 모습이 한심스럽지?"

"원대한 선인들은 그렇게 살아오지 않았어요?"

"위로의 말이 괜찮군. 당분간 나하고 지내지. 따로 갈 곳이 없을 테고."

"천상의 누각 같은 곳을 정해 놨습니다."

"빠르군. 어딘데?"

"적요가 떠도는 암자예요."

"좋은 곳이군. 자네가 찾던 스님께서 배려해 준건가?"

"그런 셈이지요. 이래봬도 복학할 등록금까지 대줄 듯직한 후원자가 생겼습니다."

"까치복이로군. 복학은 할 셈인가?"

김정허는 백상의 의중을 꿰뚫어 보았다.

"마음 정리를 해보구요."

"등록금도 대 주겠다, 명예로운 중퇴보다 떳떳한 졸업장이 좋지 않을까?"

"그게 절대 절명한 과제인지 심사숙고를 해봐야겠어요."

백상은 복학을 하느냐, 마느냐, 그게 심각한 문제는 아니었다. 제대를 하고 세상을 나와 보니 무기력 증세가 밀려오면서 암담한 기분이 들었다. 삶에 대한 좌절감도 아니고, 회의와 절망의 벼랑 끝도 아닌, 묘한 감정이었다. 어머니는 그 마음을 역마살의 전조라고 눈 흘길 것이었다. 김정허는 해가 설핏 기울자 백상을 일으켜 세웠다. 술 생각도 나고, 저녁을 들면서 정신적인 피로와 무력감에서 벗어나고 싶었다. 번역이라는 게 쉬운 일은 아니었다. 매번 뛰어넘을 수 없는 언어의 장벽에 부딪칠 때마다 머리가 아팠다.

"청진동 골목으로 가지 않구요."

"그쪽은 당분간 삼가 하기로 하였어. 인사동으로 가자구. 시래기 된 장국이 제 맛이야."

김정허는 헌 책방을 두어 군데 순례한 다음 음식점을 들어섰다. 주인 여자가 정갈하게 보여 마음을 놓았다. 저녁을 드는 동안 김정허는 말을 삼갔다. 극히 행동이 제한된 영역에서 침묵을 지키는 그러한 부류들을 떠올리게 하였다. 그 만큼 김정허의 현재의 위치가 가시방석이나 다름 없을 터였다.

"번역하는 책은 언제 세상에 내놓을 건가요?"

"처음부터 그러한 바람은 없었어. 무료를 땜질하며 수양하는 셈치고 일을 시작한 거야. 누군가 언제 한번은 해야 된다고 생각하였거든."

"독재와 맞서 싸우는 저항정신은 시대의 소명이기도 하구요."

"그런 이야기는 내일 모임 때 울분과 더불어 터뜨리기로 하지. 오늘은 자네와 순수, 그 자체의 숨결을 느끼고 싶어."

"그럽시다. 사람은 때때로 풀잎에 맺힌 이슬이나 풀벌레 울음소리에서 세상의 이치를 깨달으니까요."

"예술은 그래서 우리에게 필요하지. 요즘 나는 인간의 숨결이 왜 그리도 그리운지 모르겠어."

"그만큼 외로운 입지 아닌가요?"

"그것은 피상적인 겉모습이고, 하여간 어머니의 젖꼭지를 빨며 느껴보았던 그 숨결이 사무치도록 그리워."

"사랑할 때를 지나쳐 왔습니다."

"맞는 말이야. 사랑할 때는 정작 그 숨결을 느끼지 못하였거든."

"그렇다고 사람을 미워하지 마십시오."

"개개인은 다들 존경스럽고 사랑스럽지. 저마다 가정을 꾸리고, 나라를 사랑하지. 헌데, 그 방법론에 있어 편가름이 시작되지. 가치가 전도되는 사회로 들어서면 한갓 권력의 남용과 체제의 정체성에서 오는 독단이 독버섯처럼 자라나거든. 그럴 때 가슴에 이는 순수한 숨결은 신의 음성으로 확대되어 우리를 눈물 나게 하지. 난, 그래서 요즘 눈물이 자주 나와."

"나약해서가 아니겠지요?"

백상은 그런 김정허를 혼자 내버려두고 암자로 돌아갈 수 없었다. 함께 꼬박 밤을 지새우며 번역 일을 도왔다. 다음날, 눈을 떴을 때는 정오에 가까운 시간이었다. 김정허는 벌써 일어나 머리를 감고 있었다.

　"자네도 외출할 준비를 하게나."

　김정허는 부지런히 머리의 물기를 털었다. 백상은 뭉기적 일어나 기지개를 켰다. 두 사람은 뱃속에서 꼬르륵 소리가 나는데도 시간에 쫓겨 서둘러 우이동 골짜기로 향하였다. 흐르는 계곡물은 아직도 오염에 찌들지 않아 발을 담그기에 시원하였다. 판화를 하는 윤사암을 비롯하여 그림을 그리는 친구들과 퇴학을 당한 친구들, 근신해야 할 사람들이 시간이 되자 조용조용 모여들었다. 백상이 모르는 얼굴들도 더러 있었는데, 한결같이 매차운 눈빛들과는 달리 누렇게 뜬 모습들이었다.

　"오늘은 이 친구 제대 축하도 곁들여 앞으로 우리가 나아갈 방향을 모색하기로 합시다."

　김정허는 먼저 서두를 꺼냈다. 그러자 미리 준비해온 술과 안주를 폈다. 술 한 순배가 돌아가는 동안 백상은 처음 만난 사람들과 인사를 나누었다. 술빛이 얼굴에 드리우자 다소 긴장하였던 분위기가 헤풀어지며 농익은 대화가 오고 갔다.

　"이제 우리가 모인 뜻을 살려 한 마음으로 이 암울한 시대를 극복해 나갑시다. 그러자면 무엇보다 굳건한 결속이 필요하며 자신을 희생할 각오를 다져야 할 것입니다."

　누군가 분위기를 바로 잡았다.

　"그러기 위해 모인 것 아니오. 국회해산권, 긴급조치권 등 초헌법적 권한을 부여한 유신통치는 벌써부터 군사독재에 항거하는 일체의 반정부활동과 체제 비판을 틀어막는 한편 억압적 통치기구를 강화, 국민들에게 불신과 상호 감시, 침묵과 굴종을 강요하려는 강풍이 몰아칠 조짐이오. 아니지요. 이미 자행되고 있소. 특히 우리들은 상호 감시의 대상 자로써 어디를 가나 행동의 자유를 제약받을 것이오."

"그럴수록 단합된 마음으로 저항해야 합니다. 사일구 정신을 계승해야 하고, 진정한 민주주의 길을 열어가야 합니다."

곧바로 맹약에 가까운 회칙을 정하고 앞으로의 활동방향을 의논하였다. 그 모든 것을 문서 대신 구두로 서약하고 의결하였다. 연락과 총책은 김정허가 맡았고, 모임장소와 날짜는 그때그때 필요에 따라 사발통문을 돌리기로 하였다. 하지만, 특별한 경우를 제외하고 사발통문을 따로 돌릴 필요는 없을 터였다. 아직은 누구나 이틀거리로 김정허의 작업실에 들릴 것이기 때문이었다. 백상과 윤사암은 그 가운데 제일 나이 어린 후배여서 자연스레 사발통문을 담당하게 되었다. 그 때문에 김정허의 작업실에 출근하다시피 하였고, 윤사암은 소식지에 찍어 넣는 판화를 도맡아 하였다.

"윤사암과 죽이 맞아 제법 술을 하는구랴."

"그 친구, 된장 냄새 나는 대화에 이끌려 술을 두어 잔 마십니다."

백상은 김정허의 말에 학재를 떠올렸다. 학재를 본보기로 술을 멀리하기로 하였는데, 이슬에 옷자락 젖듯 스스로 그 다짐을 내치는 것만 같았다.

"이 시대에 한잔 술은 필요한 거야."

"밤늦게 술 냄새를 풍기며 도둑고양이처럼 암자에 들 때면 여간 마음 송구스럽지가 않아요."

"정 불편하면 내게로 와."

"아닙니다. 주지 스님으로부터 원효 사상을 배우고 있는데 점점 그 속에 빠져들어요. 화쟁사상이야말로 최상이에요."

"자네, 전공이 동양사상 아닌가?"

"들을수록 새로운 각성을 줘요. 노자의 울타리 없는 울타리, 그리고 장자의 광활한 세계관과 더불어 곱씹을수록 싫증이 나지 않아요."

"윤사암은 최제우의 인내천사상에 흠뻑 매료되었던데?"

"인내천사상에 대해서도 윤사암과 많은 이야기를 나누죠."

"그래. 우리는 늘 깨어나야 하고, 깨어 있어야 해. 잠든 자는 세상을 모르지. 발밑을 흐르는 물소리를 못 듣는다면 죽은 자나 다름없어."

"이번 사발통문에 찍은 윤사암의 판화는 농밀한 사상이 녹아들었지요?"

"그렇긴 한데, 너무 과격한 구름 조각이 떠 있어. 아직은 조심스럽게, 소리 나지 않게 걸어가야 하는데 말이야."

"매서운 삭풍이 불어칠수록 따뜻한 화롯가가 그립고, 추위를 잊게 해 줄 이야깃거리가 필요한 법 아니에요?"

"소리 소문 없이 민중 속으로 다가가 한마음으로 깨어났을 때, 지하를 울리는 함성은 자연스레 분출되네. 함성 뒤에 따르는 자가 없다면 어떻게 되는가? 허공의 메아리지."

"미륵용화세계를 꿈꾸십니다."

"민중이 한마음으로 일어날 때, 우리가 바라는 민주화는 꽃피게 되네. 그게 통일로 가는 길목이고. 그러자면 기다리는 용기가 절실하네. 성급해서는 안 되지. 역사는 그 점을 교훈으로 말하지 않던가?"

"기다림 속에서 마음언저리를 두드리는 목탁소리가 절실히 요구되구요?"

"그러니까 새벽을 일깨우는 목탁소리처럼 조용조용 소명의식을 지속해 나가야 하네. 자칫 부러지기라도 하면 그 장대는 쓸모가 없어져."

김정허는 장기전으로 돌입한 투사다운 눈빛이었다. 백상은 비좁은 김정허의 작업실이 덥기만 하여 거리로 나왔다. 어느 사이 말복이 지나고 계절은 가을로 접어드는데도 더위는 기승을 부렸다. 하지만 거리는 살벌하고 위압적이었다. 언제 어디서 살기가 뻗쳐 나올지, 그래서 더욱 등허리에 땀방울이 끈적하게 달라붙었다.

"오늘은 해거름에 오시고, 공양 드세요."

거리를 배회하다 가만한 걸음으로 암자를 들어서는 백상을 언제 보았는지 시자가 등 뒤에서 조용한 음성으로 말하였다.

"항상 그림자처럼 조용하십니다."

"바람이 어디 소리를 냅디까. 바람에 부딪치는 나무가 소리를 내지요."

"스님은 바람이고, 저는 움직이는 나무군요."

백상은 채공간에 들러 저녁 공양을 하였다. 공양주는 달가운 표정이 아니었다. 불심으로 공양을 제공하는 여인네가 백상에게는 아무래도 불심이 허락하지 않은 모양이었다.

"요즘은 머리가 복잡한가 보지?"

무연 스님은 공양을 먼저 마치고 나오며 말을 건넸다. 가벼운 질책이 그 속에 깃들어 있었다.

"게으름 피우지 않고 열심히 강론을 듣겠습니다."

백상은 송구스러웠다. 처음과는 달리 곧잘 무연 스님의 강론을 이해하고 드는 백상을 기꺼운 마음으로 가르쳐 주었다.

"사람은 다 시기가 있는 법이야. 내게 온 것도 인연의 무엇이고. 따라서 그 시기를 만났을 때 열심히 마음의 눈을 떠야 하네."

"사려 깊으신 말씀이십니다."

백상은 조용히 저녁 공양을 마치고 종각으로 나왔다. 시자가 울리는 저녁 예불 종소리는 온갖 번뇌 망상을 깨뜨려 마음을 경건하게 여미었다.

"오늘은 학생께서 종을 쳐볼걸 그랬어요."

타종을 마친 시자는 입가에 웃음을 매달았다. 백상은 왠지 모르게 오늘따라 그 웃음이 마음을 유쾌하게 하지 못하였다.

"저는 듣는 게 좋습니다."

"경계(境界)를 아는가 봅니다."

"과연 거기까지 가본 사람이 몇이나 될까요?"

"눈과 귀와 입이 열려 있어 그걸 아는 사람은 그곳에 올라섰겠지요."

시자는 법당으로 향하였다. 눈과 귀와 입이 열려있는 자는 그 경계를 안다? 말장난일 수 없는 시자의 말을 곱씹었다. 침묵과 굴종을 강요하는 시대에 그 말은 하나의 메시지처럼 들렸다. 목탁소리에 묻어나는 시자의 예불소리는 간곡한 기원이 서려 있었다. 간절한 믿음과 기원은 하늘을 감동시킨다고 하였다. 나의 간절한 믿음은 어떠한 것인가? 마음 안에 무엇이 자리 잡고 있는가. 머리 위에 떠도는 아버지의 존재가 산자락을 휘감는 안개구름처럼 방랑의 길로 나서게 하였고, 그 방랑의 한 자락 끝에는 간절한 기원과 소망이 자리하지 않는가······.

"무얼 그리 골똘히 생각하세요? 제방에 가서 차라도 한잔 듭시다."

저녁 예불을 마친 시자는 장삼자락을 끌면서 백상의 상념을 일깨웠다. 백상은 말없이 뒤를 따랐다.

"방안이 정갈하십니다."

"저의 스님 방 못 보셨어요? 조금만 어질러도 호통이 날아옵니다."

시자는 서툴게나마 차를 다루었다. 그것도 무연 스님의 흉내를 따라 배운 것이리라.

"출가한 동기라도 있으세요?"

"사람마다 사연이 있지요. 그런데 말이지요. 내, 한 가지 물어볼 게 있고, 고백할 게 있어요."

시자는 자못 심각한 얼굴로 자세를 고쳐 앉았다.

"제게 고백할 게 있다니요?"

백상은 뜨악한 표정을 지었다. 무엇을 고백한단 말인가.

"다른 게 아니고, 정말 학생 신분이 맞아요?"

"올 가을학기에 복학할 거라고, 스님께서 잘 아시잖아요."

"헌데, 내가 학생의 일거일동을 감시하고, 담당형사에게 떠듬한 기분으로 보고한다는 사실을 아세요?"

"그러세요?"

백상은 적이 놀랐다. 무언가를 냄새 맡은 것일까? 그렇다면 백상 혼자만 감시 대상은 아닐 터였다.

"난, 무척이나 괴로워요. 한 울안에서 사는 사람을 감시의 대상으로 삼는다는 것은 승려로서 도저히 있을 수 없는 일이지요. 고민 끝에 말씀 드리는 거예요."

"무연 스님께서는 알고 계신가요?"

"처음 담당형사가 찾아왔을 때, 스님을 먼저 뵙고 학생에 대해 몇 마디 물었어요. 언뜻 학생의 아버지에 관한 것도 말하는 것 같았는데, 스님께서는 가타부타 말이 없었어요. 그 다음에 저를 찾아와 학생의 동정을 보고하라는 것이었어요."

"그 동안 보고할 게 있었어요?"

"저야, 산문 밖을 나가지 않으니 학생이 무엇을 하는지, 특별히 보고할 게 있겠어요?"

"고맙습니다. 앞으로는 되도록 그러한 수고로움과 번거로움을 끼쳐 드리지 않겠습니다."

백상은 얄궂은 감정에 젖었다. 마뜩찮아 하는 공양주의 눈빛이 다가왔다. 아버지의 그림자가 뒤따라 왔다면 침묵과 굴종에 반기를 든 행동 반경을 이미 파헤쳤을 것이다. 그들은 체제와 정권연장을 위해서 가학적이리만큼 하나의 사건을 조성하고 그 속에 야차같이 집어넣어 반신불수로 만들거나 아니면 영원한 죄인 내지 폐인의 경지로 내몬다. 이 사실을 김정허에게 알려야 할까? 백상은 밤이 깊도록 잠을 이루지 못하였다. 무연 스님께서 게으름을 피우지 말고 가만히 절 안에서 수양을 쌓으라는 말도 같은 맥락에서 나온 염려가 아니었을까?

다음날, 백상은 무연 스님이 사시 마지를 올리는 기회를 틈타 암자를 나섰다. 우체부가 산문을 들어서다 말고 편지를 건네주었다. 여산 스님이 보낸 편지였다. 내용은 표상을 만났더니 등록금을 대신 전해 달라면서 봉투를 건네주었다는 것이었다. 복학이라? 과연 그곳이 피난처가 될까? 그리고 이 시대에 졸업을 하여 어느 곳에 소용될 것인가. 아무짝에도 쓰일 데가 없는 졸업장. 어머니의 한숨. 배워봤자 무엇 하느냐고, 차라리 농투산이나 되어 우직하게 살라는 회한이 아니겠는가. 김정허의 작업실은 누군가 들쑤셔 놓은 듯 어수선하였다. 서가의 책들이 아무렇게나 나뒹굴고, 원고지와 신문 스크랩이 어지러이 흩어져 있었다. 무슨 일일까? 백상은 망연히 앉아있는 김정허에게 다가갔다.

"번역한 원고뭉치와 사발통문 초고와 일기장을 도난당했어. 대책을 강구해야겠어. 곧 회오리바람이 들이닥칠지 모르니까."

김정허는 백상과 나누어 사발통문을 직접 전달하기 위해 작업실을 나섰다. 열쇠를 굳게 채우고, 당분간 휴무라고 써 붙였다.

"언제까지 소리 죽여 행동할 겁니까? 이 기회에 차라리 반독재민주화투쟁문이라도 선언하고 거리로 나섭시다."

"그래야 할 시기가 온 것 같다. 다만, 모든 항거세력의 결집이 우선해야 한다. 그러기 위해서는 좀 더 시간을 벌자. 되도록 희생자가 적어야 한다."

"제가 거처하는 암자에도 감시의 눈초리가 뻗쳤어요."

"너는 유형이 조금 다르지. 연좌제에서 벗어날 수 없는 이중고라고

나 할까. 당분간 윤사암과 너는 서울을 떠나 있으면 하는 마음이다. 수족이 잘리면 몸통은 반신불수나 다름없거든."

"저 혼자만의 도피행각은 싫습니다. 더구나 복학도 해야 하고……."

"복학을? 어쩌면 학생신분이 안전할지도 모르지. 따라서 최일선에서 투쟁할 수 있는 이점도 있겠고. 그 점은 다시 의논하기로 하자."

김정허는 백상과 반대 방향으로 헤어졌다. 백상은 먼저 윤사암을 찾았다. 윤사암은 판화를 찍다말고 백상을 맞았다.

"요며칠 못 나갔는데, 긴급사항이라도 있나?"

"당분간 김정허 선배의 작업실을 문 닫기로 하였어. 한바탕 분탕질을 당하였거든."

"우리의 아지트가?"

윤사암은 머리를 싸맸다. 예감은 하였지만 이렇게 빨리 들이닥칠지는 예상하지 못하였다.

"김선배님은 잠시 우리 둘만이라도 서울을 벗어났으면 하더군. 우리들을 과보호하려는 것은 아닌지."

"자네는 어떻게 생각하나?"

"복학을 하여 최일선에 나서고 싶다고 하였지."

"그게 당연한데, 조금 생각해 볼일이야. 공부가 제대로 되겠어? 오히려 감시가 더 집요할지도 모르고. 그리고 복학이야 언제든지 할 수 있는 게고……."

"좋은 묘안이라도 있어?"

"나는 경주를 가고 싶네. 그곳에서 토우(土偶)를 빚으며 민중들의 애환과 기원을 그 속에 담고 싶네. 김선배님 말처럼 기다림의 미학이 필요하다는 것을 감지하였어."

"자네는 생산적이지만 나는 떠돌이가 되어야 하지 않겠는가."

"전국을 떠돌며 많은 사람들을 만나보는 것도 좋을 거야. 거기서 진정한 동지애와 진정한 삶의 주름살을 볼 것이고. 사람은 숨어 지내야 할 때는 자신을 감출 줄 알아야 하고, 나설 때는 온몸을 불살라야 하는 거야. 김선배님의 의견을 쫓는 게 지금으로서는 현명할지도 몰라."

"생각해 보겠네."

"다음 만남 때 각자의 의견을 들어보고 그때 우리의 마음을 정하세나."

"그게 좋겠군."

백상과 윤사암은 나머지 사발통문을 구두로 돌리고 나서 가볍게 저녁 겸 술잔을 나누었다. 만취할 기분이 아니어서 다음날을 약속하고 헤어졌다.

모임 날, 백상은 우이동 계곡 모임 장소로 나가기 위해 암자를 막 나서다 힘 좋은 두 사람에게 끌려갔다. 영문을 알 수 없는 동행이었다. 동지들은? 그리고 오늘의 모임은 성사가 되는 걸까? 백상은 그들의 신변이 염려스러웠다. 곧바로 심문실로 연행되었다. 도살장에 끌려온 기분이었다. 그만큼 사면의 벽면은 싸늘한 기운을 풍겼고, 금방이라도 단두대의 칼날처럼 천장에서 예리한 금속성이 떨어질 것 같았다. 이틀을 기다리게 한 다음 취조관이 들어왔다.

"한백상이라……?"

백상은 침묵을 지켰다. 도대체 이곳에 끌려 올 이유가 없었다.

"이봐. 고개를 들어. 나, 알아보겠어?"

한참 서류를 뒤적거리던 취조관은 느닷없는 질문을 하였다. 백상은 눈을 들었다. 낯이 익은 얼굴이었다.

"…… 혹시 곽시생 아닙니까?"

백상은 기억을 더듬었다.

"바로 알아보았어. 송광사 비전에서 고시공부를 한 곽시생이야. 이렇게 마주칠 줄이야. 얄궂은 운명 아닌가."

곽시생은 자리에서 일어나 뚜벅 걸어와 백상과 악수를 나누었다.

"뜻을 이루었군요."

"청운의 꿈이라는 게 고작 이것이야. 같은 세대들을 정치의 제물로 삼는데 일익을 담당한 권력의 시녀랄까. 많이 괴로워."

"앞으로 이런 놀이가 계속되겠군요."

"숨바꼭질 이전에 새파란 싹을 잡초를 뽑아내듯 모조리 제거하자는 것 아니겠어? 자네들을 포함한 일련의 행동집단들을 이쪽에서는 용서할 수 없는 불순한 독버섯 같은 존재로 분류한 것이지. 그게 오늘의 불행한 현실이야."

"채찍을 때릴수록 강인하게 일어서는 게 민중의 정의 아닙니까?"

"너무 과격한 감정은 앞세우지 말게. 자네들이 감정을 앞세우면 이쪽에서도 이성을 잃게 돼. 아까도 말했지만 무성한 나무 그늘 아래 자네들이 말하는 민초들이 더위를 피해 모여드는 것을 원치 않아. 자네에게 부탁하네만, 다시는 이러한 조우를 바라지 않네."

"그렇다면 문제는 간단합니다. 우리들을 위해 맨손으로 변호해 주시면 됩니다. 얼마나 부당하게 고통을 받는지 잘 아시지 않습니까."

"나도 그 점에 대해서는 고민이 많아. 하지만 아직은 마음이 거기까지 이르지 않네. 여기에 오르기까지의 험난하였던 고생을 생각하면 과감하게 내 일생을 내던질 수 없네. 다만, 양심을 다해 나의 직무를 수행할 것이야."

"앞으로도 만날 기회가 많겠습니다."

"너무 폭력에 가까운 투사정신은 발휘하지 말게. 아직은 바위만큼이나 굳건하고 우람하네. 거기에 비하면 자네들은 날계란에 불과해."

"척박한 바위 틈새에 뿌리내린 소나무는 사철 푸르고, 낙숫물은 바위를 뚫습니다."

"그것은 세상 이치야. 뿌리를 내리는 동안의 인고는 말할 것도 없고, 민중이 동의하지 않는 권력은 언젠가는 무너진다는 사실도 역사를 통해서 잘 알고 있네. 하지만, 지금은 아니네. 이제 시작에 불과해. 그 점을 알아주었으면 하네. 이럴 때는 침묵의 아름다움도 생각해 볼일이야."

"고통이 아무리 안으로 곰삭을지라도 침묵의 황금가지는 밖으로 내뻗기 마련입니다. 머리가 터지고 피를 흘릴지라도 맞서 싸워야 합니다. 너무나 서러운 현실입니다."

"알고 있네. 시대마다 희생양이 따르기 마련이고. 다시 한 번 부탁하네. 나와의 인연이 좋은 쪽으로 귀결되기를."

"시대가 변하면 알게 되겠지요."

"오늘은 이것으로 내 의무를 다 하겠네. 가보게. 몸을 다치지 말고. 한 번 더 내 앞에 끌려오면 나도 어쩔 수 없네. 자네는 머리 위에 드리운 아버지라는 먹장구름으로 얼마든지 비구름 속에 가두어 놓을 수 있어. 오늘의 사전정지 작업은 여차하면 그럴 명분을 쌓기 위한 수순일 수도 있고 말이야. 나를 만난 것은 아마 하늘이 보살핀 것일 걸세."

곽시생은 백상의 어깨를 가볍게 두드리고 돌아섰다. 백상은 곧바로 풀려났다. 신선한 공기와 밝은 햇살이 이렇게 소중한 것인지 새삼 깊이 숨을 들이마셨다. 터벅터벅 암자로 돌아왔다.

"오시는구나. 정말 걱정했어요. 나의 양심의 가책도 뒤따르고요. 밀고자 아닌 밀고자. 이 괴로움을 조금이나마 덜어 줄 생각이라면 이곳을 떠나 주었으면 하는 나의 솔직한 심정이오."

"그렇게 하죠."

"고맙소. 큰스님께 가 보세요. 기다리고 계실 것입니다."

백상을 맞은 시자는 미안하고 괴로운 얼굴로 무연 스님 방을 가리켰다. 백상은 무연 스님과 마주 앉았다.

"무슨 일이었는가?"

무연 스님은 짐짓 알면서도 무표정한 표정으로 물었다.

"다행히 아는 분을 만나서 경고성 질책만 받고 풀려났습니다."

"악연의 시초구나. 암담한 세상이야. 이럴 때일수록 자신을 잘 추스르게나. 고귀한 피 흘림이라든가. 시대의 희생양도 시기가 있는 법이야."

"밝은 세상이 눈을 뜬다고 해서 찾아옵니까."

"나무관세음보살……."

무연 스님은 두 눈을 지그시 감았다. 백상은 조용한 걸음걸이로 방문을 나섰다. 그리고 그 길로 배낭을 짊어졌다. 김정허는 아직도 행방이 묘연하였다. 백상은 윤사암을 찾았다. 윤사암은 골방에 틀어박혀 있었다.

"조금 전에 풀려났어. 김선배님을 비롯하여 다른 사람들은 어찌 되었지?"

"김선배님과 서너 분이 붙들려 갔어. 난 다행히 비껴갔지만."

"앞으로 어떻게 하지?"

"김선배님이 풀려 나온 것을 보고 행동을 정하자구."

"나는 암자에서 나왔어."

"갈 곳이 없는 나그네 신세라? 죽으나 사나 나하고 같이 행동해야겠네."

백상은 당분간 윤사암의 골방에서 지내기로 하였다.

3

피로에 절은 나른하고도 깊이 모를 잠 속에 빠져 있는데, 대문을 박차듯 들어서는 도암네의 쉿소리가 명상을 흔들어 깨웠다.

"성님, 무슨 일이요?"

종부네는 새벽 참에 설핏 눈을 떴다가 다시 이불을 끌어당기려다 말고 방문을 열었다. 좀체 호들갑을 떨지 않는 도암네가 아닌가.

"아이고, 동숭애. 명상이 있는가?"

도암네는 대청마루가 꺼져내려 앉듯 퍼질러 앉았다.

"서울 갔다 내려와 곤히 잠들어 있는가 보요."

"어서 깨우소."

"숨 넘어가는 일이라도 있다냐?"

이천네 어멈이 귀도 밝게 모둠 기침을 하며 방문 고리를 부여잡았다.

"큰일 났소."

"무슨 일인데 그러세요?"

명상은 잠결에 잠긴 목소리로 엉기적 대청마루로 나왔다.

"느그 성이 갑자기 인사불성이다."

"어따, 어디서 또 몽창 술독에 빠져 헤어나들 못하것제."

이천네 어멈은 신통방통한 일도 아니라는 듯 담뱃대를 찾아 들었다.

"아짐, 그게 아니란 말이요. 명상아, 어여 옷 입고 가자."

"토사곽란이라도 일어 났는갑소."

"하여간, 예사 징후가 아니란 말시."

도암네는 종부네의 말을 뒤로하고 마파람을 일으키듯 대문을 나섰다. 명상은 아직도 혼몽한 잠 속에서 빠져 나오지 못하였다. 백상이 집을 나간 뒤 이렇다 할 소식이 없던 차, 지서주임으로부터 신원조회가 왔다는 말을 들었다. 그러한 비밀스러운 말은 하지 않는 법인데, 우연히 면내 기관장들과 어울린 술좌석에서 지서주임이 평소의 각별한 점을 들어 가만한 귓속말로 일러준 것이다. 명상은 그 말을 듣는 순간 가슴이 철렁하였다. 또 무슨 일에 연루된 것은 아닌지, 내내 마음을 졸이게 하였다. 종부네가 이 사실을 알면 근심 걱정이 이만저만 아닐 터였다. 명상은 직접 백상을 찾아보고 사정을 알고 싶었다. 고맙게도 애순이 만나보고 싶다는 편지를 보내왔다. 임도 만나보고 형의 근황도 알아보자. 명상은 그렇게 마음을 정하자 지체하지 않고 서울로 향하였다. 종부네에게는 출장을 이유로 들었다. 종부네 또한 배낭 하나 짊어지고 떠난 백상의 소식이 궁금하던 터라 이왕 서울 간 김에 백상이 어떻게 지내는가 만나보고 오라고 하였다. 명상은 애순을 만난다는 들뜬 마음과 백상의 신변이 어찌되었는가, 불안한 두 마음을 안고 서울에 도착하였다.

서울역에 마중 나온 애순을 먼저 만났다. 서울 물을 먹은 애순은 뽀얗게 탈색되어 더욱 마음을 설레게 하였다. 훨씬 성숙하고 세련된 모습에서 명상은 그저 마음 출렁거렸다. 말씨도 한껏 감칠맛이 났다. 한마디로 예전의 애순이 아니었다. 애순은 처음부터 끝까지 명상을 손잡아 이끌다시피 하였다. 그 앞에 완전히 촌놈이 될 수밖에 없었다. 명상으로서는 서울 지리도 잘 모를 뿐만 아니라, 조그마한 섬 안에서 우쭐거리며 행세하던 몸가짐으로는 모든 게 쭈글스러웠다. 차를 마시고, 영화를 관람하고, 남산과 비원 등지를 둘러보는 사이 애순은 현재의 생활을, 문화적 향유를 달콤하게 누리고 있었다. 신촌 근처에서 술을 한잔 나누고 자연스럽게 여관에 들어 사랑을 나누었다. 누가 먼저랄 것도 없었는데, 애순은 확실히 용기와 세련미를 과시하였다.

"확인하고 싶었던 거예요. 고향에서의 그 당당하고 유쾌한 성품과 사랑의 향기를 말이에요. 저를 정말로 사랑한다면 제게로 와야 해요. 약속할 수 있겠어요?"

애순의 그 말은 안개 속을 헤매는 듯 한 여운을 남겼다. 이것으로 우리의 사랑은 안녕을 고한다는 것인지, 아니면 영원히 마음 밑자리의 깔

개로 내려놓는다는 것인지, 사랑에 취해 있을 때는 몰랐으나, 애순과 헤어지고 나서 비로소 깨알처럼 섭혔다.

그 위에 명상을 더욱 난처하게 한 것은 백상의 소재였다. 서울 하늘 아래 백상을 찾을 길이 없었다. 백상이 자취하였던 자취방을 비롯하여 하숙집, 가정교사를 하였던 집, 친구 몇 사람을 만나보았으나 시큰둥한 반응이었다. 복학도 하지 않았다. 명상이 지니고 있는 주소지에는 백상의 그림자도 내비치지 않았다. 어디에 있는가? 아무리 둘러보아도 뚜렷이 머무는 곳을 알 수 없었다. 새삼 백상이 한없이 원망스러웠다. 그와 함께 신원조회가 올 정도라면 심각한 지경에 이르지 않았을까, 근심 걱정과 함께 신경이 날카로웠다.

결론적으로 명상은 백상을 찾는데 실패하였다. 세상은 날로 긴장감을 더해 가는데, 궁금하기 짝이 없었다. 서울의 공기는 명상이 상상하였던 그 이상의 무엇이었다. 김빠진 맥주 신세처럼 하행열차에 몸을 실은 명상은 그나마 애순이 서울역까지 나와 차표를 끊어주며 손을 흔들어주는 모습에서 다소의 위안을 얻었다. 집으로 돌아온 명상은 종부네로부터 백상의 소식에 대해 또 한 차례 홍역을 치를 것이 두려웠고, 그래서 오던 길로 몸살이 날 정도로 피로하다는 이유를 들어 몸져눕다시피 자리에 누워 코를 골았다.

"형님 상태가 어떠신데 그렇게 놀라십니까?"

명상은 삼거리를 돌아 오르면서 물었다.

"이상하다. 예전의 모습이 아니다."

도암네는 음성이 젖어 있었다. 명상은 숨 가쁘게 종가집에 뛰어들었다. 상정네와 석재가 이미 와 있었다.

"형님!"

명상은 학재를 일으켜 세웠다. 얼굴색이 흙빛으로 변한 학재는 몸을 가누지 못하였다.

"빨리 병원으로 가자."

석재는 단안을 내렸다. 명상은 학재를 들쳐 업었다. 그리고 나들이께로 내달았다. 배를 타고 뭍의 큰 병원에 입원시키기 위해서였다.

"동생, 여기가 어디냐?"

"방죽재를 막 넘었습니다."

"나를 선조가 묻힌 산소 앞에 내려다오."

학재는 몇 년 전 태풍 때 아름드리 소나무가 쓰러졌던 밭둑머리 산을 가리켰다. 그곳에는 유배 온 선조의 아들이 아버지의 유해를 거두고 나서 권력의 속성에 환멸을 느낀 나머지 스스로 어부로 자처하며 숨어 지내다 묻힌 곳이었다. 평소 때는 별로 관심 없어 하던 학재였다.

"한시가 급한데 무슨 엉뚱한 소리입니까?"

명상은 짜증과 슬픔으로 목이 메었다.

"내 부탁이다."

학재의 잦아지는 소리에 명상은 하는 수없이 묘소 앞에 학재를 내려 놓았다. 이마에 식은땀이 흘렀다.

"형님, 할 말 있습니까?"

"새벽 동트는 하늘이 오늘따라 너무 신선하구나. 백상이 저 앞산 큰 굴에서 생식을 하고 있을 때 찾아가 맛보았던 새벽공기와도 같다."

"백상이 형을 만나고 싶으면 건강이 회복되어야지요. 어서 등에 업히세요."

"수고할 것 없다. 네 등은 그지없이 따뜻하더구나. 백상을 꼭 한번 보았으면 좋으련만……."

학재는 명상의 손과 석재의 손을 번갈아 꼬옥 쥔 채 선조의 묘소에 꿇어 엎디어 숨을 거두었다. 이렇게 허망할 수가! 명상과 석재는 오열

하였다. 평소에 술독에 빠져 지낸다고 눈 흘기며 불만스러워 하였는데, 너무나 허무로운 죽음이었다. 명상과 석재는 시신을 들쳐 업고 다시금 방죽재를 넘어왔다. 아침 해가 바다 위에서 눈부시게 떠오르고 있었다. 도암네는 아들의 시신을 보는 순간 말문을 닫았다. 종가의 며느리로 이 집에 시집와서 대감할머니를 비롯하여 시아버지, 시어머니, 남편, 그리고 시동생들의 죽음을 감당하였지만 이처럼 가슴이 미어지지는 않았다. 청춘에 눈을 감은 것도 아니요, 전쟁의 제물로 처절하게 죽어간 것도 아니었으나, 술에 절어온 그 비참한 세월의 얼룩진 무늬가 가슴을 쥐어뜯게 하였다. 누가 학재의 심정을 명경지수 같이 꿰뚫어 볼 수 있으랴. 취생몽사로 살 수밖에 없었던 그 짧은 인생을 어느 누가 마음 쓰리게 애달프다 할까. 술독에 길이 열려있지는 않았다. 자신을 헹가래 치고 싶은 절망과 울분이 들어차 있었다. 에이고, 요놈아! 시원하게 잘도 눈감았다. 더 좋은 시상이 그보다 더 있을라디야. 저승에 가서 아직도 구천을 떠돌고 있을 느그 아부지네들과 어울려 가슴에 맺혀 있었던 못다 한 이야그들을 피를 토하듯 나누거라. 에고, 못난 자식! 도암네는 간장이 끊어지는 슬픔으로 넋을 잃었다.

종부네와 상정네도 슬픔은 마찬가지였다. 살아있을 때는 술독에서 헤어나지 못한다고 눈 흘기고, 몸서리쳤는데, 막상 죽음을 대하자 그간 학재의 행동 하나 하나가 눈앞에 밟히면서 눈물을 비쏟게 하였다. 오냐, 이놈. 청상의 어미들 먼저 눈을 감은 걸 보니 천하에 불효막심이로구나. 네놈은 보기 싫은 시상 보지 않아 좋겠다만, 언젠가는 웃음 지을 시상이 올 것이다. 종부네는 학재의 시신을 아드득 꼬집었다.

재문과 현오는 믿기지 않다는 듯 허탈한 표정으로 학재의 시신 곁에 붙박혀 있었다. 간밤에도 한잔 술을 나누며 이성을 잃은 듯한 시국을 한숨 섞어 논하지 않았던가. 이성과 절제를 잃어버린 현실은 다시금 저 옛날로 되돌린 살벌함 마저 발길에 채여 한잔 술을 들지 않고는 배겨 낼 수 없었다. 우리는 더 이상 갈 곳도, 마음 편히 주저앉을 공간도 없는 가 보네. 나아갈수록 밝은 빛이 우리의 머리 위에 쏟아져 내려야 하는 디, 점점 치막한 어둠의 연속이니 더 이상 살고 싶지가 않네, 그려. 희망 이 없어. 그렇다고 이 좁은 공간에서 항거하고 투쟁하기에는 스스로 불 을 싸지르는 자학행위에 지나지 않잖은가. 항일농민운동을 주도하였던 우리네 부모들의 입지보다 더 못한 오늘의 현실이 아닌가. 우리들 주위 가 왜 이렇게 외롭고 쓸쓸한가? 우리 세 사람 힘으로 무얼 한다지? 학 재는 술잔을 씹어 삼키며 독백처럼 넋두리를 하였다. 그게 마지막 유언 이었던가? 우리 백상이 말이여. 난, 그 동생만 생각하면 믿음이 절로 나 네. 술독에 빠져버린 나와는 달라. 학재는 매큼한 웃음을 지으며 끝내는 한줄기 눈물을 떨구었다. 아무리 술에 취해 감정이 북받쳐 올라도 눈물 을 보이지 않던 학재였다.

"허어, 학재가 어떻게 됐다고야?"

뒤늦게 달려온 채종은 도대체가 이놈의 세상이 뒤죽박죽 알 수가 없 다는 얼굴이었다. 진즉부터 학재의 모습에서 짙은 병색을 읽을 수 있 었지만, 이렇게 잿불 스러지듯 눈을 감을 줄은 몰랐다. 형님, 우리 옛 날 석방렴에서 고기를 잡듯 고기를 양식합시다. 그것만이 우리가 살길 이오. 쓰잘데 없이 남들 나가니께 원님 지나는데 나팔 부는 식으로 도 시에 나갈라 말고. 형님이 도시에 나가 할 일이 뭐가 있겠소? 제발 들뜬 마음 거두고 우리, 고향을 지킵시다. 그래야 훗날 고향을 떠나 사는 자 식들이 고향을 가슴에 묻지요. 안 그렇소? 이틀 전 학재는 나들이목을 돌아 나오면서 채종의 들뜬 마음을 다잡았다. 어여, 동생! 이제 자네가 없는디, 내 무슨 재미로 고향을 지킬끄나. 빌어 묵을 놈의 시상. 술독에 살림을 처넣었어도 동생은 쪼끔 달랐는디, 허허, 갑자기 무주공산에 나

홀로 버려진 듯하네. 채종은 벌컥벌컥 술잔을 들이키고 나서 학재를 염하였다.

"술에 절어 산다고 죽일 놈 살릴 놈 해싸도 학재의 존재가 그래도 버팀목이 되었는디, 도암네 슬픔을 어떻고름 감당할게?"

"아직 젊은 나이 아닌가. 스스로 죽음을 자초한 것이네. 그만한 고초와 환경 속에서도 다른 사람들은 잘도 이겨 나오지 않았는가."

"그건 그려. 지 혼자만 겪어온 전쟁의 상흔이 아닌께."

"상처투성이의 나무가 오히려 천년 세월을 굳건히 뿌리 내리고 산다고 그러지 않던가."

마을 아낙네들은 학재의 걸어온 길을 두 갈래로 받아들이고 비판하였다. 아무튼, 학재의 장례식은 마을의 스산한 분위기를 더욱 우울하게 하였다. 젊은이들은 어느 사이에 하나 둘 도시로 떠나고, 이러지도 저러지도 못한 장정들만 남아 마을의 온기를 유지하고 있는 가운데 학재의 죽음은 병든 닭처럼 운명의 그림자를 알게 모르게 지펴 물게 하였다.

"정말 살기 싫어졌네. 이참에 뚝딱 서푼어치 살림 싸짊어지고 고향을 떠나야겠네. 학재는 날더러 고향을 지키자 해 놓고 저 먼저 땅 속에 눕다니, 말이나 되는 거여?"

채종은 상여를 둘러맨 채 눈물을 떨구었다. 현오는 말없이 눈물을 삼켰다. 재문과 함께 삼총사처럼 고난한 세상을 우정과 의리로 서로를 감싸 안았다. 서로의 마음을 위로하는 가운데 가슴에 못 박힌 아픔을 나누어 가지며 살아오지 않았던가. 아버지네들이 추구하고 저항하였던 항일농민운동의 정신이 육이오전쟁을 거치면서 냉전이데올로기의 희생양이 되어 그 전과를 고스란히 자신들이 떠안았다. 그 고통은 반신불수나 다름없는 회한을 안겨 주었다. 이제 한 사람이 빠져나갔으니, 지금까지 지탱해온 우정이 균형을 잃을 것이고, 균형감각을 잃은 후유증은 남은 두 사람을 못 견디게 할 것이다. 그렇다고 채종이처럼 맞장 뜨기로 고향을 떠나지는 않을 것이다. 더불어 더 나은 생활을 바라지도 않을 것이어서 학재의 존재는 더욱 그리움으로 다가오리라.

"그녀러 자식, 느닷없이 사고를 저질러 놓고 장가를 든다고 했을 때 올려붙인 따귀 맛이 아직도 손바닥에 묻어나는디 이 무슨 날벼락인고."

밤생이 당숙은 지관과 더불어 선산발치에 묘지를 정하며 허정한 표정을 지었다. 학재가 허랑하게 술은 마셔도 사리가 분별하여 윗사람에게 실수가 없었고, 옳고 그름을 명확히 가렸다. 그래서 늙은이나 젊은이나 아녀자들에게 눈 흘김을 받지 않았다.

어널, 어널, 어너리 넘자, 너와여
인생이 살면은 몇 백 년을 살꼬나
자고 나면 백발이요
눈감으면 북망산천이라
어널, 어널, 어너리 넘자, 너와여

무덤재를 넘어가는 성두 아제의 상여소리는 목안에 잠겨 한 무리 까마귀 소리에 묻어났다.

"에고, 도암네가 자리보전을 하는 갑다. 일밖에 모르는 여편네가 얼마나 슬픔이 컸으면 생떼같이 자리에서 일어나지 못할까?"

이천네 어멈은 무료히 종부네 집을 지키며 상여가 넘어가는 무덤재를 바라보며 혀를 찼다. 이 육신이 가야 할 길을 젊은 영혼이 먼저 가다니, 죽음은 남녀노소가 따로 없다지만 마음이 처량하였다. 염라대왕은 언제나 아쉽고 쓸모 있는 사람만 먼저 데려갔다. 살아 있어도 죽은 목숨이나 다름없는 이 늙은이를 데려 갈 것이제. 허기야, 나무도 쓸모가 있어야 목수의 손이 가지 않는가. 이천네 어멈은 담뱃대에 담배를 꾹꾹 눌러 담았다.

삼우제를 지내고 나서 종부네도 자리에 눕고 말았다. 자리에 누워버린 도암네를 대신하여 상정네와 장례식을 총괄하다시피 한 피로 때문이기도 하였으나, 마음에 들어찬 공허감을 어떻게도 떨쳐버릴 수 없었다. 풍선처럼 점점 부풀어 올라 두발을 땅에 딛고 설 수가 없었던 것이다.

"자네마저 자리보전을 하면 어떡할 건가. 이거나 묵고 기운 차리게."

공수네가 나박조개 죽을 쑤어왔다. 종부네는 그 마음이 고마워 몇 숟갈 들었다.

"나도 모르게 온몸에 기운이 다 빠져나가고 없네. 도암네 성님은 어떤지 모르겠네."

"거기도 들여다보았네. 워낙 건강을 타고난 사람이라 기신은 못해도 상한 곳은 없데. 며느리와 상정네가 지척간에 수발을 들더만."

"자네들이 고맙네. 모진 고문을 받았을 때도 이렇지는 않았는디, 시상이 더없이 허전하구랴."

"그래서 예로부터 자식 앞세운 고통이 제일로 크다고 하였네."

"딸을 앞세웠을 때도 이런 마음은 아니었네. 내 슬픔은 컸지만."

종부네는 공수네가 건네는 담배 맛까지 쓰거웠다. 그러고 보니 가장 가까운 벗이요, 상사초라 할 수 있는 담배 맛까지도 잊어먹고 있었다.

"새 마음으로 다잡고 살아야제. 시상도 점점 변해 가는디."

"뭔 소린가. 시상이 하나도 변하지 않았네. 삼팔선은 더욱 철벽이고, 험상한 분위기 속에 빛 좋은 개살구 같이 잘 살아 보세라니."

"누가 듣네."

"들을 사람도 없네만, 누가 듣는다고 무서워하지 않네. 마음 같아서는 진저리 처지는 이놈의 섬구석지를 뚝딱 떠나고 싶으네."

"채종이 같은 소리를 하네, 그랴."

"그놈도 도시로 나가고 싶으면 뜸들이지 말고 후딱 떠날 것이제, 허구헌 날 도시 타령인가, 그래?"

종부네는 밉살스럽게 속으로 눈을 흘겼다. 팔랑개비 같은 곤식이랄 놈이 김발 해먹기 싫다고 부산으로 보따리 살림을 떠메고 나가더니 짬만 나면 드난질로 찾아와 신발공장이야, 합판공장이야, 공사판이야, 부두노동이야, 일자리가 천지로 널려있다고 떠벌리는 바람에 귀머거리 만식이까지 궁둥이를 들썩이고, 채종은 덩달아 한동안 잠잠하게 주저앉은 도시바람이 가슴에 일었다. 곤식이 그놈, 옳은 직장이라도 얻어 걸렸으면 사흘이 멀다하고 뻔질나게 나타날까?

"채종이 떠나면 자네가 제일로 아쉬울 걸."

"아쉬울 것도 없네. 앞으로는 기계로 농사를 지을 것이고, 더 뭣하면 손끝 닿는 문전옥답만 농사짓고 나머지는 유실수나 심지, 뭘. 보릿고개도 없어지겠다, 무엇이 근심 걱정인가."

"하여간, 기운을 차리게. 나, 가네."

공수네는 담배꽁초를 눌러 끄고 자리에서 일어났다. 이천네 어멈이 갯바구니를 들고 대문을 들어섰다.

"위문 차 왔는가?"

"속 좀 풀라고 나박조개 죽을 가져왔소."

"나도 그 생각하고 대섬목에 나갔더니."

이천네 어멈은 갯바구니 밑자리를 덮은 바지락을 내보였다.

"아짐이 곁에 있어 그나마 다행이요."

"베리댁이가 사람 구실을 한다고 하질 않던가? 바쁜디 어서 가소."

이천네 어멈은 대청마루에 힘겹게 엉덩이를 내려놓으며 담뱃대부터 찾았다. 갯벌에서 엉거주춤거리며 갯벌을 쪼는 것도 이제는 힘이 부쳤다. 나이를 이길 장사 없으니, 좋은 시절은 어디로 갔을까? 이천네 어멈은 담배연기를 길게 빨아 당겼다.

명상은 학재의 죽음으로 자신의 어깨가 전 같지 않다는 것을 느꼈다. 종가의 모든 일을 그저 무심히 보아 넘길 수 없을 것이었다. 가정사라든가, 제반 생활사와는 전혀 무관하게 지내온 학재의 존재였는데도 운명을 달리하고 보니 부정할 수 없는 존재였다는 것을 피부로 느꼈다. 아침저녁으로 종갓집을 들여다보는 가운데 새삼스레 대숲에서 이는 바람소리로부터 케케묵은 향로에 이르기까지 무심한 눈길로 스쳐버릴 수 없었다.

그 위에 애순과의 관계가 신경을 자극하였다. 집에 돌아오자마자 학재의 죽음으로 경황이 없어 편지를 보내지 못하였다고는 하나, 애순이 쪽에서 잘 내려갔느냐는 안부 편지 정도는 할 수 있지 않을까? 다른 때 같으면 벌써 편지를 띄우고도 남았다. 명상은 겨우 슬픔을 추스르고 나서 그간의 사정을 편지 속에 담았다. 그리고 답장을 기다렸다. 정든 사람일수록 멀리 떨어져 있으면 그리움이 배가된다고 하였는데, 애순의 마음은 점점 열정이 식어 가는 것은 아닌가? 명상은 도리질하면서도 애순과의 대화에서 알 수 없는 안개를 감지하였다. 시계를 가린 치막한 안개랄 수는 없지만 흐릿한 안개가 점차 눈앞을 가릴까 걱정스러웠다.

마음의 근심은 그것으로 끝나지 않았다. 백상의 소식이었다. 경황이 없는 속에서도 하마 무슨 소식이 있을까, 기다리는데도 이렇다 할 소식이 없었다. 머지않아 기운을 차리면 종부네는 백상의 소식을 물을 터였다. 도대체 백상의 신상에 무슨 일이 일어난 것일까? 전후 사정을 모르는 명상으로서는 그저 마음 답답하고 불안하였다. 그렇다고 무작정 찾아 헤맬 수도 없고, 하여 소식 오기만을 기다렸다. 또 모르지. 낮도깨비 형상을 하고서 불쑥 나타날지. 늘상 근심스러워하면 그림자처럼 모습을 내보이지 않던가.

채종은 설을 새기가 무섭게 가슴앓이처럼 고심하였던 도시행을 결행하였다. 서둘러 김발을 빼 올리고 가대를 갈무리 한 다음 득달같이 부산으로 나갔다. 한번 마음을 결정하자 들방구리를 하듯 모든 일을 우지끈 뚝딱 단행한 것이다.

"무턱이와 마주 보고 살거라고?"

"그란다 안 한가. 채종이 여편네가 한사코 말그만이 사는 꼴을 곁눈으로 보겠다고 놀부 고집을 부렸다네, 그랴. 낯설고 물설은 그곳까지 가서 웬수처럼 으르렁거리며 살고파서 그런지, 원."

"그 여편네, 말그만이를 패악질로 쫓겨냈으면 됐제, 무슨 미련이 남아 그럴게? 성정도 참 얄궂네."

"채종이도 마땅히 갈 곳이 있겠는가. 그래도 낯익은 고향 사람들과 어울려 사는 것이 낫것제. 듣자니 죽성리 그 옛날 배 서방 손자도 서울에서 장사를 하다 실패를 보고선 무턱이 사는 곳으로 내려왔다고 하데."

"배병산이 말인가? 서울 남대문 시장에서 한참 잘 나간다고 하던디, 어째서 그리 됐을까?"

"잠깐 한 눈 팔면 그리 되는 법일세. 채종이 하고는 이종 육촌간이니께 서로가 힘이 되것네."

"그렇네. 둘 다 학재네가 진외갓집이니께."

"하여지간 곤식이랄 놈이 촉새 노릇을 단단히 한 거여. 촐랑거리며 살집도 함께 보고 말그만이와 화해도 시켰다고 하던디."

"오히려 이쪽저쪽 싸움만 부추길 것이시. 앞으로 두고 보면 보아도."

"다들 저저금 살 판이제."

마을 아낙네들은 모여 앉으면 입방아를 짓찧었다. 채종은 남이야 입방아를 찧던 말든 곤식을 앞세우고 바짓가랑이에 마파람이 일 듯 무턱이 산다는 부산으로 내려가 셋방을 구하고 이사 날짜를 잡았다. 변두리 고지대가 험상맞다고는 들었지만, 참으로 얄궂었다. 무허가 가건물로 뒷간이 제대로 있나, 수돗물을 마음대로 사용할 수가 있나, 기가 딱 막혔다. 시골 헛간채만도 못하였다. 하지만 경제사정이 더 이상 허락하지 않는 걸 어쩌랴. 보기는 이래 뵈도 정들고 살면 고향 냄새 나겠다, 그런 대로 살만하이. 출퇴근하자면 교통 또한 불편하여 허붓한 생각이 들지만 겨울철 김통주리를 짊어지고 방죽재를 넘는 셈 치면 될 걸세. 무턱은 태평스레 변죽을 울렸다. 그러자. 까짓놈의 세상. 이래 사나 저래 사나 사나이 한 평생 아니더냐. 채종은 한잔 술로 바다 일을 갈무리하듯 체념 섞어 마음 정하였다. 문제는 말그만이와 마누라 관계인데, 제각기 먹고살기 바쁜디, 이웃지간이라고 얼굴 제대로 마주 보고 살랍디요. 말그만이의 한마디로 채종은 허부죽 웃어 넘겼다. 보아하니 말그만이도 제법 희멀끔한 살빛 아래 입술연지하며, 손톱칠까지 하고서 짐짓 여유를 보였다.

"숙모님, 떠나가요. 비록 몸은 떠날지라도 뼈는 고향에 묻힐 것인께 그리 아시오. 학재도 없고 저까지 고향산천을 떠나게 되어 면목이 없소만, 나도 도시에 나가 자식들의 장래를 위해 초석을 깔아야 하지 않겠소."

떠나는 날, 채종은 종부네 집에 들러 젖은 목소리로 작별인사를 하였다.

"사람이 한번 미치면 조상도 어쩔 수 없느니라."

종부네는 고생을 싸 짊어지고 가는 채종의 모습이 마음을 물큰하게 하였다. 천연한 얼굴로 뒤따르는 채종의 마누라가 밉상 맞게 보였다. 고향 땅 다지며 알뜰살뜰 살림을 이룰 것이제, 무슨 바람이 들어 달랑 불알 두 쪽 차고 나갈 게 뭐람. 보나마나 채종이 공사판을 전전하면서 등

골이 빠질 것이었다.

"그래도 도시는 다를 것이요. 더구나 배병산이 그 곳에 살림 이고지고 왔응께 여러모로 의지가지가 될 것이요."

"서울서 보따리 싸들고 왔다는디, 지놈이라고 별 수 있을라디야. 어쨌거나, 기력이 남아 돌 때 열심히 잘 살거라."

"그럴라요. 형편 펴지면 노후에 다시 고향에 올라요. 그때까지 숙모님, 건강하셔야 합니다. 저 있는 곳에 구경도 오고요."

채종은 꾸벅 큰절을 올리고 돌아섰다. 원뚝을 가로질러 가는 채종의 뒷모습이 우쭐거렸다. 그 뒤를 재문과 현오가 배웅을 하였다.

"제일로 느그들과 헤어진다는 게 가슴 아프다."

"마음 아픈 떠남은 왜 하시오. 그 나이에 뭘 해묵고 살는지, 걱정스럽소."

"닥치는 대로 장작 패듯 해야겠지야. 나도 그게 걱정이다만, 무턱이도 살고 있지 않느냐. 난, 절망하지 않는다. 땀 흘린 만큼 대가가 주어지것제."

채종은 현오의 말에 자신의 고민을 감출 수 없었다. 딱 부러지게 직장을 구해 가는 것도 아니고, 어찌 보면 무작정 이향이었다.

"형님의 낙천적인 성격은 각박한 도시생활에 보탬이 될 것이요."

재문은 채종의 행보가 참으로 단순하고 무모하다고 생각하였다. 살림 밑천을 듬직하게 짊어지고 가는 사람도 몇 달을 심사숙고한 끝에 결심을 굳히는데, 이건 순전히 도끼문자식 결행이었다. 혈혈단신이라면 또 모른다. 소도 언덕이 있어야 기대어 부빈다고 하지 않던가.

"어쨌든, 희망을 저버리지 않을란다. 느그들은 경거망동하지 말고 끝까지 고향을 지키거라. 그래야 나도 고향을 안 잊어뿔제."

"모르긴 몰라도 한숨이 절로 나올 때마다 고향의 푸른 바다가 눈앞에 다가올 것이요."

"현오, 니 말이 맞을 것이다. 눈물겨울 때마다 가슴에 옛 시절이 들이치겠지야."

종선에 오르면서 채종은 기어이 눈가에 촉촉이 물기를 머금었다. 상가마니산을 바라보고 마을을 쓸어안았다. 마을 꼭대기 찬바람을 안고 있는 정든 집을 눈으로 찾았다. 저기서 낳고 자랐으며, 계절을 넘나드는 바람과 비구름과 문지방을 때리는 파도를 자장가 삼으며 육신을 살찌웠다. 낡고 초라한 처마 끝이 이제 보니 다시없는 보금자리로 다가왔다. 성깔 같아서는 불끈 정든 집을 어깨에 떠메고 가고 싶었다. 이놈아, 고향산천을 떠나 어디에서 산다는 것이냐? 제삿밥을 어떻게 찾아 먹으라고. 금방이라도 돌아가신 아버지께서 담뱃대를 휘두르며 채종의 이마를 내리칠 것만 같았다. 부산으로 향하는 연락선이 섬목뿌저리를 돌아나왔다. 종선이 마주쳐 나가고, 재문과 현오는 선창가에서 두 손을 흔들었다.

춘설이 한 차례 내렸다. 동백꽃이 눈꽃 속에서 유난히 붉었다. 까치랄 놈이 아침부터 소란을 피우며 봄눈을 쪼아댔다. 종부네는 아침 일찍 일어나 몸단장을 하였다.

"어디 가시려고요?"

명상은 나른한 기분으로 잠자리에서 일어났다. 쌀쌀한 바깥 날씨와는 달리 어디선가 봄기운이 느껴졌다.

"봄눈도 내리고 며느릿감을 보러 간다."

"형수님 되실 분요?"

명상은 싱겁게 웃음을 지었다. 본인은 생각지도, 어디서 무엇을 하는지, 행방을 모르는데 종부네 혼자만 몸 달아 하였다. 지난번 백상이 집을 나간 것도 원인이 거기에 있었는데 자나 깨나 며느리 타령이었다.

"느그 성 혼사보다 너를 장가 보내사 쓰것다."

"뭐라고요?"

명상은 화들짝 놀랐다. 어머니가 겨냥한 목표물은 백상을 지나쳐 명상에게 향하였다.

"좋아 날뛸 줄 알았더니 왜, 그리 놀라는 거냐?"

"갑작스런 일이어서요."

"밤마다 발싸심을 하는 놈이 무슨 엉뚱한 소리냐."

"그것과 결혼은 근본적으로 다르지요."

"서울 간 애인이 면박이라도 주드냐?"

"어무니께서 어떻게……?"

"내가 모를 줄 알고야."

종부네는 몇 날을 생각한 끝에 집에 붙들어 둘 수 없는 백상보다 명상을 먼저 결혼시키기로 하였다. 차례가 뒤바뀐다고 죄 될 것은 없었다. 더구나 명상이 사귀던 처녀가 서울로 올라간 뒤로 사랑의 열기가 점점 식어 가는 조짐을 눈치 챌 수 있었다. 만에 하나 사랑의 상처가 크기라도 한다면 명상의 성질에 무슨 사단이 일어날지 예측할 수 없었다. 이참에 참한 며느릿감을 골라 재갈을 물리자는 계산속이었다.

"제 문제는 제가 해결할 테니까 신경 쓰지 마세요."

명상은 아무래도 애순을 한 번 더 만나야겠다고 다짐하였다. 이번에 애순의 마음을 확인해야만 하였다.

"그럼, 서울서 불러내려. 그럴 수 없다면 잔말 말고 내 뜻을 따르거라."

종부네는 다짐을 놓듯 하고서 대청마루를 내려섰다. 봄눈이 포근하게도 내렸다. 사뿐거리며 내리는 눈은 감나무 가지에, 마당가 절구통에, 짚불더미 위에 소담스럽게 내려쌓였다. 명상은 대문을 나서는 종부네의 뒷모습을 바라보다 종이와 펜을 끌어 당겼다. 애순에게 편지를 띄우기 위해서였다.

종부네는 지풍골을 휘돌았다. 사박거리며 내리는 춘설은 깊고 그윽한 골짜기를 온통 흰옷으로 입혀 놓았다. 자갈밭을 쓸어안는 파도소리가 감미롭게 들렸다. 어디선가 정겨운 노랫소리가 들려왔다. 가만히 들으니 아주 먼 곳에서 들려주는 노래였다. 저, 목소리. 아주 낯익었다. 망여섬에서 들려주던 친정아버지의 노랫가락 같기도 하였고, 남편의 얼굴과 겹쳐지는 친정오빠 박해수의 시울림 같기도 하였다. 가래재를 넘어선 종부네는 조카딸을 찾았다.

"봄눈을 맞고, 무슨 낭만이요?"

조카딸은 상점을 보다말고 반겨 맞았다.

"친정에도 가 볼 겸해서 집을 나섰다."

종부네는 그렇게 운을 뗀 뒤 조카딸이 점찍어 두었다는 며느릿감에 대해 요모조모 물었다.

"명상이도 잘 알 것이요. 정말로 참해라우."

"니가 말한 그 집안이라면 안심할 수 있다만 처녀 쪽에서 어떻게 나올는지 모르겠다."

종부네는 순간 백상이 혼사 길을 틀 때마다 그놈의 애비 사상을 들먹이며 노골적으로 내치던 때를 떠올렸다. 으스스 몸서리가 쳐졌다.

"그거사, 그 쪽에서도 우리 내력을 잘 아니께 혼사 말이 들어가면 무슨 반응이 있겠지라우. 어쨌거나, 내가 보기에는 명상이 배필로는 제일이요."

"명상이 마음속으로 사랑하는 처녀가 있는 성싶은디 그게 걸린다."

"애순이 말이지라우? 어따, 폴새 물 건너 갔어라우. 즈그 올케한테서 들었는디, 서울 가서 사귀는 남자가 생겼다고 합디다."

"그래야? 내 짐작도 어렴하니 그렇게 생각했다만, 명상이 그 사실을 알면 제정신이 아닐 것인디 큰일이다. 얼른 혼사 길을 터야겠다. 내가 직접 그 처녀를 볼 수 없을끄나?"

"우리 시누이더러 데리고 오라 할 테니께 창틈으로 가만히 보시오."

조카딸은 뭉기적 일어나 시각집으로 향하였다. 종부네는 기다리는 동안 자작으로 소주잔을 비웠다. 얼마 안 있어 조카딸이 돌아오고, 조카딸의 시누이와 며느리감 처녀가 상점을 들어섰다. 종부네는 창구멍을 통해 요모조모 뜯어보았다. 나무랄 데가 없었다. 종부네는 만족스러워하였다. 중간에 사람을 세울 필요 없이 처녀 부모와 담판을 내리라 마음 다졌다. 두 처녀는 조카딸이 내놓은 음료수를 한동안 마시고 나서 자리에서 일어났다.

"어쩝디요?"

"결정을 내렸다."

"그럴 줄 알았소. 제일로 명상이 마음이 어디 있는지 알아야 쓸 것이요."

"오냐, 그러지야. 내 친정 좀 다녀오는 길에 아예 담판을 지어사 쓸 것다."

종부네는 신발을 꿰어찼다. 큰골재에 이르러 친정부모 묘소를 찾아보고 친정 마을 어귀에 들어서다 말고 흙담을 둘러친 집안으로 들어섰다. 박수혁의 마누라와 어린 조카들이 부황 뜬 얼굴로 늘어져 있었다. 종부네는 혀를 찼다. 처자식을 이런 곳에 버려두고 어디를 갔을끄나? 형제간들도 너무 하제. 즈그들 아쉬울 때는 염치 없이 의탁을 하더니 남만도 못 할래라. 종부네는 불끈 치솟는 분노를 이기지 못해 친정집으로 내달았다. 친정집은 일꾼이고, 주인이고, 술에 곤드레만드레 인사불성이었다. 그대로 돌아섰다. 올케가 길을 막았지만 얀정머리 없이 밀치고 큰골재를 돌아올라 친정 부모 묘소 앞에서 한바탕 눈물을 쥐어짜고 나서 휘이휘이 집으로 돌아왔다.

"친정을 어찌 그리 빨리 댕겨 오는고?"

이천네 어멈은 무료하게 담뱃대를 두드리다가 놀란 얼굴로 맞았다. 친정 길에 나서면 하루 이틀은 모자라지 않는가.

"친정 꼴이 하도 토심스럽고 부아가 치밀어 그냥 되돌아 왔소. 한 놈은 거지발싸개가 되어 누울 자리도 없는디, 장자랄 놈은 니나노 가락에 배 띄우듯 술독에 잠겨 천하태평하고 자빠져 있으니 어디 불공평해서 살겠소. 지하에 잠든 친정아부지가 그 꼴을 봤으면 뭐라 했겠소."

종부네는 아드득 쥐어뜯을 듯 넋두리를 내던지며 담배를 찾았다.

"그 심정 알고도 남제. 자랄 때는 핏줄 같이 끈끈한 게 없는디, 각자 가정을 가지면 남남이나 다름 없지야. 가난은 그럴수록 서럽니라."

이천네 어멈은 담뱃대에 한숨을 토해 냈다. 명상이 뒤늦게 퇴근해서 돌아왔다. 얼큰하게 한잔 한 모양이었다.

"벌써 돌아오셨어요?"

"심기가 불편해서 그냥 왔다. 오는 길에 며느리감을 보고 왔다."

종부네는 담배꽁초를 모지랍스럽게 눌러 껐다.

"누가 장가를 든다고 합디요?"

명상은 아침에 집을 나서며 하던 말을 떠올리며 찌뿌등한 표정을 지었다. 결혼을 경매 붙이듯 하려 하다니.

4

백상과 윤사암은 서울을 빠져 나왔다. 두 사람은 경주를 목적지로 정하였다. 백상은 이 행보가 긴 여정의 방랑자가 될 줄은 몰랐다. 개헌청원 백만인 서명운동을 저지하기 위한 긴급조치 일호에 이어 긴급조치 사호를 선포, 대대적인 단속과 구속으로 학원가를 비롯하여 종교계, 학계는 물론 재야에 이르기까지 광범위한 세력의 연대가 절실한 가운데 출판문화 운동, 지식인의 노동현장 진출 등 부분운동을 전개시키자는 계획 아래 영장 없이 체포, 구금된 김정허를 비롯하여 몇몇 선배들을 제외하고, 각자 원하는 방향으로 나아가 연대를 꾀하기로 하였다. 백상은 불교성향을 중심으로 한 민중 지향적 변혁운동의 활성화를 모색하기로 하였으며, 윤사암은 흙을 빚어 달구는 도요지에서 현장을 실습하며 토우를 빚어 민중의 얼을 심겠다는 염원이었다. 백상은 무엇보다 미륵용화세계를 실답게 떠올렸고, 윤사암은 민화를 바탕 삼아 민중사상을 심어보자는 소박한 간구였다. 어찌 생각하면 두 사람의 지향점이 크게 다를 바 없었다. 억압받고 짓눌린 자들을 용화세계로 이끄는 혁세주, 즉 미륵화현을 염원하는 구원체나, 천대받고 고통 받는 민중의 가장 밑자리에서 민중의 참된 삶을 흙으로 빚어 승화시키는 것은 다 같이 민중사상의 구현이 깃들어 있었다.

각자 가는 길을 도피 행각이라고 여기지 말게나. 따라서 어떠한 난관에 부딪칠지라도 굴절하거나 회의하지 말 것이며, 강물이 범람하여 강을 건너지 못할 경우에는 지혜롭게 우회해야 하네. 특히 자네는 동학 교주가 어떻게 박해를 이겨 나오며 교세를 확장, 동학농민혁명을 일으켰는가를 깊이 참고할 것이며, 만해의 사상을 저버리지 말게나. 백상은 차창을 스치는 농촌 풍경을 바라보며 구금되기 전 마지막으로 들려주었던 감정허의 말을 곱씹었다. 그리고 무연 스님의 강론을 떠올렸다. 원효의 심지는 화쟁사상이야. 그야말로 민중사상이지. 심오한 그 밑바닥에는 실천행이 담겨져 있고, 원효 자신 가장 밑바닥 중생들과 어울려 지내면서 삶의 본질과 세상의 이치를 노래하였지. 그의 무애행은 귀족사회의 점유물로 떨어진 불교를 민중 쪽으로 가져간 혁명적인 사상이랄 수 있지. 그래서 원효사상은 세상의 구원처야. 이 시대에 누가 그러한 사상을 짊어진 분이 있을까? 기다림으로 시절을 보내지. 내가 할 수 있는 것은 언제라도 자네가 머물 수 있는 장소를 마련해 줄 수 있다는 것이야. 자네들의 실천행을 공감하기에 앞장 서 나설 수 없지만 내 몸에는 원효의 깊고 심오한 민중사상이 배어 있기에 자네를 아끼네. 더 무엇을 바라겠거든 여산 스님을 뵙고 나서 스스로 찾아가게. 가만히 앉아 한숨을 빼어 무는 속에서 무엇을 얻지는 못할 걸세. 떠나올 때 무연 스님은 암울한 구름장을 바라보듯 창밖으로 시선을 던지며 한숨을 지었다. 그래, 나서자. 흐르는 물에 돌이끼가 돋아나더라도 민중의 지팡이를 찾아보자.

"김정허 선배님은 어찌될까 걱정이야."

윤사암은 내내 그게 걱정스러운 얼굴이었다.

"설마 목이야 매달겠나. 나는 이제부터 희망을 가지기로 했어."

"찬 서리 매운바람에도 매화가 피어나고 동백꽃이 눈송이를 떨구듯이 말인가?"

윤사암은 특유의 웃음을 입가에 지펴 물었다.

"도자기 빚는 친구는 믿을 만한가?"

"만나보면 알 거야."

"하긴, 다니던 학교를 그만 두고 그 세계에 밑자리를 깔았을 때는 무언가가 있겠지."

"나로서는 소중한 친구야. 왼손이 모르게 오른손으로 행하라. 바로 그 친구가 말없는 가운데 행하고, 그 실천의지 속에 핍박한 세상을 불에 달구지."

"세상을 불에 달군다……?"

백상은 윤사암의 그 말을 곱씹었다. 길을 가다보면 우연찮게 돌멩이가 발 뿌리에 채이듯 가벼운 한마디가 마음을 울릴 때가 있다. 그게 어쩌면 세상을 나아가며 터득하는 지혜로움인지 모른다. 차는 어느 사이 대구를 지나 경주를 들어서고 있었다.

신라의 고도 경주. 백상은 이곳에 올 때마다 제일 먼저 경주 남산 쪽으로 눈길이 갔다. 높지도 낮지도 않은 산자락은 세월의 빗금을 이고 서서 화려하고 장엄하였던 저 옛날의 흥망성쇠를 내려다보고 있었다. 부귀영화는 자취 없이 사라졌어도 민중의 숨결과 기원을 고스란히 담고 있음에랴.

두 사람은 불국사 아래 허허한 빈 공터에 흙담을 둘러친 남산요(南山窯)를 찾아들었다. 궁색하고 초라하기 이를 데 없는 요였다. 덩실한 고분군을 연상케 하는 가마가 그 궁색함을 덜어주어 그나마 위안을 주었다.

"진즉 내려올 거라고 해서 잔뜩 기다렸지."

남산요의 주인 남대궁은 윤사암을 얼싸안았다.

"이 친구로부터 말씀은 많이 들었습니다."

"저도 마찬가지입니다."

남대궁은 두 사람을 차실로 안내하였다. 차실이라야 덕석 한 자락을 깐 흙방이었다. 벽면에는 윤사암이 사발통문을 제작할 때 찍은 판화 두어 점이 걸려 있었다. 투박하게 대나무로 엮어 짠 실경 위에는 그 동안 빚은 도자기와 다기들이 진열되어 있었고, 그 아래 방바닥에는 책들이 쌓여 있었다.

"남산에서 왜 이쪽으로 옮겼지?"

자리에 앉자 윤사암은 방안을 둘러보았다.

"쫓겨났어."

"뭣 때문에?"

"무허가라는 거야. 언제는 노는 땅에 불가마를 피워도 좋다고 허락해 놓고서 갑자기 태도를 돌변하니 알다가도 모르겠어."

"자네가 밉보였던 게지."

"하기야, 자네 같은 부류들이 찾아오니 눈에 들리 없지."

"우리가 어째서?"

윤사암은 짐짓 남대궁의 심기를 건드렸다.

"차 한 잔씩 나누고, 요 아래 가서 술판이나 벌리자구. 목이 말랐어."

남대궁은 투박한손으로 차를 다루었다.

"경주에 오니 진짜 차 맛을 보네."

"서울은 가짜만 마시는가?"

"세상이 뒤범벅이어서 차 맛을 제대로 알지 못해."

"일사불란한 유신사회인데 무슨 소리야?"

"나보다 한술 더 뜨니까 도리 없이 남산에서 쫓겨났지."

윤사암과 남대궁은 찻잔 속에 우정을 담았다. 가볍게 녹차를 나눈 세 사람은 남대궁의 안내로 초라한 술집을 들어섰다. 남산요처럼 술집 또한 황토흙으로 술청 전부를 도배하였다. 옛 가구 등물과 집기들이 공간을 알맞게 차지하고 있었고, 세 사람이 들어앉은 방에는 윤사암의 판화한 점이 벽면을 차지하고 있었다. 남대궁이 외상술값 대신 주었거나, 아니면 선물한 것이리라. 백상은 봉창문 아래에 걸려있는 죽비가 여산 스님의 것만 같아 문득 지리산 암자를 떠올렸다.

"주인장 태깔 곱지?"

남대궁은 술과 안주를 들여놓는 술집 주인과 인사를 시키고 나서 장난스레 말하였다.

"자네가 침 흘리게 생겼군."

"난, 눈길을 줄 수 없지. 이미 선화공주 같은 임이 있는데."

"하긴, 자네 사랑은 세상이 다 아니까."

윤사암은 술잔을 들었다. 남대궁이 도예의 길로 들어선 것도, 경주에 터를 잡은 것도, 경주 처녀와의 사랑 때문이었다.

"두 사람 가운데 한 사람이 마음을 품어봐. 하룻밤으로 끝날 여인은 아니니까."

"순정을 안고 있는 자네가 제격이겠군. 이 친구, 술도 잘 못하지, 그 흔한 여자 친구 하나 없지, 참으로 맨숭하다구."

윤사암은 억지로 백상에게 술잔을 안겼다.

"대장부는 자고로 술잔 속에 울분을 산화시켜야 하고, 사랑하는 여자의 치마폭에 큰 뜻을 적어야 해."

남대궁은 백상에게 웃음을 건넸다. 백상은 조심스럽게 술맛을 보았다. 어머니가 빚은 술 향기였다. 그러자 갑자기 목이 타는 듯 말랐다. 자신도 모르게 술잔을 비우고 나서 남대궁에게 술잔을 건넸다.

"이 친구가 오늘은 어인 일이야?"

윤사암은 도발적인 백상의 행동에 잠시 놀랐다.

"그냥, 마시고 싶네. 정말 술이 사람을 미치게 하는지 알고도 싶고."

백상은 두 사람이 번갈아 건네는 술잔을 사양하지 않고 마셨다.

"술을 못 하신다며 그렇게 드세요? 천천히 조심스레 마시세요."

주인 여자가 들어와 백상과 윤사암 사이에 앉아 술시중을 들었다.

"주인장께서 책임을 지면되지요."

윤사암은 어디까지나 재미있다는 표정이었다. 술만큼 좋은 게 어디 또 있는가. 마실수록 취하고, 취할수록 사나이 기개가 솟구치고, 세상을 헹가래 칠 수 있지 않는가. 백상은 여기까지 오게 된 울분과 피로를 술잔 속에 담아 들이붓는 것이리라.

"저는 아무나 책임을 지지 않아요."

"황진이 넋이시오?"

"글쎄요. 저는 누군가를 기다리는 마음으로 살아왔어요."

"아름다우십니다. 우리 어머님은 그리움에 문드러진 가슴을 부여안고 사는데. 나는 그게 불만입니다."

"그러세요. 어떤 그리움이세요?"

"전쟁의 피비린내 속에서 행방불명이 된 지아비를 기다리는 그 회한을 아시오?"

백상은 순간 도전적으로 그녀에게 술잔을 안겼다.

"그 같은 회한이야 어디 어머님뿐이겠어요? 전쟁이 남긴, 아니죠. 남과 북으로 갈라진 민족의 상처로움이죠."

"주인장께서 너무 잘 아시오. 그럼, 그대께서는 누구를 기다리시오?"

윤사암은 자세를 고쳐 앉으며 호기심을 나타냈다.

"가슴에 씨알 하나 심어줄 사람요."

주인 여자는 나이답지 않게 거리낌 없이 받아 넘겼다.

"가슴에 씨알이라? 어려운 화두네."

"그러게요. 제가 서울에서부터 사선대(四仙臺)라는 간판을 머리에 이고 전국을 순회하듯 떠도는 것도 가슴에 씨알 하나 심어줄 그리운 사람이 나타나지 않을까, 하는 염원이었는데 실망스럽게도 아직까지 내 그리움을 담아주지 못합니다."

"우리도 일찌감치 밀려났군요."

"보기보다 심약하세요."

"희망을 가져 볼까요?"

윤사암은 너털 웃으며 호기를 보였다. 백상은 덩달아 술에 취하였다. 눈앞이 어지럽고, 술상이, 세 사람의 형상이, 세상이, 빙글빙글 돌기

시작하였다. 물레가 도는구나. 물방아가 도는구나. 술은 이래서 마시는
가? 아무도 제공해 주지 않는 크고 넓은 기개와 환상을 불러주는 속에
서 우쭐우쭐 탈춤을 출 수 있다. 저 옛날 무공이 미쳐 날궂이를 하던 그
춤사위가 파도말에 부셔지듯이 아무도 제어할 수 없는 세계가 펼쳐짐
에랴. 백상은 자리를 박차고 일어나 노래하고 춤을 추었다. 윤사암은 백
상의 헤풀어진 모습을 처음 보는 까닭에 잠시 뜨악해 하고 당황스러워
하더니 이윽고 앉은 추임새로 흥을 돋구었다. 오랜만에 마음 탁 터놓고
흥겹게 가슴을 풀어놓았다. 남대궁도 질세라 노래를 이어받고, 그녀도
한가락 뽑는데, 백상은 그만 날개를 접지 못한 새처럼 두 팔을 휘젓다
술상을 뒤엎으며 그대로 고꾸라졌다.

"허어, 이 친구, 드디어 취생몽사의 입문에 들어섰구나."

윤사암은 별로 놀라지 않았다. 자신도 그렇게 술을 배웠다. 백상을
자리 한쪽에 누이고 남대궁과 흔연스레 남은 술잔을 나누었다.

"괜찮겠어요?"

"그렇게 염려스러우면 밤이 지새도록 품안아 주시구려. 어쩌면 기다
리던 씨알 하나를 안겨줄지 모르잖소."

"짓궂어요."

그녀는 베개와 이불을 가져와 머리에 베어주고 덮어 주었다. 그 손
결이 정겹게 보였다. 윤사암과 남대궁은 백상의 존재를 잊은 듯 술잔을
거듭하더니 자정이 넘어서야 어깨동무를 하고서 비칠 걸음으로 남산요
로 올랐다.

"그 친구, 부탁해요. 정말이지, 순결한 녀석입니다. 아직까지 동정을
지니고 있을 겁니다."

윤사암은 혀 꼬부라진 소리로 백상을 떠넘겼다. 그녀는 말없이 웃으
며 술판을 치우고 나서 백상을 제대로 뉘였다. 가슴에 어머니 못지않게

서러움을 안고 있구나. 그녀는 한동안 백상을 내려다보다가 조용한 몸가짐으로 자기 침소에 들었다.

백상은 망치로 뒤통수를 내리치는 통증에 눈을 떴다. 아침 해는 벌겋게 봉창문을 달구었고, 방안 전경이 낯설었다. 여기가 어디지? 아슴푸레 의식이 돌아오면서 남산요가 떠오르고, 술집이 떠오르며, 난데없이 술을 들이키며 노래를 불렀던 기억이 부분부분 재생되었다. 미쳐도 단단히 미쳐났군. 생판 모르는 친구를 찾아와 이 무슨 주정이었나? 백상은 한동안 면목 없고 민망한 얼굴로 멀뚱히 누워 있었다. 미안해서 도저히 일어날 수가 없었다.

"일어나셨어요? 환기시킬 동안 이걸 드시고 정신을 차리세요. 세면장은 바로 옆에 있어요."

그녀는 기척을 알아차리고 방안에 들었다. 시원한 꿀차를 마시게 한 다음 세면 수건을 건네주었다. 백상은 계면쩍은 얼굴로 수건을 받아 들었다. 그녀는 백상을 등 떠밀 듯하였다. 백상은 세숫대야에 물을 떠 담아 찬물을 둘러썼다. 으스스, 으스스 정신이 깨어났다.

"이제 속을 푸셔야죠. 친구 분들은 아직까지 곯아떨어져 있으니까 먼저 속을 다스리세요."

"정말 면목 없습니다."

그녀는 복어국을 곁들여 녹두죽을 내왔다. 속이 좀 진정되었다. 공복에서 벗어나자 그녀는 녹차를 다렸다.

"녹차를 보니 반갑군요."

"불국사 스님께 얻었어요. 숙취에는 제일이죠."

"옷깃을 스치는 것도 인연이라고 하더니 생각지도 않은 곳에서 신세를 집니다."

"살아가자면 뜻밖의 인연들이 많죠. 제 부탁 하나 들어주시겠어요?"

그녀는 순간 엄숙한 표정을 지었다.

"가벼운 부탁이었으면 좋겠습니다."

백상은 까닭 모르게 긴장하였다.

"빙 둘러 말하지 않겠어요. 제가 어젯밤 씨알 하나 심어줄 사람을 기다린다고 말하였죠?"

"아, 기억이 납니다."

"비로소 만난 것 같아요."

"뭐라구요? 이름도 성도 모르는 저를요? 나 또한 댁이 누구인지 전혀 모르잖아요."

백상은 그만 웃음을 터뜨릴 뻔하였다. 도대체 제정신으로 하는 말인가.

"저도 예상하지 못하였어요. 밤새 그 때문에 잠을 이루지 못하였구요. 이 젊은 나이에 산전수전 다 겪어왔는데, 처음 본 순간 이제야 제 소원이 이루어지나 보다 마음을 굳혔어요."

"말도 안돼요. 그건 댁의 일방적인 결정이지, 저와는 아무 상관이 없어요."

백상은 어떻게 마음을 추스르고 여며야 할지 난감하였다. 세상에 이러한 경우가 어디 있는가.

"모든 인연은 그렇게 오는 게 아닐까요? 부부간의 사랑도 처음에는 전혀 낯선 개체에서 시작되지 않는가요? 그리고 부모와 자식 간의 혈육지정도 혼돈 속에서 비롯되잖아요."

"저는 그럴만한 용기도, 준비도 되어있지 않은 자격 미달의 소유자예요. 잘못 짚었어요. 이건 분명 오류에 불과해요."

백상은 다시금 머리가 어지러웠다. 이 상황에서 빨리 벗어나고 싶었다. 가슴에 씨알을 심어준다? 종마라도 되어 달란 말인가?

"그렇게 당황해 하실 줄 알았어요. 그만큼 순수하세요. 다른 사람들 같았으면 그 말이 나오기 전에 저를 안아보려고 했을 거예요."

"가만, 가만요. 좋은 사람 만나 가정을 꾸리게 되면 자연히 바라던 자식도 거느리게 되고, 얼마든지 행복할 것인데, 사회적으로 지탄받을 비윤리적인 방법으로 자신의 존재를 확인하려고 하지요?"

"듣고 싶으세요?"

그녀는 찻물을 다시 끓였다. 그녀는 화전민의 딸로 태어났다. 아버지는 화전을 일구는 한편 심마니였다. 그녀의 어머니는 육이오전쟁의 포성이 한참일 때 그녀를 낳다 숨을 거두었다. 피비린내로 얼룩진 전쟁이 끝나고 그녀가 네 살 때 그녀는 서울로 보내졌다. 자식이 없는 부잣집 양녀로 들어간 것이다. 그녀로서는 생각지도 않은 행복을 부여받은 것인지도 몰랐다. 성과 이름도 바뀌었고, 주위의 환경도 달라진 가운데 첩첩산중 화전을 일구던 고향의 한 점 기억은 그녀의 뇌리 속에서 사라졌다.

그녀가 중학교에 들어갈 무렵 양부모는 미국으로 이민을 갔다. 정치자금에 관여한 후유증으로 떠밀리듯 부득이 이민을 간 것이다. 이민생활은 생각보다 수월치가 않았다. 유색인종이라는 암묵적인 차별과 고국에서의 생활 정서를 유지할 수 없는데서 오는 갈등이었다. 양아버지가 더 적응하지 못하였다. 쫓기는 사람처럼 늘 불안해하였다. 입버릇처럼 서울에 남겨놓은 집이 있으니까 다시 돌아가고 싶다고 하였다. 양아버지는 술로 세월을 죽이다시피 하였고, 양어머니가 한인타운에서 조그마한 부식가게를 열어 가정을 꾸려나갔다. 고국에서는 손에 설거지물 한번 적셔보지 않고 살아왔는데, 이게 무슨 싸구려 생활이냐고 넋두리를 하면서도 그녀의 교육에 정성을 기울였다. 그녀는 양어머니의 뜻을 저버릴 수 없어 열심히 학업에 매달렸다. 대학에 들어갔을 때, 그녀는 새로운 의식의 광장에 서게 되었다. 내가 누구인가? 나는 왜, 이 땅에 서있는가? 백색의 파란 눈과 마주치면 자신도 모르게 자신의 존재가 밟혔다. 아무리 뚫으려고 해도 그들이 쳐 놓은 보이지 않는 철조망을 뚫지 못하였다. 그때, 양부모의 죽음을 목격하였다. 강도로 변한 흑인들의 이유 없는 희생양이 된 것이다. 애야, 너는 고국으로 돌아가거라. 돌아가서 우리의 핏줄이 어떤 것인가를 네 스스로 찾거라. 이곳은 네가 살 곳이 아니다. 내가 잘못 선택한 것이다. 아무리 떠밀어도 내 땅에서 버티고 살았어야 했다. 양아버지는 숨을 거두면서 가슴에 간직해 왔던 집 등기를 그녀에게 남겨 주었다. 그녀는 집 등기를 받아든 순간 고국으로 돌아가고 싶다는 강렬한 충동에 사로잡혔다. 그리고 망설이지 않고 고국으로 돌아왔다.

서울은 너무나 달라져 있었다. 양아버지가 안겨준 등기상의 집도 곧 아파트단지로 변모할 운명이었다. 그렇잖아도 연락을 드리려 했어요. 세 들어 살던 사람은 그녀의 출현에 적이 당황하는 기색이었다. 그녀는 말없이 집을 처분하고 친부모를 찾아 나섰다. 강릉 전망 좋은 곳에 집을 마련하고 화전민이었던 친부모의 소재를 찾았다. 너무 어려서의 일이라 친부모의 얼굴이며, 사는 곳을 알 수 없었다. 양딸로 입적시킬 때도 친부모의 인적사항을 남기지 않아 암담한 벽에 부딪쳤다. 화전민 부락을 찾아 헤매며 탐문하였으나 찾을 길이 없었다. 간첩이 출몰할 때마다 화전민들은 군사작전상 소개되어 산 아래로 내려와 뿔뿔이 흩어져 생활 터전을 일구었다.

그즈음 그녀는 새로운 고민에 빠졌다. 진정한 사랑을 심어 줄 사람은 어디에 있을까? 고국에 돌아와 몇몇 사람을 만나보았으나 순수가 결여된, 서양식 속물근성이 다분하였다. 그 따위 부류들이야 미국 안에서도 얼마든지 있었다. 된장찌개 같은 진국은 진정 없는가? 그녀는 여러 날을 고심하던 끝에 직접 그러한 사람을 찾아 나서기로 하였다. 친부모를 찾는 방편이기도 하였다.

"그래서 떠돌이 술장사를 시작한 거예요?"

백상은 도무지 이해할 수가 없었다. 상식을 뛰어넘은 허무맹랑한 신변잡기로밖에 들리지 않았다. 하긴, 개방적인 서구식 사고가 배어있다는 점을 헤아릴 수 있지만.

"처음에는 서울 한복판에서 하루 종일 기다리는 것으로 시간을 죽였어요."

그녀는 강릉 경포대 해수욕장에서 여름을 나며 한 남자를 찾았다. 이 사람인가 싶어 다가가면 아니었고, 저 사람은 어떤가 설레는 마음으로 부딪쳐보면 그게 아니었다. 파도가 가을바람을 실어오자 그녀는 서울로 자리를 옮겼다. 종로 네거리에서 오가는 사람들을 눈으로 붙들었다. 비가 오나 눈이 오나 하루도 거르지 않고 그러기를 일 년, 그녀는 지치고 허탈한 마음으로 그 자리를 떠났다. 그 많은 사람들 가운데 내 영혼을 묻을만한 사람이 이렇게도 없단 말인가? 그녀는 속으로 자탄하며 몇 날을 앓았다. 처음부터 잘못 설정한 방향 착오는 아닌가? 누구라도 자신의 별난 행동과 사고를 비웃음 칠 것이었다. 그만 여기서 포기한다? 억지로 얻어지는 성질은 아니지 않는가. 그녀는 앓아누워 지내는 동안 자신의 행동이 너무 황당하다고 씁쓰레 가슴을 여미었다.

아니다. 어딘가에 있을 것이다. 기다리느니 스스로 찾아야 한다. 어쩌면 눈 높이 이상의 위치에서 세상 사람들을 바라보고 관찰하였는지 모른다. 지위가 높을수록, 사회적 위치가 군건할수록 허세와 아만과 기만으로 들어차 있다. 좀 더 낮은 단계의 시선으로 바라볼 필요가 있다. 우리네 된장 간장이 어디에 담겨져 있는가. 투박하고 색깔 없는 옹기 항아리에 담겨져 찬 서리 비바람 들이치는 곳에서 곰삭지 않는가. 청자와 백자와는 그 품격이 다른데도 소중한 자양분을 담고 있다. 그녀는 생각이 거기에 이르자 이제까지 걸쳐 입었던 옷가지를 벗어 던지고 사선대라는 간판을 내걸었다. 그리고 한 곳에 안주하지 않고 사선대를 머리에 이고 전국을 떠돌았다.

"이곳에서는 언제까지 계실 계획인가요?"

백상은 들을수록 어처구니가 없었다. 영혼을 묻을 대상자를 선택하기가 무어 그리 어렵고 복잡한가. 그만한 미모와 교양을 지닌 여자라면 그에 걸맞은 대상자가 얼마든지 있을 터였다.

"모르겠어요. 내일이라도 마음이 움직여 다른 곳으로 옮겨갈지."

"저는 아무리 들어도 이해가 안갑니다. 그리고 저로 인하여 지금까지 인내심 깊게 추구해온 소망을 접지도 말구요. 아까도 말했지만 들을수록 황당하기만 합니다."

백상은 잘라 말하였다. 구태여 유혹이라고 할 수는 없지만 냉정해질 필요가 있었다.

"저는 아양을 떨며 안겨들지는 않겠어요. 하지만 비로소 방황의 깃발을 내리고 싶어요. 그렇게도 여자의 마음을 모르세요?"

순간, 그녀의 눈빛이 너무도 강렬하고 깊이 모를 우수로 물들어 백상은 또 한 번 당황하였다. 아니다. 이 유혹의 눈길에서 벗어나야 한다. 나는 어느 누구도 사랑할 수 없다. 그것은 또 하나의 고뇌요, 고통일 따름이다. 방랑자의 마음속에 무엇을 따뜻이 심는단 말인가. 서울을 떠나오면서 방랑자의 길로 들어서지 않았는가. 서푼어치 인연으로 부질없는 갈등과 마음의 상처를 불러일으키고 싶지 않았다.

"저는 아무도 사랑할 수 없어요. 마음은 그지없이 차갑고, 열정은 북극 바다처럼 얼어 버렸어요."

"북극에도 생명이 살고 있듯이, 차가운 마음의 빙판 아래 생명을 노래하는 열정이 숨 쉬고 있어요. 그걸 어젯밤에 저는 보았어요."

"그래봤자 아무 소용없어요."

백상은 다시금 머리가 무겁게 짓눌렸다. 이건 무슨 난데없는 도깨비 바람인가. 백상의 난처함을 구원해 준 것은 윤사암과 남대궁이었다.

"이 친구, 생사가 어찌 되었나 조급증이 나서 왔더니만 우리보다 일찍 일어났군. 두 사람 그 사이 정이 들었나? 방안 공기가 왜 이리 얄궂어?"

윤사암은 넉살좋게 해장술을 청하였다.

"가만있으세요. 복어국을 끓여올 테니까요."

그녀는 부엌으로 나갔다.

"자네 속 괜찮아?"

윤사암은 여전히 탐색하는 눈빛으로 백상의 얼굴을 살폈다.

"조금 진정되었어. 간밤에는 미친 짓이었네."

"누구나 술을 배우는 시초에는 그렇지."

남대궁은 무엇이 우스운지 싱그레 웃음을 지었다. 그녀가 김이 모락이는 복어국을 끓여왔다.

"히야, 시원하다. 반주로 딱 한잔씩 걸쳐볼까?"

윤사암과 남대궁은 반주로 술을 들었다. 백상은 술 냄새도 맡기 역겨웠다. 그보다는 어서 어색한 이 자리를 떠나고 싶었다.

"나, 잠깐 지리산을 다녀올까 해."

"벌써? 한 며칠 쉬었다 가기로 했잖아."

윤사암은 반주를 들다말고 어리둥절한 표정을 지었다.

"스님께서 그 사이 암자를 비운지도 모르겠고, 궁금한 것도 있고 해서……."

백상은 떠듬하게 대답하였다. 자신이 생각해도 궁색해 보였다.

"갔다 올 거지?"

"말이라고 하는가. 김정허 선배님의 근황도 궁금하고, 상황이 상황인지라."

"그럼, 후딱 다녀와. 그 동안 토우도 빚고, 이 집 술맛도 양껏 볼 테니까."

윤사암은 선선히 놔주었다. 백상은 내친김에 배낭을 짊어졌다. 그녀의 눈길이 버스에 올라 탈 때까지 뒤통수에 와 닿았다. 백상은 그녀와의 만남을 애써 기억 밖으로 밀어내며 진주에서 내렸다. 표상은 마침 외출에서 돌아와 저녁상을 받고 있었다.

"어서 와라. 뜬금없이 나타나는 네 모습이 그렇잖아도 보고 싶었다."

표상은 한결 같은 마음으로 맞았다. 부인이 저녁을 가져와 표상과 겸상하도록 하였다.

"갈 곳이 있다는 게 얼마나 좋은지 모르겠습니다. 지리산을 오르려다 날이 저물 것 같아 들렀습니다."

"여산 스님은 오대산에 계신다. 안 그래도 가시면서 널 만나거든 전해 달라고 몇 마디 하시더구나."

"무슨 말씀이신데요?"

"다른 게 아니고, 네가 찾아오면 아무 때고 암자에 눌러앉아 근신을 하라고 하더구나. 서울 개운암 주지 스님으로부터 너에 관한 신상 문제를 들었다고 하더구나. 너의 행동반경에 대해 추적을 한다는구나."

"이미 알고 있습니다."

"내가 걱정스러운 것은 너의 어머님께서 그런 저런 사실을 알게 되면 얼마나 근심이 찰까 하는 마음이다. 벌써 고향까지도 너의 신원조사가 내려갔을지도 모르겠다만."

"애써 지리산을 오를 필요가 없겠어요."

"그렇다고 마땅히 갈 곳이 있느냐?"

"이럴 때는 차라리 감옥이 가장 안전한 곳인데 말이지요."

"행여 그런 소리 말거라. 딱히 갈 곳이 없으면 내 시골집에 있거라."

"두루 연락도 취해야 하고, 함께 지낼 친구가 경주에 있어요."

"어쨌거나, 몸조심 하거라. 복학은 물 건너 간 거냐?"

"당분간 뒤로 미루었습니다. 이 시대에 그게 무슨 훈장이 되겠습니까."

"너무 회의하지 말거라. 오늘의 시절이 영원히 지속되는 것은 아니지 않느냐. 아, 참. 너의 아버지 친구 분께서 이곳에서 서예전시회를 한다. 내 찾아뵈었더니 반갑게 대하더구나. 예의상 작품 한 점을 샀다. 그런데 몸이 건강하지 못하더구나. 갑자기 중풍기가 왔다면서."

"그러세요? 찾아뵈어야겠습니다."

백상은 오강윤 교장선생님의 반백 머리칼을 떠올렸다. 너무나 기품이 높던 모습이 아니던가.

"사람은 한 시대가 가면 어쩔 수 없다. 작품들은 문외한인 내가 보기에도 활달하고 기운차더구나."

"내일 같이 갈까요?"

"그것도 좋지. 너도 왔겠다, 저녁을 대접하고 싶다."

표상은 시원시원하게 대답하였다. 백상은 혼자 진주 밤거리를 기웃거리다 잠자리에 들었다. 여산 스님이 오대산에 계신다? 백상은 머릿속으로 오대산을 품 안았다. 다음날 오후, 백상과 표상은 전시회장을 찾았다. 백발의 오강윤은 지팡이를 가슴에 안은 채 앉아 있다가 백상을 알아보았다.

"자네가 이런 자리를 찾아 주리라고는 정말 몰랐네."

"아버지를 대신해 왔다고 생각하십시오."

"그래, 그래. 그렇게 생각하니 더욱 마음 기쁘네."

오강윤은 새삼스레 한민서의 모습을 백상에게서 찾았다. 백상은 전시되어 있는 작품을 하나하나 감상하였다. 예사 서체가 아니었다. 한 획한 획이 저마다 기운이 서려 용트림하고 있었다. 비상의 날갯짓이라고나 할까, 대단한 기품이 깃들어 있었다. 오강윤은 한쪽 수족이 불편한

다리를 지팡이에 의지하고서 작품 한 점 한 점을 친절하게 설명해 주었다. 그와 함께 서예의 역사와 변천과정은 물론, 생명력까지 일러주었다.

"자네 아버지와 이 자리를 함께 하였더라면 더없이 좋았을 것을. 뭉클 그리움이 가슴에 채이네."

"살아있던 죽었던 오늘을 진심으로 축하할 것입니다. 어디 가서 식사라도 하시죠."

"그럴까?"

오강윤은 표상의 제안에 선뜻 응하였다. 표상은 오강윤을 단골집으로 모셨다. 이미 예약을 하였는지라 밀실로 안내하였다.

"두 사람이 보기에 아주 좋네. 한민서, 그 친구가 손잡아 준 인연 아니겠는가. 대체로 사람들은 한때의 은혜로움을 곧잘 저버리기 마련인데 얼마나 보기 좋은가, 그래."

"저는 한선생님을 잊을 수 없지요. 거기에 비하면 이 친구에게 그 절반도 마음 써 주지 못합니다."

"그렇지 않습니다. 폐를 많이 끼칩니다."

"그래, 학업은 계속하는가?"

"뒤로 미루었습니다."

"가정 형편이 어려워서?"

"그럴만한 사정이 있겠지요."

표상이 대신 대답하였다.

"그럼, 유신정국에 반기라도 든 건가? 하긴, 의식 있는 사람들이라면 당연히 유신독재에 항거해야지. 이 나라 지조 있는 지성인들은 그렇게 살아왔어. 불의를 그냥 보아 넘기지 못하는 대쪽 같은 선비정신. 그게 없었다면 이 나라 강토는 벌써 사라지고 없었을 거야."

오강윤은 표상의 추상적인 말에서 대뜸 백상의 행동반경을 알아 차렸다. 어쩌자고 권력을 탐닉하는가? 탐욕을 부릴수록 백성들은 뒤돌아서고, 결국 말로는 비극적으로 치닫지 않던가. 역사가 그것을 명명백백 증명하는데도 탐욕을 부리는 까닭은 어디에 있을까.

"선생님께서 말씀하시니까 말입니다만, 다분히 이성을 잃은 것 같습니다."

"참, 한심스러운 세상이야. 내 제자들도 몇 사람 긴급조치에 얽매어 지내네. 나이 든 우리들이 그 뒤에서 지원을 아끼지 않아야 하네. 대체로 이익을 좇는 자들은 그 체제가 빤히 부정적인 것을 알면서도 거기에 빌붙어 기생하지. 그게 권력의 속성이라고나 할까."

오강윤은 자신의 젊은 날을 뒤돌아보았다. 일제치하의 혹독한 감시의 눈초리 속에서도 지하조직을 결성, 민족의식을 일깨우고, 젊음을 조국광복에 바치고자 하였다. 그 가운데 변절자도 있기 마련이었으나, 대부분 순수한 구국의 열정으로 항거하였다. 그런데 오늘의 현실은 많은 변화를 가져왔다. 어딘지 모르게 유약하고 권력의 이기와 속성에 쉽게 매몰되었다. 그러한 현실 속에서 백상과 같은 제자들의 용기는 마음을 흐뭇하게 하였다. 젊은이들이 살아있어야 나라의 장래가 밝은 것이다. 이제 보니 표상도 여간 아니었다. 보통 사업을 일구고 있는 사람들은 가만히 숨죽인 가운데 자신들의 영리를 꾀하고, 권력의 주위를 맴돌며 적당히 아부도 하면서 이익을 추구하는데 그렇지가 않았다. 역시 한민서 그 친구의 영향은 세월을 가로질렀다.

"아무튼, 어려운 시대입니다. 이럴 때일수록 국민의 힘이 무엇인지 보여주어야 하는데, 아직 거기까지 이르지 못한 게 안타깝습니다."

"난, 절망하지 않네. 이런 젊은이들이 있는 한 겨울나무처럼 혹독한 추위를 이겨내네."

"무슨 말씀인지 깊이 새기겠습니다. 이번 전시회는 어떤 뜻으로 열었습니까? 다분히 명리를 내보이기 위한 전시는 아닌 듯싶습니다."

백상은 은근한 기대감으로 대화의 물꼬를 돌렸다. 음식상 앞에서 주고받는 비분강개는 마음의 위안은 줄지언정 거국적인 행동반경에 이르지 못한다는 것을 알고도 남았다. 물론 그러한 대화에서 공감대가 확산되지만.

"다른 뜻은 없네. 고성오광대 육성을 위한 기금으로 쓸까 하고 전시를 열었는데 기대치만 못한 것 같아."

"해학과 풍자가 농탁하게 배어난 오광대야말로 우리 민족혼이지요. 저도 기꺼이 후원자가 되겠습니다."

"고맙구먼."

오강윤은 표상의 열정에 마음 즐거웠다. 시대가 험악할수록 가면 속에 숨겨진 내밀한 인간 구원을 좋아하지 않는다. 그래서 탈바가지 속의 풍자와 춤사위를 세모꼴 눈빛으로 바라본다.

"앞으로 자주 찾아뵙겠습니다. 사실 아직까지 백상의 아버지 같은 분을 만나보지 못했습니다. 지방에 살수록 우리네 선비정신이랄까, 그러한 정신적 지주가 필요한데 그러한 분을 만나 뵙기가 정말 어렵습니다."

"맞는 말이오. 시골의 선비들은 정신적으로 노쇠해져 버렸고, 학자들은 몸 사리기 아니면 해바라기 근성이 배어나고, 나 또한 몸도 마음도 늙었어요. 그게 늘 한탄 비슷한 자책감으로 다가오고 말이오."

"그래도 저는 이제부터 선생님을 정신적 지주로 삼겠습니다."

"허허, 고마운 말이구먼."

"그리고 백상을 아들처럼 생각해 주십시오."

"말이라고 하는가. 어떠한 난관에 부딪칠지라도 젊음을 잃어서는 안 되네. 우리 같은 늙은이들이 미약하나마 뒷그늘에 있다는 것을 명심하고. 용기와 기개를 꺾지 말게나. 굴절의 역사는 언젠가는 심판을 받게 되고 바로잡히기 마련이네."

오강윤은 백상의 어깨를 정겹게 두드려주고 자리에서 일어났다. 한민서, 자네의 영혼은 살아 있구려. 내 지켜보고 지켜줌세. 오강윤은 지팡이에 몸을 의지하였다.

"훌륭한 교육자야."

"고성오광대를 위해 재정적으로 보탬을 주십시오."

"약속했잖은가. 탈바가지 속에 숨은 민심을 제대로 알아야 하는데 세상의 인심은 어디 그런가 말이야."

표상은 자신의 몸피만큼이나 불어난 세태의 인심을 쓸어보았다. 네 온사인의 현란한 색채처럼 무엇이 옳고 그른 것인지 판단이 모호하고 혼란스러웠다. 사회 정의를 더 힘주어 말하는 이상기류.

백상은 진주에서 며칠 지내다가 다시금 경주로 돌아왔다. 표상은 당분간 자기 곁에서 숨은 듯 지내라고 하였으나, 그것도 민폐다 싶어 사양하였다. 윤사암은 남대궁과 함께 물레질에 열중이었다.

"생각보다 빨리 오네."

"지리산까지 수고를 하지 않았어."

"잘됐네. 여기서 나하고 지내."

"서울을 거쳐 오대산을 갈까 해."

"가만, 요 아래 사선대와 꿍꿍이 약속을 한 게 아니야?"

"무슨 말이야?"

백상은 윤사암의 뚱딴지같은 말에 영문을 몰라 하였다.

"이상하지 않나. 자네가 떠난 뒤 곧바로 사선대를 정리하였어. 그리고 떠나면서 이 쪽지를 자네에게 건네주라는 거야. 강릉으로 자리를 옮긴다나. 까마귀 날자 배 떨어진다고, 자네는 오자마자 숨 가쁘게 오대산을 간다고 하고."

윤사암은 호주머니에서 사각 편지 봉투를 꺼냈다.

"순전히 오해라구."

백상은 윤사암이 건네주는 봉투를 뜯었다. 간략하게 집 주소만 적혀 있었다. 백상은 그녀의 속내를 알아차리고 속으로 쓰거운 웃음을 지었다. 이참에 눈 질끈 감고 영원한 은신처로 삼아?

"오라는 밀명이라도 적혀 있는 거야?"

"그런 셈이군."

"인연이란 언제나 예기치 못한 곳에서 발생하지. 즐거운 마음으로 찾아가 보게."

"김정허 선배님 소식도 들을 겸 서울 동향도 살피고 나서 여산 스님을 만나야겠어. 오대산에 계신다고 하니까."

"벌써 가려고?"

"내친김에 가야겠어."

백상은 한숨을 돌리고 나서 자리에서 일어났다.

"돌아가는 공기를 전해주게. 더 살벌하겠지만."

윤사암은 섭섭해 하였다. 함께 지내면 외로움도 덜고 행동하기가 훨씬 마음 든든할 터였다. 백상은 다음날 새벽녘에 서울에 도착하였다. 볼을 때리는 차가운 바람 못지않게 공기는 더욱 냉각되어 있었다. 김정허는 아직 풀려나지 않았고, 몇몇은 뿔뿔이 흩어져 소식을 알 수 없었다. 겨우 학원을 경영하던 선배를 만나 볼 수 있었다.

"윤사암과 경주로 내려갔다며? 다들 그렇지만 내 꼴이 말이 아니야. 목구멍이 포도청이라고 하였는데 학원마저 제대로 할 수 없으니 말이야. 수시로 감시를 당하고."

선배는 조심스러웠다. 가족이 딸린 가장이고 보면 충분히 이해가 갔다.

"김선배님은 만나 보셨어요?"

"면회를 허용해야 말이지. 자네도 이곳에서 어정거리지 말고 경주로 내려가. 김정허도 자네와 윤사암을 각별히 생각하지 않나. 자네들이 무사해야 가지치기를 면할 수 있어. 저들은 무차별 전지가위를 들고 원형을 파괴하려고 드니까."

"선배님들은 감옥 아닌 감옥살이를 하고 있고, 저희들은 도망자 신세가 되었습니다."

"이럴 때는 우회전술이 필요한 법이야. 시간과 인내는 우리 것이야."

"아무튼, 현재로선 선배님께 모든 상황을 기대할 수밖에 없겠습니다."

백상은 무연 스님을 찾아뵈었다. 무연 스님 역시 날짐승이나 들짐승이나 막론하고 덫에 걸려 발목을 다쳐서는 아무 것도 할 수 없다고 하였다.

"자네들은 어디를 둘러보아도 자유롭지 못해. 사방에 덫이 놓여 있거든."

"스님께서 지혜로움을 주시기 바랍니다."

"봄기운이 들면 땅속의 개구리들이 동면에서 깨어나듯 순리와 천리를 거슬러서는 안 되지. 내, 가만히 앉아서 시류의 역행을 통탄만 하고 있지는 않겠네."

"스님께서 말씀하신 원효의 무애행을 구현했으면 합니다."

"그래야겠지. 여산 스님도 같은 마음일 게야."

무연 스님은 지그시 두 눈을 내리감았다. 백상은 가만히 밖으로 나왔다. 시자가 법당에서 나오며 백상의 팔소매를 잡았다.

"학생이 떠난 뒤로 내가 혼쭐이 났어요. 행선지를 알아놓을 것이지 허술하게 보냈다면서요. 죄인 취급을 하려는 바람에 분노가 치밀었구요. 학생이 무슨 반역자라도 된다는 겁니까?"

시자는 격앙된 목소리로 말하였다.

"이번에는 행선지를 알려 줄까요?"

"아니오. 내. 참. 더러운 세상에 침이라도 뱉어야지요."

시자는 손사래를 치고 돌아섰다. 백상은 하룻밤을 개운암에서 지새운 다음 오대산으로 향하였다. 나는 왜 여산 스님을 만나야 하는가? 문득 그러한 의문을 깨물었다. 여산 스님은 어디까지나 수행승이다. 여산 스님에게 있어 백상은 번거로운 존재인지도 모른다. 지리산 암자를 비워두고 오대산으로 간 것도 그러한 맥락이 아닐까? 아니다. 나라가 위기에 처하였을 때 과감하게 일어나 나라를 구한 것도 승려들의 본분 아니었던가. 여산 스님은 무언가를 가슴에 지니고 있을 것이다.

봄의 환상 속에서

1

"우리가 노랑나비 날 때 나른한 기운으로 파래김을 보퉁이 보퉁이 머리에 이고 도보장사를 뭍으로 나간지가 언제 적이던가. 그리고 오늘 도시바람 쐬러가니 맘이 영 출렁거리네."

부산을 왕래하는 여객선에 오른 공수네는 들뜬 마음으로 말하였다. 종부네, 동천네, 또딸네가 함께 동행하였다. 종부네는 채종이 어찌나 놀러 한번 오라고 고향에 내려올 때마다 꺾쇠 박듯 하는지라 마음먹은 터였고, 동천네는 아들을 보러가고, 공수네는 사촌동생 집에, 또딸네는 딸을 많이 둔 덕택으로 딸 둘이 신발공장에 다녔다.

"부산이라고 다를 게 있을라든가."

"자네가 몰라서 그러네. 크고 작은 배들이며, 빌딩이며, 눈이 휘둥그레질 것이네."

부산 나들이가 잦은 동천네는 또딸네의 말에 알밤을 먹이듯 하였다.

"없는 사람은 어디를 가나 한숨 자지러지고 허리 휘어지네."

종부네는 멀어져 가는 망여섬을 바라보았다. 친정아버지는 갔어도 바위섬에는 여전히 비비꼬인 소나무 한 그루가 서 있었고, 어장막이 조개껍질처럼 엎디어 있었다.

"자네는 며느리를 봐서 한시름 잊었네."

"아들이 원양어선을 타겠다고 저래 싸니 혼자 신방을 지키게 할까봐 걱정이네."

"딸처럼 데리고 살면 되제."

동천네는 공수네에게 담배를 권하였다. 여객선은 회진포를 지나 녹동을 들어서고 나라도로 향하였다. 소록도가 그림같이 바다에 떠 있었다. 저토록 아름다운 섬에 그토록 몹쓸 병을 짊어진 사람들이 살고 있다니 가슴 아팠다. 남들은 진물로 번져난 한스러움을 가슴속에 지니고 있는데, 그들은 세상을 등진 채 육신 마디마디에 진물이 번져나 눈자위마저 짓물렀다. 여객선은 나라도를 지나 여수항에 도착하였다. 어둠이 내려앉기 시작하였다. 종부네는 순간 딸의 죽음을 떠올리며 흠칫 진저리를 쳤다. 봄날의 매화꽃보다 더 아름다운 딸을 이곳에서 잃을 줄이야. 무슨녀러 병이 탐스러운 생명을 앗아갔는지, 지금도 악몽만 같았다.

"우리도 내려가서 저녁 요기라도 하세."

동천네는 경험자답게 앞장서 배에서 내렸다. 종부네는 내키지 않았으나 내색을 할 수 없어 뒤따라 배에서 내렸다. 딸의 죽음도 그렇거니와 박수혁의 화려하였던 시절의 상회 간판이 먼빛으로 보이는 듯하여 그쪽으로 눈길이 갔다. 흥망성쇠는 어쩔 수 없다지만 한 순간의 사기에 걸려 회복할 수 없는 지경에 이르다니. 생각할수록 판봉이 놈을 죽이고 싶었다.

"무얼 묵을게?"

"우리도 남들 묵는 대로하세."

공수네가 옆좌석을 기웃하니 넘겨보더니만 갈치찌개 백반을 시켰다.

"어따, 아무리 부둣가 인심이라고 잔생이도 밥맛이 없네, 그랴."

또딸네는 밥상에서 물러나며 음식 타박을 하였다.

"자네는 그게 빙이여. 맛없는 음식도 허기를 면해 주지 않는가."

"그런께 딸만 줄줄이 꿰찼제."

"아이고, 당신네들 아들보다 내 딸들이 훨씬 효자네. 나사 딸들 알아서 제짝 맞추면 못이기는 체 시집보낼 궁리나 할까, 종부네처럼 아들 땜새 근심 걱정은 안 하니."

"저런 염뱅할 여편네. 백상이 이야그는 이런 시점에 뭐할라고 하는 거여?"

동천네는 된통 눈을 흘겼다. 그렇잖아도 백상에 대한 신원조회가 몇 차례 와서 종부네 심기가 말이 아닐 터였다. 부산 나들이 가자고 한 것도 그 마음을 조금이나마 위로해 주기 위해서였는데 또딸네 입방정 하고는.

"근께, 뭐 그렇다는 것이제. 내, 영거리 좀 보소. 삐죽갈네 소식을 들어본다는 것이 그쪽 길로 가고 말았네."

또딸네는 아차, 싶은 마음으로 말머리를 돌렸다.

"잘 산다하데. 유복이도 원호가족 혜택을 받아 학교에 댕긴다 하고."

"서울 가서도 혼자 살랑가……?"

"시집갈라고 작정했으면 폴새 갔제. 어서들 일어나세. 뱃고동 부네. 이곳 날씨는 구시월 도깃바람보다 맵싸하네. 하기사, 첫눈이 내린 지가 한참 됐다고는 하지만."

공수네의 성화에 여객선에 올랐다. 저녁을 먹으러 나갔던 승객들이 객실에 들어서고, 뱃고동 소리가 항구를 울리며 여객선은 서서히 후진을 하였다. 바다는 이내 어둠이 내리고 파도를 가르는 흰 물살만 상어의 지느러미처럼 날을 세웠다. 일찌감치 자리를 잡고 누운 승객들은 잠을 청하였다. 남해를 지나 충무로 향할 즈음에는 여기저기에서 뱃멀미를 하기 시작하였다.

"워매, 평생 뱃멀미라고는 몰랐는디, 어째 이런당가?"

또딸네는 머리를 싸맸다. 저녁 먹은 속이 여간 거북하지가 않았다.

"금메 말이시. 나도 쪼깐 머리가 지끈거리며 어지럽네."

공수네도 덩달아 헛구역질을 하였다. 여기저기서 배를 안고 뒹구는가 하면 밤바람을 쐬기 위해 갑판 출입이 잦았다.

"차멀미보다 더 하네."

종부네도 오래 버티지 못하고 자리를 펴고 누웠다. 동천네만은 부산 나들이가 잦아서인지 그런 대로 멀쩡하였다.

"차멀미도 보통 아녀. 자네들이 먼 거리를 안 가봐서 그렇제."

동천네는 뱃멀미는 참을 수 있어도 차멀미는 오장육부가 뒤틀렸다.

"워따매, 나 죽것네."

또딸네는 기어이 갑판에 나가 토악질을 한바탕하였다. 여객선은 낙동강 하류를 지나고 있었다. 강 하류와 바닷물이 맞부딪치는 곳이어서 그런지 큰 덩치답지 않게 여객선은 파도에 깝죽거리는 장난감 배였다. 동쪽 하늘이 희붐하게 밝아오기 시작하였다. 모두가 탈진상태로 기진해 있는데, 여객선은 영도다리를 지나치며 뱃고동 소리를 울렸다. 항구는 이미 깨어나고 있었다. 남편이 일본 유학길에 오를 때마다 여기서 머물면서 마음을 준 여자를 만났다? 그 여자는 무엇을 하며 지내고 있을까? 종부네는 순간 아슴한 몽환처럼 부질없는 상념을 깨물었다.

"부산이 멀기는 머네."

"아따, 징상스럽네."

공수네는 흐트러진 옷매무새를 바로 하였다.

"그나저나 채종이 마중 나왔을지······."

"우리가 찾아가면 되제. 우리 동천이가 나올 것이네."

동천네는 시종일관 자신을 내보였다. 배가 부두에 정박하고 날이 새기를 기다린 다음 배에서 내렸다. 가까운 지척에서 기적소리가 들렸다.

"어무니, 여깁니더, 여기."

동천이가 대합실에서 기다리고 있다가 손을 들었다.

"출근 안하고 나왔냐?"

"출근길에 나왔습더. 아지매들도 같이 오시네예."

동천은 넙죽 인사를 하였다. 전라도 억양과 경상도 말이 혼합된 동천의 말투는 여전히 설익은 홍시였다.

"그럼, 어여 출근하그라. 우리 걱정은 말고."

동천네는 지리를 환히 알고 있다는 듯 동천을 보냈다. 동천은 말하지 않아도 출근길이 바빴다.

"나중에 퇴근하고 보입시더. 채종이 아재들은 안창골에 살고 있습더."

"오냐, 알았다. 또딸네 딸들이 거기에 산께 걱정 없을 것이다."

종부네는 아직도 뱃멀미로 속이 편치 않았다.

"자네들은 각자 갈 곳을 찾아가소. 종부네와 나는 안창골을 갈 텐께."

"그럴란가? 뱃멀미로 고생한 속 좀 진정시킨 뒤 만나기로 하세."

공수네는 보퉁이를 손에 들었다. 네 사람은 각기 헤어졌다. 종부네와 또딸네는 동천이 일러준 대로 택시를 타고 교통부에 내렸다. 또딸네가 주머니 속에서 약도가 그려진 꼬깃한 종이쪽지를 꺼내 운전기사에게 길을 물었다.

"아니, 산길을 올라 가라고라우?"

종부네는 시가지를 버리고 언덕배기만 같은 산길을 오르라는 운전기사의 말에 생뚱스럽다는 표정을 지었다.

"그 길을 한참 오르면 마을이 나타납니더."

운전기사는 왔던 길을 되돌아 나갔다.

"도시에 산다 해서 제법 사람 사는 곳에 사는 줄 알았던마는 숭악한 산꼭대기 아닌가?"

종부네는 상가마니를 오르는 것만 같아 두 다리에 힘이 들었다. 어느새 등허리에 축축이 땀이 배어났다. 이럴 줄 알았으면 뱃속이나 든든히 채우고 오를 걸. 숙모님, 낯설고 물설은 곳이지만 고향만 같아 좋아라우. 채종의 넉살좋은 말이 이제서야 이해가 되었다.

"쪼깐 쉬었다 가세."

또딸네도 숨이 찬다는 듯 걸음이 뒤처졌다. 뱃멀미를 하여 종부네보다 더 할 것이었다.

"아따, 되다! 명색이 도시람시러 여기가 어디라냐, 그래."

종부네는 길섶 풀 더미 위에 철썩 주저앉으며 저고리 안쪽에서 담배를 꺼냈다. 바로 지척, 매캐한 소음으로 들어찬 시가지와는 너무나 동떨어진 곳이었다. 공해야, 소음이야. 도시 전체가 숨통이 막힐 지경이지만 산동네만은 고향을 뚝 떼어다 놓은 듯 그저 그만인게요. 입술에 침도 바르지 않고 촐싹거리던 곤식이 말이 새삼 밉살맞게 떠올랐다. 촐랑 개비 같은 놈, 이런 곳이나 되니께 도시에 나와 푸접시리 등때기 붙이고 살제.

"도시라고 밝을 수만 있것는가. 밝은 곳이 있으면 그늘진 곳이 있고 낮은 곳이 있으면 높은 곳이 있기 마련이제."

"그래도 그렇제. 꼭 상가마니만 같아 어디 사람 살 곳인가."

"공기는 신선하고 맑지 싶으네."

또딸네는 어디까지나 두 딸이 숨 쉬고 있어 심란한 마음을 좋은 쪽으로 돌렸다. 숨을 고른 두 사람은 자리에서 일어났다. 조금 더 오르자 출근하는 한 무리 애들의 도란거리는 소리가 들리고, 그 속에 또딸네

두 딸이 반겨 마주쳐 나왔다.

"엄니! 안 그래도 마중 갈란다 해 놓고 깜박 늦잠을 자는 바람에 출근마저 허덕지덕 했어요."

"왜, 안 그래야. 어서들 출근해라. 이 가파른 산길을 오르내리느라고 고생들 한다."

"그래도 아침저녁으로 이 길을 오르내릴 때면 상쾌한 기분이 들어요."

"하기사, 저 아래는 공해가 뭔가로 온통 가래가 끓더구나. 발을 들여놓자마자 속이 매슥거리고 머리가 띵 쳐오더구나. 배멀미는 했다만……."

"방 열쇠는 된장 항아리 밑에 있고, 방안에 아침상을 대강 봐 놨으니께 들시오."

"오냐, 오냐. 느그들이 편지로 일어준 대로 방 열쇠 놔둔 곳은 안다."

또딸네는 숨 가쁘게 내려가는 두 딸을 지켜보며 짜안한 표정을 지었다. 시상 사는 게 뭐라고 이 고생을 시키다니…….

"정말 희뿌연 공해로 뒤덮인 저 공기를 자네 딸들이 마셔댈 것을 생각하니 마음이 안쓰럽네."

"그래도 다들 허여멀겋게 윤기가 흐르고 아랫배가 나오지 않았던가."

"저런 속에서 길바닥 장사를 하는 곤식이 여편네의 모습이 처량해 뵈데. 그렇게 벌어서 목구멍에 풀칠이나 할 수 있을게? 그리고 그 옆에서 아들 잃은 산만네는 또 무슨 궁상이랑가."

"금메말시. 산만네야 아들 잃은 슬픔을 그렇게라도 푼다치고, 곤식이 아낙은 젊은 나이에 보기에 짜안하데. 하기사, 직업에 귀천이 따로 있을라든가마는 여편네를 길바닥에 쭈그려 앉혀놓고 출랑거리는 꼬락서니라니. 그것도 사내라고……."

조금 더 오르자 건너편에서 한 무리 사람들이 아침 일찍부터 길을 넓히는 작업을 하고 있었다. 그러니까 두 사람이 오르는 길은 가파르고 협소한 산책길이었다.

"가만있거라. 저기, 흙더미를 짊어지고 내달음치는 게 채종이 아닌감?"

"맞네. 어이쿠나, 저 잡것. 바지게와 함께 거꾸러진다."

"타고난 천성이 어디 가것는가."

그때, 누군가 이쪽을 향하여 번쩍 손을 들어 보이며 두 사람을 향하여 깝죽거리며 걸어 나왔다.

"저건 곤식이 아닌가?"

"깡충거리며 내닫는 폼이 맞지 싶네."

"엊그제까지 고향에 있었지 않았는가? 참말로 번개 똥싸듯기 하네, 그랴."

종부네는 곤식이가 정작 아는 체 달려오자 반가움을 덜었다. 평소 자발머리없이 촐랑거리는 행동거지가 밉상이었다. 남들이 도시로 나가니까 덩달아 보퉁이 짐으로 고향을 떠난 곤식은 보름이 멀다하고 고향에 나타났다. 응달진 밭뙈지기를 처분하기 위해 온다지만 속내를 비쳐볼 것 같으면 하나의 구실에 지나지 않았다. 묵혀진 자갈밭을 누가 거들떠나 보겠는가. 일정한 직장도 없는지, 몸담고 있는 곳이 어디냐고 물을라치면, 다람쥐 쳇바퀴 굴리듯 하는 공장 따위는 시시하고 고달프고, 아닌 말로 강태공은 빈 낚싯대로 천하를 낚아 올리지 않았느냐고 턱없는 말로 촐랑 방귀를 뀌었다.

"이렇게 오시는 줄 알았으면 같이 올 걸 그랬습니다요."

깡충거리며 내달은 곤식은 두 사람에게 깍듯이 허리를 굽혔다. 어따, 저것은 무슨녀려 너스레 인사랴. 또딸네는 속으로 눈을 내리 흘겼다.

"길을 닦는가 보구나."

"새마을 버스길을 드넓게 포장합니다. 머지않아 시내버스가 올라올 것인께요. 저쪽으로 건너갑시다."

곤식이는 신바람이라도 난다는 듯 앞장을 섰다. 종부네와 또딸네는
뒤따라 시냇물을 건너 작업현장에 이르렀다. 비지땀을 흘리며 한 편은
길을 넓히고, 한쪽에서는 시멘트를 이겨 바르고 있었다. 고향사람들도
몇 사람 눈에 띄었다. 채종은 아까와는 달리 비칠 걸음으로 흥얼흥얼
걸어왔다.

－똥그랑땡 똥그랑땡
이 길을 넓히면
도시의 한복판에 이르고
바다 너머 고향에도 이르고
똥그랑땡 똥그랑땡
어절시구, 어절시구……

영락없는 각설이 타령으로, 고향에서 지겟다리를 두드리던 그 모습
이었다. 종부네와 또딸네를 발견하고 흥타령을 내던졌다. 무턱이, 배병
산도 연장을 내려놓고 다가왔다.

"아따, 숙모님 오실 줄 알면서도 마중 나가질 못했소. 하여지간, 반갑
고 반갑구만이라우."

"이곳에 와서도 새마을 질치도 하느라 고생이 많구나."

"고생이랄 게 있는감요. 사람 사는 세상 어디가나 마찬가지제요. 아
짐은 두 딸 못미더워서 눌러 살 작정하고 온 거요."

"언제까지 눌러 있것는가마는 험악한 산길에 자칫 얄궂은 일이라도
당하지 않을까, 걱정이 앞서는구랴."

"그것이사 조금도 염려 놓으시오. 이 길을 훤히 닦아 놓으면 버스가

디립다 올라 올 것인께요.”

“뉴스를 들을 때마다 이제 한창 피어나는 애들이 탈선을 예사로 하
고 도대체 마음을 놓을 수 있어야 말이제.”

또딸네는 딸들이 많은 만큼 어디를 가나 마음을 놓을 수 없었다. 서
울로, 광주로 나간 딸들도 자나 깨나 근심걱정이었다.

“병산이 너는 어떻고롬 지내냐? 듣기로는…….”

“서울에서 한 살림 말아먹었습니다만, 죽어지내기야 하겠습니까. 회
사에 노사분규가 일어나 잘 됐다 싶어 새마을 운력을 나왔구만요. 고향
에 내려간 지가 하도 오래라서 변변히 인사도 못했습니다.”

“그러면 큰일 아니냐. 너는 되도록 그 속에 끼지 말그라.”

“회사 전체가 그 모양인디 저라고 예외일 수 있겠습니까.”

“산동네에서는 민주투사로 명성이 자자합니다.”

곤식이가 깝쭉 끼어들며 너스레를 떨었다.

“곤식이 너, 진보라는 말 아냐?”

“옴메, 그 말은 갑자기 왜 한당가요?”

“나도 깊이는 모르지만 진보는 곧 자유라고 하더구나.”

“그래서요?”

곤식은 배병산이 철학적 용어까지 습득하고, 많이 발전했다고 웃음
을 사려 물었다.

“옛날에는 어느 한 사람이 자유를 누렸고, 그 다음에는 부분적으로
자유를 누리는 소수의 특권층이 생겨났고, 이제는 기층민 전체가 자유
를 누려야 한다, 그 말이다.”

“앗따, 굉장히 유식하요이. 해방되고 나서 어디서 아슴하게 듣던 소
리 같기도 헌디, 왜 불순하게 몰아 세운다요?”

“그것은 기득권자들의 자기합리화 내지 방어적 술수라고 하더구나.

시상은 있는 자들의 것이니께."

"곤식이에게 사상강좌 해 봤자 촐랑방구나 뀔 것인께 함부로 입 조심혀."

채종은 배병산에게 재갈을 물리고 나서 오십대로 보이는 감독 앞으로 다가가 사정을 이야기하였다.

"곤식씨도 곁눈으로 말하던데, 그러면 이렇게 하세요. 채종씨는 남보다 일을 많이 하였으니까 오늘은 그만 손님들과 쉬시고, 곤식씨는 점심시간을 당하여 조금 여유를 줄 테니까 그렇게 아세요."

감독은 잠시 망설이다가 아량을 베풀었다.

"그럼, 소인은 이만 물러갑니다요."

채종은 넙죽 허리를 굽히고 나서 돌아섰다.

"언제 철이 들까. 오나가나 꼭두쇠여."

종부네는 채종에게서 고향의 풋풋함이 묻어나 맺혔던 피로가 풀렸다.

"그래야 안 늙지라우. 어디를 가나 시상은 둥글둥글 하잖은가비요."

채종은 허벌죽 웃음을 지었다. 곤식이가 뒤꽁무니를 밟았다. 무턱이와 배병산은 종부네와 또딸네에게 어서 올라가라고 머리를 숙였다.

"무턱이는 살만하제?"

"말그만이가 모양새를 내가지고 제법 돈을 벌어들인다요."

"너는 오나가나 왜 그리 방정이냐?"

"앗따, 역성은 왜 낸다요? 사실이 그런디……."

곤식은 채종의 주먹총에 시루죽한 표정을 지었다.

"안팎이 야무치게 벌어들이면 얼마나 좋으냐. 병산이는 노사분규가 일어나는 회사에 몸담고 댕길 건 뭐냐."

"잠시 쉬어 가는 마당이제요. 시장 통에서 장사를 할 포부입디다만, 어떻게 될랑가 모르것소."

"들자니께 용무는 공사판에 나댕긴다면서?"

"용무가 누구더라……?"

종부네는 또딸네의 깨알 씹는 물음에 머리를 갸웃하였다.

"일제 때 즈그 아부지가 항일농민운동에 앞장섰고 육이오전쟁 때 좌익으로 몰려 행방불명이 된 뒤로 당숙뻘인 쪼간이 아범이 젖먹이를 키웠잖아요."

채종이 대신 대답하였다.

"전쟁 때 다락방에 숨어 지내다 얻은 아들 말이냐?"

"연좌제의 그늘 속에서 고생고생하며 제법 밑천을 일구었는디, 다시 떨치고 일어날 모양입디다. 그냥 쉽게 나앉을 위인이 아니오. 씨도둑은 못한다고, 머리도 좋고요."

용무는 상가 밑바닥을 전전하던 끝에 독립의 깃발을 올렸는데, 중간 상인 하나를 신뢰한 나머지 선수금을 미리 주었다가 어처구니없게도 사기를 당하여 낭떠러지 아래로 굴러 떨어졌다. 운수 사나운, 황량한 실족이었다.

"두 손 딱 쳐버렸는디 상회는 무슨. 콧구멍만한 구멍가게도 오감체"

"네가 알거지가 됐으면 뭐 얻어묵을거라고 사사건건 오두방정이냐?"

채종은 곤식을 투깔스럽게 내질렀다.

"내가 무슨 말만 하면 뚝사발 깨지는 소리를 하구만이."

"아무 데나 툭툭 불거져서 그런다."

"곤식이 나무랄 게 없다. 귀 베가고 코 베가는 시상 아니냐. 살얼음판을 내걷듯 해야제. 지 애비를 생각해서라도 허랑방탕한 마음 한 푼이라도 먹으면 안 된다."

"시상을 살아가자면 엎치락뒤치락 하는 법이오. 저기가 우리 집이오."

어느 사이 네 사람은 산동네에 이르렀다. 똥개 두 마리가 비탈진 곳에서 엉덩이를 맞대고 있었고, 채종은 다닥다닥 붙은 집들을 방자 춘향이 그네 타는 광경을 가리키듯 손을 들어 가리켰다. 달아내고 얽어맨 집들이 궁색하게 엎드려 있었다.

"높직이도 산다."

종부네는 너무나 초라한 전경에 푸시시 웃음을 흐트렸다.

"그래도 좋아라우. 공기 맑제, 고향 냄새 나제, 처음에는 처량하게 보여도 어느새 정이 들어라우."

"지가 고향에 내려갈 때마다 그렇고롬 말하지 않습디요."

곤식은 그 새를 못 참고 맞장구를 쳤다.

"할 수 없어 살것제."

또딸네는 한숨을 지었다. 딸들이 이 높은 곳에서 숨을 쉬며 고생을 한다고 생각하니 저절로 마음이 짜안하였다. 바람에 나풀거리는 널려진 빨래들이 어느 피난민들을 연상케 하였다. 똥개 엉덩이 맞대듯 한 흙담집들을 끼고 비좁은 고샅길을 휘돌아 채종이 엎드려 있는 집에 이르렀다. 똥개랄 놈이 우멍하게 짖었다. 채종은 똥개에게 사정없이 발길질을 하였다. 개가 앓는 소리를 하며 마룻장 밑으로 기어들었다. 영판 고향에서 하던 버릇 그대로였다.

"들어가십시다. 여름날 보신탕감으로 딱 알맞겠지라우?"

"지랄, 집에서 기르는 짐승에게 그러면 못쓴다는구마는."

또딸네가 눈을 내리 흘겼다. 방문이 열리며 채종이 마누라가 부수수한 얼굴로 모습을 드러냈다.

"오매야! 숙모님 오시오."

채종이 마누라는 종부네와 또딸네를 발견한 순간 당황해 하였다.

"숙모님 오실 거라고 몇 번 말을 했는디 그 꼬라지여?"

채종은 험상하게 나무랐다. 방 아랫목에는 땟물 흐르는 이부자리가 널브러져 있었고, 자질구레한 가구들이 볼품없이 먼지를 둘러쓰고 있었다. 집안 살림에는 아무래도 짭짤하지 못한 여편네였다. 조금 있자 밖이 소란하더니 아낙네들이 몰려왔다. 고향사람들로, 아들딸들이 공장에 다니는 까닭에 밥이라도 해 준다는 구실로 와 있거나, 고향을 떠나와 둥지를 튼 사람들이었다. 종부네와 또딸네는 그들에게 둘러싸여 이웃도 모르는 삭막한 도시라는 생각을 잠시 잊었다. 그 사이 채종이 마누라가 술상을 봐왔다. 술잔이 한 순배 돌아가자 뱃멀미가 다시금 술잔 속에 일렁인다는 듯 또딸네가 자리에서 일어났다.

"나는 딸네들 집에 갈라네."

"아니어라우. 숙모님과 함께 아침을 드십시다. 때가 한참 지났는디 얼마나 시장하것소."

채종이 마누라는 뒤늦게나마 옷매무새를 여미고 코딱지만 한 부엌에 들어 부산을 떨었다.

"자네는 딸네들 밥도 지어주고 쪼깐 있다 오소. 난, 내일이라도 내려가야 쓰것네."

"아니, 숙모님. 오자마자 갈 타령하다니요?"

채종은 펄쩍 뛰었다. 시골 헛간채만도 못한 흙담집이어서 등때기 뉘일 자리도 마땅찮다는 말인가.

"오래 머문들 폐만 끼치지야."

"폐라니요. 그 말씀 접고 며칠 맘 푹 놓고 쉬었다 가셔야지요."

"그렇게 하소. 도시 살림은 이렇게 출발해야 하느니."

또딸네는 종부네의 토심스러워하는 마음을 다독이며 이해하였다. 또딸네 딸들이야 아직 미혼이라서 언제든지 돈 모아 저 아래 사람 사는 곳으로 내려 갈 수 있다지만 채종이나 무턱은 가정을 둘러메고 선뜻 집 장만하여 내려가기란 쉽지 않을 터였다. 말이사 바로 하지만 채종이나 무턱은 고향살림살이가 훨씬 나을 터였다. 달그락 소리가 들리더니 채종이 마누라가 밥상을 들였다.

"찬은 없지만 드시지요."

"잘 묵것네."

또딸네는 먼저 밥상 앞에 다가앉았다. 뱃멀미로 속을 비워버린 터라 배가 고팠다. 밥상 위에는 명태조림이며 제법 솜씨를 발휘하였다.

"무턱이네는 어디메쯤 산다냐?"

"그 썩을 년이라우. 바로 요 앞에 사요."

"아직도 말그만이 하고 사이가 안 좋은가?"

"좋고 말고가 있것소."

"객지에 나와서는 어쨌거나 고향 사람들끼리 말썽 없이 살아야 하느니."

"하는 짓거리마다 미워 죽것는디 고운 말이 나오것소."

"세월이 가면 좋아지것지요. 어서 진지나 드시요."

채종은 허벌죽한 웃음으로 묻어버렸다. 또딸네는 주먹만큼 김밥을 싸서 입안에 밀어 넣었다. 종부네는 아직도 뱃멀미가 가시지 않아 몇 숟갈 뜨다 말았다. 담배가 고팠다.

"천천히 더 드시제 그라시오?"

"피곤해서 어여 눕고 싶네."

"그럼, 한숨 주무시오. 점심 드시고 시내 구경을 하시게요."

"시내 구경이고 뭐고 다 귀찮네라. 도시 구경이란 사람 구경, 차 구경밖에 더 있는가?"

종부네는 채종의 제안에 손사래를 쳤다. 보나마나 곤식이랄 놈이 쪼르르 앞장 설 것이었다.

"자네가 몰라서 그렇제. 구경거리가 많고 많다고 들었네."

또달네는 딸들의 입을 통해 부산의 볼거리를 귀따갑게 들은 터였다.

"하여간, 눈 좀 붙일라네. 또딸네 자네는 알아서 하소."

"나사 딸네들 빨래라도 해줘야겠네."

또딸네는 트림을 끄윽 하고 나서 자리에서 일어났다. 종부네는 담배 꽁초를 눌러 끄고 방바닥에 몸을 눕혔다. 아직도 울렁울렁 배를 타는 기분이었다.

"우리도 길바닥 넓히는 현장에 내려가자. 숙모님 편히 잠드시라고."

채종은 술잔을 마저 비우고 자리에서 일어났다.

"오늘은 특별히 쉬라고 하셨잖아요."

"네놈 미워서도 작업현장에 나가사 쓰것다. 일할 때 퍼뜩 해치워사 우리들이 그만큼 편리함을 누리제. 어여, 일어나."

채종은 신발 끈을 고쳐 맸다. 곤식은 지루퉁한 얼굴로 문지방을 넘어섰다. 아낙네들도 밤을 기약하고 자리에서 일어났다.

종부네가 한숨 자고 일어났을 때는 오후의 햇살이 문지방에 비쳐들었다. 아무리 고돼도 이렇게 낮잠을 자지 않았는데, 나잇살이나 먹어서인가, 새삼 집으로 돌아갈 일이 걱정이었다. 채종이 마누라는 마실에라도 나갔는지 보이지 않았다. 종부네는 또딸네를 찾아 나섰다. 마을 뒤편 둔덕에는 흑염소 새끼들이 음메거리고, 염소 불고기집이 상점을 대신하고 있었다. 영락없는 산골 오지구만. 종부네는 몇 집을 기웃거린 끝에 또딸네를 찾았다. 빨래를 거둬들이고 있었다.

"아무리 공장생활이 바쁘다 해도 속곳은 지들 손으로 빨아 입을 것이제"

또딸네는 말은 그렇게 하면서도 그다지 싫지 않은 기색이었다.

"그래서 어미가 좋은 법이여."

종부네는 맷돌에 앉아 무념스레 담배 한 대를 맛있게 피웠다.

"어째 한숨 자고난께 몸 좀 풀어졌는가?"

또딸네는 종부네 곁에 앉으며 빨래를 개켰다.

"시골만 같아 푹신 잤네. 도시에 이런 산중이 있다니, 공기 하나는 똑부러지네."

"처음에는 나병환자들이 갈 곳 없어 젊은 전도사의 인솔아래 이곳으로 숨어들었다고 하데. 저그 절 안 있는가. 저 암자만 외롭게 있었는디, 요쪽 방죽 옆에다 흙담으로 교회를 짓고 지성으로 살았는디, 농촌을 떠나온 사람들이 짓쳐들어오는 바람에 뿔뿔이 흩어지고 교회만 남았다는 구라."

"그들로 봐서는 무법 침략자들이구먼."

"시골에서도 가난한 사람들이 도시로 몰려오지 않는가. 무허가 건물로 눈치껏 토담집을 짓고 사는 게 뱃속 편채. 앞으로도 계속 몰려들 것제."

"채종이 말처럼 끼리끼리 고향을 뚝 떠다 놓은 듯하겠네."

"생판 낯선 것보다야 낫것제. 그런디, 사람들이 몰려들수록 단속 또한 만만치 않을 거라고 하데. 이래저래 객지의 설움을 보는 게 아니겠는가."

두 사람은 어느덧 시골집에 온 듯 해가 기우는 산모랭이를 바라보며 도란도란 이야기를 나누었다.

"숙모님, 여기 계시오?"

채종은 작업 모자를 삐딱하게 눌러쓴 채 들어섰다.

"벌써 일 마쳤냐?"

"쪼깐 일찍 마쳤소. 숙모님께서 오셨는디 일 끝나고 술타령할 수는 없고라우. 가십시다. 술안주 사왔응께요."

채종은 종부네와 또딸네를 일으켜 세웠다. 채종이 집은 음식 냄새로 식욕을 돋우었다. 채종이 마누라가 부엌에서 부지런히 손놀림을 하고 있었다. 우선 통닭 한 마리와 생선회가 술안주로 올라왔다. 조금 있자 무턱이와 곤식이가 술병을 차고 들어왔다. 뒤따라 배병산이 합석하였고, 낮에 왔던 아낙네들이 문지방을 넘어섰다.

"자, 드십시다. 우리는 이라고 사요. 시골 인심 그대로요."

채종은 술잔마다 가득가득 술을 채웠다.

"각박한 도시생활일수록 서로의 마음들이 풍성해야지야."

종부네는 술잔을 비웠다. 어둠이 내리고, 고향사람들과 마주 앉으니 전혀 낯설지가 않았다.

"말그만이는 왜, 안 오는가?"

"신발공장에 다니는디 새벽이 돼야 집에 들어 올 것이오."

또딸네의 묻는 말에 무턱이 종부네에게 술잔을 처올렸다.

"듣자하니 반장하고 자주 어울린다고 합디다. 단도리 잘해야 할 것이오."

곤식이 깝죽 묻지 않는 말을 하였다.

"너는 오나가나 뭔 입이 그리도 싸냐? 참말로 말썽은 너다."

채종은 투깔지게 면박을 주었다.

"내가 뭔 말만 하면 불퉁맞게 무안을 줍디다이."

곤식은 단숨에 술잔을 털어 넣으며 볼멘소리를 하였다. 채종은 무어라 한마디 더 하려다 그만 두었다.

"다른 사람들은 몰라도 느그들은 의좋게 지내거라."

"암만이라우. 시비는 분열을 자초하니께요."

"어따, 오랜만에 백만 지원군을 얻었구나? 그런디, 동천네 아짐과 공수네 아짐은 안 올라온다 합디요?"

채종은 곤식에게 할끔 눈을 흘기고 나서 두 사람을 물었다. 채종이 마누라가 안주를 더 들여왔다.

"내일쯤 찾아 오것지야."

"지가 내일은 아짐네들을 모시고 부산 구경을 시켜 드리지요."

곤식이 촐랑 방귀처럼 나섰다.

"니가 아니래도 다 알아서 할 것이다."

채종은 또 한 번 알밤을 먹이듯 하였다.

"신경 쓰지 말거라. 나는 내일 밤배로 내려갈란다."

"숙모님, 안되라우."

채종은 술잔을 들다말고 튕기듯 말하였다.

"느그들 사는 모습 봤으면 됐지야."

"하기사, 우리들 사는 꼴이 서럽게만 보일 것이요."

무턱은 술잔을 내려놓으며 한숨을 베어 물었다. 파도가 넘실거리는 바다에서 호호 언 손을 불며 치렁한 김을 한 주먹씩 훔쳐 뜰 때가 그리웠다.

"아랫배 두드리며 살라고 온 건가?"

채종은 된통 맞게 쏘아부쳤다. 하루 공사판 일이 끝나고 시가지를 벗어나 산등성이를 오를라치면 자신도 모르게 서러움이 북받쳐 올라 육자배기가 저절로 발부리를 휘감았다.

"허접한 맘 묵지 말고 알뜰히 살소. 빈 손 쥐고 나와 부자 소리 듣고 산다는 소리를 들어야 쓸 것 아닌가."

"이왕지사 후회는 안 해야지요."

"솔직히 말해 나는 진작부터 후회가 막급이네만 되돌아 갈 수는 없고, 힘차게 살아야겠제."

"농어촌은 갈수록 전망이 없어이. 이참에 잘 나온 거네."

"암만이라우. 뭘 바라보고 살 것이요."

곤식은 또딸네 말을 냉큼 받았다.

"무슨 소리냐? 앞으로 양식어업이 뿌리 내리면 자가용 굴리고 살 것이다. 미역이야, 다시마야, 생선 횟감이야, 굴이야, 전복에 이르기까지 인자 생각하니 양식 할 것이 지천으로 널려 있다."

"그렇다면 아직 힘 좋겠다, 언제든지 고향에 내려와 맘 묵은 일을 하소."

"그래야겠소. 꿍꿍 돈 벌어 고향에 내려 갈라요. 도시생활 더럽고 각박해서 못살겠소."

채종은 곁에 앉은 마누라를 눈 흘김으로 내치며 술잔을 털어 넣었다. 자고로 여편네 말을 들을 것 같으면 손해 될 게 없다고 하지만, 방정 떠는 여편네 말 따라 대책 없이 고향을 떠나온 게 그저 밉상이었다.

"난, 이만 가 볼라네. 아이들이 왔겠네."

또딸네가 자리에서 일어나고, 남은 술을 다 비웠을 때는 자정에 이르렀다. 곤식은 술주정 비슷하게 떠벌리다 게게풀린 눈자위로 인사를 하고, 무턱도 뒤 따라 나섰다. 종부네도 취기가 오르기는 마찬가지여서 채종이 마누라가 깔아주는 이부자리에 들었다. 채종이 코고는 소리가 천둥치는 듯한 가운데 밤의 고요가 문지방에 내려앉았다.

다음날, 종부네는 시내로 내려왔다. 공수네와 동천네와 만나기로 약속한 터였다. 두 사람은 약속 장소인 영도다리 난간에서 기다리고 있었다. 복잡하고 낯선 곳에서 영도다리는 누구나 찾기가 쉬워 약속장소로는 그만이었다.

"또딸네는 어짜고 자네만 덜렁 내려오는가?"

"딸년들 뒷치닥거리가 만만치 않는가 보네. 그리고 오늘 내려가는 것도 아니고, 시내 구경이 급할 것도 없지 않는가."

"그렇긴 하네. 자네는 내려갈려고?"

"가야겠네. 잠자리도 그렇고."

"그럼, 나도 같이 내려갈라네."

공수네는 종부네와 함께 내려가기로 마음을 정하였다.

"온김에 부산 구경이나 야무치게 하제."

동천네는 혼자 떨어지는 아쉬움과 외로움을 눈가에 지었다.

"밤배 타기 전까지 구경하면 되제. 채종이가 나중에 일 마치고 부두로 나온다니께 그 동안 자네가 앞장서게."

종부네는 동천네를 등 떠밀었다. 동천네는 어디부터 첫발을 내딛을까, 잠시 망설이다가 자갈치로 방향을 정하였다.

"자갈치 입구에 고향사람들이 건어물상회를 한다고 들었네. 기웃거리다보면 알것제. 용무도 자갈치에서 밑바닥 생활을 전전하던 끝에 상회를 열었다고 하데."

"나도 그 말은 들었네."

종부네는 새삼 배병산과 용무의 추락이 마음을 아프게 하였다. 누구보다도 그들이 잘되어야 세상이 공평하지 않겠는가. 아버지네들이 드리운 그늘 속에서 성장한 음지의 식물들 아닌가. 동천네는 상회마다 기웃거리며 산더미처럼 진열된 건어물들을 뙤작거렸다. 김, 미역, 다시마, 멸치, 새우, 문어, 명태 등등 말리고 건조한 건어물들은 제각기 제 빛깔을 선보이며 값을 매김하고 있었다.

"혹시 자네 쇠머리 양보수 아들 아닌가?"

공수네가 눈썰미 있게 세 사람을 맞으며 건어물을 내보이는 장년을 알아보았다.

"그라요만, 저를 어떻게……?"

장년은 무추름하니 세 사람의 행색을 살폈다.

"그라고 본께 맞구먼. 어이, 반갑네. 나, 동천이 어미여. 우리 동천이가 이따끔씩 고향 맛을 사온다고 하든만."

동천네가 공수네 대신 가로맡고 나섰다.

"그래요? 여기서 사시오?"

"우리 세 사람 부산 구경 왔구먼. 고향 말을 하나도 내버리지 않았네."

동천네는 동천이가 씨알도 먹히지 않는 부산 말을 뒤섞어 영 듣기에 매끄럽지가 않아 눈을 흘기던 터였다.

"고향을 떠날수록 고향 말을 간직해야지라우. 요즘 젊은 애들은 금방금방 내 것을 버리는디, 좋은 징조가 아니지요."

"암만, 암만. 장사는 잘 되는가?"

동천네는 동천을 빗대는 것만 같아 서둘러 말막음을 하였다.

"그런대로 됩니다. 어디서든지 욕심 부리지 않고 성실히 하면 먹고 사는 데야 어려울 게 없지라우."

"동천이 말을 들은께 엄청 고생도 했다는디 성공해야제. 용무상회는 어디있는가?"

"기반은 잡은 성싶으요. 용무상회는 다음 골목에 있는디. 찾아볼라요?"

"아녀. 바쁜 시간인디. 나중에라도 얼굴 보것제. 우리 횅하게 한 바퀴 둘러볼 텐께 장사하소."

동천네는 손사래를 쳤다.

"그럼, 돌아보시고 들리시오. 우리 어무니 본 듯 반갑소."

"고맙네. 고향 인심을 하나도 망가뜨리지 않았네. 그것도 본바탕이 좋아서도 그러겠지만 그만큼 여유가 있다는 것 아니겠는가."

세 사람은 질척하고 비릿한 자갈치 시장바닥을 밟았다. 어패류, 해초류, 채소류까지 눈을 휘둥그레지게 하였다.

"우리들이 못 보던 괴기들이 지천이네."

"그랑께 말이시. 어디서 이 많은 것들이 잡혀 왔을게?"

세 사람은 놀라고 신기한 눈으로 쓸어보며 사지도 않을 값을 흥정하기도 하고, 이 모퉁이 저 모퉁이를 밟고 다니며 정신없이 구경하였다. 그 사이 고깃배들은 들고났으며, 그물을 손질하는 사람, 잡아온 고기를 개미떼처럼 운반하는 사람들로 분주하였다.

"아따, 한참을 돌아댕겼더니 허기가 지고 다리도 아프구랴. 어디 들어가서 배고픔이나 면하고 구경하세."

"아무래도 횟집이 나을 성 싶으이."

공수네의 제안에 세 사람은 가까운 횟집에 들어섰다. 모듬회를 시키고 소주잔을 곁들여 비릿한 바다를 눈으로 즐겼다.

"생선회는 우리네 바다에서 잡힌 고기보다 못하네."

"그야, 말해서 무엇 하겠는가."

"그나저나 푸짐하게 묵었네."

공수네는 두둑해진 배꾸레를 포만감 있게 어루며 수저를 놓았다. 동천네와 종부네는 매운탕 국물까지 밑바닥을 보고서야 물러났다.

"다음은 어디를 구경할게?"

"자갈치 괴기 구경이면 됐제, 다리 아프게 어딜 또 가?"

"다리 뻗고 눕고만 싶은가? 옳거니, 요 위에 용두산 공원이 있네. 거기 가서 비둘기나 쫓으며 좀 쉬세."

동천네는 다음 행선지를 정하였다. 종부네는 먼저 일어나 음식 값을 치렀다. 용두산 공원을 오르는 계단은 가파르기만 하였다.

"우리 동생 말로는 이 계단 난간에서 육이오전쟁 때 피난온 사람들이 고생깨나 했다고 하데."

공수네는 뱃속이 포만한 만큼 오르기가 힘겨웠다.

"유행가 가락도 그러지 않던가."

세 사람은 쉬엄쉬엄 용두산 공원에 올랐다. 비둘기 떼들이 새까맣게 내려앉아 과자 부스러기를 쪼고 있었다. 할 일 없는 노인네들이 여기저기 의자를 차지하고 있었고, 신혼부부, 외국인 관광객들이 사진을 찍었다.

"우리도 기념사진 한 장 박을게?"

"어따, 뭔 인물을 자랑할거라고."

"아니여. 그게 기념비여."

동천네는 공수네의 말을 내치며 사진사를 손짓해 불렀다. 공수네가 우중한 얼굴로 두 손을 모아 잡고, 동천네도 긴장한 얼굴로 종부네 곁에 섰다. 비둘기 떼들이 무엇에 놀란 듯 포르라니 날아오를 때 사진사는 카메라 셔터를 눌렀다. 세 사람은 바다가 보이는 전망 좋은 곳에 자리 잡고 앉아 담배를 나누어 피웠다. 세 사람은 그렇게 뜻 없이 앉아 노닐다가 해가 설핏 기울어서야 용두산 공원을 내려왔다. 멀지 않은 거리여서 부두까지 걸었다. 채종과 무턱이 먼저 와 기다리고 있었다.

"구경들 잘 하셨소?"

"자갈치만 다리품으로 돌아댕겼네."

"그곳만큼 좋은 구경거리가 없지라우."

무턱은 뭐니 뭐니 해도 자갈치 구경은 싫증이 나지 않았다.

"생선회도 푸짐하데."

"그보다는 꼼장어 맛을 봐야 부산 맛을 제대로 아는디 그랬소. 시간도 좀 남았고, 이리들 오시오."

채종은 부두 근처 꼼장어 집으로 이끌었다. 푸짐하게 꼼장어를 주문하였다. 하루 번 일당을 기분 좋게 쓸 모양이었다.

"듭시다. 이놈에다 소주 한잔 걸치는 기분에 객지의 서러움을 잊고 사요."

"맛이 똑 그렇네. 좀 싸들고 배에 가면서 술안주 할게?"

"하여간, 저 여편네는 묵는 입맛 하나는 똑부러져."

동천네는 혼자 떨어지는 아쉬움을 눈 흘김으로 나타냈다.

"아짐도 갈라고라우?"

"종부네가 심심할 것 같아서 동행할라네."

공수네는 진땅에 흙삽 다지듯 입안이 미어지게 꼼장어를 상추쌈으로 먹어댔다.

"기름기가 자르르 넘쳐나는 게 술안주로는 그저 일품이다."

종부네도 뱃속이 꽉 찬 듯한 든든함을 느꼈다. 그놈의 뱃멀미도 너끈히 이겨낼 것 같았다.

"부산 바닥은 이래서 우리 같은 따라지 인생들이 살기에는 딱 어울리는 곳이요."

"너절하고 값싸고 푸짐한 인심이 비릿한 갯냄새로 배어난다."

"동천네 아짐이사 자주 온께 누구보다도 잘 알것지라우."

채종은 너부죽 웃으며 종부네에게 술잔을 쳐올렸다.

"아무튼, 이 바닥에서 꿋꿋이 살그라. 이왕 고향을 떠났응께. 그라고 무턱이 하고 의좋게 지내거라. 가까운 우정은 먼 거리의 혈육보다 낫다."

"누가 아니요. 여편네들이 눈 흘기며 살지라도 우리사 변함이 없응께요. 참말로 여편네들 속 좁아터진 꼴을 보면 머리가 지끈거리요."

"걱정 말게. 세월이 약이느니."

채종은 무턱의 좁혀진 미간의 주름살을 보며 어디까지나 태평스러웠다. 지척에서 뱃고동 소리가 들렸다.

"벌써 배 시간이 됐는가?"

"즐거운 시간은 물처럼 흐른다 안 합디요. 일어들 납시다."

무턱이 먼저 일어났다. 채종은 무턱을 밀치고 계산을 치렀다. 무턱은 질세라 배표를 끊었다. 종부네와 공수네는 여객선에 올랐다. 밤추위가 치마꼬리를 휘감았다. 뱃고동 소리를 울리며 여객선은 서서히 부두를

떠났다. 그리고 영도다리를 지나 부산 앞바다를 돌아나갔다. 망망대해
는 별빛이 쏟아져 내리고, 파도를 가르는 뱃길은 아득한 어둠뿐이었다.
공수네는 뱃멀미에 지레 겁을 먹은 나머지 일찌감치 잠을 청하였고, 종
부네는 술기운을 빌어 잠이 들었다.

희붐한 새벽녘에 여수에 도착한 여객선은 해가 한 뼘 차오르자 다시
금 출발하였다. 오던 길을 되돌아 대섬목에 이르렀을 때는 오후의 햇살
이 기웃하였다. 길고도 지루한 여정이었다. 뱃멀미에 지레 겁을 먹고 신
경을 썼는데도 종선에 내렸을 때는 뒷골이 치고 다리가 후들거렸다. 공
수네는 선창에 내리자마자 바위 너럭에 퍼질러 앉으며 담배부터 찾았다.

"부산 구경이 어째 그리 빠르다요?"

한우균이 주복물을 봐오며 두 사람을 알아보았다.

"부산 바닥이 뭐 그리 넓다고 넋을 놓고 있을 것이요."

"구경할 곳이 많을 것인디요. 가십시다."

두 사람은 한우균의 채근에 자리를 떨치고 일어났다. 원뚝을 가로질
러 수문께에서 각자 헤어졌다. 종부네는 집에 들어서기가 무섭게 푸석
한 몸을 씻고 옷을 갈아입었다.

"꿈이 방정 맞았는갑다. 생각보다 일찍 돌아오게."

이천네 어멈은 무넘한 눈길로 곰방대에 담배를 재워 넣었다.

"당최 잠자리가 불편해서요."

"어디 간들 내 집만 같을라디야. 종부네야, 나 큰일을 낼 뻔하였다."

이천네 어멈은 자세를 고쳐 앉았다. 상당히 죄스러운 낯색이 어려 있
었다.

"뭔, 일인디 그렇게 심각하요?"

"까딱했으면 불 낼 뻔하였다."

"뭐시라우?"

"저녁을 짓는디 연기가 다른 때 같지 않드란 말이다. 이상하다 하고 살펴본께 쥐랄 놈이 뒤울안 나뭇단으로 구멍을 뚫어 놓았지 뭐냐. 동이 물로 서둘러 껐다만 아직도 제정신이 아니다."

"자칫, 낭패 당할 뻔하였소."

종부네는 마음을 진정시키며 신발을 끌고 뒤울안을 돌아보았다. 나뭇단 주위에 물이 흥건하고, 쥐구멍이 뻥 뚫려 파헤쳐져 있었다. 종부네는 운이 좋았다고 안도의 한숨을 내쉬었다. 불이라도 번졌더라면 집 전체가 어찌 되었을까? 남편의 혼이 깃든 집이 아닌가.

"잘못했으면 두고두고 죽어지낼 것인디, 생각만 해도 아찔하다."

이천네 어멈은 다소 얼굴을 폈다. 명상이 생글거리며 대문을 들어섰다.

"부산 구경이 벌써 끝났어요?"

명상은 놀라는 표정을 지었다. 부산 구경 가자고 자리 의논할 때는 열흘도 짧다는 듯 하더니 가고 오는 품만 버린 것이다.

"그래도 볼 것 다 보고 왔다. 앞으로는 네 입에서 도시 타령이 안 나왔으면 한다."

"다들 좋다는디, 못 볼 것을 보고 왔남."

이천네 어멈은 그 속내를 알 수 없어 하였다.

"여유라고는 눈곱만큼도 없습디다."

종부네는 맨숭하게 대답하였다. 집만큼 좋은 곳도 없을래라. 여독이 검정개의 혀처럼 종아리를 타고 올랐다.

2

오대산 상원사를 올랐을 때는 눈보라가 휘날리기 시작하였다. 시야를 가리는 눈보라는 계곡의 바람을 타고 나비의 날개짓으로 윤무 하였다. 저 옛날 외할아버지 멸치 그물에 든 멸치 떼의 비늘 떨구는 유영만 같았다. 삽시간에 하얀 눈꽃으로 피어나는 나무들이 먼 전설 속의 눈의 나라를 연상케 하였다. 상원사는 새하얗게 눈을 뒤집어쓰고 있었다. 댓돌 위에 놓인 신발 속에 한 움큼씩 눈이 들어있어 주인 없는 빈 절 같이 외로운 자태로 눈의 무게를 짊어지고 있었다. 백상은 원주실에 들러 여산 스님을 물었다.

"이 눈보라 속에 여산 스님을 뵈러 왔다면 각별한 관계인가 봅니다."

원주실을 지키고 있던 스님은 눈보라를 둘러쓰고 온 백상의 행색을 훔쳐보며 놀라는 표정을 지었다.

"꼭 만나 뵙고 싶어서요."

"여기에 안 계신데 어쩌지요?"

"어디 계신지 모르십니까?"

"진부령 아래에 있는 토굴에서 겨울을 나시겠다고 며칠 전에 가셨어요."

"약도라도 그려주시면 고맙겠습니다."

백상은 낭패감을 맛보았다.

"무슨 일인지는 모르겠으나 여산 스님께서 워낙 사람 만나기를 싫어하시는 데다, 그곳은 지리도 험하고 토굴도 한 두 개가 아니어서 찾기가 만만치 않을 텐데요."

원주 스님은 약간 망설였다. 젊은 청년이 여산 스님을 만나야 할 사연이 무엇인지는 모르겠으나, 여산 스님을 찾는 사람은 처음이었다. 다른 스님네들은 거처를 옮길 때마다 신도들을 앞세우고 다니는데, 여산 스님은 그렇지가 않았다.

"눈보라를 쓰고 와서 허정걸음으로 되돌아 갈 수는 없잖습니까."

백상은 사정하듯 말하였다. 무엇 때문에 망설이는지 이해가 되지 않았다. 원주 스님은 대강 약도를 그려 주었다.

"오늘은 눈도 내리고 그곳까지 가기에는 시간도 어중간하니 여기서 쉬시고 눈이 그치면 내려가세요."

백상은 원주 스님의 친절이 고마웠다. 행자가 안내한 구석진 방에 들었다. 절에서 일하는 처사가 기거하는방이었다.

"젊은이는 무슨 업장을 짊어지고 이 눈보라 속을 오셨소?"

처사는 지글지글 끓는 방구들을 짊어지고 있다가 반쯤 몸을 일으켰다. 서당 개 삼 년이면 풍월 읊조린다고 제법 업장을 들먹였다.

"제가 아는 스님을 뵈러 왔습니다."

백상은 아랫목 구들장에 엉덩이를 내려놓았다.

"머리를 깎으러 온 것은 아니고?"

"그렇다면 처사님 방에 들 필요가 없지요."

"허허, 딴은 그렇구만."

처사는 말동무가 생겨 좋다는 듯 웃음을 지었다.

"처사님은 무슨 업장이 그리도 두꺼워 절에서 일하십니까?"

백상 또한 여산 스님을 만나지 못한 스산함을 풀어 내리고자 하였다.

"나야, 업장이 두텁지. 그래서 불목으로 내처 십오 년 넘게 살고 있지."

처사는 주마등처럼 스치는 세월을 뒤돌아보는 얼굴이었다.

"차라리 머리 깎고 도를 일구는 게 낫지 않았을까요?"

"지금이라도 발심을 하면 되지. 헌데, 내키지가 않아. 내 육신의 수고로움으로 스님네들을 따뜻이 해드리는 게 공덕을 쌓는 일이라 생각한 게지. 젊음도, 명예와 권력도 지나고 보면 다 부질없는 거야."

"누구나 인생무상을 느끼는 것 아니겠어요?"

"그렇긴 하지. 다들 그 속에 사연이 있을 테고……."

"처사님 사연은 어떤 종류인지요?"

"불목한으로 들어앉은 중생에게 뭐 특별한 사연이 있겠나."

"망국의 한을 짊어지고 있는 이국땅의 나그네만 같은데요."

"그거, 참. 비유 하나 고약하군."

처사는 백상의 우스갯소리에 따라 웃었다. 네, 어미는 문둥병자다. 어느 날 마을에서 내쫓김을 당하였을 때, 그는 가슴이 벌렁거리는 그 말을 들으며 어머니를 따라 나섰다. 오대산 깊은 골에 숨어들어 어머니를 봉양하였다. 죽지 못해 사는 목숨이었다. 태어난 운명을 저주하였고, 천역의 병을 가져다 준 하늘과 땅을 원망하였다. 그러한 가운데 효성을 다하였다. 어머니는 살이 문드러지는 고통 속에서 아들의 장래만을 근심 걱정하며 눈물로 지새우다 숨을 거두었다. 그는 어머니를 장례 지내고 나서 세상을 등지기로 하였다. 불목한으로 절에 들어와 그 누구에게도 관심을 보이지 않았다. 한 짐 나무단을 짊어지고 산을 내려오는 일상에서 마음의 수양을 쌓아왔고 마음을 비웠다. 나무 한 짐과 밥 한 그릇. 그게 전 재산이자 삶의 무게였다.

"속이 빈 오동나무는 소리를 내죠?"

"난, 무슨 의미를 담고 있는지 모르겠어."

"시냇물 소리는 바위를 타고 흘러내려야 청량한 소리를 내지 않던가요?"

"그것도 나는 잘 모르겠네."

"눈꽃으로 피어난 눈송이는 얼마나 단단하고 아름다울까요?"

"쓰잘데 없는 선문답은 그만하고 곡차나 한잔 들 텐가?"

"절에서 젓국을 얻어먹는다는 말이 빈말은 아니군요."

"더덕술이지. 피곤하고 마음 허전할 때 힘을 보태주거든."

처사는 벽장문을 열더니 조그마한 옹기단지를 꺼냈다. 뚜껑을 열기도 전에 더덕술 향기가 비어져 나왔다.

"잘 익은 듯합니다."

"그려. 하룻밤 인연을 위해서 들어요."

두 사람은 술잔을 가볍게 부딪쳤다. 생각지도 않은 대접이요, 나눔이었다. 백상은 윤사암과 경주에서 술을 들다가 혼이 났는지라 두어 잔으로 족하였다. 향긋한 더덕 내음이 입안에 가득하였다. 처사는 혼자 몇 잔을 더 자작하더니 이내 코를 골았다. 무심하고 태평한 경계였다. 일찍이 몽선과는 또 다른 자기 세계였다. 백상은 이틀을 더 묵은 뒤 상원사를 뒤로하였다. 눈은 무릎께까지 내리 쌓였다. 처사는 일주문 밖까지 길을 내주며 염려하였다.

"눈은 아직도 더 내리고, 가는 길도 잘 모르면서 고집을 부리니, 원. 아무래도 마음이 놓이지 않구랴."

"고행자의 발길이라 생각하죠. 눈밭에 오직 나 혼자 움직이는 생명체라고 생각할 때 얼마나 좋습니까."

"눈의 속성을 몰라서 그렇지. 눈밭은 결코 낭만의 세계가 아니지."

"가는 데까지 가 보겠습니다."

백상은 백설의 세계에 정면으로 도전해 보고 싶은 오기가 생겼다. 그래, 이 따위 눈길을 주저하고 망설인다면 사내대장부라 할 수 있겠는가. 백상은 푹푹 빠지는 눈 속을 걸었다. 전설은 골바람이 휘때릴 때마다 먼지구름처럼 일어 방향을 가늠 할 수 없게 하였고, 한 걸음 내딛기가 점점 힘겨웠다. 뒤돌아서기도 난망하고 앞으로 내딛기도 아득하였다. 처사 말처럼 결코 낭만일 수는 없었다. 사막을 걷는 것보다 더 혹독한 통증이 발바닥에서부터 올라왔다. 점점 가는 방향을 모르겠고, 등허리에 배어난 끈적한 땀마저 한기로 얼어붙어 오한으로 떨게 하였다. 두 다리는 감각을 잃어버린 채 앞으로 나아가지를 못하였다. 진퇴양난은 이럴 때 쓰는 말일러라. 눈밭에 누워 편안히, 아주 평온하게 쓰러져 잠이 들고 싶었다. 갈증이 일 때마다 눈뭉치를 우겨 넣었는데, 그마저 입술이 얼어붙는 듯하였다. 육신은 차디차게 냉각되어 마비되어 오고, 의식마저 혼돈의 세계로 몰아갔다. 백상은 마침내 눈밭에 주질러 앉았다. 더 이상 일어설 기력이 없었다. 숨은 가쁘고 손발은 감각이 없었다. 혹한의 세계는 이렇게 냉엄한 것인가. 어렸을 적 즐겨 지치던 눈썰매가 눈앞에 다가왔다. 백상은 눈썰매를 타고 눈밭을 가로질렀다. 눈썰매, 눈썰매……

백상은 먼 전설 속의 목소리를 아슴하게 들었다. 저승인가, 이승인가? 분별할 수 없는 혼돈의 세계에서 한동안 방황하였다. 가만히 눈을 떴다. 티 없이 맑고 새까만 눈들이 백상을 내려다보고 있었다. 말이 없는 그 눈동자들은 금방이라도 놀라 뛰어 달아나려는 산토끼를 연상시켰다. 여기가 어디지? 백상은 소리쳐 물었으나 그 목소리는 목안에 잠겼다.

"이제서야 의식이 돌아온 게로구나."

착 갈라진 음성이 백상의 머리맡에서 울렸다. 백상은 소리 난 쪽으로 몸을 움직이려 하였으나 말을 듣지 않았다.

"천만다행이에요."

여인의 목소리가 문지방을 넘어왔다. 백상은 그러한 울림과 움직임들을 가만히 바라보았다.

"냉한으로 몸이 많이 상하였어."

착 갈라진 음성이 백상의 머리를 붙들어 반쯤 일으켜 세우고서 뜨끈한 약사발을 입술에 갖다 댔다. 백상은 머리를 받치고 있는 그의 손바닥이 매우 딱딱하고 거칠다고 느끼며 약을 삼켰다.

"안정이 필요하니까 너희들은 안방으로 건너가거라."

그러자 맑고 새까만 눈들은 잠시 출렁하더니 백상의 시야 밖으로 사라졌다. 백상은 한참을 허공을 떠돌다 두 눈을 감았다. 그리고 잠이 들었다.

백상은 문풍지를 휘때리는 바람소리에 눈을 떴다. 처절하게 문풍지가 울 때마다 눈보라가 창문을 뒤흔들었다. 백상은 자신도 모르게 진저리를 쳤다. 하얀 백색의 세계. 차가운 두려움이 전신에 파고들었다. 이불을 둘러쓰며 몸을 떨었다. 그 순간 육신의 마디마디가 움직인다는 것을 알았다. 바람이 한 차례 문풍지를 울리고 사라지자 가만히 이불을 끌어내렸다. 희붐하게 날이 밝아오고 있었다. 밖은 점점 밝아오고 아이들 소리가 들리는가 싶더니 방문이 열리며 햇살이 방안으로 쏟아져 들어왔다. 그 순간 백상은 방안의 전경을 살펴볼 수 있었다. 벽지를 바르지 않은 벽면은 늙은 여자의 주름진 모습처럼 보였고, 벽면마다 옥수수와 약초 다발이 벽을 장식하듯 걸려 있었다. 천장은 서까래가 그대로 노출되어 있었다.

"이제야 본정신이 돌아왔나 봐요."

나이를 짐작하기 어려운 노인장이 백상의 이마를 짚었다. 그 손바닥은 혼돈 속에서 느껴보았던 거칠고 딱딱한 손길이었다. 아무렇게나 자란 턱수염과 딱딱한 손길로 쓸어 넘겼음직한 머리칼에 햇볕에 그을리고 바람에 할퀸 주름진 얼굴은 모르긴 몰라도 실제 나이보다 훨씬 더 세월의 인고를 느끼게 하였다.

"여기가 어디입니까?"

백상은 깔깔한 입안을 마른침으로 축이며 상반신을 일으켰다. 생각보다 힘이 들었다.

"그대로 누워 있으시오. 이곳은 화전을 일구고 사는 곳이오."

"화전이라구요?"

백상은 말로만 듣던 그들을 난생 처음 대하는데서 먼 전설 속으로 나앉은 기분이었다.

"다들 산 아래로 내려가고 우리 세 가구만 남아 있어요. 머지않아 새봄이 돌아오면 우리도 어쩔 수 없이 내려가겠지만."

"저를 어떻게 발견하셨지요?"

"눈이 내려쌓이면 산토끼 같은 산짐승들이 눈 속에 빠져 헤어나지 못하지요. 혹시나 하고 눈밭을 헤매다 젊은이를 발견했지요. 어디서 왔는지 모르지만 정말 무모한 행보가 아닐 수 없었어요. 한마디로 하늘이 도운 거예요."

"살려주신 은혜 무엇으로 갚아야 할지 모르겠습니다."

"처음에는 남파 간첩인가 했지요. 그런데 당신을 들쳐업고 오는 동안 생각이 달라졌어요. 적어도 간첩이라면 특수훈련으로 몸을 단련하여 눈밭에 쓰러지지는 않았을 거라구요. 아이들이 신고를 해야 하지 않느냐고 말했지만 그 말을 잠재웠어요. 무슨 일로 길도, 방향도 가늠할 수 없는 눈 속을 헤맸는지, 그게 궁금하오."

노인장의 눈빛은 나무껍질처럼 생긴 외모와는 달리 맑고 순수하였다.

"상원사에 계신다는 스님을 만나러 왔다가 진부령 아래 토굴에서 정진한다는 말을 듣고 찾아가던 길이었습니다."

"무모한 걸음이었군요. 여기서 진부령까지는 상당히 먼 거리이고, 그곳에는 비어있는 토굴이 더러 있지요. 헌데, 지금은 통제구역이라 겨울 한철 나기가 쉽지 않을 텐데요. 진부령 어디쯤이라고 합디까?"

백상은 상원사 원주 스님이 그려준 약도를 찾았다. 호주머니에 들어 있지 않았다. 눈밭에 쓰러졌을 때 흘렸는가 보았다.

"약도를 호주머니에 간직하였는데 없군요. 아무튼, 생명의 은인입니다."

백상은 노인장의 친절이 눈물겹기만 하였다.

"그건 나중에 생각해 보기로 하고, 아무 근심 마시고 몸조리하시오. 그리고 몸이 회복된다고 해도 눈밭을 함부로 걸어 갈 수는 없을 것이오. 자칫 계곡에 빠지면 살아날 가망이 없어요."

"꼼짝없이 갇혀 지낸다, 그 말씀이신가요?"

"눈이 녹기 전에는 행동이 불편할 수밖에요."

"그럼, 어쩌죠?"

백상은 맥이 탁 풀렸다. 남의 신세를 지는 것도 무엇 하였지만 한 겨울을 눈 속에 갇혀 지내다니 암담하기만 하였다.

"자연 속에 갇혀 한겨울을 지내는 것도 좋은 경험일게요. 우리는 그렇게 살아왔어요."

노인장은 순박한 눈길로 백상의 마음을 쓸어주었다. 백상은 점심 밥상에 마주앉고 나서 비로소 가족들을 알아보았다. 부인은 노인장과는 상당히 나이 차이가 기울었다. 더불어 아이들의 나이도 어렸다. 큰녀석은 중학교 졸업반이었고, 둘째 녀석은 중학교 일학년이었다.

"위로 큰애들은 객지로 나갔시오. 그 애들에게 화전을 일구라고 할 수는 없지 않겠어요?"

"우리 큰형은 트럭을 몰고 우리 예쁜 누나는 서울서 직장에 다녀요."

둘째 녀석이 자랑거리라도 된다는 듯 부인의 말을 받아 부언 설명을 하였다. 구김살 없이 밝았다. 부인 또한 산여인네 특유의 순박함이 묻어났다.

"여기서 학교는 어떻게 다니죠?"

"새벽같이 후래쉬를 들고 이십 리 산길을 돌아 내려가 아침에 한번 저녁에 한번 다니는 버스를 타고 시오리 남짓 내려가 공부를 하고, 저녁 버스를 타고 올라와 밤길을 걸어와요."

"무척 힘들겠구나."

백상은 둘째 녀석의 머리를 쓰다듬었다.

"재미있어요. 운동도 되구요."

"내가 방학 동안 공부를 가르쳐 줄까?"

백상은 문득 김정허와 방학 때마다 시골 아이들을 가르치며 고학을 하던 시절을 떠올렸다.

"좋지요. 영어가 제일 안돼요."

이번에는 큰애가 눈을 빛냈다. 보기에 야무진 구석이 있었다.

"그러면 얼마나 좋겠어요. 산골에서 제풀로 공부를 해서 그런지 아무래도 영어 공부가 뒤떨어져요."

부인의 얼굴이 활짝 펴졌다.

"너희들 진짜 선생님을 만난 듯싶다."

노인장은 밥상머리에서 물러나며 담배를 피워 물었다. 자신이 손수 만들었음직한 곰방대가 어느 조각품을 연상시켰다. 담배 한 대를 피우고 난 노인장은 약초를 다듬었다. 바위에 닳아진 뭉툭한 손마디는 나무 등걸만 같았고, 발바닥은 오뉴월 가뭄 때 쩍쩍 갈라터진 논바닥이었다. 굳은살이 박힌 손바닥은 깊은 골짜기, 그것이었다.

"산삼도 캐십니까?"

백상은 노인장 곁으로 다가갔다.

"화전을 일구고 사는 심마니지요."

"더러 캐셨군요."

"옛날에는 심심찮게 꽷 돈을 벌었는데 요즘은 쉽지가 않아요."

노인장은 정성스레 약초다발을 다듬었다. 백상은 자리에서 일어나 토방마루 높이로 쌓인 눈을 밟았다. 산 속을 헤매던 악몽이 되살아나 얼른 발을 뺐다. 시신처럼 싸늘한 기운이 안겨들었던 것이다.

"우리 눈썰매 타요."

둘째 녀석이 백상의 바짓가랑이를 잡았다.

"너희들 귀찮게 하지 마라. 아직 몸도 성치 않은데 눈썰매라니. 애들이 사람 구경을 못해서요."

부인은 밥상을 들고 나가며 아이들을 나무랐다.

"눈사람을 만드는 게 좋겠다."

"그래요. 눈을 뭉쳐요."

큰애가 신바람을 냈다. 백상은 아이들과 어울려 눈사람을 만들었다. 숯으로 눈과 코와 귀와 입을 새겨 넣고, 여름철이면 노인장이 쓰고 다녔을 허름하고 땀 배인 밀짚모자를 씌웠다.

"야, 멋있다!"

둘째 녀석은 손뼉을 쳤다.

"자, 우리 눈뭉치로 눈사람을 맞추기로 하자. 제일 많이 맞춘 사람에게 상을 주기로 한다."

백상은 눈사람 가슴에 숯덩이로 원을 그렸다. 영락없는 과녁이었다. 미치광이 무공은 움막 곁 공터에 눈사람을 만들어 놓고 분노에 찬 알 수 없는 얼굴로 눈사람을 향하여 지치고 지칠 때까지 눈뭉치를 던졌다. 무엇이 그토록 분노에 사로잡히게 하였을까? 백상은 눈사람을 향하여 힘껏 눈뭉치를 던졌다. 빗나갔다. 다시 던졌다. 또 빗나갔다. 눈뭉치가 빗나갈수록 자신도 모르게 맥이 빠져나갔다. 큰애는 환호를 질렀다. 둘째 녀석도 덩달아 눈사람을 명중시켰다. 백상은 던지고 또 던졌다. 이마에 땀이 솟고 어깨가 축 늘어졌다. 후들거리는 다리를 간신히 지탱하고서 문지방에 주질러 앉았다.

"아직 성치 않은 몸으로는 무리지요."

노인장의 착 가라앉은 목소리가 가슴을 할퀴고 지나갔다. 부질없이 분노가 차오른 자신의 행동을 열없어 하였다. 어쩌자고 이 깊은 산 속에 고립되어 자신의 감정을 다스리지 못하는가. 큰애와 둘째 녀석에게 상으로 지폐 한 장씩을 안겨주고 자리에 누웠다.

백상은 점차 눈 속에 묻힌 자연과 친숙해졌다. 아이들과 눈썰매를 타고, 공부를 가르쳐주고, 노인장과 이야기를 나누었다. 노인장은 그때마다 옥수수 술을 내왔는데, 뒤울안 장독 항아리에 빚어놓은 노랗게 뜬 옥수수 술은 진저리를 치게 하면서도 곧바로 뜨거운 열기를 치솟게 하였다. 그 위에 안주로 내오는 홍시는 이가 시릴 만큼 차가우면서도 상큼하고 달았다.

"술이 좀 늘구려."

노인장은 주량이 자신도 모르게 늘어가는 백상을 바라보며 재미있어 하였다. 백상도 그 점을 스스로 느끼는 터였다.

"어르신처럼 한 평생 산 속에 묻혀 살면 그야말로 신선이 되겠습니다."

"욕심 없이 살다보면 그 경지에 이를게요. 내 산삼을 가슴에 안을 때마다 느끼는 건데, 꼭 필요한 사람이 산삼을 먹어야 그 효험이 나타나는데도 턱없이 욕심을 부려요."

"진시황제가 그 실례가 아니겠습니까."

"그래서 인간 자체가 부패해요. 생각해 보시오. 아무리 값진 음식을 먹어도 창자 안에 가득 찬 똥 덩어리 힘으로 하루를 살지 않소. 그걸 사람들은 잘 모른단 말이오."

"옳으신 말씀이십니다. 속절없이 흐르는 게 우리네 인생인데 그 흐름을 붙잡으려고 안간힘을 쓰지요."

"나는 이곳에서 애들이 자라는 게 얼마나 다행스러운 일인지 모르오. 변명 같소만 어려서부터 자연의 깊은 심성을 알고, 산의 정기와 계절의 변화를 체감케 하는 것이야말로 그보다 더 훌륭한 교육이 어디 있겠소."

"저는 바다의 깊이를 자맥질하고 자랐습니다만, 어린 날의 산교육은
어느 보물보다 값진 재산입니다."

"그러게요. 우리 애들 공부는 어때요?"

노인장은 술잔을 비우고 나서 곰방대에 담배를 재워 넣었다.

"잘 새겨듣습니다. 큰애는 장차 포부가 크더군요."

"나도 그 애에게 기대를 하오만 어떻게 풀려날지 모르겠소. 맏이랄
놈이 그 녀석만은 끝까지 가르치자고 하는데 경제적으로 워낙 어려움
이 많아서 잘 될는지……."

"대체로 성공한 사람들은 고난의 역경을 이겨 나왔습니다. 강원도
두메에서 자란 소년이 지금은 잘 나가는 기업주 아닙니까."

"하지만 지금은 어디 그런가? 돈 놓고 돈 묵는다는 식으로, 돈 있는
자식들이 유학이다, 뭐다, 설치지 않소. 이제나저제나 우리들 산골사람
들은 정선아라리나 부르며 청승을 떠는 신세라……."

노인장은 곰방대를 탕탕 두드리고 나서 갈라지고 닳아진 손길로 턱
수염을 어루었다.

"오늘은 외출이라도 하실 건가요?"

"약초도 내다 팔고, 그래야 하는데, 눈에 막혀 찬물 한 그릇 떠놔야
겠소."

"무슨 날인가 보군요."

"내가 일찍 상처를 했구랴. 오늘이 죽은 마누라의 제삿날인데 지지
리 복도 없어 날씨마저 이 모양이오."

"정성이 중요하지요."

백상은 어쩐지 부인이 젊다고 생각하였는데 의문이 풀렸다.

"항상 이날이 되면 마음 아프고 죄스러워요. 그때도 이 만큼 날이 궂

어 눈 속에 파묻혀 지냈는데, 별안간 산통이 오고 끝내 핏덩어리를 내쏟고 나서 탈진상태 그대로 숨을 거두었소."

노인장은 술잔 속에 한숨을 묻었다. 그러고 보니 다른 날보다 술을 더 많이 하였다.

"태어난 생명도 건강하지 못했겠군요."

"두 생명을 죽일 수 없어 미음이며, 동냥젖이며, 정성을 다해 길렀지요. 영악한 생명이어서 젖배 주린 허약한 몸피로 자랐어요. 그런데 내가 무슨 원귀에 씌웠던지 그 어린 생명에게 몹쓸 짓을 하였구려."

백상은 노인장에게 술잔을 쳐올리며 다음 말을 기다렸다.

"세 살을 넘기던 해였던가, 병약한 생명을 내 힘으로 키우기에는 한계를 느끼던 차였소. 산을 타야 할 때는 그 애 혼자 버려 둘 수밖에 없었고, 약 한 첩 제대로 여유롭게 달여 먹일 수 없었으니까. 겨우 어린 삼삼 뿌리 정도 갈아 먹이며 무병장수를 빌었소. 그때 산삼을 거래하던 서울 양반이 내 집에 와서 아이를 보더니만 양녀로 달라고 하지 뭐요."

자식 하나 얻기 위해 산삼을 구해 먹는다는 사정을 알고 있었던 터라 그 마음은 알고 있었으나, 무척이나 망설였다. 이웃들이 나서서 설득하기에 이르렀고, 노인장 또한 가난한 화전민의 딸로 키우느니 부잣집 양녀로 사는 게 훨씬 그 애에게 이로울 거라고 결정을 내리기에 이르렀다. 아무런 구애를 받지 않고 건강하게 잘 키우고 가르치게 되면 그 핏줄이 어디 가겠느냐고. 그렇게 딸아이를 양녀로 보냈는데, 그 쪽에서 양녀로 입적시키자마자 소식을 끊어 버렸다. 노인장은 자탄과 외로움으로 가슴을 쥐어뜯었다. 생떼같이 딸 하나를 두 눈 뜨고 잃어버린 것이다. 더러 생활고가 어려워 양녀로 보낸다는 말을 들었지만 실어증 환자처럼 지새웠다. 보다 못한 이웃들이 지금의 마누라를 재취로 들여앉혔다.

"죽은 마누라 제삿날이 돌아오면 딸아이 하나 제대로 키우지 못한 죄책감으로 죽은 원혼에게 용서를 빌었고, 딸아이가 살아 있다면 어디서 어떻게 지내는지 죽기 전에 한번 만나 잘못을 용서받고 싶은데, 그렇게 될는지 가슴이 아프오."

백상은 노인장의 말을 듣는 순간 경주에서 만났던, 사선대의 간판을 머리에 이고 다니는 그녀의 모습이 눈앞에 다가왔다. 어쩌면 그녀의 사연과 그렇게도 같을 수 있는가? 혹시 그녀가 친딸은 아닐까? 확인해 보고 싶은 충동이 일었다.

"혈육의 정은 언젠가는 만난다고 하였습니다."

백상은 노인장을 위로하였다. 그녀가 친딸일 수 있겠다는 마음이 들면서도 무언가 조심스러웠다. 만에 하나 친자가 아니라면 두 사람에게 안겨질 허탈감과 상실감을 어떻게 감당하랴. 백상은 자신의 감정을 억눌렀다.

"세월과 함께 일말의 희망이 점차 사라져 가오. 생각해 보시오. 육이오전쟁 때 얼마나 많은 이산가족들이 생겨났소. 삼팔선이 가로막히고, 생사를 알 수 없어 가슴앓이로 사는 사람들이 우리 주위에 수두룩하지 않소."

"그런 속에서 희망을 잃지 말아야죠."

백상은 자신도 모르게 한숨을 죽였다. 행방불명의 아버지. 그 상처로 움은 세월이 흐를수록 치유되기는커녕 오히려 더욱 덧나 진물로 흐른다.

"내 신세 한탄으로 괜스레 그 쪽 마음을 울적하게 하였는지 모르겠소."

"아닙니다. 세상사람 치고 생의 회한과 굴절이 없는 사람이 있겠습니까."

백상은 자리에서 일어나 눈밭으로 나갔다. 이놈의 눈은 언제 녹아내리려나. 깜박 시간이 정지된 듯 세월을 잊고 지냈는데, 손을 꼽아 날을 세어보니 여기에 갇혀 지낸지도 꽤나 여러 날 되었다. 아이들이 눈썰매를 들고 상기된 얼굴로 들어왔다.

"저 아래 계곡에서 얼음을 지쳤어요."

"이제 공부를 해야겠지?"

백상은 아이들을 불러 모아 방학숙제를 돌보았다. 부엌에서는 부인이 조용조용 제사 음식을 장만하는 소리가 들렸다. 백상은 머리를 식히기 위해 아이들이 이끄는 대로 계곡으로 내려갔다. 계곡물은 꽁꽁 얼어붙어 있었다.

"보세요. 얼음장 밑에 고기가 살죠? 이놈들은 추위를 몰라요. 얼음이 녹으면 말이지유. 도시사람들이 저 고기들하며, 바윗돌 밑에서 동면을 하고 있는 개구리하며, 심지어는 땅속에 숨어 잠들어 있는 뱀까지 잡아 먹어요. 몸보신에 좋다나요. 야만인들이 따로 없시유."

둘째 녀석은 신나게 떠들어댔다.

"저 길은 무슨 길이지?"

백상은 계곡을 끼고 나있는 길을 가리켰다.

"저 길은요. 산판할 때 나무를 실어 나르는 길인데, 옛날에는 저 길로 한양을 오고 갔대요."

"서울로 통하는 길이구나."

백상은 서울까지 열려 있다는 말에 잠시 파발마의 말발굽 소리를 환청으로 들었다. 그와 함께 서울 소식이 궁금하였다. 저 옛날 유배지에 갇혀 지내는 답답한 마음을 헤아릴 것 같았다.

"산판에 가 볼래요?"

백상은 큰애의 제안에 계곡 빙판 길을 거슬러 올라갔다. 미끄러워 몇 번 넘어질 뻔하였다. 눈 덮인 산판 주위에는 산역꾼들이 기거하였던 비닐집들이 눈의 무게를 이기지 못하여 찢겨져 나갔고, 매서운 찬바람이 불어칠 때마다 찢겨진 비닐 조각들이 깃발처럼 펄럭거렸다. 비닐집은 온돌까지 놓아 아궁이에 불을 지피면 금방이라도 구들목이 절절 끓을 듯싶었다. 비닐집 안은 라면봉지, 신문지 조각, 양초 동강이, 화투장, 땀 배인 담요, 술병, 담배갑, 신발짝들이 널려 있었다.

"너희들 소꿉놀이 방으로는 제격이겠다."

"재미없어요. 담배 냄새도 고약하고. 몇 년 전에는 간첩이 숨어들어 가슴을 떨었어요. 눈이 녹으면 한 차례 수색작전이 펼쳐질 거예요."

"토끼를 잡을 때는 재미있시유. 눈이 쌓이면 토끼랄 놈이 아궁이에 숨어 들어요. 아궁이에 불을 지피면 토끼가 뛰쳐나와요. 오늘도 토끼랄 놈이 숨어 있을지 모르니까 불을 피워 볼까요?"

둘째 녀석은 장난스럽게 눈을 빛냈다.

"토끼가 가엾잖아."

"그렇긴 해요."

"너희들은 이곳이 좋으냐?"

"좋지유. 저는 어디를 가더라도 이곳을 잊지 않을 거예요. 제가 태어 난 고향인 걸요."

"그래야지."

백상은 큰애의 어깨를 정겹게 두드렸다. 보기보다 생각하는 게 순수 하고 믿음직스러웠다. 백상은 비닐집을 나와 계곡을 더 오르려다 그만 두었다. 오르기가 힘들었다. 계곡 주위에는 화전으로 일군 밭들이 손바닥 만 하게 엎드려 있었고, 버려진 옥수수대가 겨울바람에 바래져 있었다.

겨울의 짧은 해가 산그늘로 묻혀들고, 백상은 아이들과 아궁이 앞에 서 얼어터진 감을 먹으며 군불을 지폈다. 바람이 들이칠 때마다 아궁이 불은 혀를 날름거렸다. 큰애가 감자를 가져와 아궁이에 묻었다.

"오늘은 제삿날인데 군것질이야?"

"임마, 오늘 제사는 먹을 게 별로 없어."

큰애는 둘째 녀석에게 알밤을 먹이듯 말하였다. 저녁을 들려는데 말쑥하게 옷을 차려입은 노인장이 보자기를 싸들고 나섰다. 제삿날이지 않는가? 백상은 의아한 얼굴로 바라보았다. 부인은 말없이 노인장을 보냈다. 밤이 으슥해서야 노인장이 돌아왔다. 백상더러 술 한 잔 나누자고 불렀다. 백상이 마주앉자 노인장은 무겁게 입을 열었다.

"오늘 제사는 나 혼자 무덤을 찾아가 지낸다오. 너무나 죄를 지은 것 같아 용서를 바라는 마음으로 이야기도 나누고요."

"그러셨군요. 이야기는 잘 나누셨습니까?"

백상은 순간 한옥서의 약혼녀를 떠올렸다. 그녀는 매일같이 한옥서의 무덤을 찾아가 못 다한 사랑을 나누었다.

"웬걸요. 세월과 함께 무덤의 높이가 낮아지듯 짧았던 순간의 정분 또한 삭아지고 증발되는가 보오."

"바람소리도 세월과 함께 무디어 가지 않던가요?"

백상은 가정을 꾸렸다는 한옥서의 약혼녀를 다시금 떠올렸다. 그녀는 지금도 한옥서를 가슴에 품고 있을까? 애잔한 그리움보다 체념어린 상처의 잔해로 남아있지 않을까? 그리고 지금에 이르러 어머니는 아버지를 어떠한 마음으로 기다리고 그리워할까? 상사로 문드러진 그 마음이 세월과 함께 어떤 색상으로 바래져 있을까.

"내 죽어 그 곁에 묻히면 무슨 말부터 해야 할지, 오늘은 그 말이 영 떠오르지 않는구려."

노인장은 거푸 술잔을 비웠다. 마음이 무겁고 슬픈 자, 고단하고 가난한 자, 한잔 술로 씻어야 하리니. 백상도 덩달아 노인장과 주거니 받거니 마시다 보니 몸을 가눌 수 없을 정도로 크게 취하였다. 이 꼴을 학재가 보았더라면 어떤 얼굴이었을까?

한 차례 눈보라를 동반한 혹독한 추위가 몰아친 뒤 처마 끝에 매달린 고드름이 녹아내리기 시작하였다. 그와 함께 꽁꽁 얼었던 계곡물 소리가 밤의 정적을 일깨웠다.

"허어, 저 녀석이 고뿔에 걸린 것을 보니 봄이 돌아오려나 보오."

노인장은 둘째 녀석이 콧물을 매달자 약초를 달이며 너털 웃었다. 백상은 아이들을 데리고 주위의 산과 계곡을 쏘다녔다. 둘째 녀석은 콧물을 매단 채 좋아라고 뒤따랐다. 눈이 녹아내린 억새풀 사이에서 추위에 얼어 죽은 산토끼를 발견하였고, 놀라 재빠르게 달아나는 족제비를 쫓기도 하였다. 조금 지나자 아이들이 말한 대로 동면한 개구리며, 뱀들을 잡기 위해 땅꾼들이 계곡 주위를 어정거렸다. 그들은 언 바위를 함마로 두들기고 지렛대를 이용하여 넘어뜨린 다음 그 속에서 죽은 듯 잠들어 있는 개구리며, 뱀들을 잡았다. 그들이 잡은 전리품은 산역꾼들이 사용하다 버리고 간 비닐집에서 기다리고 있는 자들에게 값을 치르고 바쳐졌다. 개구리며, 뱀들을 보식하는 부류들은 다양하였다. 폐병환자, 허약자, 정력보강을 위한 배불뚝이, 심지어는 여자까지 옆에 끼고 온 사내들도 있었다.

"저렇게 마구잡이로 잡아도 되는 거예요?"

큰애는 그들 부류들을 바라보며 못마땅해 하였다.

"생태학적으로 자연을 파괴하는 행위지."

백상은 그들의 무지와 탐욕이 역겨웠다. 그렇다고 아이들과 피켓을 들고 시위를 할 수도 없는 일이었다. 고작 자연을 살리고 자연의 생태계를 보호하자는 종이쪽을 둘째 녀석의 글씨를 빌어 계곡 주위에 붙여 놓는 정도였다. 그러한 가운데 떠날 준비를 하였다. 그 동안 정이 들었는지 매정하게 돌아 설 수가 없었다. 그렇게 미적거리고 있는데 큰애의 말처럼 한 차례 수색정찰대원들로 하여 보다 빨리 떠나게 하였다.

"겨울 동안 눈에 갇혀 지냈단 말이지요? 그런데 왜 신고를 하지 않았어요. 당신네들의 의무지 않소."

수색대장은 백상을 발견하자 노인장에게 다그치듯 따지고 들었다.

"잘못 됐소만, 알다시피 눈이 워낙 많이 내려 꼼짝달싹 할 수 없었지요."

"그걸 말이라고 하는 게요? 미안하지만 함께 가 주셔야겠습니다."

수색대장은 큰 건수나 올렸다는 듯 백상을 앞세웠다. 백상은 매달리는 아이들과 노인장과 부인에게 변변히 작별인사도 못하고 산을 내려왔다.

"다시 올거지유?"

"그래, 다시 찾아올게."

백상은 아이들의 머리를 쓰다듬었다. 생명의 은인들을 어찌 잊으랴. 이 만큼 따라 나오는 그들에게 손을 흔들었다. 관할 담당자에게 백상은 인적사항과 그간의 경위를 소상하게 진술하고 풀려났다. 그러나 그날의 진술서가 가는 곳마다 뒤따라 다닐 줄은 생각지도 못하였다.

백상은 다시 화전민을 찾아갈까 하다가 방향을 상원사로 정하였다. 상원사에 들어선 백상은 원주 스님을 찾았다.

"여산 스님요? 얼마 전에 초췌한 모습으로 왔더랬어요. 꼼짝없이 눈 속에 갇혀 산토끼랄 놈과 지내다 왔다면서요. 건강도 나빠지고 잠시 요양을 하겠다면서 남해로 간다고 하셨어요."

"제가 한 발 늦었군요."

백상은 속으로 무릎을 쳤다. 눈 속에 갇혀 지냈다면 백상이 머물고 있었던 화전부락과는 지척지간이었을지도 몰랐다.

"운수납자는 원래 뜬구름 같아서요."

"남해 어느 절에 간다고 하였습니까?"

"그것까지는 말하지 않았어요. 남해야 보리암, 용문사 정도 아니겠어요?"

백상은 원주실을 나와 처사가 거처하는 후원을 찾았다. 처사는 도끼를 휘두르며 장작을 패고 있었다.

"아니, 이게 누구시오? 어디서 오는 게요."

처사는 도끼를 내려놓으며 반겼다.

"여기서 나서는 길로 눈보라 속을 헤매다 방향 감각을 잃고 의식을 잃었어요. 천만다행으로 화전민 노인께서 구해 주셨습니다. 그곳에서 갇혀 지내다 옵니다."

"내가 무어라 했소. 눈 속을 함부로 나서는 게 아니라고."

"건강하십시오. 또 뵙겠습니다."

"가시게요? 다시는 그런 무모한 발걸음을 떼놓지 마시오. 인생이 별거요. 자칫 길을 잘못 들어서면 지옥과 천국으로 갈라져요."

처사는 다시금 손바닥에 침을 뱉고 나서 도끼를 휘둘렀다. 백상은 발길을 돌려 강릉으로 나왔다. 봄기운이 소리없이 옷깃에 스며든다고는 하나, 아직도 경포대 바람은 차가웠다. 모래사장을 아우르는 날선 파도는 북극의 바다에서 뒤채는 고래 떼만 같았다. 비릿한 바다내음. 겨우내 눈 속에 갇혀 지내며 마셨던 산기운과는 너무도 달라 그간의 격세지감을 느끼게 하였다. 백상은 한가롭게 백사장을 한 바퀴 돌아보며 파도와 술래를 하였다. 그리고 유리관 속에서 꼬리를 치며 유영하고 있는 고기들을 구경하였다. 횟집마다 유리관 속에서 생사의 기로에 놓여있는 물고기들. 그들은 죽음을 모른다. 사형수처럼 죽음을 기다리지도 않는다.

"자, 잠깐만요!"

백상은 누군가 다급하게 부르는 소리에 멈칫 걸음을 멈추었다. 뒤돌아보니 신장개업을 한 찻집을 몇 발작 지나치고 있었다.

"저, 모르시겠어요?"

"아, 네. 반갑군요."

백상은 떠듬하게 그녀를 알아보았다. 경주 남산요 아래서 찻집을 하던 그녀였다. 사선대 간판을 그대로 옮겨 놓았다. 강릉 바닷가에서 네 사람의 신선이 차를 즐겼다는 사선대.

"경주에서 떠나올 때 친구 분께 주소를 드렸는데 모르셨어요?"

"메모지를 받았습니다만, 잊었습니다."

"솔직하세요. 들어가시죠. 저는 꼭 한번 찾아오실 거라고 기다렸어요."

그녀는 막무가내 백상을 찻집으로 안내하였다. 수수한 한옥 같은 실내장식에서 그녀의 마음을 읽을 수 있었다.

"새로 개업한 찻집치고는 소담합니다."

"몇 번 망설이다가 마지막으로 시작하였어요. 이제 이런 장사는 그만하고 우리네 얼이 깃들어 있는 민속공예품 점을 열까 해요. 조용히 인생을 성찰하면서요."

"각자 나름대로의 인생행로가 있지 않겠어요."

백상은 여전히 무덤덤한 얼굴로 주위를 돌아보았다. 그녀가 일방적으로 백상에게 자신의 과거지사와 현재의 심정을 고백하고, 갑자기 경주 찻집을 정리하고 주소를 남긴 채 강릉을 온 데에 아직도 이해할 수 없는 의문부호가 머리속을 맴돌았다.

"어디를 다녀오세요?"

그녀는 백상이 무슨 생각에 젖어 있든 간에 반가움으로 뛰놀며 정성스레 차를 다루었다.

"한 겨울 눈 속에 갇혀 지내다 옵니다."

"어머나, 이 근처에서요?"

"그런 셈이지요. 화전을 일구고 사는 심마니에게 은혜를 입었습니다."

"방금 뭐라고 하셨죠? 화전민이라고요?"

그녀는 차를 다루다 말고 깜짝 놀란 얼굴로 다그쳐 물었다. 순간 백상은 심마니 노인장의 얼굴을 떠올리며 그의 과거를 붙들었다.

"어쩌면 마지막 화전민인지도 모르죠."

"제가 아는 한 화전민은 없어요."

그녀는 강하게 도리질하였다.

"산을 떠나서는 살 수 없는 사람들이 있지요. 그것도 욕심 없이 은자의 마음으로요. 하긴, 그들도 곧 해동이 되면 산 아래로 내려와야 할 처지라 하더군요."

"혹시 성함은 아세요? 아니에요. 지금 당장 저하고 그곳에 갈 수 없어요?"

그녀는 조급하게 간청하였다.

"얼굴도 이름도 모르는 친부모를 찾기 위해서요? 저도 댁의 이야기를 들은 터라 그러한 기대감과 망상을 잠시 떠올렸어요. 허나, 그 다음에 올 실망감을 생각해 보셨어요?"

"절망해도 좋아요."

"우리 좀 더 침착해 집시다. 저는 그렇게 생각했어요. 마음 안에 기다림과 그리움이 고여 있어야 한다구요. 그래야 삶의 존재가치가 살아 있어요. 부풀은 풍선이 터지듯 한 순간 그리움과 희망을 잃게 되면 그 다음에 올 허무로움을 어떻게 감당하겠어요?"

백상은 자신을 돌아보았다. 아버지의 실체를 찾아 헤매다 정작 그 실체를 상실해 버린다면 그 절망감을 어떻게 감당할 것인가, 가슴이 답답해옴을 느꼈다.

"좋아요. 지금 당장은 아니더라도 여유를 두고 제 나름대로 알아보고 찾아 볼 테니까 그곳이 어딘지 일러만 주세요."

"그럽시다. 이제 차보다 술 한 잔 듭시다. 생선회도 오랜만에 맛보구요."

"술이나 제대로 드실 줄 알아요?"

그녀는 경주에서의 백상의 모습을 떠올리며 웃음을 깨물었다.

"눈 속에 갇혀 지내는 동안 옥수수 술로 마음을 달래며 신선의 경지를 노닐었어요. 풍류와 낭만을 아는 방랑자. 이제부터 그게 제 모습입니다."

"재미있어라. 저도 함께 동행 할까요?"

"영락없는 집시가 되게요?"

백상은 경포대 앞 바다를 한잔 술로 들이키고 싶었다. 그녀는 바로 이웃한 횟집에 술과 생선회를 주문하였다. 곧바로 술과 안주가 배달되었다.

"무엇 때문에 방랑을 하세요?"

그녀는 술잔을 쳐올렸다.

"잃은 자의 마음을 알기 때문입니다."

"그럼, 찾는 자에 해당되는군요."

그녀는 취기 어린 백상의 말을 속으로 곱씹었다. 누구나 아픈 상처를 지니고 있음에랴.

"세상의 분류법을 아세요? 좌와 우라는 일방적인 가늠자는 오늘까지도 유산처럼 물려주고 물려받으며 하나로 아우르지 못하고 있어요. 나는 이쪽을 넘어서는 안 된다, 너는 저쪽을 기웃거리지도 말라. 이게 말이나 돼요? 그러한 분류법에 의해 많은 사람들이 처참하게 일그러졌고, 희생을 당하고 있어요. 따라서 발길마다 회의와 고통이 뒤따르고요."

"파도가 뒤채는 본질을 사람들은 잘 모르지요."

"가만, 내가 왜 감정의 풍랑에 휩싸인지 모르겠군요."

"어제까지는 눈 속에 묻혀 지내며 은자의 마음이 되었고, 오늘은 풍류남아가 되셨으니까요."

"딱 들어맞는 말이오. 모래사장을 때리는 파도소리는 거문고 산조요, 그대는 아리따운 임이로다."

백상은 누군가를 흉내 내고 있다고 속으로 껄껄 웃었다. 사람은 시시때때로 변화를 모색한다지만 이렇게 호탕한 기분으로 술을 마실 줄이야. 백상은 이성을 잃지 않으려고 마음을 다스렸다. 당당히 술과 맞서 싸워 이기고 싶었다. 유혹을 당하는 것보다 맞서 이기는 것이 장부답지 않겠는가.

"제가 임이라면 그 품에 안겨야 하지 않을까요?"

"오라, 이제부터 본격적으로 유혹을 하시겠다? 바다는 어떤 색상이시오?"

"그야, 파란 하늘색이죠."

"아니에요. 하늘도, 바다도 하얀 색상이오."

"우리의 관념적인 눈들은 오류를 범하고 있다는 말이죠?"

"난, 지금까지 해를 하얀색으로 그렸어요. 그런데 하나같이 해를 하얗게 그리는 녀석이 어디 있느냐고 핀잔을 주었어요. 왜, 그들은 해가 빨갛고, 나는 하얗게 그릴 수밖에 없었을까요?"

"제가 괜히 슬퍼지는군요. 저는 어떤 색상으로 그려주고 싶으세요?"

"바다처럼 채색해 드릴까요?"

"그럼, 하늘을 온전히 품 안겠어요."

"하늘의 거울인 바다여, 그대는 태양을 품 안으며, 어쩌고저쩌고, 감미로운 시라도 읊조려 드릴까요?"

백상은 떠들먹하게 웃음을 내쏟았다. 그리고 자신도 모르게 흠칫 놀랐다. 예기치 않은 호탕함. 그저 침묵 속에 자신을 가두어 오지 않았던가.

"술을 드시니 점점 멋있어요. 전혀 딴 사람을 대하는 것 같아요."

"오늘 이 자리만은 그럽시다. 너무나 뜻밖에 엉뚱하다 싶게 만난 자리가 아닌가요?"

"한 겨울 정말 외로움을 곱씹었는가 봐요."

"앞으로도 외로움은 영원한 벗이겠지요."

백상은 자리에서 벌떡 일어났다. 다리가 휘청거렸다. 몸을 가누고서 뚜벅뚜벅 모래사장으로 나갔다. 발밑에서 모래가 비명을 지르고 날 선 파도가 발등을 할퀴었다. 북을 치고, 장고 치고, 파도가 무릎을 치고, 엉덩이를 내리치고, 배꼽을 애무하였다. 그녀가 놀라 쫓아 내려왔다. 백상은 한 무더기 파도에 곤두박이치며 모래사장에 엉덩방아를 찧었다. 형편없는 객기요, 도전이었다. 한 인간은 이렇게 나약하다. 백상은 발목을 때리는 파도에 몸을 내맡긴 채 허접스럽게 웃었다. 그녀가 백상을 일으켜 세웠다. 어쩌자고 백수건달에 지나지 않는 나약한 존재를 알뜰히 챙겨 주려하는가? 백상은 비에 젖은 장닭 꼴로 그녀의 부축을 받으며 모래사장을 가로질렀다. 발을 내딛을 때마다 모래사장이 산 높이의 파도가 되어 자맥질을 하였다. 두 팔을 허우적거리다 끝내는 표류되어 정신을 잃었다.

백상은 바다 깊이에서 허우적거리며 누군가를 휘어잡았다. 구조를 바라는 강렬한 힘으로 휘어잡을수록 깃발처럼 펄럭이는 하얀 옷자락이 백상을 감싸 안았다. 고추잠자리가 바람에 흔들리는 나뭇가지에 내려앉기 위해 날개를 접듯, 백상은 하얀 옷자락에 육신을 내맡겼다. 구조의 숨결이 고래의 숨소리처럼 들렸다. 백상은 깜짝 놀라 눈을 떴다. 누군가 망치로 뒷골을 때리듯 하였다. 이불을 걷어차고 일어나 주위를 살폈다. 파도소리가 귓청을 때렸다.

"정신이 좀 드세요?"

그녀는 창가에 서 있었다. 우수에 젖은 듯한 목소리와는 달리 꿈속에서 보았던 하얀 잠옷 바람이었다. 백상은 상황을 몰라 잠시 어리둥절하였다.

"술은 마실 때와는 달리 깨고 나면 언짢군요."

"즐거움으로 출렁거린 다음에는 한 점 허무가 뒤따르고 진정한 내가 보이는 법이죠. 꿀차 한잔 드시고, 바닷가에 나가죠."

그녀는 바닷물에 젖은 옷 대신 새 옷 한 벌을 내주었다. 새삼 지난밤의 폭주가 생각나며 계면쩍었다. 옷을 갈아입고 그녀와 모래사장을 거닐었다. 차가운 새벽바람이 가슴을 시원하게 열어 주었다.

"떠나실 거죠?"

"내게 머물 곳이 있을까 모르겠어요."

"언제라도 저에게 오세요."

"희망의 등대불인가요?"

"등대불도 지나가는 배가 없으면 외로운 존재에 불과해요."

"항구를 찾아가는 배는 얼마든지 있을 것이오."

"저는 어느 한 사람만을 위해 기다리는 마음으로 등댓불을 밝히겠어요."

그녀는 가만히 백상의 어깨에 머리를 기대며 손을 잡았다.

"나는 어느 누구도 사랑할 수 없어요."

"알아요. 어디로 갈 거죠?"

"경주부터 가볼까 해요."

"가는 길에 안동 하회탈을 보고 가지 않을래요?"

"하회탈은 왜요?"

"제 모습을 보려구요."

"거울에 비친 모습은 어때서요?"

"제가 제 얼굴을 비춰 보는 것보다 인간의 탈바가지에서 제 자신을 보려구요."

"좋기는 한데, 다음으로 미루어야 할까 봅니다."

백상은 그녀와 더 가까이 시간을 나누어 갖게 되면 중심을 잃을 듯 싶었다. 백사장을 돌아 나와 떠날 준비를 하였다.

"이 옷은 기념으로 간직할게요."

그녀는 바닷물에 젖은 옷을 가리켰다. 백상은 잠시 쓰거움을 베어 물었다. 그녀가 차려주는 아침을 들고 배낭을 짊어졌다.

"기다릴게요. 언제라도 저의 집을 찾으세요. 저는 그동안 겨우내 지냈다는 화전민을 찾아보겠어요. 그렇게 마음이 가는군요."

그녀의 눈빛 속에는 아쉬움이 배어났다. 다시금 그녀의 집 주소를 배낭 속에 넣어 주었다.

"누구를 기다린다는 것은 죄악이라 하였어요. 저의 어머님을 보더라도 기다림 그 자체는 고통이오."

백상은 그녀를 뒤로하고 경주로 내려왔다. 되도록 빨리 그녀를 잊기로 하였다. 그녀가 전국을 순례하듯 떠돌며 한 남자를 찾아 헤맨 결과물은 아닐 터였다. 나는 결코 그녀의 영원한 반려자로서의 대상이 아니다. 그녀는 그 점을 잘 알 것이다. 경주에 도착한 백상은 남산요에 들어섰다. 봄기운이 완연하였다.

"이 친구, 어디서 오는 거야?"

윤사암은 죽었다 살아온 친구를 대하듯 깜짝 반겼다.

"사정이 그렇게 됐어."

백상은 그간의 일을 간략하게 말하였다.

"그런 걸 모르고 우리는 마음 졸이고 소식 몰라 하였네. 소리 소문 없이 변을 당한 줄 알았지. 박 시인은 조시까지 써 두었어."

"미안하네. 서울 소식은 어떤가?"

"김정허 선배님은 풀려났어. 가택연금이나 다름없지만. 겨우 성당에 가는 정도니까."

"찾아뵈어야겠군. 그 동안 토우들을 많이 빚었군."

"올 봄에 전시를 하기로 하였거든. 모임이라든가, 집회를 허락하지 않는지라 이런 구실로 모임을 대신하자는 거야."

"좋은 발상이야. 서울 안 올라 갈 거야?"

"그렇지 않아도 팸플릿이야. 안내장 때문에 가봐야겠어. 학원 하는 선배가 연락책 겸 책임을 맡았는데 혼자는 벅찰 거야."

윤사암은 백상과 동행하기로 하였다. 하룻밤 토우를 빚으며 백상이 겨울을 났던 이야기를 흥미있게 들었다.

"전설의 눈 나라에서 시적 낭만을 즐긴 줄은 모르고 무던히 애간장을 태웠네."

"눈 속에서 많은 걸 깨달았지."

"극한 상황에서 자신을 돌아보았겠지."

"아, 참. 여기서 사선대 간판을 머리에 이고 간 여자 만나 보았어요?"

남대궁이 궁금한 얼굴로 물었다.

"기억 하나 좋습니다."

백상은 비껴가고 싶었다. 그녀는 심마니 화전민 노인장을 찾을 것인가? 그래서 꿈에도 그리던 친아버지를 확인할 수 있을까?

"살아 나온 것을 한잔 술로 기념하자구."

윤사암은 하던 일을 마치고 손을 씻었다. 다음 날, 백상과 윤사암은 서울로 올라갔다. 김정허는 독서로 소일하고 있었다. 윤사암 말처럼 성당에 나가는 일이 유일한 바깥바람이자 자유 영역이었다.

"자네는 어디에 잠적해 있다 나온 거야? 며칠 전 자네에 대해 자세히 물어온 사람이 있었어."

"그럴 리가 있습니까. 눈 속에 갇혀 지내다 왔는데요."

백상은 혹시 명상이 다녀가지 않았는가 추측하였다.

"아니야. 뭔가 예감이 좋지 않아. 조심할 필요가 있어. 그렇지 않아도 없는 사실도 있는 것처럼 부풀려 옭아매려는 살벌한 시절이 아닌가."

김정허는 백상을 아끼는 만큼 염려가 들었다.

"전시회는 제대로 진행 되어갑니까?"

윤사암은 궁금함을 내비쳤다.

"그게 엉뚱한 트집으로 차질이 생기겠어. 전시장 입구에 붙일 광고물이 자기들 마음에 들지 않는다는 거야. 빤하지, 뭐. 전시회를 열면 그만그만한 사람들이 모일 것이고, 집회 아닌 집회 장소가 될 것 아니겠어? 그걸 눈치 못 챌 그들은 아니겠고……."

김정허는 빈 담뱃갑을 구겨 쥐었다.

"더러운 작자들."

윤사암은 분개하였다. 또 한 번 허탈감을 맛보았다.

"그렇다고 크게 실망할 것 없어. 우리에게는 인내가 자산이고 시간이 해결해 줄 거야."

"앞으로 어쩌죠?"

"서로 긴밀한 연락을 해야겠지. 윤사암은 토우를 빚는 게 좋겠고, 백상은 어디를 가더라도 연락을 취하도록. 아니면 학원 하는 친구 집에 있든지."

"남의 신세지기는 싫습니다. 세상을 떠돌아다니면서 인심이나 읽으면서 뜻 맞는 사람들을 만나 보겠습니다."

"바라는 바야. 역마살이 따로 없을 테고. 하여간, 행동에 조심하게. 건수 하나 물었다 하면 물귀신 작전을 쓰는 게 저들의 생리이자 수법이니까."

김정허는 오랜만에 마음 든든한 후배들을 만나서인지 소주잔을 권하는 대로 들었다.

3

대문을 들어선 백상을 낯선 여인이 수줍게 머리를 숙이며 맞아들였다. 백상은 잠시 당황하였다. 직감적으로 집안에 변화가 왔다는 것을 알았다. 이천네 어멈이 보이지 않고 그 대신 젊은 새색시라?

"안으로 드시지요."

대청마루 앞에 엉거주춤 서있는 백상에게 수줍은 목소리로 말하였다.

"어머님은 어디 가셨나 보죠?"

"방죽재 너머 밭에 나가셨구만요."

"잠깐 큰집에 다녀오겠습니다."

백상은 분위기가 그저 어색하기만 하여 배낭을 내려놓고서 마을 고샅길을 올랐다. 종가에 들어서자 도암네가 이제 방금 들에서 돌아온 듯 머리 수건으로 옷자락을 털고 있었다.

"아이고, 내 새끼 왔네! 어디 있다 소식 한 장 없이 온다냐?"

도암네는 깜짝 반겼다. 학재가 없는 종가는 어딘지 모르게 스산한 기운이 돌았다. 어린 조카들은 백상을 낯설어 하였으며, 예분례는 보이지 않았다.

"형수님은요?"

백상은 조금은 염려스러운 눈빛으로 물었다.

"바다에 나갔다. 늦게 배운 도둑질 날 센 줄 모른다고, 낙지 잡는 솜씨가 학수네 이상이다. 어여, 들어가자."

도암네는 여전히 예분례를 마음에 들어 하지 않았다. 백상은 큰방에 들었다. 대감할머니의 넋이 깃들어 있는 방 아랫목에는 놋쇠화로 놓은 자국이 아직도 선명하였다. 지난 겨울에도 어김없이 놋쇠화로가 방안을 차지하였을 것이다.

"집에 변화가 온 것 같던데요."

백상은 도암네에게 큰절을 올리고 나서 궁금함을 여쭈었다.

"명상이 결혼한 것 모르지야?"

"잘 하셨습니다."

"니가 당연히 장가를 가야 하는디, 소식이 닿아야 말이제. 차례가 뒤바뀌었다만 어쩌것냐. 하나라도 짝을 지어주어야만 느그 어무니가 안심하제."

"저는 그러길 바랬습니다."

"말이 안 되는 소리 그만하거라. 도대체 어디서 무얼 하다 온 거냐? 니 어미 애간장 녹는 꼴을 못 보것다."

도암네의 음성 속에는 노여움이 젖어 있었다. 예전에 볼 수 없었던 모습이었다.

"입이 열 개라도 할 말이 없습니다."

백상은 그저 송구스러웠다. 바람이 전해주는 백상에 대한 파편들은 어머니의 마음을 조마조마하게 하였을 것이다.

"니가 어느 배를 타고 성난 파도를 헤쳐 넘는지는 모르겠다만, 어미들 마음을 조금이라도 헤아려야 할 것 아니냐. 적어도 어디 있는 줄은 알아사 쓸 것 아니냐, 그래."

"단단히 매를 각오하고 왔습니다."

"남 말하듯 임시변통 식으로 하지 말거라. 니 큰형이 없는 집안에 너마저 구름처럼 떠돌아 댕기면 어쩔 것이냐. 어쨌거나, 작은집 석재하고 니가 이 집안 기둥 몫을 해야제."

"세월이 가면 아실 것입니다."

"시상은 털끝맨치도 변함이 없다. 느그 아부지네들도 곧잘 기다리면 좋은 시상 올 거라고 하였다만 뭐가 달라진 게 있느냐. 요즘은 가만히 혼자 잠 못 이루고 지난날을 생각하면 가슴이 미어진다. 우리가 무얼 바라보고 그 험난한 시상을 한숨짓고 살았것냐. 느그들 앞날을 보자고 입술 깨물고 징상스런 세월을 이겨 나왔다."

"저희들이 왜, 모르겠습니까?"

"안다는 놈이 그래야? 내 성질에 오죽했으면 너를 앉혀 놓고 넋두리를 하것냐. 제발 덕분에 느그 어무니 속 좀 그만 긁게 해라."

백상은 할 말이 없었다. 한 조각구름처럼 떠돌아다닐지라도 안부 편지 정도는 했어야 했다. 집안에 어떤 일이 일어났는지, 밥이 끓는지, 죽이 끓는지, 알 바 없었으니 노여움을 백 번 사도 변명의 여지가 없을 터였다.

"명상은 어느 집에 장가를 들었습니까?"

"명상이 좋아하는 처녀가 한 둘이었냐만 느그 어무니 또한 며느릿감 보는 눈이 보통이냐. 한마디로 조용하고 참하니라. 바짓가랑이에 바람이는 명상과는 대조적이어서 가정을 여일하게 꾸려나갈 것이다. 벌써부터 마을 칭송이 자자하다."

"어머님 복이지요."

"왜, 아니냐. 며느리 복이라도 있어야제."

도암네의 말은 예분례를 빗대어 하는 것 같았다. 예분례 또한 며느리로서 크게 잘못한 행동은 보이지 않는데, 아직도 시집 올 때의 마음 충격을 간직하고 있는 듯하였다.

"형님 돌아가신 줄도 모르고 하여간 면목 없습니다."

"느그 성 죽은 줄은 어떻게 알았냐?"

도암네는 다시금 미움이 돋았다. 그래도 죽는 순간 백상을 찾지 않더냐.

"명상의 편지를 뒤늦게 전해 받고 알았습니다. 그때는 정말 아득한 기분이었습니다."

백상은 한해가 지날 무렵에야 명상의 편지를 전해 받고서 학재의 죽음을 알았다. 그리고 오늘에 이르기까지 마음 한구석에 접고 지냈다.

"느그 성이 니를 보고 싶다고 아쉬움을 남겼다."

"그 말을 들었습니다."

"술독에 빠져 지내던 놈이 어째서 너를 보고 싶다고 했것냐? 니는 잘 알 것이다. 나는 그 말을 듣는 순간 한 맺히고 피 맺힌 절규만 같았다."

도암네는 기어코 눈물을 보였다. 내 새끼들아! 왜, 그러느냐? 한 놈은 애비들의 멍에를 짊어지고 허구헌 날 술독에 빠져 지내다 죽고, 또 한 녀석은 배낭 하나 달랑 등짝에 걸머매고서 김삿갓 모양 구름 나그네처럼 떠돌아다니고. 저 꼴이 뭐냐. 이발은 언제 했으며, 옷은 제대로 빨아 입기나 했냐? 도암네는 걷잡을 수 없는 서러움이 북받쳐 올라 눈물을 거둘 수 없었다.

"이만 가보겠습니다."

백상은 몸 둘 바를 몰라 더 앉아 있기가 면구스러웠다.

"그래라. 어무니한테 큰 야단을 맞았을 것인디 나까지 눈물을 보였다."

"어머님은 아직 뵙지 못했습니다."

"회초리보다 더 매서운 말을 들을 것이다. 나중에 느그 형수 갯바구니 들고 오면 낙지라도 보낼 테니 그리 알거라."

백상은 도암네의 말을 뒤로하고 무덤재를 차올랐다. 차례로 선산을 둘러보았다. 대감할머니가 누워있는 발치 아래 새로이 두 봉분이 덩실하니 바다를 내려다보고 있었고, 조금 떨어져 봉분 하나가 외롭게 대섬목을 향하고 있었다. 말하지 않아도 두 봉분은 한옥서와 한태서였고, 봉분 하나는 학재였다. 백상은 학재의 봉분 앞에 앉아 뜻 없는 생각에 잠겼다. 죽은 자는 말이 없다더니 내 온 줄을 모르는구나. 보고 싶다던 동생이 왔는데도 땅 속에 누워 영겁의 침묵에 잠겨 있으니⋯⋯.

"너, 백상이 아니냐?"

등 뒤에서 침묵을 깨뜨렸다. 돌아보니 재문이었다. 염소 고삐를 쥐고 있었다. 백상은 엉거주춤 일어났다.

"한가하십니다."

"니, 얼굴을 영 못 볼 줄 알았다."

재문은 백상 곁에 앉았다. 백상은 학재의 혼백에게 올리고 남은 술을 말없이 재문에게 처올렸다.

"학재 형님이 안 계시니 허전하지요?"

"오늘같이 그립고 부아가 치밀 때면 찾아온다. 우리의 우정이 나룻배 손님이었냐? 해가 거듭할수록 생각킨다."

재문은 목이 말랐다는 듯 단숨에 술잔을 비웠다.

"저도 한잔 주세요."

"니가 술을?"

재문은 놀라는 표정이었다. 샌님으로 알고 있었는데, 무슨 변화인가.

"저도 풍류를 즐길 만큼 술맛의 깊이를 압니다."

"세월이 변하면 사물이 조화를 가져온다더니, 땅 속에 누워있는 학재가 무슨 말을 할까?"

"한잔 술이 더없이 좋을 때가 있더군요. 피로한 육신을 가볍게 풀어주기도 하구요."

"그래서 다들 술을 들지야. 명상이 네 소식을 몰라 몇 번 서울을 올라갔다. 어디서 무엇을 하고 지냈냐?"

"전국을 떠돌아 다녔지요. 젊은 날의 방랑은 산교육 아닌가요?"

"그렇긴 하다만, 뜻 없는 방랑은 부랑자나 다를 바 없지."

"형님도 저와 함께 세상 구경을 하시겠습니까?"

"무슨 뚱딴지같은 소리냐. 시대마다 희생양이 있기 마련이다만, 내가 바라는 것은 네 가슴이 시뻘건 피로 상처 입지 않았으면 하는 마음이다. 그것이 곧 학재의 바램이고."

"맨발로 화살촉 하나만 가지고 돌진하는 어리석음은 자행하지 않습니다. 희생양이기에 도전하는 것입니다. 그리고 무엇보다 민중의 결집된 힘은 독재의 아성을 무너뜨립니다. 그 민중들의 하나된 목소리를 듣기 위해 방랑자가 되었고요."

"궤변이 따로 없구나."

재문은 속으로 쩟, 혀를 찼다. 백상의 모습에서 구도자와도 같은 고행의 길을 내걷는 아릿한 자기 학대마저 비쳐드는 것은 어째서일까?

"형님, 독재의 성벽을 무너뜨릴 수 있는 것은 두 가지가 있습니다. 하나는 내부에서의 부패와 내분입니다. 권력의 암투도 그 속에 포함되겠지요. 정체되고 고여 있는 물은 반드시 부패해지고, 부패한 만큼 내분이나 암투가 일어나기 마련입니다. 또 하나는 민중의 거대한 결집입니다. 백성의 인심이 등을 돌리면 황량한 들판의 허수아비에 지나지 않습니다. 형님께선 어느 쪽에 무게 중심을 두십니까?"

"글쎄다. 내부의 부패와 암투를 기다리자니 너무 더딜 것 같고, 자칫 또 다른 힘의 지배자가 군림할 것이고, 횃불을 치켜들고 거센 물결로 일어서는 백성의 분노에 찬 함성은 많은 희생을 감수해야 하고……."

"오늘의 현실이 형님처럼 주저하고 염려하고 도리질하는 그 시점에 놓여 있습니다. 어디를 가도 그러한 주저와 망설임 속에 체제의 부정이 담겨 있구요. 이제 서서히 그 두려움과 망설임을 떨치고 일어나야 하지 않겠어요?"

"세상사는 다 때가 있는 법이다. 과격과 극단은 시기를 연장시킬 빌미를 제공하기 쉽다."

"그 점도 압니다. 그래서 방랑자의 고통이 뒤따릅니다."

"이제 조용히 고향에서 지내거라. 너무 지쳐 보인다."

"그럴 생각으로 고향에 왔습니다만, 벌써부터 가슴이 답답합니다. 방랑기가 몸에 배었는가 봅니다."

"이럴 때일수록 고요한 침묵도 좋다."

재문은 백상의 변화에 다시 한 번 놀랐다.

"그러기에는 제가 너무 젊지 않습니까?"

백상은 입가에 웃음을 베어 물며 자리에서 일어났다. 취기가 올랐다. 백상은 학재의 묘소를 뒤로하고 재문과 함께 약낭골을 돌아 나왔다. 바닷가 갯벌도, 모래밭도, 그 주위에 널려있는 자투리 개간답들도, 예전 같잖아 썰렁한 기운이 돌았다. 비지땀을 흘리며 풍요를 노래하던 삶의 터전과는 다른 빛바랜 전경이었다.

"나들이목이 쓸쓸해 보입니다."

"그러게 말이다. 좋은 시절은 다 갔는가 보다. 바다도 쭉정이들만 남은 마을처럼 늙은 노인의 뱃가죽이다."

"죽어 가는 환자에게 소생을 바라듯 바다를 위해 투자를 해야 하지 않을까요?"

"새로운 전환이 필요하고, 의식이 깨어나야겠제."

"약초라든가, 유실수도 소득원이 될 텐데요."

"연구할 과제가 많다만, 아직은 쭈뼛거리며 망설이고 있다. 과감한 투자와 용기 있는 실행이 중요한디, 서로들 눈치만 보고 있다고나 할까. 머지않아 누군가 불을 지피겠지만."

"공동부락체로 일구어 보시지요."

"그러기에는 너무나 자기중심적이다. 이익의 분배보다 개인 소득의 이익 확대가 팽배하지 않느냐."

"자칫, 상호 난립으로 서로들 피해를 입을 텐데요."

"사람의 욕심이 어디 그러냐. 그리고 사촌이 논을 사면 배가 아프다는 우리네 인심이다."

재문은 방죽재에 이르자 윗길로 염소를 잡아끌었다. 백상은 재문과 헤어져 광생이 묏등을 돌아 나왔다. 철철 넘치던 마을 샘물이 버려진 듯 고여 있었다. 예전에는 마을사람 모두의 식수원이자 빨래터였는데, 지금은 집집마다 우물을 파서 사용하기에 그럴 것이었다. 대문을 들어서니 종부네가 찬바람 도는 얼굴로 기다리고 있었다.

"너도 짐작했을 것이다만, 니 제수씨다."

종부네의 말끝은 차가운 얼음 조각이었다. 석고대죄란 말이 이럴 때 쓰는 것인지, 백상은 그저 죄인일 수밖에 없었다.

"명상은 아직도……."

"네놈 같은 줄 아느냐? 이 에미 간장을 도려내지 못해 발싸심이 나도 유분수제, 그 꼬락서니가 도대체 뭐냐? 아예 이참에 애간장 다 녹아 없어진 에미, 땅 속에 묻고 나서 팔도를 내젓고 다니거라."

종부네는 백상의 말끝을 후려치며 참았던 노기를 터뜨렸다. 제수씨가 민망한 얼굴로 숨어들 듯 부엌에 들었다. 백상은 대꾸할 말을 찾지 못하였다.

"네놈이 부모형제를 제대로 안다면 무슨 짓을 하고 다니더라도 일장 소식은 전해야 할 것 아니냐. 감옥에 갇힌 죄수도 면회를 갈 수 있는디, 죽었는지 살아 숨 쉬는지, 너 혼자만 사는 시상이냐?"

"어머니……!"

"듣기 싫다. 너를 자식으로 생각 안 하기로 했다. 그래서 명상을 장가보냈다. 에미 애간장만 녹이는 자식, 마음에 품어 봤자 천불만 나고, 이 후로 한발작도 내 집에 발을 들여놓아서는 안 된다. 너 땜새 다른 사람들까지 불이익을 당할까 두렵다."

종부네는 돌아앉아 담배를 피워 물었다. 끓어오르는 성정을 다독이는 데는 담배만큼 좋은 것이 없었다. 그 같은 냉기류를 명상이 대문을 들어서며 거두어 들였다.

"형, 온 줄 알았지."

어떻게? 백상은 반문하려다 말없이 명상을 얼싸안았다. 어엿한 가장으로서의 체신이 느껴졌다.

"결혼을 축하한다."

"네놈이 무슨 낯짝으로 축하여?"

종부네의 매서운 눈 흘김을 뒤로하고 두 형제는 사랑으로 건너갔다.

"어무니께서 형 짐을 아부지 쓰시던 사랑으로 옮겼어요."

"남편과 아들을 도매금으로 묶어 내쳤구나."

백상은 가볍게 받아 넘겼다.

"형, 오면서 지서주임을 만났어요. 형이 집에 와 있다고 하더군. 놀랐제?"

"파발마가 따로 없구나."

백상은 쓴웃음을 지었다. 어느 곳을 가든 따라 다니는 족쇄. 오대산 화전민 부락에서 한 겨울 눈에 갇혀 지낸 그 뒤로부터 발길 닿는 곳마다 자유롭지 못하였다. 군과 군, 도와 도, 도시와 농촌을 넘나들며 가는 곳마다 신고부터 해야만 하였다. 시골은 더욱 반공의식이 철저하여 낯선 사람이 나타났다 하면 신고부터 먼저 하여 금방 오토바이가 달려와 신원을 확인하였다. 배구공이나 탁구공처럼 그들은 백상이 움직일 때마다 신원조회를 넘겨주기 바빴다. 백상은 그게 더욱 화가 치밀어 그들과의 술래를 즐겼다.

"그 동안 조회가 몇 차례 왔어요. 사냥개들이 형의 냄새를 잃고 잠시 당황할 때마다 이쪽으로 신원조회를 타전했지 싶어요."

"크게 죄 지은 것도 없는데 왜 그렇게 집요할까……?"

백상은 진즉부터 그게 한 가닥 의문이었다. 김정허라든가, 요주의 인물들이야, 행동의 자유가 극히 제한되어 불편함을 인내하고 감수한다지만, 백상은 또 달랐다. 분류 자체가 김정허와는 다른 것이다. 윤사암만 하더라도 백상과는 달리 정신적 핍박은 받지 않았다. 하기야, 윤사암은 죽은 듯 경주 남산요에 처박혀 천불(千佛)을 빚듯 토우에 매달려 있는 까닭에 감시의 눈초리가 고정되어 있는지 모른다. 그렇다면 백상은 나그네가 되어 전국을 떠돌아다니는 때문인가? 거기에 생각이 미치게 되면 의구심은 배가되었다. 몸조심하라구. 빌미를 주어서도 안 되고. 하찮은 건수를 잡아 월척이라도 되는 양 과대포장하고 날조하여 얽어 넣을지도 모르니까. 시대의 희생양은 그렇게 생겨나는 거야. 김정허의 말을 액면 그대로 받아들여야 할 것인가.

"시위 집회라든가, 비밀결사 비슷한 행동대열에 합류하지 않았어요? 아주 적나라하게 빼곡히 들어차 있던 걸요."

"나, 때문에 너까지 마음 고생하는 것 아니야?"

"한편으로는 자랑스러운 걸요. 말은 터놓고 하지 않지만 술좌석에서 형의 이야기를 자주 한다구. 임 면장도 아버지를 들먹이며 형을 은근히 높이 평가해요."

"그러다 다들 치도곤을 당할라고?"

"나도 임시 면서기 그만 둘까 봐요. 결혼도 하였고, 언제까지 임시직에 머물러 있을 수도 없고요. 사업을 일구어야겠어요."

"고향에서?"

"도시로 나갈까 생각 중이에요. 젊은 놈이 쥐꼬리만 한 공무에 매달리다 보니 하루에도 열두 번 구역질이 나고, 어패류 양식업을 하자니 힘에 부칠 것 같고, 이 기회에 심기일전 고향을 뚝 떠나 살고 싶어요. 어무니에게는 도저히 먹혀들지 않고, 답답하던 차 형님이 왔어요."

"너만은 고향의 버팀목이 됐으면 한다."

"그거야, 어머니를 위한 형의 바램 아닌가요?"

백상은 명상의 예기치 않은 비슷날에 잠깐 아득한 기분을 느꼈다. 형은 동생에게 가대를 떠넘기고 구름처럼 모래바람을 일으키며 전국을 떠돌면서 회한과 분노를 삭이고, 그럼 나는 뭐요? 명상의 그 말을 백상은 그렇게 받아들였다.

"내 말은 시골 살림 몇 푼어치 쥐고서 도시에 나가봤자 별 볼일 없다는 것이지. 대체로 도시로 나간 사람들이 몇 년 지나지 않아 후회하는 것도 그 때문이다."

"난, 그들과 달라요."

명상은 순간 애순을 떠올렸다. 자신을 진정 사랑한다면 서울로 올라오라고. 그래서 어쨌던가. 어머니 몰래 임 면장에게 사의를 말하고 애순을 찾아갔었다. 그러나 그녀는 이미 멀리 비껴나 있었다. 한마디로 사랑의 배신이었다. 치유할 수 없는 상처를 안고 몇 날을 서울 시내를 배회하다 입술을 깨물고 내려왔다. 그리고 어머니가 좋다 하는 신붓감을 아내로 맞았다. 오냐. 내, 보란 듯이 애순이 너와 이웃하며 살 것이다. 일종의 복수심으로 웅어리져 종부네의 반대에도 불구하고 마음속으로 서울로의 진출을 짜 놓았다.

"삶의 터전을 옮긴다는 게 쉬운 일은 아니다. 더구나 어머니 성정 거슬리지 말고."

"알았으니까 형이나 어무니 마음 상하게 하지 말소."

백상은 명상의 그 말이 또 한 번 명치끝을 가격하였다. 내려온 김에 어머니와 죽어지내듯이 살아요. 그러면 내 고향 떠나 둥지 틀기가 훨씬 쉽지가 않겠어요? 그렇게 말하는 듯하였다.

저녁 밥상은 정갈스러웠다. 며느리를 보자는 뜻은 바로 이런 것이리라. 부지깽이를 두드리며 토심스러워 못 살겠다는 한탄조가 밥상머리에서 수증기처럼 스므러짐에랴. 종부네는 저녁을 들고 나서도 며느리의 존재를 생각해서인지 별스러운 이야기는 삼가 한 채 잠자리에 들었다. 백상은 오랜만에 종부네 곁에 잠자리를 폈다. 어머니의 살결 냄새가 마음을 시큰하게 물들였다.

"너에게 거는 기대는 폴새 접어 뿌렸다만, 명상이 말이다. 장가를 들여놓으니께 철딱서니 없게 서울 가겠다고 기회만 있으면 말문을 연다. 내가 장가보낸 것은 며느리 손에 밥 얻어 묵으며 남은 여생 손자 보듬고 살자는 것인디, 아무리 사주팔자에 공방살이 들었다고 나 혼자 남겨놓고 도시로 떠나겠다니 기가 꽉 막힌다."

"어머니도 이 지긋지긋한 고향을 뚝 떠나 살면 되잖습니까."

"나는 천하없어도 이 집을 버릴 수 없다. 젊어지고 가면 모를까. 도시생활이 돈 있는 사람들이야 살기 좋을지 몰라도 워따, 채종을 비롯하여 맨손 쥐고 고향을 떠난 사람들을 본께 억장이 무너지더라."

"명상은 그 사람들과는 다르지 않아요."

"오십보백보다. 시골 살림 몇 푼 손에 쥐고 가봐야 집 한 채 버젓이 사것냐, 공장을 차리것냐? 곶감 빼 묵듯 하다보면 일 년도 못 가서 알거지 신세 되야. 명상이 저놈이 그것을 알 듯도 한디, 애가 탄다."

"제가 잘 타일러 볼게요."

"느그 제수씨 심성이 좋아 저놈만 맘 묵고 살면 부러울 것 없것는디 어느 자락에 도시바람이 불었는지, 원."

"제가 생각해도 앞으로 어패류 양식업에 매달리면 도시생활 못지않게 소득원이 좋을 텐데 그럽니다."

"너도 거기에 생각이 미쳤냐? 참말로 신기한 일이다. 그럼, 명상이

원하는 대로 서울 보내고 네가 집 지키면 되겠다."

"그것도 좋겠지요."

"진심으로 하는 말이냐?"

"저도 그러고 싶습니다만……."

"어째 말끝이 시원치가 않구나."

종부네는 못 마땅한 듯 돌아 누었다. 백상은 멀뚱히 천장을 바라본 채 생각에 잠겼다. 정말이지, 고향에 내려온 것은 잠시 쉬고 싶어서가 아니었다. 아예 어부의 마음으로 고향에 묻혀 살고 싶어서였다. 낚시나 하면서 욕심 부리지 않고 어머니와 더불어 집안 살림을 일구며 지내고 싶었다. 일찍이 육 대조께서는 유배지에서 숨을 거둔 선조의 유해를 거두기 위해 왔다가 수려한 경관과 권력의 무상함을 느낀 나머지 어부로 자처하며 김 양식을 개발하여 주민들의 삶을 풍족하게 하였다. 그 만큼 백상은 심신이 지쳐 있었다. 가도 가도 황토 길이라고, 내딛는 발걸음마다 먼지만 풀썩일 뿐, 앞길이 내다보이지 않았다. 시야를 가리는 치막한 안개 속을 헤치고 나서면 또 다른 어둠이 앞을 가로막았다. 고난을 이겨 나온 선인들은 어떻게 첩첩 산 속을 오르내렸을까? 구도의 길만큼이나 험난하고 고통스러운 오늘의 현실을 어떻게 우회 또는 정면 돌파할 것인가, 쉽게 지치는 반면 피로의 회복은 더디었다. 발길이 자신도 모르게 고향 바다에 이르렀으니, 한 세상 죽은 듯이 갯물 둘러쓰고 살까보다. 백상은 생각을 뒤척이다가 잠이 들었다.

종부네는 새벽녘 꿈에서 깨어났다. 난데없이 시숙님이 보이다니. 종부네는 담배부터 찾았다. 대감할머니와 시어머니는 꿈에 종종 나타나도 한장서가 꿈에 나타나기는 처음 있는 일이었다. 도암네와 상정네 세 동서가 한장서와 한성서의 시신을 들쳐 업고 손수 선산에 묻었고, 살아생전 누구보다도 종부네를 위해 주었는데도 꿈속에서 만나지는 않았다. 하기야, 남편과 시동생들도 마찬가지여서 어렵고 고통스러울 때는 무정한 양반들, 꿈에도 나타나지 않는다고 눈물지으며 원망하기도 하였다. 그런데 뜬금없이 시숙이 나타난 것이다. 이제는 얼굴도 희미하거니 여겼는데 꿈에서 만난 한장서의 모습은 살아생전 그대로였다.

대나무 낚싯대를 어깨에 메고 수문께를 돌아 나오면서, 제수씨, 술 잘 익었는가요? 요놈들이 제수씨 술맛을 보자고 보챕니다. 생시처럼 한 손에 꿰어 찬 고기를 내보이며 만면에 웃음을 담았다. 술맛이 제대로 날랑가 모르겠구만이라우. 종부네는 한장서를 맞아들였다. 제수씨가 빚은 술이야 온 동네가 다 알아주지 않소. 한장서는 대청마루에 엉덩이를 내려놓았다. 종부네는 간소하게 술상을 차려왔다. 허어, 술맛 한번 좋다. 한장서는 시원스럽게 술잔을 비웠다. 저 녀석은 백상이 아니오? 두 잔째 술잔을 들다말고 방 아랫목에서 잠들어 있는 백상을 반쯤 열려진 문틈으로 바라보았다. 갈수록 애물단지요. 종부네는 자신도 모르게 백상을 향하여 눈을 흘겼다. 제수씨, 너무 질책하지 마시오. 저놈이 언젠가는 한몫을 할 것이오. 학재랄 놈하고는 여러모로 다르오. 지금은 제수씨 애간장을 녹이오만 가는 길이 그럴진데 어쩌겠소. 붙잡지도 말고 나무라지도 마시오. 절대로 흐트러질 녀석이 아니오. 쓰러지지도 않을 것이오. 제수씨, 아시겠지요? 한장서는 술잔을 거듭 비우고 나서 홀연히 대문을 나섰다.

어쩌면 그리도 생생한 꿈일까? 종부네는 아직도 귀에 쟁쟁한 한장서의 목소리를 가슴에 안았다. 그리고 혼곤히 잠들어 있는 백상을 돌아보았다. 시숙님이 네놈을 보기 위해 꿈속에 찾아 왔는갑다. 종부네는 미운 정이 뚝 흘렀다. 얼마나 낯선 바람을 맞으며 떠돌아 다녔으면 신색이 저 모양일까? 종부네는 속으로 혀를 끌끌 찼다. 저놈 가는 길 붙잡지도 나무라지도 말라고? 사람 애간장 녹는 줄 모르고 그 말 이르기 위해 꿈 속에 나타나? 암만 그래 싸도 이번에는 저놈 발목에 쇠고랑을 채워 외양간 소맨치러 말뚝을 박아 매달 것인께. 종부네는 담배꽁초를 심기 사납게 누질러 껐다. 이럴 때는 담배 맛도 쓸래라.

종부네는 방문을 열고 마당으로 내려섰다. 하현달이 서러운 자태로 서녘에 걸려 있고, 사방은 쥐죽은 듯 고요한 가운데 수문께 자갈밭을 때리는 파도소리만 전설을 불러 일으켰다. 마을이 점점 삭아지는 고사목처럼 정기를 잃어 가는 것은 어째서일까? 사람들의 숨결이 줄어들어서일 것이었다. 젊은이들은 다들 도시로 나가고, 힘깨나 쓰는 장년들 또한 가대를 짊어지고 떠나고, 사람이 살지 않으면 집도 소리 없이 내려앉는다고 하였다. 종부네는 대문을 나서 원뚝머리에 이르렀다. 먼동이 터오는 바다를, 앞산을, 마을을, 차례로 둘러보았다. 산천은 이제나저제나 변함없는데 사람의 숨결은 세월과 함께 곡절이 있으니, 다들 어디로 갔는가? 죽은 자는 땅 속으로, 산 자는 고향을 떠나간다. 진귀한 물건은 숨겨지거나 도적맞기 쉽고, 보잘 것 없는 물건들만 남는다더니, 마을의 인심이 똑 그쪽일러라.

종부네는 내친걸음으로 선창을 둘러보았다. 옛날 같으면 이 시각 벌써들 잠에서 깨어나 배를 타고 바다에 나갈 것인데, 채취선들은 파도에 깝죽대며 할 일 없어 하였다. 종부네는 발길을 돌렸다. 백상을 어떻게 붙들어 맬까? 좋은 묘안이 떠오르지 않았다. 그놈의 마음을 한 순간 돌려세워야 하는데 방법을 몰라 하였다. 더구나 제수씨에게 밥을 얻어먹고 지내자면 마음이 궁색할 터였다. 대문을 들어서니 방안에 불이 켜져 있었다. 백상은 보이지 않았다. 변소에라도 갔는가 싶어 종부네는 이부자리를 개켰다. 건너 방문이 여닫히고, 며느리가 가만한 발소리를 내며 부엌에 들었다. 명상은 아침상이 나왔을 때서야 자리에서 일어났다.

"형은 어디 갔어요?"

"측간에 간줄 알았더니 그게 아닌갑다."

종부네는 아침 같이 줄행랑치지 않았는가 걱정되었다.

"진즉 나갔어요?"

"한참 되었다."

"어디 갔을까? 집에 돌아와도 걱정거리요."

"들어 오것지야."

종부네는 말은 그렇게 하면서도 마음이 놓이지 않았다. 꿈에 한장서가 놓아 보내라는 말은 백상이 새벽 같이 떠날 것이라는 것을 암시라도 한 것일까? 이 미욱한 년, 그걸 왜 못 알아챘을까……? 그러나 종부네의 걱정거리는 기우에 불과하였다. 백상은 아침상을 물릴 즈음 물통을 짊어지고 대문을 들어섰다.

"그 참에 어디를 다녀오신 게요?"

"앞산 큰 굴에 다녀온다."

백상은 명상과는 달리 태평스러웠다.

"워따, 나는 바다를 건너 뛴 줄 알았다. 큰 굴은 뭣할라고 갔냐?"

종부네는 또 큰 굴에 미련이 있는 것 아닌가, 마음이 쓰였다.

"옛 생각이 나서요. 역시 한 계절 지내기에는 좋은 곳이에요. 물맛도 변함이 없고요."

"제가 식량을 짊어지고 앞장설까요?"

명상은 어안이 없다는 듯 비꼬았다. 철부지도 아니고, 집에 내려왔으면 가만히 숨죽이고 지낼 것이지 무슨 오해를 살려고 큰 굴 답사인가, 그래.

"매일 아침 운동 겸 물이나 길어 날릴란다. 전국을 다녀보았지만 앞산 큰 굴 물만큼 좋은 석간수는 맛보지 못하였다."

"늘그막에 무병장수하게 생겼다. 효도가 따로 길이 없구나."

종부네는 적이 안심을 하며 눈을 똑 흘겼다.

"물맛은 그만입니다. 어무니도 들어보세요."

명상은 숭늉 그릇에 찰랑 생수를 따라 종부네에게 드렸다. 대문 소리
가 났다. 이장이었다. 낯선 잠바차림의 사내 둘이 뒤따라 들어섰다.

"백상이 오더니 집안이 화기에 넘칩니다요."

"지서장님께서 어인 일이십니까?"

명상은 황망한 얼굴로 불청객들을 맞았다. 지서장? 종부네의 얼굴
표정이 일그러졌다. 달갑지 않은 방문객들이었다. 아직도 지서 근처만
지나쳐도 지난날의 고문과 악몽 같았던 고통의 시련이 떠올라 진저리
가 쳐졌다.

"인사하시게. 이 분은 이번에 새로 발령 받아온 김순경인데, 이장 더
러 잠시 묵을 방 하나 구해 달라고 말했더니 자네 집을 말하더군. 혼자
몸이라 자취할 수도 없고 해서……."

명상은 지서장의 말을 곧바로 헤아려 들었다. 구차하게 말하지 않아
도 백상의 동정을 살피기 위한 것이리라.

"형님이 오시고, 방이 없어요."

명상은 딱 잘라 말하였다. 무엇보다 불쾌하였다. 지서장과는 백상의
일로 자주 어울려 술잔을 나누었고, 그때마다 인간적인 사려 깊은 면모
가 다분하여 마음을 열었었다.

"그렇다면 할 수 없지. 형님이신가? 말씀은 많이 들었습니다만……."

지서장은 백상과 인사를 나누었다.

"아침은 드셨는가요?"

"아녀. 다른 집을 알아봐야지."

지서장은 손사래를 치며 종부네에게 정중히 인사를 하고 돌아섰다.

이장은 멋적은 얼굴로 그 뒤를 따랐다.

"이장이란 작자, 나이깨나 들어 내 속을 환히 알 것이구만, 내 집에 저들을 들여?"

"이장도 난감했겠지요."

"하여간, 장하고 똑똑하다. 내 집에 와서도 호위병이 따라 다니니."

종부네는 노기가 치밀었다. 대역죄인도 아니고, 살인한 것도 아닌데 죄인 아닌 죄인으로 판 박음 하다니. 솔직한 말로 세상 물정 모르는 종부네가 듣기로도 의식 있는 사람들이 반기를 들 수밖에 없는 세상을 만들어 놓지 않았는가.

"아침부터 영 기분 잡치게 했습니다만, 마음 푸세요. 저들도 직무상 어쩔 수 없겠지요. 이해해야지요."

명상은 곧바로 평소의 마음으로 돌아왔다. 종부네도 며느리를 의식하고 담배연기 속에 노기를 풀어 내렸다. 그 집안에 딸 시집 보내봐야 마음고생만 하지러. 백상의 혼담을 추진할 때마다 따라붙은 그 말이 새삼 가위 눌렀다.

"요즘 고기 잘 물더냐?"

백상은 전혀 개의치 않는 얼굴로 분위기를 헤살거리며 낚싯대를 찾았다.

"드넓은 바다에 고기 없을랍디요."

명상은 가벼운 마음으로 낚시 도구를 챙겨 주었다.

"강태공이가 또 한 사람 나왔구나."

종부네는 새벽녘 꿈을 무넘스레 다시 떠올렸다. 한장서의 낚싯대를 백상이 둘러맨 듯하였다. 백상은 종부네의 마음을 아는지 모르는지 낚싯대를 들고 대문을 나섰다. 백상은 미끼용으로 갯지렁이를 파들고 바다로 나갔다. 바다는 잠잠하였다. 대섬목 물살 드센 곳에 닻을 내리고 낚싯줄을 드리웠다. 오랜만에 한가한 풍류를 맛보는 듯하였다. 낚싯줄을 드리운 채 뜻 없는 상념에 잠겼다. 그 동안 어느 곳을 방황하였던가? 긴급조치 구호는 전국민의 죄수화라는 유행어답게 어디 한 곳 소리 내어 두드릴 수 없었다. 백상은 방랑자로 자처하며 떠도는 구름이 되기로 하였다. 이곳저곳을 기웃거리며 뜻 맞는 사람들을 찾아보았으나, 모두가 침묵 속에 잠겨 있었다. 피로가 몰려오고 회의와 좌절이 발길마다 채였다. 하지만 이것으로 주저앉고 싶지는 않았다. 침묵은 항상 열려있는 공간 아닌가. 어둠을 뚫고 새날이 밝아오듯이 오랜 침묵을 깨뜨렸을 때, 새로운 변혁이 찾아 올 것이다.

백상은 상념에서 깨어나 낚싯줄을 끌어 당겼다. 굉장히 힘이 들었다. 대어가 틀림없었다. 한참 힘겨루기를 한 끝에 놈의 형체가 드러났다. 시커먼 검붕장어였다. 대섬목을 지켜온 놈이 분명하였다. 백상은 저릿한 흥분에 젖었다. 낚시 바늘에 다시 갯지렁이를 갈아 끼우고 낚시를 던져 넣었다. 또 한 마리의 월척을 기대하였다. 그러나 고기는 더 이상 입질을 하지 않았다. 백상은 또 다시 상념에 젖었다. 배가 파도에 넙죽거리면서 그네를 태웠다. 이렇듯 평화로운 곳에서 욕심 없이 한 평생 사는 것도 좋을래라. 천혜의 바다에서 욕망을 덜고 가난스럽게 살자. 백상은 어머니의 마음을 이해하였다. 사람 사는 것이 별 것인가.

백상은 파도가 날을 세우는 것을 보고 낚싯대를 거두었다. 거슬리는 물살을 노 저어 나가기가 힘들었다. 바다는 여전히 하늘을 품안고서 청정한 빛깔을 드리우는데, 바다의 생명들은 인간의 욕망에 의해 그 씨알들이 줄어드니, 학재가 살아 있다면 빈 손 치고 돌아가는 낚싯대를 바라보며 술 안주거리도 낚을 수 없다며 헛웃음 쳤을 것이다.

"아갸, 어느 눈 먼 장어길래 네 손에 낚인 거냐?"

종부네는 검붕장어를 들어보며 푸넘스레 웃었다.

"내일부터는 땀 흘려 밥값을 해야겠습니다."

"듣던 중 반가운 소리다. 당장 밭 돼지기를 일구거라."

종부네는 백상의 마음 변화에 긴가민가하면서도 한편으로는 마음이 놓였다. 예전과는 다른 모습이었다. 하기야, 방귀소리도 마음 놓고 뀔 수 없는 시국이고 보면 제깐놈이 어디를 갈 것인가. 종부네는 동트는 아침에 들이닥친 지서장의 출현을 아직도 가슴에 담고 있었다. 백상은 할 일 없이 마을을 한 바퀴 둘러보았다. 만나는 사람마다 반겨하면서도 쭈볏거리며 슬슬 뒤꽁무니를 빼듯 하였다. 사람의 인심이 이럴 수 있을까. 백상은 허전한 기분이었다. 고향의 투박한 인심을 나누고 싶은데 기피인물에 지나지 않다니, 무거운 침묵의 무게에 짓눌린 듯하였다.

다음날부터 백상은 정해진 일과대로 하루를 소화하였다. 첫 새벽같이 일어나 앞산 큰 굴에서 석간수를 떠오고, 밭에 나가 일을 하고, 때로는 명상과 바다에 나갔다. 종부네는 차츰 백상의 안정을 기정사실로 받아들였다.

"형, 다음 달로 내, 직장을 그만 두기로 했어요."

명상은 넘실대는 파도를 타며 선언하듯 말하였다.

"어머니께 말씀 드렸어?"

"물론 펄쩍 뛰겠지요. 하지만 언제까지 안일무사하게 쥐꼬리만한 월급에 목매 달 수는 없어요. 서울로 나가든가, 아니면 바다에다 투자를 하든가 해야겠지요."

"내가 힘닿는 대로 도와줄 테니까 바다에 투자하는 게 낫겠다."

"형은 고향에 뿌리내릴 수 없어요. 세상이 그렇게 형을 내몰아요. 집에 며칠 지내는 동안 그 점을 느끼지 못했어요? 한마디로 기피인물이자, 요주의 인물로 낙인 찍혀 다들 허심탄회하게 마주치기를 꺼려하잖아요. 그런 공기를 마시며 함께 어울려 살 수 있을 거라고 생각해요?"

"노력해야겠지."

"난, 원치 않아요. 형은 핍박받는 가운데 길이 있어요. 그 길을 순교 자처럼 걸어야 해요."

"운명으로 받아들이지 않고?"

"하여간, 형이 오래 머물수록 또 다른 유언비어가 날조될 수 있어요. 암암리에 뜻 맞는 사람들을 모아 혼란을 야기시킬 것이라고. 일제 때의 항일농민운동과 해방공간의 좌우대립의 연장선상에서 형의 행동을 지 켜보고 있어요. 지서주임도 거기에 신경을 곤두세우고 있고요. 결코 형 이 은인자중 가만히 있지 않을 거라고요. 그렇게 되면 결국에는 어무니 심기도 불편하지 않겠어요?"

"상상은 무한대구나."

백상은 쓰거움을 베어 물었다.

"세상이 암흑기나 다름없잖아요. 일제 때의 사찰을 능가 한다니까요."

"내 문제는 내가 알아서 할 테니까 너는 바다에 투자하는 쪽으로 입 지를 정하거라. 바다의 깊이를 누구보다도 잘 알잖아?"

"제 문제도 간단한 일회성이 아니니까 심사숙고해야지요. 더구나 어 무니께서 부산 다녀와서는 무엇을 보았는지 도시 말만 나오면 소태 먹 은 표정을 지으시고······."

"변두리 고지대를 돌아보았다면 머리를 내둘렀을 것이다."

백상은 채종이 부산으로 나갔다는 말을 듣는 순간 의외라고 생각하 였다. 생리적으로 채종은 도시바닥에 적응할 위인이 아니었다.

명상의 말대로 백상의 유일한 대화상대는 재문과 현오였다. 밭일을 하고 방죽재를 넘어서면 재문은 밭머리에서 염소를 먹이고 있었고, 현 오는 바다에 나가 만나고는 하였다.

"우리가 너를 마음 놓고 술좌석을 마련해 주지 못해 미안하다."

어느 날, 백상은 두 사람을 바다로 불러내어 술을 대접하자 현오는 한숨 섞어 말문을 열었다.

"이보다 더한 일제치하에서도 우리 아버지네들은 서로서로 뜻을 모으고 살았잖아요."

"그렇기는 하다만, 한귀재씨와 이상석씨 같은 분들이 모두들 말문을 닫고 산다. 일제 때부터 험난한 시절을 거쳐 오늘에 이르기까지 그 분들이야말로 수난의 운명을 짊어지고 살아왔는데도 아직도 음지에서 눈보라를 맞고 있다. 나이가 들어 침묵을 지키고 있는 것은 아니다."

"양지를 택했다면 전혀 달랐겠지요."

"아무나 양지를 쫓냐."

"아, 참. 김공개씨를 우연히 만났어요."

백상은 풀쑥 웃음을 깨물었다. 느닷없이 김공개가 생각나다니…….

"그 인사, 어디서야?"

현오가 다그쳐 물었다. 방앗간도 김공개의 망령으로 문을 닫은 지 오래 되었다.

"대전에서요."

대전 역전을 서성이는데 한쪽 모퉁이에서 누군가 오고가는 사람들의 관상과 사주를 보고 있었다. 무료하게 열차시간을 기다리고 있던 사람들이 심심풀이 삼아 둘러앉아 있었다. 파자(破字)까지 곁들인 관상쟁이는 챙 넓은 모자를 깊숙이 눌러 쓰고서 누구나 가장 좋아하는 글자를 한자 써보라고 관중들을 부추겼다. 파자에 얽힌 이야기를 곁들이는 그 목소리하며, 풍채가 어디서 많이 듣고 본 듯하여 백상은 걸음을 멈추었다. 기웃이 뜯어보니 뜻밖에도 김공개였다. 부잣집 난봉꾼이 길거리 관상쟁이라니. 백상은 세월의 무상함을 실감하며 인생유전의 전형을 보는 것 같아 마음이 아릿하였다. 백상은 그냥 돌아설까 하다가 짓궂은 생각이 들어 길도(道) 자를 써서 내보였다. 이 양반은 보아하니 머리 수 자에 책받침을 하였으니 일대 문장가가 되겠어. 머리를 이고 다니는 역마살도 무시 못 하겠고. 간단히 글자를 해석한 김공개는 말없이 복채를 요구하였다. 저, 모르시겠어요? 백상은 복채 대신 김공개의 코앞에 얼굴을 들이밀었다. 누구시더라? 김공개는 반쯤 모자를 들어 올리며 백상을 뜯어보았다. 사위 되시는 한학재의 사촌동생입니다. 백상은 빙글 웃었다. 뭣이야? 그러면 니가 한민서의……? 김공개는 졸지에 놀라며 서둘러 펼쳐놓았던 전을 거두었다. 그리고 백상을 가까운 실비식당으로 잡아끌었다. 니가 어짠 일이냐? 사돈아저씨야말로 어이된 인생유전이십니까? 백상은 되물었다. 나, 말이냐? 벽해가 상전이 된다고, 세상을 떠돌다 보니께 여기에 이르렀다. 잠깐의 호구지책이지야. 곧 사람을 만나게 되면 형편이 펴질 것이다. 김공개는 목이 마르다는 듯 소주잔을 단숨에 입안 깊숙이 털어 넣었다. 사람을 만나요? 돈 있는 과부 말인가요? 백상은 목구멍까지 치밀어 오르는 말을 꿀꺽 삼켰다. 고향 까마귀는 반갑다고, 너를 만나니 고향의 모든 사람들이 그렇게 떠오른다. 너는 어디서 뭘 하며, 이곳은 웬일이냐? 저 역시 떠돌아 다녀요. 저도 관상 보는 법을 배워 노잣돈이나 벌어 쓸까요? 아서. 오죽 답답하면 길거리에서 먼지 둘러쓰고 앉아 있겠느냐. 일시 경제사정이 어려워 내 전을 펼쳤다만, 행여 내 행색을 비웃거나 소문 내지 말거라. 다시 만날 때는 내 형편이 달라졌을 것이다. 그것도 점괘에 나오는가 보죠? 오늘은 뜻밖의 손님을 만날 것이라는 일진이 나왔는데 너를 만날 줄이야. 김공개는 산전수전 다 겪은 배포답게 술잔을 거듭할수록 여유를 가졌다. 백상은 그런 김공개를 뒤로 하고 열차에 올랐다.

"뭘, 한다디야?"

"나중에 만나시거든 직접 물어 보세요."

"누구 말로는 시장바닥에서 떠리미 장사를 하더라고 하더군."

"아무튼, 해학적인 요소가 많아요."

"그 양반을 주인공으로 소설을 쓰면 흥미진진할 것이다."

현오는 아쉬운 듯 마지막 술잔을 들이키고 나서 노를 잡았다. 물드는 저녁 노을이 마음을 붉게 채색하였다.

"두 분 형님께서는 아름다운 바다에 마음껏 영혼을 투자하십시오."

"우리는 한발작도 고향을 떠나지 않을 것이다. 허렁한 마음으로 바다에 나온 것은 아니다. 바다 깊이로 투자할 장소를 물색 중이다."

재문은 불현듯 학재가 그리웠다. 술독에 빠져 지내면서도 고향을 지키는 지킴이로 살겠다고 한 말을 이해하였다. 학재는 이농현상으로 빚어진 농어촌의 공동화 현상을 꿰뚫어 본 것이다. 백상은 두 사람과 헤어져 대문을 들어섰다. 종부네와 명상이 대청마루에서 이야기를 나누다 백상에게 편지를 건네주었다.

"어무니께서 하두 뜯어보라고 해서 결례를 무릅썼구만요."

"너까지 편지 검열관이 되었구나."

백상은 웃어넘기며 편지 내용을 읽어내려 갔다. 개운암 무연 스님으로부터였다. 서울 공기가 더욱 나빠졌으니 되도록 서울 출입을 삼갈 것과, 어디에 있는지 근황을 알 수 없어 궁금한 나머지 소식을 전한 것은 일전에 여산 스님께서 찾아와 무척이나 걱정하며, 현 시국에 대해 진지하게 의견을 모은 끝에 백상의 행동을 뒤에서 후원하기로 하였다는 것과, 지리산에 당분간 있을 것이니 여산 스님을 찾아보라는 것이었다.

"스님네들을 니가 어떻고롬 알며, 여산 스님은 누구냐?"

종부네는 비로소 백상이 절로 산으로 떠돌아다니는 이유를 알 것 같았다. 의지할 곳 있고 마음을 열어주는 사람이 있어 그런 것 아니겠는가.

"여동네 알지요?"

"옳거니, 그 아들이 절에 들어갔다는 말을 들었다. 어떻게 만났지야?"

"우연히 마주쳤는데 뒤에 알고 보니 여동네 아들이었어요."

"그거, 참. 어쩔 수 없는 인연이구나."

종부네는 지난날 초죽음이 되어 한민서의 도움으로 섬을 빠져나가던 여동네의 모습을 떠올렸다. 그때 그 애가 코흘리개였던가?

"저에게 정신적으로 많은 도움을 줍니다."

"가만있거라, 표상과도 만났겠구나?"

"진주에서 상당한 사업가로 알려져 있어요. 저에게 여러모로 경제적인 도움도 주구요."

"오라. 그런께 모두가 한 통속이구나."

종부네는 남편의 모습이 눈앞에 다가왔다. 당신이 뿌린 인연과가 아닌가. 표상이나 여동네 아들이나 한민서의 도움으로 한 시대를 숨죽여 지낼 수 있었다.

"표상이 그렇게 잘 됐어요?"

명상은 표상에게 관심이 많았다. 상사 계급장을 달고 찾아온 표상의 모습이 아슴한 거리로 떠올랐다.

"처가가 그쪽이어서 기반을 잡은 모양이더라."

"한번 만나보고 싶네."

"어따, 네놈 속셈 모를 줄 알고야? 표상에게 기대어 사업이라도 전수받고 싶은 게로구나."

종부네는 실눈으로 흘겼다. 서서히 도시바람이 들어가는 명상의 행동거지가 밉상이었다.

"형만 만나보라는 법은 없지 않습니까."

"느그 아부지 의중대로 해심이 이모를 표상에게 시집보냈더라면 좋았을 것을 그랬다. 느그 이모 눈물 팔자를 보면 똑 짜안해서 죽것다."

"이모님, 복이지요."

명상은 벌써 표상을 만날 생각에 마음이 급하였다. 표상이라면 명상이 일구고 싶은 앞으로의 사업 계획을 진지하게 들어주고 조언해 줄 것만 같았다.

"아버지 친구 분인 오강윤 선생님도 표상과 교분을 텄어요."

"통영에 산다는 그 분 말이냐?"

"맞습니다. 아버지를 대한 듯 하더군요."

"그럴 것이다. 한번 뵙고 싶구나……."

종부네는 싸한 가슴을 쓸어안았다. 산 자는 만남이 이루어진다. 죽었는지 살았는지, 모르는 혼백을 어디 가서 만나랴. 친구 분이라도 대신 만나 정감어린 체취를 따 담고 싶었다.

"만나 뵙도록 해 드리지요."

백상은 사랑으로 돌아와 아버지께서 사용하고 애장하였던 서가를 어루만졌다. 켜켜로 낡아버린 유물. 어머니는 손 때 묻은 저 유물에서 아버지의 체온을 느껴본다. 백상은 배낭을 꾸렸다. 여산 스님을 만나자. 그리고 더 이상 주위의 눈치를 보지 말자. 고향은 더욱 행동하기가 불편하지 않으냐. 잠시 동안 떠돌다 다시 돌아오자. 백상은 부산 가는 연락선에 올랐다. 그리고 여수에서 내려 지리산으로 가려던 계획을 바꾸어 부산으로 내처 향하였다. 종부네의 말이 떠올랐기 때문이었다. 채종을 비롯하여 고향을 떠난 사람들의 생활 모습을 한 폭의 그림처럼 담고 싶었다. 어쩌면 그곳도 방랑처의 한 부분이 될지도 모를 터였다.

무지개빛은 사라지고

1

잠시 부산을 둘러보고 광주 누님 집을 들러 지리산을 찾아들었을 때, 여산 스님은 장작을 패고 있었다. 도끼날을 머리 위로 치켜 들 때마다 서녘 햇살에 섬광이 번득였다. 선승에게는 저것도 일종의 수도행일 터였다. 인기척 소리를 듣고서야 백상을 반겼다.

"무연 스님께서 저의 집으로 소식을 전했더군요."

"집에 있었구만. 걱정이 많았지."

여산 스님은 바위에서 흘러내리는 석간수에 땀 배인 얼굴을 씻었다.

"저의 소식을 듣기 위해 서울 나들이를 다 하시고 감격했습니다."

"시국이 하도 냉각되어 몇 자 깊이의 살얼음판을 걷고 있는가 보기 위해 나들이 행각을 하였지. 도반도 보고 싶었고."

"아무 통고 없이 제가 이곳에 왔으니 혈안이 되어 이곳을 뒤질 텐데요."

"말이 나왔으니 하는 말이지만, 한 가지 의문점이 있어. 자네 정도면 모른 체 풀어놓아도 아무 상관이 없을 텐데 왜, 그리 집요하게 뒤를 추적할까?"

"저도 잘 모르겠어요."

"심각하게 받아들일 필요가 있어. 공작의 한 축, 그 선상에 올려놓았는지도 모르겠고. 무연 스님과도 의논하였지만, 이해하기가 어려워. 그들의 덫에 걸리지 않는 게 최상의 방책이야."

"조심할 수밖에요."

백상은 피로한 다리를 석간수로 풀어 내렸다. 누님 집에 들렀을 때도 누님의 염려스러운 눈빛이 백상을 맞았다. 집에서 올라온다는 말에 적이 안심하면서도 그간 겪었던 고초를 들려주며 이해할 수 없어 하였다. 너를 마치 고정 간첩이 아닌가 하는 집요함을 보이더구나. 몇 차례나 너에 대해 물어오고, 혹시나 네가 찾아오지 않았나 동정을 살피고, 느그 매형 보기가 민망스러울 지경이다. 뭔, 짓거리를 하고 다니길래 그런 해괴한 의심을 받는 거냐? 누님은 질책하듯 따지고 들었다. 너무 앞선 과보호라고 받아넘기자. 암만해도 아부지의 생사와 너의 행동을 연계시켜 무슨 건수를 만들려는 꿍꿍이속이 아닌지 모르겠다. 누님은 생각만 해도 으스스하다는 얼굴로 의문부호를 찍었다. 백상은 누님의 심각한 표정을 바라보며 내일 모레 대학생이 될 조카들의 머리를 쓰다듬었다. 크는 아이들을 대하면 세월이 마냥 봄날의 우후죽순처럼 느껴졌다. 느그들이 장차 우리들의 기둥이니라. 어머니네들이 백상의 머리를 쓰다듬으며 한숨 섞어 하던 말들이 고스란히 조카들에게 돌아감이랴.

"네가 당분간 머물 곳을 알아 놨다. 그래서 무연 스님 더러 편지를 띄우라고 하였고. 하기야, 고향만 같을까마는."

"고향도 며칠이죠. 제수씨 새로 들어왔겠다, 마을사람들 정겨운 눈으로 바라보지 않지요, 마음 꾹 누지르고 어머님 모시고 살까 했는데 불편하더군요. 그런데 제가 고향에 있는 줄 어떻게 아셨습니까?"

"집으로 소식을 전하면 닿을 줄 알았지."

"제가 있을 곳이 어디죠?"

"남해야."

"스님께서 건강을 조율하셨다는 곳 말입니까?"

"바로 그곳이다. 절이 비어 있다고 나더러 오라는데 별로 마음이 내키지 않아 아는 스님을 천거하였다. 내가 간곡히 말했으니까 네가 가면 빈 암자라도 마련해 줄 것이다."

"아예 머리를 깎고 말까요?"

"때에 따라서는 어설픈 중노릇도 괜찮겠지. 하여간, 그곳에서 지내거라. 가장 안전할 것이다. 천기를 보아하니 언제까지 엄동설한이 지속될 것 같지 않다. 머지않아 해빙의 물결이 올 것이다."

"마음에 들었으면 좋겠습니다."

"섬놈이라서 딱 맞을게다. 탁 트인 바다하며 너만의 공간 속에서 자유를 누릴게 분명하다."

여산 스님은 말을 마치기가 무섭게 저녁 예불을 드리고 선정에 들었다. 백상은 산허리에 걸려있는 초승달을 바라보며 저게 창공을 나는 배라면 삿대를 짚고 우주공간을 떠돌고 싶다고 생각하였다. 삼라만상이 이렇듯 고요하고 순일한데, 한 발작만 인간 세계에 나서면 물어뜯고, 소리 지르고, 질시하고, 아옹다옹거리며 진물이 흘러내리지 않는가. 청정한 마음들은 어디로 다들 갔는지…….

백상은 사나흘 땔감을 장만해 주고 남해로 향하였다. 표상에게 잠깐 들릴까 하다가 그만 두었다. 매번 찾아가면 번거롭게 폐만 끼쳤다. 아침 일찍 나섰는데도 여산 스님이 소개해 준 산사에 들어섰을 때는 하루해를 꼬박 등허리에 짊어졌다. 그렇게 요란하지도 않으면서 그윽한 향기를 머금은 계곡을 따라 오르는 길은 마음을 청록색으로 울렸다. 백상은 너럭바위를 밟아 오르는 정취가 마음에 들었다. 바다를 내려다보고 있는 용문사는 깊숙한 산사 마냥 자리 잡고 있었다. 한 눈에 좋은 도량이었다. 여산 스님은 어째서 이런 절을 마다하였는지, 그 사양지심을 이해할 수 없었다. 경내는 고요가 떠돌았다. 백상은 주지 스님을 찾았다. 도수 높은 안경을 낀 행자가 안내하였다. 주지 스님은 의외로 젊었다.

"여산 스님은 제가 존경하는 분입니다. 시대를 짊어나가는 지혜로움이 있으시고, 수행자로서 한 점 티끌이 묻지 않은 사표이십니다. 여산 스님으로부터 말씀을 잘 들었습니다."

주지 스님은 음성 자체가 시원시원하였다.

"절이 조용합니다."

"산사가 본래 적요하지요. 더구나 예기치 않은 사정으로 한동안 절이 비어 있어서요. 공양주도 없고, 행자와 단 둘뿐입니다. 조금 있으면 사정이 나아지겠지만."

"깊이 간여할 성질은 아닙니다만, 무슨 사정이라도 있었습니까?"

"그게 아니고, 젊은 수좌 한 분을 짝사랑하던 여인이 목매 자살한 불미한 사건이 있었습니다."

"흔치 않은 사건이었군요."

백상은 여산 스님께서 왜 이 절을 마다하였는지, 조금은 알 것 같았다.

"그러게요. 사람이 사람을 좋아하는 것은 어쩔 수 없는 일이지만 일방적으로 혼자 흠모하다가 스스로 목숨을 끊은 것은 어처구니없는 일이지요."

"설득이 부족했던 것 아닙니까?"

"수행하는 스님네들이야 오직 참구만을 행할 뿐인데 목석이나 다름 없을 수밖에요."

"스님께서 큰 짐을 떠안은 듯합니다."

"여산 스님의 권유가 아니었다면 저도 내켜하지 않았을 것입니다.

어려움이 다소 따르겠지만 신도 분들이 워낙 신심이 깊어 안정을 찾습니다. 가시죠. 저 위 암자가 비어 있는데 수양하기는 좋을 것입니다."

주지 스님은 앞장을 섰다. 돌계단을 따라 오르는 길이 마음을 한없이 정갈하게 하였다. 암자를 들어서니 우거진 풀들이 무릎께에 차올랐다. 오래도록 비어 있었음을 알 수 있었다.

"좋은 도량을 버려두었습니다."

"소문으로는 지기(地氣)가 세서 스님들이 오래 버티지 못하고 번번이 내려가는 바람에 주인이 없었다는군요. 내가 짐작하건데 생활하기에 불편함이 많아서 그랬지 싶습니다. 요즘 젊은 수행자들은 불편함을 싫어하거든요. 수행에 있어 불편은 오히려 미덕이자 수행의 방편인데 말이지요."

주지 스님은 닫힌 문들을 열어젖히며 환기를 시켰다. 백상은 배낭을 내려놓으며 우선 청소부터 하기로 하였다.

"바다가 계곡 사이로 내려다보이고, 산세 또한 수려하여 마음에 듭니다."

"불편하더라도 오래 머물러 계십시오. 나도 여러 곳을 돌아다녀 보았지만 이 만큼 좋은 도량도 없습니다. 행자를 올려 보낼 테니까 같이 청소를 하십시오."

주지 스님이 내려가고 조금 있자 행자가 쌀 한말과 된장, 고추장, 간장 등 반찬거리를 싸들고 올라왔다. 백상은 행자와 함께 먼지를 쓸어내고 닦았다.

"조금 쉬었다 도량 안의 풀을 제거합시다. 행자께서는 어인 일로 산문에 들어 왔어요?"

백상은 등허리의 땀을 식혔다.

"고등학교를 졸업하고 갑자기 인생이 도대체 무엇인가? 의문에 부딪쳤어요. 하루살이처럼 일회생에 불과한데 너무 많은 것들을 짊어지고 살아간다는 것입니다. 그 해답을 얻기 위해 산문에 들어섰어요."

행자는 도수 높은 안경을 치켜 올리며 한 점 고뇌를 떠올렸다.

"저도 오늘부터 그러한 의문을 화두로 삼을까요?"

백상은 입가에 웃음을 담았다. 나의 화두는 무엇인가? 나의 존재는 어디서 왔는가? 그 물음 이전에 광명한 세상은 어느 곳에 있는가? 그 빛살을 찾아 머리 위에 떠도는 구름자락을 헤치기 위해 여기에 이르렀는가?

"고시공부는 아닌 것 같고, 무엇을 탐구하기 위해 오셨습니까?"

"한 인간의 존재를 내 안에 붙들기 위해 왔어요. 구름 한 자락을 잡아 봤어요?"

"죽은 자의 혼백이 구름처럼 머리 위에 떠도는가 봅니다."

행자는 다소 난감한 표정을 지었다. 백상의 이해 할 수 없는 말에서 실성기가 다분한 난해함을 느꼈다.

"사람은 자아의 공간 속에서 진정한 나를 잘 몰라요. 현실에 맹목적으로 끄달려요. 거기서 개체는 사라지고 타의에 의한 집단에 매몰되기 십상이에요. 선악의 분별을 떠나서 권력이라든가, 욕망에 얽혀들어 자신의 본질을 잃게 되지요. 더 나아가 집단이기와 권력의 남용으로 독재의 성벽을 두르고서 개인의 권리를 말살하고 사육하려고 하지요."

"이해하기가 어려워요. 마치 니체를 대한 듯합니다."

행자는 서먹한 표정을 지었다. 자신보다 한 술 더 뜨는데서 이해하고 받아들이기가 난해하였다. 백상은 그런 표정을 재미있어 하며 다시금 일손을 거머쥐었다. 도량 주위의 풀을 제거하고 빗자루로 쓸었을 때는 해가 서녘 산마루에 기웃하였다. 오늘 저녁 공양만은 큰절에 내려가 함께 하자는 행자를 내려 보내고 아궁이에 불을 지폈다. 솥단지를 닦아내고 쌀을 일구어 밥을 지었다. 냉기가 감돌던 방구들이 오랜만에 훈기를 머금었다. 촛불을 켜고 간단하게 저녁을 들었다. 이제부터 단조롭고 적요한 생활이 시작되리라. 세상의 아름다움은 화려하고 번화한 곳에 있는 게 아니라 단순하고 고요로운 가운데 있는 것이 아닐까?

백상은 잠시 밤공기를 들이마셨다. 바다의 갯내음과 산의 정기가 한데 어울려 묘한 정감을 주었다. 고향 앞산 큰 굴에서 느껴보았던 정감이었다. 파도소리는 발등을 핥지 않는데 바다가 한 눈에 들어와 가슴을 충만하게 하였다. 깊은 산 속에 있을지라도 마음 안에 바다가 가득함에랴. 계곡을 타고 바람이 몰려왔다. 망둥어, 숭어, 낙지, 납세미, 농어, 꽁치, 멸치, 등등 갖가지 고기비늘이 먼지바람으로 코끝을 비릿하게 하였다. 어둠 속에서 맡아보는 비늘바람이기에 더욱 마음을 갯벌게 하였다. 이렇듯 정감 어린 공간을 왜 버려두었을까? 어둠의 두께만큼이나 외로움을 둘러쓰고 사는 게 인간의 존재 아닐까. 땀 흘려 삶을 누리는 것은 켜켜로 내려앉은 외로운 그늘을 몰아내기 위한 방편이 아닌가.

백상은 훈기로 들어찬 방 아랫목에 앉아 책을 펼쳐 들었다. 활자의 여백에다 자신만이 알아 볼 수 있는 은어와 상징어로 하루의 일기를 썼다. 오래전부터 습관화 된 지혜로움이었다. 개운암에서 일기를 도난당한 뒤로부터 그렇게 하루를 기록하였다. 밤의 정적을 말없이 태우는 촛불이 정겨웠다. 그 속으로 백상의 심장이 타들어 가는 듯하였다. 문득 호롱불 아래서 이를 잡던 심마니 화전민 노인장이 떠올랐다. 투박하게 이즈러지고 닳아진 손톱으로 이를 으깨던 모습에서 무엇을 느꼈던가? 심마니 노인장께서 속옷 실밥 속에서 찾아낸 이들은 숨겨진 상형문자였다. 툭툭 손톱으로 이를 으깨는 가운데 노인장은 삶의 가락을 새겨넣으며 시원하고 상큼한 기분을 저절로 느끼는 듯하였다.

촛농이 녹아 흘러내리고, 밤은 점점 적멸궁으로 떨어졌다. 창문을 간지럽히듯 두드리며 지나치는 바람소리도 밤의 적요 속에 곯아떨어졌다. 백상도 어느 사이에 잠의 미궁으로 빠져들었다. 은은하게 들려오는 도량식 소리에 백상은 눈을 떴다. 큰절에서 들려오는 목탁소리가 삼라만상을 일깨우고 있었다. 찬물을 둘러쓰고 목탁소리에 이어 들려오는 새벽 종소리를 헤아렸다. 산을 울리고 바다에 잠들어 있는 광명한 아침 해를 솟아오르게 하는 종소리는 무한한 환희를 머금고 있었다. 모든 일상은 소리 없는 가운데 시작되고, 그것은 태초의 열림임에랴. 백상은 담장 곁 널찍한 바위 위에 앉아 아침을 맞았다. 계곡 사이로 바라다 보이는 수평선 너머에서 불끈 아침 해가 떠오르고, 바다는 황홀한 빛살 무늬로 물들었다. 장엄하도다! 감탄의 소리가 저절로 울려 나왔다. 아침 해는 산봉우리를 비추고 서서히 내리비추며 백상의 정수리에 머물렀다. 아침을 맞은 백상의 마음은 상쾌하였다. 신선한 기운이 온몸을 감싸 안았다. 그 같은 기분은 나흘 동안 지속되었다. 닷새째 되던 날, 그날 아침도 여전히 신선한 기운이 주위를 감싸 안았는데, 낯선 방문자에 의해 안개처럼 흩어졌다.

"아주 조용한 곳에 계십니다. 전깃불도 들어오지 않아 여러모로 불편한 점이 많겠습니다만, 한편으로는 옛 정취와 낭만을 누리겠어요."

그들은 자연스럽게 찾아온 용무를 밝혔다. 말하지 않아도 백상의 소재를 확인하러 온 것이리라. 주지 스님 아니면 행자에게 행동 하나 하나를 살펴보라고 할 것이다. 걱정하지 마시오. 난, 죽은 듯이 숨 쉬고 있을 테니. 백상은 머리 위로 지나가는 한 점 흰 구름을 바라보듯 그들을 대하였다.

"앞으로 자주 들리십시오."

백상은 차 대신 냉수 한 그릇을 대접하며 여유를 보였다.

"한두 번 우리 같은 불청객을 맞는 것도 아닐 테고, 사실 우리도 공무상 어쩔 수 없습니다. 언짢아하지 마세요."

그들의 상투적인 위안의 말속에는 차가운 비숫날이 숨겨져 있다. 어느 순간 심장을 찌를지 모른다. 독사가 가장 겸손함을 내보였을 때 조심해야 한다는 옛말이 있지 않던가.

그들이 돌아가자 백상은 곧바로 평상심으로 돌아와 신선한 기운을 한데 모았다. 하지만 쉽지가 않았다. 마음 어느 한 구석에 분노가 지글거렸다. 순간, 무공이 눈사람을 만들어 놓고 지칠 때까지 눈뭉치로 눈사람을 향하여 던지던 모습이 눈앞에 다가왔다. 백상은 지체하지 않고 나뭇가지와 도랑에서 뽑아낸 풀로 허수아비를 만들었다. 그리고 허수아비를 뒤뜰 한쪽 끝에 세우고 돌멩이를 들어 허수아비를 향하여 던졌다. 처음에는 엉뚱한 곳으로 빗나가더니 점점 집중력이 생기면서 명중되는 확률이 높아갔다.

"뭐하고 계세요? 저는 나무를 빠개는 줄 알았어요."

행자가 떡과 과일을 들고 소리 나는 뒤뜰을 돌아오며 영문을 몰라 하였다. 실성기가 다분하지 않고서야 저런 행동은 하지 않을 터였다.

"운동이오."

백상은 싱긋 웃으며 이마의 땀을 훔쳤다.

"저는 놀랐어요. 허수아비하며, 광기가 번득이는 행동하며, 학교 다닐 때 야구를 하셨나 봐요."

"야구라……?"

"들어보세요. 주지 스님이 오시고 처음으로 제를 지냈어요."

"떡이 맛있군요. 어려서 제삿날이면 떡만큼 좋은 게 없었어요."

"앞으로는 잘 챙겨 드릴게요."

"그런데 아까 오신 손님들께서 매일같이 저의 동정을 살펴보라고 하지 않던가요?"

"아니, 그걸 어떻게……?"

행자는 눈을 커다랗게 떴다.

"오늘만의 일이 아니거든요."

"시국사건에 연루되기라도 하였나요?"

"어쨌거나, 내 동정을 잘 보고나 하세요."

"저를 밀정 취급하십니까?"

"아니오. 마음 터놓고 지내자는 겁니다."

백상은 행자의 마음을 다독거렸다. 신심이 깊고 순수한 사람을 괜스레 회색빛으로 바라볼 필요는 없을 터였다. 백상의 일과는 열흘이 지나자 안정감을 찾았다. 하루에 나무 한 짐, 주위 산책, 독서, 도량 청소, 나무와 화단 가꾸기, 다람쥐와 놀기였다. 허수아비를 향하여 돌멩이를 명중시키는 운동도 거르지 않았다. 주지 스님과 가끔씩 차를 나누어 마시는 것도 빼놓을 수 없는 즐거움이었다.

"여산 스님께서 안부 전합디다."

"만나 보셨습니까?"

"쌍계사를 다녀오는 길에 그냥 올 수가 있어야지요."

"이곳에 있으니까 세상이 어떻게 돌아가는지 몰라 좋습니다."

"다행입니다. 답답함을 느끼면 어쩌나 했습니다. 여산 스님께서 아직은 조용히 지내시라고 간곡히 부탁드립디다."

"그 점은 염려 마십시오."

백상은 주지 스님의 마음 씀이 고마웠다. 다른 인정 같으면 귀찮은 존재로, 하루라도 빨리 보내고 싶어 할 것이다.

백상은 오랜만에 외출을 하였다. 창선에서 도선을 타고 삼천포로 나온 것은 다분히 즉흥적이었다. 발길은 진주에 이르렀다. 내친김에 표상을 찾아보았다. 표상은 더욱 몸집이 불어났다.

"여산 스님으로부터 남해에 있다는 소식은 들었다만 지내기는 어떠냐?"

"제 안의 내원정사입니다."

"반가운 일이다. 오강윤 선생님을 한번 뵈었다."

"건강은 괜찮던가요?"

"조금 좋아진 것 같아. 요즘은 오광대에 매달리다시피 하더군."

백상은 표상과 함께 오강윤을 찾았다. 탈바가지를 붙들고 무언가 상념에 젖어 있었다.

"귀한 손님들이 오셨는데, 한발 늦었군. 오광대놀이가 며칠 전에 끝났어. 할 이야기도 있고, 마산으로 나갈까?"

오강윤은 두 사람을 앞세웠다. 서실 겸 사무실로 쓰고 있는 오강윤의 서재에는 탈바가지와 묵향으로 가득하였다. 쉼 없이 자기 경지를 갈고 닦아나간다는 것은 그 사람 자체를 향기롭게 하는 것이리라.

"자네가 앞으로 할 일이 있네."

차를 들면서 오강윤은 백상을 돌아보며 무겁게 말문을 열었다.

"선생님께서 제게 일을 맡기실 때는 예사 일이 아닌 것 같습니다."

"광기로 들어찬 세상에 뜻을 같이 하는 늙은이들이 힘을 모으기로 하였네. 뒤에서 힘닿는 데까지 보탬이 될 테니까 젊은 자네들이 앞에 나서야겠네."

"시국선언문이라도……?"

"그 정도 가지고는 안 되겠어. 행동으로 보여줘야지."

"거사 날짜라도 잡았습니까?"

"아직은 기다려야 할 거야. 섣불리 행동 할 수도 없는 것 아닌가? 모든 연락은 표상을 통하여 전할 테니까 그리 알게나. 다음에 올 때는 자네가 필요로 하는 젊은이들을 소개해 줌세. 대부분 나의 제자들이네만."

"이제야 선생님의 실천의지를 알겠습니다."

백상은 마음이 출렁거렸다. 모처럼 살아있다는 생동감을 느꼈다. 표상이 진주로 가자는 것을 마다하고 경주로 발길을 돌렸다. 윤사암을 만나기 위해서였다. 윤사암은 남산요에 없었다. 토우만 잔뜩 쌓여 있었다.

"그 친구, 서울 올라갔어요."

"무슨 일로요?"

백상은 남대궁의 말에 잠시 긴장감을 안았다.

"서울 공기를 맡으러 갔겠지요. 카톨릭농민회라든가, 그 쪽에 그림 그리는 친구가 있는데, 그 친구도 만나 볼 겸 광주 등지를 들렀다 올 모양입디다."

"의논할 일이 있었는데 한 번 더 발걸음을 해야겠어요."

백상은 맥이 탁 풀렸다. 김정허를 만나 볼까, 잠시 생각하였다.

"아, 참. 강릉 사선대 여자 분 있지요? 안동 하회탈을 둘러보고 옛 생각이 나서 다녀갔어요. 소식을 묻던데요."

"그랬어요."

백상은 그녀의 마음이 어디에 있는지 알 수가 없었다. 사랑의 색상이랄 수도 없고, 미련의 영상일 수도 없지 않는가.

"상당히 애스러운 모습이었어요. 시간 나면 찾아가 보세요. 윤사암이 한형이 머물고 있는 곳을 대강 일러는 줍디다만."

"세상의 인연은 흐르는 물이지요."

백상은 하룻밤 남산요에서 지새우고 부산의 공기를 들이마신 다음 남해에 도착하였다. 부산에서 배병산과 용무를 만난 것은 즐거운 수확이었다. 채종을 비롯한 고향사람들의 변함없는 인심도 낯선 공기를 불식시켰다. 니가 좋다면 언제라도 들리거라. 고향사람들이 한마을을 이룬 것 같아 객지의 설움을 잊고 산다. 채종의 허부죽한 얼굴이 차창에 매달렸다 남해에 도착하였을 때는 해가 꼬박 저물었다. 손전등을 사들고 고갯마루 검문소를 지나치려는데 불심검문을 하였다. 뜻밖에도 행자가 초소 안에 있었다.

"어디를 다녀오세요?"

행자는 구세주를 만난 것만큼이나 반겼다.

"행자님은 왜, 여기 계세요?"

"주지 스님 심부름을 다녀오는데 저를 붙잡고서 염불을 해 달라는 거예요."

행자의 말을 듣건대 초소 근무자들이 무던히도 심심하였던가 보았다.

"두 분 아는 사이인가 본데 염불도 제대로 할 줄 모르고, 가짜 중 아닌가 모르겠어요."

초병은 장난기 어린 얼굴로 백상을 돌아보며 웃음을 머금었다.

"스님이 되기 위해 법도를 익히는 행자입니다."

"어쩐지 중물이 들지 않았더라니. 당신은 절에서 뭣하는 사람이오?"

"요양하고 있습니다."

백상은 겸손하게 대답하였다. 그들이 요구하는 대로 신분증을 내보이고 인적사항을 구술하였다. 신경 날카롭게 시달림을 받다가 산사를 올랐다.

"정말 짓궂습니다."

"다분히 무료해서 그럴 겁니다."

백상은 큰절 앞에서 행자와 헤어졌다. 암자는 말없이 맞이하였다. 아궁이에 불을 지피고 피곤한 육신을 가만히 뉘였다. 자신도 알 수 없는 봄기운과도 같은 훈김이 가슴에 차올랐다.

백상의 나들이는 부쩍 잦아졌다. 오강윤과의 만남은 새로운 구심점을 이루었다. 꼬박 밤을 지새울 때도 있었는데, 그런 날은 마음을 한데 모두어 술잔 속에 풀어 던졌다. 오강윤이 소개한 친구들은 마음들이 썩 맞았다. 윤사암도 한번 어울리고 나서 의기투합하였다. 그와 함께 백상의 암자를 살피는 눈이 자주 피부에 와 닿았다.

반독재민주화투쟁의 격렬한 시위는 부산에서 먼저 일어났다. 그 불길은 곧바로 마산으로 번져 격렬한 시위 끝에 위술령이 선포되어 이틀만에 막을 내렸다. 오강윤을 비롯하여 몇몇 인사들이 연행되었다. 백상은 연행 열흘만에 풀려났다. 그리고 윤사암과 함께 서울로 잠적하였다. 그 모든 게 먼저 풀려난 오강윤의 배려였다.

"오늘의 희생자가 되어서는 안 되지. 이것으로 끝나서는 안 되지 않는가."

오강윤의 그 말은 비장하기까지 하였다.

2

이천네 어멈이 힘겹게 마당을 가로질러 왔다. 올 들어 부쩍 다리에 힘이 부쳤다.

"아따, 느그 집 오기도 힘들다."

이천네 어멈은 대청마루에 엉덩이를 내려놓으며 담뱃대를 입에 물었다. 명상의 결혼으로 종부네 집을 나온 이천네 어멈은 무덤재 아래 곤식이네 빈집에 들었다. 곤식이 부산으로 나가면서 집을 내놓았지만 부실하기 짝이 없는 삼간초옥인지라 아무도 거들떠보지 않았다.

"깔끄막진 길을 내려오자면 힘들겠지라우."

공수네가 생뚱맞게 받았다. 이제 그만 아들네 집에 들어갈 것이제 늘

그막에 무슨 청승이냐고 속으로 눈을 할긋하였다.

"나이 이길 장사 없다고 하던마는 한 해 한 해가 다르다. 이만 살고 눈 감아사 쓸 것인디, 지지리도 명줄 하나는 타고났는갑다."

이천네 어멈은 담배연기를 폴폴 빨아대며 앞산을 바라보았다. 밤이면 놀러오는 아낙네도 없고, 북풍받이 바람 들이치는 집에서 무료히 홀로 밤을 지새우노라면 온갖 망상이 겹쳐 눌러 늙음이 마냥 서러웠다. 낮에는 그런대로 바다에 나가 바지락이며, 꼬막이며, 굴을 따고 동냥 것으로 얻어 들인 곡식이며 이삭줍기로 벌어들인 알갱이를 추스른 가운데 시간을 죽일 수 있었다.

"우리도 아짐 이야그를 들으러 가야제 하면서도 잘 안 돼요. 아짐 총님은 아직도 명경지수인디 말이요."

"라디오야, 테레비야, 인자 내 이야그야 고물이제. 나도 라디오나 한 대 있으면 좋을디……."

"명상이더러 구해 달라고 할께라우."

"그라면 좋제."

"참말로 텔레비에 나오는 연속극은 활동사진과는 비교가 안됩디다. 밤만 되면 그 속에 푹 빠져 지낸단 말이요."

공수네는 한껏 자랑스럽게 말하였다. 서울에 나가 사는 아들이 생일 선물로 사 보낸 텔레비전이 온통 마음을 사로잡았다.

"아짐도 혼자 찬바람 도는 집에 있지 말고 공수네 집에 내려와 외로움을 잊으시오."

"다들 가족끼리 머리 맞대고 있는디 그것 또한 소외감을 주던만."

이천네 어멈은 담뱃대를 기둥 모서리에 탕탕 털었다. 처음 텔레비전이 들어왔을 때는 온 동네 사람들이 모여 앉아 북새통을 이루었는데, 한 집, 두 집, 경쟁적으로 들여오고부터 가족끼리 저녁상만 물리면 텔레비전 앞에 앉아 한밤을 즐겼다. 자연 밤마실이 없어졌고, 이웃 간의 정담도 줄어들었다. 이천네 어멈은 그 어느 집에도 홀가분한 기분으로 찾아 갈 수 없었다. 노친네가 눈치 없이 해작거리고 오다니. 말없는 눈총을 맞기 마련이었다.

"아짐은 대통령이 총 맞았다는 소식을 못 들었지라우?"

"어야, 날벼락 같은 소리네."

이천네 어멈은 눈을 커다랗게 떴다. 새마을운동으로 보릿고개를 없앴고, 근대화정신으로 공업을 육성, 가난으로부터 벗어나게 하였는데, 유신인가 뭔가로 정권을 연장하고 세상을 살벌하게 하더니 총에 맞아 죽다니, 상상도 할 수 없는 일이었다. 헌법을 고쳐가면서 잘사는 나라를 만들겠다기에 이장의 뒤를 따라가 개헌투표를 사심 없이 했었다. 백상이 같은 젊은이들과 의식이 깨어있는 인사들이 핍박을 받는다지만, 그거야 자유당 정권 이전부터 분류된 인사들이고, 핍박 받아온 정치 놀음에 의한 희생이 아니던가. 그런데 무소불위 같은 국가의 원수를 누가 감히 총질하였단 말인가. 이천네 어멈은 다시 한 번 뉴스에 뒤진 늙음과 소외감을 느꼈다. 다들 아는 사실을 자신만은 모르고 있었다니. 옛날 같으면 이천네 어멈의 입을 통해 그러한 중대사가 전해졌으리라.

"뉴스 들어보게 텔레비 좀 틀어보게나. 아니면 라디오를 틀든지."

"뭘, 그렇게 급하시오. 한참 지난 일인디."

종부네는 담배를 피워 물었다. 백상의 모습이 다가왔다. 무슨 변괴가 일어날 때마다 제일 먼저 백상의 일로 가슴이 철렁 내려앉았다. 지놈이 뭔 천지개벽을 할거라고 살얼음판을 걷는지, 어디 있는 곳만 알면 당장 멱살잡이로 끌어다 발목을 붙들어 매 큰 굴에 처박아 넣어 두고 싶었다.

"아짐, 우리 집으로 갑시다. 이 집은 며느리 눈치도 봐야 하고, 우리 집에서 함께 저녁 묵고 차분하게 배 깔고 누워 뉴스 봅시다. 자네도 오소. 술도 한잔 있을 것이네."

공수네는 좀이 쑤신다는 듯 자리에서 일어났다. 이천네 어멈도 공수네 뒤를 따라 지침지침 대문을 나서다 명상과 마주쳤다.

"니, 왔단 말은 들었다만 신색이 훤하구나."

"제가 미처 인사를 못 드렸습니다."

명상은 이천네 어멈의 모듬 말에 미안스러워하였다. 시향을 지내러 왔다가 박수혁의 운명으로 여러 날 발이 묶였다. 그 위에 이번에 어머니를 설득하여 가대를 정리하기 위해서였다. 어머니 때문에 아내를 언제까지 집에 머물게 할 수 없는 노릇이었고, 무엇보다 도시에서 혼자 지내려니 불편하기만 하여 마음고생이 이만저만 아니었다.

박수혁의 죽음은 여러모로 가슴 아팠다. 사업 실패에 따른 정신적인 충격은 상상외로 커서 재기불능 상태에 이르렀고, 폐인처럼 술로 하루하루를 보내다가 자지러지듯 숨을 거두었다. 찬바람이 들이치는 초옥에서 버려진 듯 떨고 있는 자식들을 남겨둔 채 한 시대를 마감한 것이다. 종부네는 박수혁의 죽음을 애스러워하면서도 의외로 슬픔을 잘 이겨냈다. 하도 억울하고 서러운 죽음을 많이 봐오고 당해봐서인지 슬프고 절통할 것도 없다는 듯 한 차례 피맺힌 넋두리에 이어 숙명으로 받아들였다. 명상은 그러한 종부네를 두고 쉽사리 떠나지 못하였다. 더구나 가대를 정리하자는 말을 입에 떠올릴 수 없었다. 저녁을 들고 명상은 텔레비전 앞에 나앉았다.

"인자, 나라가 어떻게 될끄나?"

"변화가 오겠지요. 유신체제가 무너졌으니 새로운 시대가 당연히 열려야지요. 그것은 시대의 소명이기도 하고요."

"자유당 말기 때와는 상황이 다르다 하겠지만 그 무리들이 총칼을 앞세워 권력을 집어묵지 않것냐."

종부네는 명상의 말을 별로 기대하지 않았다. 반짝 햇살이 내비치다가 구시월 도지바람이 불어치듯 하는 게 이 나라의 운명이요, 역사가 아니더냐.

"이번만은 달라져야 할 것이요. 그게 국민적 열망이고요."

명상은 뜻밖의 변화에 잠시 생각하지 않을 수 없었다. 종부네와 백상의 은근한 만류에도 불구하고 서울로의 진출을 실행에 옮겼다. 주위 사람들의 권유와 추천에 의한 취직보다 개인 사업 쪽으로 마음을 굳힌 명상은 동대문시장으로의 진출을 꾀하였다. 활달한 성격에 맞지 싶었다. 아내를 집에 남겨 놓고 혼자 당분간 적성에 맞는 사업을 일구기 위해 동분서주 정신을 앗겼다. 하고 싶은 것은 많았으나, 모험은 삼가 하기로 하였다. 해산물 도매업으로 방향을 정한 명상은 가게를 얻고 사업 날짜를 정하고 나서 시향을 모시러 간 김에 종부네를 설득, 가대를 정리하기로 마음먹은 터였다. 그런데 박수혁이 돌아가고, 난데없이 국가 원수 시해사건이 일어난 것이다. 비상사태임에랴. 아무래도 자신의 계획에 차질이 올 것이었다. 그렇다고 마냥 미적거릴 수도 없는 노릇이었다.

"시국이 이럴 때는 함부로 경거망동해서는 안 된다."

"어머니 말씀도 옳습니다만……."

"마음 급하게 묵지 말거라. 나는 처음부터 너의 서울 진출을 달가워하지 않았응께."

"결정은 빠를수록 좋다고 하였어요. 그리고 이런 기회가 어쩌면 더 좋을 수도 있어요."

명상은 종부네를 설득하기가 꽤나 어려웠다. 고집불통 같은 당신 주관도 그러하거니와 이런 시기를 당하여 변화를 자신 있게 읽을 수가 없었다. 하기야, 영웅은 난세에 태어나고, 대사업가가 되려면 환란의 시기에 한몫 잡을 수 있는 지혜로움이 있어야 한다고 하였다. 말하자면 시기를 잘 타고 넘어야 한다는 것이리라.

"누누이 말한다만, 나는 이 집과 운명을 같이 할 것이다. 만약 느그 아부지가 살아 돌아온다면 집도 사람도 없어봐라. 얼마나 절망하것냐."

"아직도 아부지께서 살아 계신다고 믿으세요?"

명상의 말소리가 한 음절 올라갔다. 무슨 잠꼬대 같은 소리인가. 망부석이 따로 없었다.

"나는 그런 믿음으로 오늘을 살아왔다. 그러니께 더 이상 추근대지 말고 정히 가려거든 며느리나 앞세우고 가거라. 그리고 사업 밑천은 있어야 하니께 논밭은 네 처분에 맡기겠다. 다시 말하지만 이 집과 나는 한 덩어리가 되어 느그 아부지를 기다릴란다."

명상은 한숨 섞어 하는 종부네의 말에 할 말을 잃었다. 반복되는 뉴스 자막이 뽀얗게 흐려졌다. 할 수 없지. 한 발작 물러나는 수밖에.

"느그 성은 어느 곳에 있을끄나?"

"전들 알겠습니까."

명상은 서울에 있으면서 시간 나는 대로 백상의 소식을 알아보았다. 남해인가, 마산인가에 있다는 말을 들었는데 누군가 부산에서 보았다고 하였다.

"니가 서울에 올라간 뒤로 두서너 번 지서에서 다녀갔다."

"이미 들었어요. 별 일은 없을 겁니다."

명상은 대수롭지 않게 받아넘겼다. 명상이 집에 있을 때는 명상의 선에서 그러한 언짢은 사실이 마무리되었는데, 가슴께까지 밀물이 차오르듯 종부네의 가슴을 적신 것이리라.

"지 애비 잘못 둔 죄로 그 고초를 당한다만, 그놈도 그렇제. 지놈이 뭔 민주투사라고 맨날 밉 뵈는 행동만 하고 다니냐, 그래."

"형님 같은 분들이 있으니까 그나마 나라가 살아 숨 쉬지요."

"아무리 좋은 시상이 온다고 한들 지놈이 벼락출세를 할 것이냐, 시상을 두 활개 치고 다닐 것이냐. 느그 아부지가 짊어지운 멍에는 어떻게도 벗어 날 수 없어야. 통일이 되면 혹 모를까."

"인내는 쓰다고 하였습니다. 기다림은 더디고요."

"징상스러운 시상. 더 이상 언제까장 기다릴 끄나."

"그게 어머니 팔자고, 우리들 운명인지 모르겠습니다."

명상은 흘깃 벽시계를 바라보고 나서 자리에서 일어났다. 연속극을 기다리던 아내가 반복되는 뉴스에 조용히 뒤따랐다. 종부네도 담배꽁초를 눌러끄고 자리를 폈다. 쉬이 잠이 오지 않았다. 자식들은 다 제 갈 길을 찾아 나서고, 도리없이 혼자 숱한 날의 밤을 지새우겠구나.

3

봄이 오는 소리. 일찍이 이렇듯 절실하게 느껴본 적이 있었던가. 갑자기 번개와 천둥이 내리친 다음 우레 같은 소나기가 내린 뒤끝의 쾌청한 날씨처럼 봄이 오는 소리는 세상을 놀라게 하였다. 그 놀랍게 뛰는 가슴을 안고 백상은 서울로 올라갔다.

"자업자득이야."

김정허는 독백처럼 말하였다. 이럴 때일수록 냉철한 이성과 자제력이 무엇보다 필요한데도 흥분을 감출 수 없었다.

"자칫, 또 다른 빌미를 줄 수 있는데, 벌써부터 권력의 울타리 안으로 나아가려고 합니다. 선배님은 어쩌실 겁니까?"

"나? 영원한 재야로 남아야겠지. 우리의 할 일은 새로운 정권 창출이 아니라 민주주의 디딤돌이 되는 것이야. 그것으로 만족해야지. 더 이상

의 욕심을 부리게 되면 진정한 투사가 아니야. 결국 역사 앞에 오명을
남길 수 있어."

"잘 생각하셨습니다."

"자네는 어쩔 셈이야."

김정허는 백상을 돌아보았다. 윤사암이라든가, 다른 친구들이야 전
공을 찾아가면 되겠으나 백상은 여전히 방랑자나 다를 바 없었다.

"종교에 귀의할까요?"

"그렇게 마음먹었다면 진즉 속세를 등졌을 게 아닌가."

"우선 마산에 내려가 보겠습니다. 아버지 친구 분께서 몸이 불편한
관계로 당분간 지켜봐 드려야겠습니다."

"오강윤, 그분 말이지? 정말 존경스러운 분이야."

"내일쯤 내려가 보겠습니다."

"그러게나. 그리고 엉뚱한 생각 말고 내 곁으로 올라오게. 우리가 또
할 일이 있는 것 같네. 봄은 왔다지만 아직은 안개 속의 시정거리를 측
정할 수 없네. 우리 모두 이성을 찾아야 하고, 결실을 가져와야 하네."

"선배님의 말씀을 귀담아 듣겠습니다."

백상은 김정허의 말을 하나의 의무감으로 발길을 묶지는 않았다. 어
느 곳으로 발길이 향할지 자신도 알 수 없었다. 역마살이 붙었다고나
할까, 어느 사이에 한 곳에 오래 안주하지 못하고 발길 가자는 대로 내
쳐 걸었다. 김정허는 그 점을 몹시 염려하였고, 백상의 발길이 자신의
말에 얽매이지 않으리라는 것을 잘 알고 있었다. 백상은 김정허의 집을
나와 윤사암을 만났다.

"토우가 이제야 제 모습을 드러낼 것 같아."

윤사암은 한 가닥 마음이 들떠 있었다.

"전시회를 열자구. 한마당 굿판처럼 신명나게 말이야. 대형 걸개그

림도 네거리 한복판에 걸고."

"갑자기 그 말을 하니까 천사의 나팔소리처럼 환상적인 영상이 떠오르는데. 옳지. 식기 전에 그려야겠어. 빨리 돌아와. 그래야 준비를 하지."

윤사암은 정월대보름날 달집을 태우는 아이와도 같이 상기된 얼굴로 당장이라도 걸개그림을 그릴 태세였다.

"알았어. 곧 돌아오지."

백상은 그런 윤사암을 뒤로하고 다음날 마산으로 내려왔다. 오강윤은 불편한 몸으로 난을 손질하고 있었다.

"서울은 긴장 속에서 바쁘지?"

"글쎄요. 저로서는 한치 앞을 가늠할 수 없는 가운데 한가한 마음마저 듭니다."

"그래? 자네답군."

"먹을 갈아 드릴까요?"

"그러게나. 붓만큼 마음을 편하게 하는 것도 없지. 서예를 배워 볼려나?"

"이런 기회에 그것도 좋겠습니다."

"앞으로 마음 정한 곳은 있나?"

"없습니다. 영원한 자유인이 되고 싶습니다."

"그러지 말고 당분간 이곳에 머물러 있게. 서예도 배우고. 한적한 재실이 하나 있는데 그곳에서 수양하는 셈치고 지내게. 손수 밥 지어먹자면 다소 귀찮고 번거롭겠지만."

"선생님께서 배려해 주시는 곳이라면 마음에 들겠지요. 당장 가보고 싶은데요."

"필요한 서적은 내게 있으니 마음대로 빌려다보게. 그리고 어머님을 비롯하여 선배들, 친구들에게 거처하는 곳을 알려주게. 근심 걱정을 덜어주어야 할 것 아닌가."

백상은 오강윤의 자상한 마음 씀씀이가 고마웠다. 친아들처럼 생각해 주는 그 사랑은 아버지에 대한 우정이 고스란히 전가된 것이리라. 오강윤은 백상에게 한시를 한 폭 담아 주었다. 백상은 먹을 갈며 이틀을 지내다가 오강윤이 말한 재실을 둘러보았다. 시골의 담백한 정취가 묻어났다. 백상은 그 속에 잠시 묻혀 지내기로 하였다.

재실에 머문 첫날, 백상은 어머니와 누님을 비롯하여 선배들과 친구들에게 편지를 띄웠다. 오랜만에 정감을 종이 위에 쏟았다. 마을사람들의 인심도 후하였다. 오강윤의 그늘 때문인지 늘상 따라 다니던 회색빛 경계의 눈초리가 보이지 않았다. 마을의 이장만은 의무상 할 수 없다는 듯 백상의 신분을 확인하였다. 그리고 곧바로 오토바이를 타고 온 담당 경관이 상견례를 하듯 다녀갔다.

백상은 하루하루가 무료하지 않았다. 김정허와 윤사암을 비롯하여 선배, 친구들로부터 답신이 왔고, 오강윤이 써주는 체본을 본받아 붓놀림을 하였다. 그리고 적당한 운동과 독서의 즐거움을 누렸다. 방구들을 덥히기 위해 땔감을 구해오는 일과는 신선한 산 기운을 머금을 수 있어 마음이 가벼웠다. 오일장이 돌아오면 자전거를 빌어 타고 나가 장거리를 구경하는 것 또한 새로운 활력소가 되었다. 갖가지 토산품과 먹거리는 봄날의 나른한 입맛을 돋우었고, 시골의 인심을 체감할 수 있었다.

"세상을 아주 잊고 지내는구만."

오강윤은 백상의 일과를 바라보며 젊음을 부러워하였다. 나도 저런 시절이 있었던가?

"세상을 잊은 게 아니라 새롭게 느껴봅니다. 봄날의 파릇한 새순을 잊고 있었거든요. 장날, 시골 아낙네들이 가져온 몇 푼어치의 풋거리에서 오늘의 현실을 직시하구요. 붓글씨만 해도 그렇죠. 선생님의 체본에서 세상의 명리가 무엇인가를 깨닫게 해 줍니다."

"수신제가가 따로 없구나."

"시조라도 한 수 읊조리고 싶으시죠? 비오는 날 대청마루에 나앉으면 그러한 마음이 더욱 간절합니다."

"세상일에 너무 달관하지 말게나."

오강윤은 백상의 활발한 모습이 마음 든든하였다. 어떠한 처지에 놓일지라도 밝음을 잃지 않으면 어둠을 물리칠 수 있는 것이다. 오강윤은 두보(杜甫)의 봄밤에 내린 희우(喜雨)를 화선지에 담아 주었다.

계절을 아는 좋은 비라
한 봄을 맞아 내리는구나!
바람 타고 남 몰래 야밤에 오는 봄비
세상 만물 적셔도 소리는 전혀 없네.

임야의 오솔길 검은 구름 속에 잠기고
강에 뜬 배에선 등불만 깜박이네
날 밝은 뒤 진 붉게 물든 곳 바라보면
금관성도 꽃바다 속에 잠기게 되리라

먹물로 묻어난 그 시는 오강윤의 오늘의 심정을 은연 중 말하고 있었다. 백상은 오강윤을 버스정류장까지 바래다주고 오랜만에 표상을 찾아보았다. 한동안 잊고 있었는데, 기적을 울리는 열차를 보는 순간 표상을 떠올렸다. 완행열차를 타고 지나치는 풍경은 농촌의 실물이 그대로 비쳐들어 따스하고도 궁핍한 현실이 피부로 느껴졌다. 열차의 속도만큼이나 완만하고 느릿하게 변화해 가는 농촌 풍경. 정체된 공간이면서도 세상의 인심을 말없이 담고 있음에랴. 표상은 여전히 바빴다. 표상에게는 계절의 변화도, 돌아가는 시국도 큰 영향을 미치지 않았다. 사계절 그저 바쁘게 돌아갔다.

"한번쯤 올 줄 알았지. 요즘은 어디에 있느냐?"

"조용한 재실에 있어요."

"거기는 어떻게?"

표상은 백상의 엉뚱하다 싶은 행동반경에 매번 놀랐다.

"오강윤 선생님 후원이지요."

"난 또 뭔가 했다. 이제 봄이 되어 기지개를 켤 네가 한가하게 지내다니 이해가 안 된다."

"개구리도 멀리 뛰기 위해 몸을 움츠리지 않던가요?"

"그런 철학이 깃들어 있는 줄 모르고 의아해 했구만. 여산 스님은 만나 보았나?"

"아닙니다. 내친 김에 지리산을 오를까요?"

"한 이틀 기다리면 이곳에 올 거야."

"무슨 일로요?"

"수행납자가 볼일이 따로 있겠나. 지나치다가 들리겠지."

백상은 기다리기로 하였다. 표상의 일도 거들어 주고 촉석루에 나가 의기의 혼백도 건져 올리며 시간을 보냈다. 여산 스님은 백상을 발견하고 반겨하였다.

"산토끼처럼 어디에 숨어 지내는가 했더니 바로 발밑에 숨어 있었군."

"제가 어디를 가겠습니까. 지리산 토굴에서는 언제 내려오셨습니까?"

"동안거가 끝나고 제주를 비롯하여 강원도까지 두루 돌아다녔지. 진주에 볼일이 있어 표상에게 미리 연락하였더니 너를 붙잡아 두었구만."

"가는 곳마다 공기는 어떠하던가요?"

"서울에 들러 무연 스님을 만났지. 서울에 있을 것 같으면 당연히 개운암에 머물 것인데 얼굴을 내비치지 않는다고 무척이나 걱정하더군. 서울의 공기는 세 마리 용이 용트림을 하는데, 글쎄 자칫하다간 엉뚱한 비구름이나 몰아오지 않을까 걱정이야."

"저도 그게 불안합니다만 설마 그러기야 하겠습니까."

"안심할 수 없는 게 세상사야. 자고로 밥 그릇 싸움은 스스로 화를 불러오지 않던가? 예감이 썩 좋지 않아."

"스님께서 그러시다면 문제는 심각합니다. 그 해법은 없을까요?"

"스스로들 마음을 비우고 지혜를 구해야겠지. 그게 바로 하늘의 마음이요, 사람의 바람 아니겠는가."

백상은 여산 스님의 말에 또 다른 불안의 불씨를 안았다. 무엇들을 하고 있는가? 여산 스님 말처럼 해법은 간단한데, 그게 마음대로 될까? 모든 사람은 한 번의 기회를 위해 살지 않는가. 가시나무새, 가시나무새……. 여산 스님과 헤어져 열차로 돌아오면서 생각은 여러 갈래로 파장 지어 차창에 비친 얼굴이 밤하늘의 구름을 타고 노닐었다. 재실로 돌아온 백상은 밤을 꼬박 새우며 벗들에게 편지를 썼다.

윤사암이 찾아온 것은 그로부터 며칠 뒤였다. 경주에 내려온 김에 어떻게 지내는가 보고 싶어 왔다는 것이었다. 윤사암은 활기에 넘쳐 있었다.

"좋은 곳이군. 정취가 있어. 머물고 싶은 욕심이 나는군."

"얼마든지 지내게나. 경주는 작업 때문에 온 건가?"

"빚어놓은 토우를 가지러 왔어. 모든 예술분야를 총망라한 거리굿 겸 전시회를 가지기로 하였지. 지방 순회전시도 하고 말이야. 부산과 이곳은 자네가 도와주어야겠네."

"기꺼이 참여를 해야겠지."

백상은 양조장에서 막걸리를 받아와 마을 이장과 더불어 밤이 깊도록 마셨다. 이장은 한잔 술이 들어가자 토종닭 한 마리를 안주로 잡았다. 자연스레 시국 이야기가 나오고, 앞으로의 정세 변화가 안주거리가 되었다. 백상은 되도록 말을 삼갔다. 술좌석에서의 대화는 그 자리에서 끝나야 하는데 대체로 시골 인심은 그렇지가 않았다. 한사람 입을 건너 뛰면 부풀려지기 마련이었다. 다음날, 백상은 윤사암과 경주로 향하였다. 도착할 때까지 숙취가 풀리지 않아 애를 먹었다. 윤사암은 남산요에 발을 들여놓기가 무섭게 토우를 챙겼다.

"강릉 여자분 말이오. 이번에 내려와서는 백형의 주소를 지니고 갔어요. 아무리 생각해도 두 사람 사이가 예사 아닌 듯싶어요."

남대궁은 토우를 다 챙기자 장난스레 말하였다.

"시절이 좋아지려나 봅니다."

백상은 가볍게 받아 넘겼다.

"자네라고 사랑이 없어서야 되겠나. 어쩌면 다른 사람들보다 영원한 동반자가 더 절실한 지도 모르지."

"굳이 부정하지는 않겠네. 운명이란 항상 예기치 않은 변수가 작용하니까."

백상은 윤사암의 말을 그리 타박하지 않았다. 사람의 마음이 가장 진솔한 경지는 사랑하는 마음과 경계가 없는 자유라고 하였다. 운명이라는 것도 따지고 보면 마음의 작용에서 비롯된다고 하지만 사람의 힘으로 막을 수 없는 알 수 없는 작용이 따르기 마련이다. 철저하게 운명 자체를 거부하고 외면할수록 심술궂게도 운명의 열림이 주어지는 게 살아가는 행보임에랴.

윤사암과 헤어져 재실로 돌아온 백상은 낯선 방문객을 맞았다. 첫눈에 눈빛이 예사 사람과는 달랐다. 수인사가 끝났을 때 백상은 자신의 예감이 맞아 떨어졌다는 것을 알았다.

"제가 찾아온 것은 일종의 용서랄까, 양심적인 인간의 참 모습을 보여주고 싶어서요."

방문객은 예상외로 차분하였다.

"저에게 그러실 필요가 있습니까. 직업상 그럴 수밖에 없었겠죠."

"아니오. 정년을 일 년 정도 앞두고 가만히 생각하니 내 스스로 과잉 충성이랄까, 욕심을 부렸어요. 다시 말해 남을 희생양으로 나의 영달을 꾀한 것이오. 시국도 급변하였지만, 참으로 면목 없고 부끄러운 일이었소."

"저는 잘 이해가 되지 않습니다."

"그러지 마시오. 난, 아주 나쁜 사람이오. 당신이 강원도 화전민 부락에서 연행되다시피 내려와 처음 마주쳤을 때, 솔직히 말해 이상한 환상에 사로잡혔소. 이자는 틀림없이 반국가적이다. 무언가 기밀을 지니고 암약하고 있다. 상당히 흥분한 거요."

그리고 그 같은 맹목적인 의문은 백상의 뒤를 추적할 때마다 배가되었다. 의심할 여지없이 고정간첩 아니면 그 끄나풀이다. 그러한 의구심이 들수록 백상의 행동반경은 종잡을 수가 없었다. 그럴수록 더욱 예민한 눈초리로 백상의 뒤를 추적하며 가상의 간첩을 만들기에 이르렀다. 곳곳에 덫을 쳐 놓고 걸려들기만을 기다렸다. 백상은 용케 잘도 빠져나갔지만 그때마다 값이 올라가면서 승진과 명예는 확고부동하였다. 기다리자. 조금만 더 기다리자. 그러는 동안 세상은 급변하였고, 환몽 또한 사라졌다. 한마디로 허탈하였다. 지금까지 그 만큼 비참하고 마음 상한 것은 처음이었다. 수사관으로서 수치심마저 들었다. 정년을 앞두고 무력감이 밀려들고, 몇 날을 고심한 끝에 이제라도 떳떳하게 남은 여생을 지내고 싶어 백상을 찾아온 것이다.

그래서 집요함을 보였구나. 백상은 쓰디쓴 씀바귀를 베어 문 기분이었다. 어떻게 그런 생각을 지닐 수 있었을까? 아니다. 능히 그럴만한 시대였다. 마음만 먹으면 얼마든지 조작이 가능한 시대였고, 한 인간의 운명을 나락의 구렁텅이로 내던질 수 있었다. 이 사람은 완벽을 기하기 위해 너무 많은 시간을 소비해 가면서 기다렸다. 그럴 때 기다림은 황금일 수 없다. 아니다. 올가미가 허술해서 걸려들지 않은 게 아니라 좀더 몸집을 부풀리기 위해 참고 기다렸기에 일신의 영달을 위한 기회를 놓쳤다. 그렇지 않은가요? 백상은 속으로 한바탕 웃음을 터뜨렸다. 시절이 변하니까 이제 와서 일말의 양심을 앞세운다? 그것 또한 너무 노회한 것 아닌가?

"그럼, 저더러 어떻게 해 달란 말입니까?"

"이해하고 용서하시오."

"물론 그래야겠지요. 하지만 그쪽을 이해하고 용서한다고 해서 저에게 씌워진 가시면류관은 벗겨지지 않습니다. 모르지요. 더욱 집요하게 고통을 줄는지……."

"봄기운이 찾아왔는데 상당히 회의적이시군요."

"세상은 한치 앞을 바라볼 수 없습니다. 우리는 그렇게 살아왔어요."

백상은 여산 스님의 말을 떠올렸다. 세 마리의 용이 피 흘리며 싸우다보면 그 어느 용도 승자가 될 수 없다는 것이었고, 그렇게 되면 또 다른 변수가 작용한다고 하였다. 여산 스님은 과연 앞날을 내다보고 한 소리였을까? 백상은 조금은 쌀쌀맞게 낯선 방문객을 보내고 나서 부산으로 향하였다. 장조카인 한식을 집안 모두가 걱정스러워하였다. 종부네로부터 부산 가거들랑 한식의 동정과 앞날을 말없이 이끌어 달라는 엄명을 받았다. 그리고 윤사임이 부탁한 전시회와 거리굿 장소를 알아보기 위해서였다.

겨울 추위를 제대로 모르는 곳인지라 화사한 햇살이 산동네를 오르는 백상의 등허리를 정겹게 떠밀었다. 아닌 게 아니라 어느새 봄기운을 품 안고 있는 안창골은 전보다 더 기꺼운 마음으로 다가왔다. 그 사이 토담집들도 올망졸망 빼곡히 들어찼고, 곤식이 말처럼 고향을 송두리 채 옮겨다 놓은 듯하였다. 이농현상의 극치였다.

4

자정이 지나 막 잠이 들었는데 누군가 가만한 소리로 잠을 깨웠다. 백상은 모둠으로 일어나 불을 켰다.

"외삼촌, 저예요."

"누구라고?"

"조카란 말이에요."

"아니, 네가 이 밤중에……!"

백상은 생각지도 않은 조카의 출현에 방문을 펄쩍 열었다. 깊은 밤 숨어들 듯 기어들어 가는 목소리로 찾아오다니.

"외삼촌을 찾느라 애를 먹었어요."

조카는 방에 들자마자 짚동 쓰러지듯 쓰러졌다. 이게 무슨 꼴인가? 얼마나 산 속을 헤맸는지 옷은 갈기갈기 찢어졌고, 얼굴은 상처투성이였다. 입술은 부르트고 머리칼은 봉두난발이었다. 한 짝을 채 벗어 던지지 못한 신발 또한 다 망가졌다. 백상은 신발을 벗기고 옷을 갈아입힌 다음 물수건으로 얼굴을 닦아냈다. 조카는 그대로 의식을 잃은 채였다. 백상은 꼬박 밤을 지새우며 조카가 깨어나기를 기다렸다. 어떻게 내가 있는 곳을 알았을까? 그 점도 의문이려니와 무슨 일을 당했는지 가늠할 수가 없었다. 조카는 다음날 한낮이 넘어서야 눈을 떴다. 목이 타는

지 냉수 한 그릇을 마시고 겨우 말문을 열었다. 목소리가 아직도 공포
와 두려움에 젖어 있었다.

"어찌 된 거야?"

"광주가 완전히 전쟁터가 되었어요. 시민군과 공수부대가 시가전을
벌였구요. 저도 무기를 조달하고 공수부대와 맞서 싸우다 친구와 간신
히 화순을 넘어 도망쳐 왔어요. 순천에 이르러 친구와 헤어지면서 주머
니에서 삼촌이 엄마께 보낸 편지를 발견하고 무작정 여기까지 왔어요.
그렇지 않아도 기회 있으면 삼촌을 한번 만나볼까 하고 편지 주소를 제
주머니에 넣어 두었었는데 이렇게 도움이 될 줄 몰랐어요."

"말은 들었다만, 그렇게 처절한 줄은 몰랐다."

"모든 통신망과 교통 진입이 차단된 가운데 피바다가 되었어요. 한
마디로 유혈사태로 번진 전쟁터요, 암흑세계예요."

"사상자가 많단 말이지?"

"시민군이 무차별 죽어갔어요. 우리들은 화순경찰서에서 무기를 탈
취, 합류하기로 하였는데, 길이 차단되어 들어 갈 수 없었어요. 외곽을
조이는 공수작전이 전개된 거죠. 패잔병이나 다름없는 신세로 쫓겨 여
기까지 왔어요."

조카의 눈에 눈물이 맺혔다. 그 눈물에서 사태의 진전과 참상을 보는
듯하였다. 백상은 서울의 봄은 이로써 꿈결처럼 사라져 버렸다고 탄식
하였다.

"……저는 외삼촌이 안 계시는 줄 알았어요. 비상계엄확대조치가 내
려지자 어머니가 제일로 걱정하셨어요. 틀림없이 붙잡혀 갔을 거라구요."

"난, 정치에 연루되지 않았다. 긴장감은 늦출 수 없다만."

백상은 조카의 건강과 안정이 절실하다고 생각하였다. 자신의 신변
이야 어느 곳을 가더라도 노출되기 마련이지만, 조카의 신변만은 안전

하게 지켜주고 싶었다. 무엇보다 극도의 공포에 사로잡혀 아직도 제정신이 아니었다. 고막이 총소리에 터져 나갔는지 총소리밖에 들리지 않는다고 호소하는가 하면, 소리 질러 악몽을 꾸기도 하였다. 한적한 산골이나 다름없는 이곳 재실에 유리 방치해서는 안되겠다는 생각이 들었다. 표상과 의논한 끝에 진주 병원에 입원시켰다. 마산보다 그곳이 더 안전할 것 같았다. 조카를 입원시키고 비로소 오강윤을 찾아뵈었다.

"나대로 궁금해 했지. 그러다 아주 재실지기가 되겠어."

"세상이 그렇게 만들지 않습니까."

"끝이 보이지 않는 암흑이야."

"광주사태를 들어보셨습니까?"

"일본 방송에서 보내는 뉴스를 단편적으로 들은 정도야. 신문사 사진기자로 있는 제자가 취재 차 갔다가 하마터면 총알받이가 될 뻔 하였다고 하더군. 취재 불능. 완전 통제구역 안의 전쟁터라는 거야."

"제, 조카가 시민군에 참여하였다가 간신히 도망쳐 나와 저를 찾아왔습니다. 표상에게 말하여 진주 병원에 입원시켰습니다."

"그럼, 상황을 소상하게 들었겠구만. 표상이 아는 병원이라면 안심할 수 있겠고. 하늘이 진노할 일이야."

"약간의 정신분열증세가 있어 제가 곁에 있어야겠습니다."

"얼마나 충격이 컸겠어."

오강윤은 창밖으로 시선을 던졌다. 전쟁의 참상을 직접 겪어보지 않았는가. 더구나 같은 동족을 정치적 야욕을 앞세워 무력으로 잔혹하게 진압한다는 것은 용서할 수 없는 일이었다.

"조카가 퇴원하는 대로 찾아뵙겠습니다. 선생님도 건강하시구요."

"나야, 몸이 불편한 덕분에 행동의 자유가 있지 않은가. 아이러니한 세상이야. 자네도 행동을 자제하게나."

오강윤은 쓰거운 웃음을 입술에 매달았다. 백상은 완행열차를 타고 진주에 도착하였다. 농촌의 풍경은 조금도 변함없는데 인간사는 그렇지가 않으니, 어찌 하늘과 땅에 대해 부끄럽지 않겠는가. 열차에서 내리면서 백상은 자신도 모르게 한숨을 내쉬었다. 표상이 병실을 지키고 있었다.

"바쁘신데 오셨군요."

"바쁜 가운데 한가함이 있네. 세상이 그렇게 만들지 않는가?"

"담당의사는 뭐라고 하던가요?"

"한 일주일 지나면 괜찮을 것이라고 하더군. 외상은 두드러진 게 없고, 허기로 인한 탈진상태와 정신적 충격으로 인한 분열증세가 있다고 하네. 젊은 학생이 어떻게 된 거냐고 묻는 바람에 궁색하게 둘러댔네."

"여러모로 고맙습니다."

"뭘, 새삼스러운 말을 하는가. 조카나 잘 돌보아. 내 갔다 저녁에 올 테니까. 위로주라도 한잔해야지."

표상은 백상의 어깨를 다정하게 두드려주고 병실을 나섰다. 믿음직한 맏형만 같았다.

"삼춘, 방금 오신 분과는 어떤 사이죠?"

"해방 전 외할아버지께서 보살펴 준 분이다. 우리 집에서 해방되던 해까지 숨어 지냈지."

"인연이란 참 길고도 묘하군요."

"그게 우리네 숨결이다."

백상은 조카의 병실을 지켰다. 무료하다 싶으면 표상이 먹거리를 들고 찾아와 이야기를 나누었다.

"앞으로 어쩔 셈이냐?"

"당분간 은둔 자중해야겠습니다."

"네 심정은 이해한다만, 무엇이 진실이고 무엇이 가식인지 이 나이에 알지를 못하겠다."

"콩잎보다 잡초가 더 무성한 시절 같습니다. 장마로 잡초가 무성하면 비 개인 다음날 그걸 뽑아 주어야 콩잎이 제대로 자라는데, 지금은 잡초 속에 콩잎이 시들어 갑니다."

"한마디로 악순환의 연속이다."

"참한 처녀 하나 소개해 줄랍니까?"

"갑자기 장가라도 가겠다는 거냐?"

"어머님 말씀대로 순박한 처녀를 아내로 맞아들여 고향에서 땅이나 갈아엎고 갯물이나 둘러쓰면서 살고 싶습니다."

"진정이렸다?"

"세상이 너무 공허롭잖아요. 모순 덩어리고."

"너한테 시집올 처녀가 있으려나 모르겠다. 언제 역마살이 발동할지 예측할 수 없으니까."

백상은 표상의 말에 웃음을 깨물었다. 밤하늘 무수히 반짝이는 별들은 저마다 중심을 잡고 자기 공간을 운행한다. 그 속에 떠돌이별이 있으니, 광활한 우주공간을 마냥 떠돈다.

"너에게 무엇을 할 거냐고 묻는 내가 잘못이다. 가자. 술이라도 한잔하자."

표상은 백상과 병원을 나섰다. 분노의 함성으로 부딪쳐 피를 흘리는 것보다 한 발 물러서서 냉소적인 눈으로 세상을 비관하는 것이 더 마음을 상하게 한다. 백상은 자칫 그러한 외나무다리 위에 서서 자신의 몸을 가눌 수 없어 하는 가사상태에 이를지도 모른다. 그렇게 되면 광기 어린 폐인이 되기 쉽다. 한 세대마다 그러한 희생양들이 얼마나 많은가. 백상의 주량이 부쩍 는 것도 세상을 회색빛으로 바라보는데서 오는 것이리라. 눈앞에 학재가 유령처럼 다가오고, 무공의 벌거숭이 미치광이 춤사위가 펼쳐졌다. 그리고 자신도 모르게 눈가에 이슬이 맺혔다.

백상은 조카의 병상을 꼬박 보름 동안 지켰다. 퇴원해도 좋다는 담당 의사의 말에 퇴원을 서둘렀다. 조카도 병실을 답답해하였지만, 소식을 몰라 전전긍긍해 할 누님의 마음이 밟혔던 것이다. 표상은 입원비 일체를 부담하였다.

"어디로 갈 거냐?"

"저의 집으로 가겠습니다. 누님과의 연락도 그 쪽이 편할 것 같고, 저도 집에서 조금 쉬고 싶습니다."

백상은 표상의 염려스러운 얼굴을 뒤로하였다. 조카를 앞세우고 집으로 돌아왔다. 종부네는 채전밭을 일구다가 영문을 알 수 없다는 듯 허리를 펴며 어리둥절 놀랐다.

"누님 집에서 오냐?"

"표상에게 신세를 지고 옵니다."

백상은 간략하게 그간의 사정을 이야기하였다.

"근께, 뭐할라고 서울서 대학을 댕기라고 한께 부득부득 광주에 내려와 학교에 댕기면서 그 난리를 겪었냐?"

"외할머니, 이런 사태가 날 줄 누가 알았어요."

종부네의 질책에 조카는 천진한 얼굴로 대답하였다.

"느그 집은 어쩐다냐? 듣기로는 골목골목 분탕질을 쳤다는디."

종부네는 생각만 해도 몸서리가 쳐졌다.

"누님 집이야 무슨 일이 있겠습니까."

백상이 대신 대답하였다. 앞산머리가 가까웁게 다가서는 것을 보니 한줄기 비라도 올 모양이었다.

"너도 거기 있었냐?"

"외삼촌은 다른 곳에 계셨어요. 제가 찾아갔어요."

"좌우지간 이랄 때일수록 몸 사리거라. 다친 놈만 억울하니께. 그리고 얼른 느그 집에 소식을 전하거라. 느그 에미 애간장 다 녹았겠다."

종부네는 외손자가 데모대에 물든 것은 암만해도 백상의 영향을 받은 것이라고 지레 짐작하였다. 그렇지 않고서야 어떻게 그 난장판을 뚫고 백상에게 달려갔겠느냔 말이다. 데모도 대물림하는 건가? 스스로 울화증이 차올라 애꿏은 담배만 피워 댔다.

"외할머니, 힘든 일 있으시면 말하세요. 외삼촌과 할게요."

"오냐. 안 그래도 젊은 일꾼들이 없어 야단들인디, 우리 집 일뿐이냐. 온 동네일은 다 맡아서 하거라."

종부네는 밉살스럽게 눈을 흘겼다. 그보다 더 못났고 못 배운 놈들도 도시에 나가 번듯하게 사는데, 무엇으로도 바꿀 수 없는 알토란같은 청춘을 데모다, 방랑이다, 허랑방탕해? 종부네는 마음을 진정시키며 저녁을 준비하였다. 며느리를 밀어내다시피 명상에게 딸려 보내고 혼자 밥상에 나앉으면 심난하기만 하여 밥맛이 저절로 사그라졌다. 백상은 조카와 집안일을 도우며 생활하는 게 재미있었다. 조카의 활달하고 구김살 없는 모습은 명상을 연상시켰고, 백상의 회색빛 마음을 걷어냈다.

"외삼촌, 농사짓기가 무척 힘든데도 무언가 상쾌함을 줘요. 마음 같아서는 드넓은 농장을 가꾸고 싶은데요."

"마음의 농사부터 잘 가꾸고 나서 다음을 도모해야겠지. 치세와도 무관하지 않으니까."

"외삼촌, 말끝마다 교훈적인 의미는 담지 말아요. 노동의 대가를 즐거움 속에서 찾으면 되는 거예요."

"네 말이 맞다. 때로는 맹목적인 삶이 가장 가치가 있을 때가 있다."

"작은 외삼촌은 왜 이 좋은 곳을 떠났는지 모르겠어요. 바다 빛 자체가 황금빛으로 보이는데요."

"우리가 한번 황금빛을 건져 올려 빛살 곱게 수놓을까?"

"그것도 싫지 않군요."

"난, 이제서야 고향이 무엇인지 알았다. 고향은 아무도 거부하지 않는다. 어떠한 패배자도 따스한 온기로 받아들인다."

백상은 조카와 바다에 나가 고기를 낚고, 갯벌을 뒤집어썼다. 어린 날의 추억이 비릿하게 배어났다. 때로는 재문과 현오와 어울려 술잔을 마주하였다. 철저하게 세상사를 잊고 싶었다.

"느그들이 있응께 내 마음이 갈수록 푸근해진다. 진작 이렇게 살았으면 얼마나 좋았것냐."

"외할머니, 이리 돌아누우세요. 제가 안마 해 드릴께요."

"그래라. 어따, 니 손은 꼭 느그 외삼촌 어렸을 때 손맛 그대로다. 어이구나, 시원타!"

종부네는 외손자도 곁에 살면 쓸모가 있겠다고 흐뭇해 하였다. 사람이 어울려 살면 이렇게도 좋은 것을. 청승맞게 오도카니 혼자 앉아 그놈의 사기극이나 다름없는 텔레비전 뉴스나 보자니 도대체 훈기가 없었다.

5

죽은 줄만 알고 눈물을 앞세우고 이 병원 저 병원 영안실을 찾아다니며 아들의 시신을 확인하고 다니던 누님이 소식을 듣고 달려 내려오고, 조카가 돌아간 뒤에도 백상은 집에 남아 종부네의 외로움을 덜어주었다. 정국은 반칙왕다운 정권이 들어서고, 그에 따라 전개되는 냉기류 속에서 백상은 숨죽인 채 집에서 붙박혀 지냈다. 종부네는 백상이 점점 말수가 적어지는 모습에서 짜안한 생각이 들었다. 네놈 속이 얼마나 답답하것냐. 갯물 둘러쓰고 살 놈들은 다들 고향을 떠나고, 백면서생이나 다름없는 너는 갯물을 둘러쓰고 있으니 말이다. 그러면서도 한편으로는 그녀러 족신통이 발작하여 언제 바다를 건너뛸지 몰라 마음 졸였다. 지 애비도 살아있을 때는 하마 집을 떠날까, 전전긍긍하였는디 자식까지도 그러니, 원. 내 팔자가 마음 졸이다 끝날 모양이다. 종부네는 담배꽁초를 모지랍게 눌러 끄고 텔레비전을 켰다.

"아니, 저게 뭐라냐? 백상아, 저것 좀 보그라."

백상은 종부네의 놀라는 소리에 안방으로 뛰어들었다. 뉴스마저 귀를 틀어막은 지 오래되었다. 종부네는 텔레비전 화면을 가리켰다.

이산가족 찾기. 가슴을 울리는 노래가 좍 깔리면서 눈물 젖은 얼굴들이 서로 부둥켜안은 채 화면을 가득 채웠다. 백상은 갑자기 심장이 얼어붙듯 하였다. 한동안 화면 속으로 빨려들어 갔다.

"우리만 서러운 줄 알았던마는 전국방방곡곡 저렇듯 많은 사람들이 생사를 모른 채 헤어진 아픔을 지니고 살았다냐? 이것이 뭔 일이다냐."

"그러게요."

백상은 세상 돌아가는 것과는 아예 담을 쌓고 지낸 터라 이것은 느닷없는 날벼락 같은 현실이었다. 김정허를 비롯하여 선후배, 친구들이 소식을 몰라 편지를 보냈을 때도 답신을 하지 않았다.

"꿈이 아닌지 모르것다."

종부네는 뜻 없이 가슴이 울렁거리며 마음이 들떴다. 혼란스럽다고나 할까, 갈피를 잡을 수 없는 혼돈 속에서 제일 먼저 떠오른 것은 남편의 모습이었다. 아무리 세월이 흘렀어도 남편의 얼굴은 어느 한구석 지워지거나 잊혀지지 않았다. 살아있다면 만날 수 있다는 희망과 기대감을 텔레비전에서 현실로 다가서게 하였다.

"아버지를 만날 수 있겠어요?"

백상은 어느 정도 마음이 진정되자 한 가닥 회의를 머금었다.

"살아만 있다면 원도 한도 없겠지야. 이 많은 세월을 오직 기다림으로 지새웠는디……."

"저는 희망을 지니지 않기로 했습니다."

"그럼, 뭣 땜새 이날 이때까지 산천을 헤맸느냐? 우리도 만나보자."

"실망과 허탈감이 클 텐데요."

"아니다. 느그 아부지는 살아있다. 이적지 그 마음이 한 번도 변하지 않았다. 김공개가 설핏 느그 아부지 모습을 보았다고 하였을 때도 믿지 않았다만, 이산가족 만나는 것을 본께 얼마든지 가능성이 있것다."

"어머니 마음이야 그렇지요."

"저렇듯 쉽게 만나는 것을 왜 눈물과 한숨으로 보냈을끄나?"

종부네는 화면 속에서 눈물로 얼싸안을 때마다 함께 눈물을 내비치며 밤잠을 이루지 못하였다. 백상은 종부네의 성화에 못 이겨 바다를 건너뛰어 누님 집을 찾아들었다. 조카가 반겼다.

"저놈 땜새 네가 고생을 했다."

"그 덕분에 어머니께 효자 노릇을 한 걸요."

"참말로 얼마나 애간장을 태웠는지 모른다. 어쩐 일로 나온 게냐. 또 집 나온 것은 아니지야?"

"옥서 삼촌 약혼녀 있지요?"

"갑자기 그 사람은 왜?"

누님은 뜨악한 표정을 지었다. 난데없는 홍두깨 식이었다.

"만나봤으면 합니다. 주소를 알지요?"

"그 딸이 우리 집에 하숙했을 때야 사는 곳을 안다만, 그때가 언젠디 아직도 그곳에 있을라디야."

"추적해 보면 알겠지요."

"헌디, 그 사람은 만나서 뭘 할라고야?"

"옥서 삼촌 죽음을 다시 한 번 확인해 보고 싶어서요."

"잔잔한 가슴에 괜한 평지풍파를 만들지 말거라. 세월 속에 묻고 조용히 살고 있는디."

"판봉이 말도 그렇고, 이장(移葬)할 때도 판봉의 고백과 일치하고, 무언가 석연치 않은 게 가슴에 남아 있어서요. 이번 기회에 만나 사실여부를 확인해야겠어요. 판봉이 말이 사실로 드러난다면 이산가족 찾기에 나서야겠어요."

"허무맹랑한 소리를 한다."

"아닙니다. 꼭 만나야겠어요."

"네 마음이 그렇다면 어디 있는지 찾아보자. 하두 오래라서 주소 쪽지가 있는가 모르겠다만. 그 일로 내게 왔냐?"

"어머님이 잠을 이루지 못해서요."

"옥서 삼촌은 그렇다 치고, 아부지는 찾지 말았으면 한다."

"누님께서 그런 말씀을 하시다니요?"

"생각해 봐라. 아직도 시국은 동토나 다름없지 않느냐. 우리 같은 처지의 사람들은 접수창구에서 받아주지도 않으려니와 설사 아부지께서 살아 계신다 해도 선뜻 나타나시겠냐. 나도 여러모로 따져보았다만 한마디로 회의적이다. 더 긴 세월을 기다려야 할까 보다."

"누님의 그 말씀도 일리가 있습니다."

백상은 잠시 자신의 감정을 누그러뜨렸다. 누님은 밤을 새우다시피 한옥서 약혼녀의 주소를 찾은 끝에 한쪽이 찢겨져 나간 빛바랜 종이쪽지를 찾아냈다. 그녀는 목포에 살고 있었다. 백상은 날이 밝자 목포로 내려갔다. 그 사이 시가지는 많은 변화를 가져와 이마에 땀방울을 맺히게 하였다.

"그 분들이오. 대전으로 이사를 갔다가 삼 년 전엔가 이민을 갔어요."

어렵사리 그녀와 이웃하고 지냈다는 사람을 만나 듣게 된 첫마디였다. 백상은 힘이 쭉 빠졌다.

"어느 나라로 갔지요?"

"일본으로 간다고 하였어요. 남편의 친척이 재일교포라든가, 하여간 해방과 더불어 남편이 일본에서 귀환동포에 섞여 귀국했다는디, 그래서인지는 몰라도 친인척이 없는 것 같았어요. 별로 사람 사귀는 것도 원치 않고라우. 친정 사람들도 전혀 내왕이 없었고요. 딸 하나와 부부가 그림자처럼 살았는데, 지금 생각하면 쪼깐 이상했어라우. 외부와 너무 차단된 생활이었구만요. 나도 이웃에 살았어도 집을 찾아간 적은 없었고, 상점, 아니면 지나치는 길에 마주쳐 이야기를 나누는 정도였어요. 그래도 지가 유일한 말벗이었구만요."

"남편의 직업은요?"

"시장 통에서 기성복을 만들어 도매로 넘긴다고 하였어요. 재단 솜씨가 뛰어나 꽤나 괜찮은 편이었구만이라우. 저도 대전으로 이사 가면서 선물로 한 벌 받았는디, 제가 제일 아끼는 옷이구만요."

"따님은요?"

"부부가 워낙 인물이 출중하여 잘 생겼어요. 지나치는 말로 딸의 장래를 위해서도 숨 막히는 이 나라에서는 못살겠다고 하였는디, 아마 딸의 유학도 생각한 나머지 겸사겸사 이민을 갔지 싶어요."

백상은 허정한 걸음으로 돌아서 열차에 올랐다. 재단사라? 가만, 한옥서는 양복 재단에 남다른 기술과 안목을 지녔다고 하였다. 그렇다면? 백상은 갑자기 심장이 뛰었다. 재일교포 귀환 동포였다는 것도, 이름까지 변성명한 것도, 철저히 자신의 신분을 감추기 위한 것은 아니었을까? 그렇다. 한옥서임에 틀림없다. 판봉이 말대로 한옥서는 죽지 않았다. 한옥서의 무덤이 그걸 증명해 주지 않았는가. 그리고, 그녀는 한옥서의 혼백을 끌어안은 채 다른 사람은 거들떠보지 않다가 얼마의 세월이 흐른 뒤 고향을 떠나 남 몰래 결혼을 하였다. 아니다. 좀 더 냉철해지자. 흥분은 금물이지 않는가. 그녀는 한옥서와 똑 같은 직업을 가진 귀환동포를 남편으로 맞았는지도 모른다.

백상은 머리가 혼란스러웠다. 어떤 쪽으로 가닥을 잡아야 할지 판단이 서지 않았다. 당장 일본으로 쫓아가 확인할 수도 없었고, 안타까웠다. 왜, 진즉 그녀를 만나보지 못하였을까. 그녀는 점점 긴장상태로 몰아가는 정국에 대해 불안감과 두려움을 느낀 나머지 자신들의 비밀이 드러날까 보아 일본으로 이민을 감행하였는지 모른다. 하필이면 일본인가? 거기에는 또 무슨 함수관계가 있는 건가? 백상은 서울역에 도착할 때까지 홍역을 앓듯 머리를 싸안았다. 아무리 머리를 쥐어짜도 명쾌한 해답이 나오지 않았다. 언젠가는 그녀를 만나야 한다. 그날이 언제일까? 서울역에 내린 백상은 김정허를 찾았다. 건강이 좋아 보이지 않았다. 콧구멍만한 서재에는 온통 책과 원고지가 널브러져 있었다.

"올 줄 알고 기다리고 있었지. 고향에서의 생활은 좋던가?"

"오랜만에 건강한 생활을 누렸습니다. 선배님은요?"

"자네 얼굴에서 그게 느껴지네. 나, 말인가? 보다시피 백수야. 비상의 날개를 접은 도시 속의 은둔자지."

"절망과 분노는 고행자의 양식 아니겠습니까."

"그래. 독재의 거친 숨결은 영원할 수 없어. 민주화를 위하여 다시 불을 지펴야지. 우리의 민중들은 나날이 혜안이 열려가고 있어. 광주항쟁의 엄청난 파장은 머지않아 봇물을 이룰 거야."

"저도 조카를 통해 알고 있었습니다."

백상은 김정허와 하룻밤 보낸 뒤 윤사암을 만났다. 윤사암은 초췌한 모습이었다.

"정말 재미없는 세상이야."

"그게 어제 오늘인가?"

"이걸 감상해 볼려나?"

윤사암은 판화 한 점을 내보였다.

"걸작이군. 자네의 분노가 시뻘겋게 들어차 있네."

백상은 윤사암의 판화를 들고 한바탕 춤을 추었다.

"자네의 춤사위가 왜 그리 슬퍼 보이는지 모르겠네."

"그런가? 경주에서 빚은 토우는 아직도 창고 속에 처박혀 있는가?"

"불행한 운명들이야. 또 얼마의 세월을 기다려야 할지……."

"난, 잠깐 갈 데가 있네."

"어디를?"

"만남의 광장이야."

백상은 허정한 걸음으로 만남의 광장으로 나갔다. 만남의 광장에는 온갖 사람들이 주위를 서성이며 눈물을 흩뿌리고 있었다. 백상은 그들 속에 묻혀 솔방울처럼 맺힌 가슴 아픈 사연들을 돌아보았다. 백상은 그 많은 사연들을 꼼꼼히 확인한 다음 자신도 모르게 한옥서의 약혼녀를 찾는다고 또박하게 쓴 다음 게시판에 꽂았다.

"여기서 만나뵙군요."

막 돌아서려는데 여인의 목소리가 백상을 붙들었다. 뜻밖에도 강릉 사선대 그녀였다.

"여긴 무슨 일로?"

"저도 이산가족이잖아요."

"아직 부모님을 못 찾았어요?"

"전에 말씀하신 화전민 심마니를 찾아갔을 때는 이미 서울 산다는 아들 곁으로 이사한 다음이었어요."

"이사 간 주소라든가, 행방을 알 수 있을 텐데요."

"그게 쉽지만은 않더군요. 그리고 만약을 생각하였을 때 그 실망감과 허탈감을 감당하기가 두렵기도 하였구요."

"그래요. 가슴 떨리는 일이지요."

백상은 기대감이 무너졌을 때의 그 마음을 이해하였다.

"저와 함께 갈 곳이 있어요."

"어딘데요?"

"인사동에다 민속품 가게를 열었어요. 강릉 사선대는 그대로 놔두고요. 언젠가는 백상씨가 필요로 할 때가 있을 것 같아서요."

"과분한 배려십니다. 다음 기회에 들리면 안 되겠어요?"

백상은 그녀가 부르는 호칭이 아주 낯설게 들렸다.

"아니에요. 꼭 봐야할 동심 어린 살아 숨 쉬는 토우가 있어요."

살아 숨 쉬는 토우라……? 백상은 그 말의 의미가 선뜻 집혀 나오지 않았다. 무거운 발걸음으로 그녀와 나란히 만남의 광장을 벗어나려는데 커다란 자막이 백상의 시야를 가로막았다.

─ 한민서를 만나고 싶습니다 ─

백상은 순간 타는 갈증을 느꼈다. 명상이 다녀간 게 아닐까? 백상은 명상을 만나고 싶었다. 사선대, 그녀에게 양해를 구하였다.

"그러세요. 언제라도 오세요. 살아 숨 쉬는 토우가 기다리고 있으니까요. 아시겠어요?"

그녀는 명함을 건네주고 나서 선선히 놓아 보냈다. 백상은 그녀의 마지막 말의 의미를 가슴에 여미고 따지지 않은 채 바삐 동대문시장을 찾아들었다. 명상은 가게 문을 닫고 있었다.

6

경부선에 몸을 실은 백상은 차분하고 느긋한 기분으로 돌아갔다. 서울에서의 몇 날은 예전에 느껴볼 수 없었던 긴장감과 마음의 부담을 안겨 주었다. 무엇보다 잠자리가 편하지 않았다. 명상을 의식해서일까. 꼭 집어 그렇다고는 할 수 없었지만 명상을 곁에 두고 동가식서가숙한다는 게 마음이 편치 않았다. 형 말이지요. 어떠한 경우라도 숙식만은 저의 집에서 해야 합니다. 명상의 말 한마디는 한 짐 소금가마를 짊어진 듯하였다. 더구나 제수씨의 정성을 다한 무언의 상차림은 영 미안스러웠다. 하여 서울역에 나온 것인데, 호남선 열차를 타지 않고 경부선을 탄 것이다. 부산과 진주를 거쳐 한 바퀴 인심을 맛보고 싶었다. 이제는 마산의 오강윤 선생님과 진주의 표상과 더불어 부산의 안창골에서 가쁜 숨을 들이쉬며 사는 고향 사람들의 체취가 마음을 살갑게 하였다. 형님이 어머니를 모시고 살겠다고 하니까 비로소 마음이 놓이요. 형님의 족신통은 아무도 예단할 수 없지만 지금의 마음자리가 중요하지 않것소. 무엇보다 지가 근심 걱정을 덜게 됐다 그 말입니다. 그리고 현 시국을 돌아볼 때 잠시라도 좋으니까 고향에 가만히 계시는 것도 형에게는 이익이 될 것이오. 명상의 그 말은 김정허도 이미 앞을 내다보고 하는 말이었다. 우리 눈 뜬 장님처럼 잠시만 침묵으로 세월을 기다리자. 아무리 차가운 동토도 봄기운에 녹아내리기 마련이다. 그리고 얼어 죽었을 것으로 생각한 새싹은 어김없이 봄을 노래한다. 그래. 한 사오 년 물밑에서 노니는 물고기 마냥 바다 가운데 떠있는 섬에서 봄기운을 기다리자. 눈 뜬 장님처럼 침묵으로 보낸다지만 그 가운데 소리 소문 없이 봄을 맞을 준비를 할 것이다. 어머니에 대한 못 다한 효도도 해 드리고…….

열차는 한밤의 시간과 공간을 뛰어넘어 새벽으로 내달았다. 그리고 아버지를 찾는다는 사람은 누구일까? 명상은 만남의 광장에 나가지 않았다고 하였다. 백상은 의문에 싸인 구름 안개를 헤치다가 김천을 지나면서부터 깊은 잠에 빠졌다. 그리고 동트는 새벽 부산에 도착하였다. 부산역에 내린 백상은 어디로 갈까 잠시 망설이다가 용무의 상회를 떠올렸다. 이 시간에 깨어있을지도 모른다는 막연한 생각이 들었던 것이다. 백상의 예상은 들어맞았다. 남포동 일 번지 상가는 벌써 깨어나 있었다.

"바람처럼 어디서 오는 거요? 피곤해 보이는디, 잠시 쉬고 있으시오."

용무는 선하품을 하다말고 백상을 반겼다. 상회에 딸린 방문을 열었다. 중간상인 두엇이 방문소리에 부시시 일어났다. 백상은 염치불고하고 그들이 덮힌 이불 훈김을 둘러썼다. 문밖에서 클랙슨 소리가 들렸다. 바야흐로 유령과도 같은 상가가 기지개를 켜며 모둠발로 일어났다. 어둠 속을 달려온 상인들의 후줄그레한 모습들이 하품을 깨물며 소란을 떠는 속에서 상가는 완연히 활기를 띠었다.

도시의 삶은 이곳에서 인화되어 하루를 밝힌다. 빌딩군은 아직도 셔터가 굳게 내려져 있는데, 이곳은 땀 배인 입김으로 홰를 친다. 시골의 수탉은 이미 목이 비틀린 지 오래되었고, 자명종소리도 역사의 유산으로 화석화되어 버렸다. 낮과 밤의 구별이 애매모호한 속에서 기계적으로 아침을 맞이할 때, 이곳 바다의 고혼들은 저마다의 탈을 쓰고서 새벽을 헹가래친다.

"자아, 입찰이오, 입찰!"

용무는 짤랑짤랑 주판알을 흔들었다. 중간상인, 거상, 소상, 차떼기 행상들이 진을 친 가운데 각기 풋풋한 모양새로 탈을 쓴 물건들이 얼쑤, 얼쑤, 선을 보였다. 빙 둘러선 상인들은 매물을 훑어보고 서로의 눈치를 살피며 은밀하게 주판알을 튕겼다.

"30, 35, 44, 47, 50, 또 없어요? 그럼 50으로 낙찰 짓습니다. 자아, 또 다음이오."

용무는 자신도 모르게 신바람이 났다. 상회마다 시끌덤벙 온통 열기로 가득하였다. 이것은 새벽녘에 우쭐거리는 삶의 숨결이요, 훈김이다. 넘실거리는 넓고 푸른 바다에서 잡아 올린 생명의 화신이다. 그 숨결 너머로 검게 그을린 어부의 모습이, 억세고 거치른 손길이 가슴을 아리게 한다. 아, 푸르름으로 가득한 바다의 영혼이여! 경리를 보는 박양이 전화 받으라고 소리쳤다.

"바쁠 때는 전화까지 사람을 죽이는구만."

용무는 입찰을 붙이다 말고 바쁘게 송수화기를 넘겨받았다. 산지(産地)에서 걸려온 전화였다. 나, 황인디, 돌아가는 시절이 밑바닥 시세라 당분간 관망하는 게 좋겠구만. 아, 그게 어제오늘의 시세요? 하여지간, 나는 손 놓았으니께 그렇게 아서. 알것소. 또 연락합시다. 용무는 송수화기를 내려놓았다. 어두운 그림자가 출렁거렸다. 산지에서 일어난 태풍은 곧 이쪽을 강타할 것이다. 태풍의 강도를 빤히 알면서도 비켜설 대책이 아득하였다.

"자, 다음은 누구 차례요?"

용무는 그늘진 구석을 몰아내며 주판알을 흔들어 댔으나, 아까와는 달리 신명이 나지 않았다. 무분별한 농수산물 수입은 우리네 고유의 제방을 허물어뜨리기 시작하였다. 입찰은 산적한 상품의 물량보다 매기가 적어 빨리 끝났다. 바닥세로 곤두박이치는 어제와 오늘의 하락세에 모두들 주춤거리며 관망하였다. 수하물을 창고에 재고하고 났을 때는 정오가 되었다. 목이 마르고 시장기가 들었다. 용무는 백상을 일으켜 세우고 단골로 식사를 정해놓은 모정집을 들어섰다. 상인 몇 사람이 진을 치고 앉아 있었다.

"오늘 입찰에 재미들 보았소?"

"재미나마나 버선발로 나앉을 모양이네. 운송비도 나오지 않을 것 같고, 자살이 따로 없구만."

"이곳도 죽어날 사람이 하나 둘 아닌 성싶으요."

"까짓것, 올해 죽 쑤면 내년에 기회를 잘 포착하여 이밥 지으면 될 게 아닌가. 불황 속에서도 상거래는 된다고, 언제까지 코피를 쏟을 수는 없지러."

"자네야 부업이나 다름없으니께."

"전 재산이 달려있는데 부업이라니?"

"그럼, 목숨이 경각이구랴."

"말이라고 하는가. 이놈의 장사 그만 두어야지 생사람 말라죽겠어."

"배병산은 용케 첫물에 한몫 봤다며?"

"그러게요. 제대로 목을 짚었는가 봅니다."

용무는 단 한번으로 승부를 낸 듯 모습을 보이지 않는 배병산의 다음 행보가 궁금하였다. 어쩌면 현명한 자제력인지 모르지. 용무는 백상이 침묵을 지키며 점심상에서 물러나자 시더분하고 비관적인 대화가 오가는 술좌석에서 먼저 일어났다. 상가는 파장이나 다름없는 시골 장처럼 떠들먹하던 열기가 가라앉아 있었다. 더러는 끼리끼리 모여 앉아 화투판을 벌이고 있었다. 용무는 박양이 내온 차를 마시며 밑바닥 시세로 곤두박이치는 암담한 현실을 어떻게 대처해 나갈까 고심하였다. 시궁창에 처박힌 중고차처럼 탄탄대로 위로 끌어올리기에는 어려운 국면에 이른 듯하였다. 상가는 점점 활기를 잃어가고 있었다. 상인들은 울상을 지은 채 시세를 관망하며 빈둥거렸고, 상회는 상회대로 입찰경매가 없어 소매업으로 전락하였다. 부도가 날까 전전긍긍하였으며, 벌써부터 심각한 위기에 처한 상회가 나타났다. 그렇다고 마냥 뒷짐을 진 채 멀거니 바라보고만 있을 수도 없는 노릇이었다.

하여간 큰일이야. 용무는 눈을 지그시 감은 채 앞날을 걱정하였다. 부푼 가슴으로 힘차게 내딛었는데, 일시에 내려앉은 붕괴만 같았다. 수자원이 점점 고갈되어 가는 현실을 심각하게 받아들이지 않고 인생을 투자하기에는 때가 늦었지 않았느냐고 하던 마누라 대하기가 민망스러웠다. 그 점을 거울 속 들여다보듯 잘 알면서 고집스레 상회 간판을 내단 것은 어째서인가? 그래. 이대로 비칠거리며 물러설 수 없지. 비릿한 갯내음을 맡으며 애스러운 마음으로 현실을 타개해 나가자. 용무는 새삼 단 한 번의 손익계산을 따지고 자족한 배병산의 사리 분별한 지혜로움을 떠올리며 비죽이 웃음을 머금었다.

"저, 수금 좀 나갔다 오겠어요."

판매대에 물건을 진열해 놓고 앉아있던 박양이 조심스레 말하였다. 박양은 무료를 잊기 위해 소꿉장난하듯 판매대 위에 상품을 주먹 주먹 올려놓고 오가는 사람들을 바라보았다.

"내가 나가있을 게."

차를 다 마신 백상은 보던 석간을 집어 들고 뭉기적 자리에서 일어나 판매대 앞에 나앉았다. 박양은 수금장부를 들고 상회를 나서고 없었다. 할 일없이 앉아 있기가 무료하여 그렇겠지만 스스로 일을 찾아 나서는 그녀가 귀염성이 있었다.

"박양이 좋아하는 것 같던데 어떠시오?"

"별 싱거운 소리를 다 한다. 누가 한물간 노총각을 좋아 하겠냐."

백상은 용무의 농담 어린 말을 귓결로 내쳤다. 처마 끝에 머물고 있는 햇살은 두터웠다. 눈 질끈 감고 아예 소매업으로 나앉은 건너편 남동상회는 인내심 깊게 오가는 사람들을 눈 흘기며 태평스러웠다. 도리 없이 불어 닥친 현실을 자조할 게 아니라 이럴 때일수록 가는 똥 싸는 게 상책이라는 것이었다. 남동상회의 그 같은 타개책은 현재의 상황을 슬기롭게 대처해 나가는 최선의 궁여지책이리라. 상인은 무엇보다 임기응변과 변신에 능해야 살아남을 수 있을 터였다. 체면 차리고 자존심 내세우다가는 부러지기 마련 아니겠는가. 지나치는 손님들은 값을 물어보고 어루만져 볼뿐, 사려는 마음들은 아니었다. 싸면 비지떡이라고, 흔하면 개도 물어가지 않는다고, 꼭 그런 마음만은 아니었다. 싸면 싼대로, 비싸면 비싸다는 이유로 눈요기만 하고 돌아섰다. 그 만큼 시장경제가 말이 아니었다.

"이건 윤기가 자르르 흐르는군요."

지나치던 부인이 걸음을 멈추었다. 사십대 중반 같은데 삼십대 피부처럼 고왔다. 한복으로 휘감은 태깔 또한 곱상하였다.

"자살로 물든 김이라서 그런가 봅니다."

"자살로요?"

"신문에 나지 않았던가요? 난동(暖冬)으로 바다 흉년이 들어 자살한 사건 말입니다. 바로 그곳에서 난 김입니다."

"그러세요? 제 가슴이 숙연해지네요."

백상의 웃음진 말에 치마말기를 추스르며 김을 매슬러 보았다.

"고향이 바닷가라도 됩니까?"

"초등학교 사 학년 때까지 바닷가에서 살았어요. 지금도 친정아버지께서 새벽같이 일어나 통나무 도마 앞에 쭈그리고 앉아 김을 방망이질

하듯 잘게 부수는 모습이 눈에 선해요."

"훈훈하고 정겨운 추억입니다. 그 추억을 사 가십시오."

"큰언니가 외국에 나가 사시는데 심심하면 옛 추억이 생각난다면서 윤기가 자르르한 김을 원하세요."

"그렇다면 일종의 수출인데, 하여튼 한번 골라 보세요."

"달리 고를 게 없겠어요. 포장이나 잘해 주세요."

"몇 속이나 필요하시죠?"

백상은 신이 났다. 마침 수금을 나갔던 박양이 어깻죽지를 내려뜨린 채 들어섰다. 수금이 될 리가 없을 터였다. 백상은 박양에게 포장을 떠넘겼다. 박양은 정성스레 포장을 해 주었다.

"의외로 장사에 소질이 있는 것 같은데, 팔소매 걷어 부치고 소매상으로 나서보시오."

값을 치르고 사라져 가는 부인의 뒷모습을 착잡한 표정으로 바라보던 용무가 웃음을 지었다.

"그럼, 아예 여기에 눌러앉을까?"

"자리 제공은 제가 할 테니까 박양과 동업하시오. 박양 생각은 어때?"

"싫어예."

박양은 금새 얼굴을 붉혔다. 용무는 그 모습을 재미있어 하였다.

"나가지. 바람이라도 쐬이자구."

"그럽시다. 자갈치로 나가 꼼장어에다 쇠주나 한잔 들이킵시다."

백상의 재우침에 용무는 박양에게 상회를 맡기고 자리에서 일어났다. 상회를 기웃거리며 지나쳤다. 모두들 하품만 날리고 있었다. 누렇게 뜬 얼굴로 할 일없이 화투를 치고 있는 모습들이 따분하고 짜증스럽게 비쳤다.

"그렇게 죽치고 앉아 있지 말고 우리도 연대투쟁을 합시다."

"한잔 마셨어? 잡혀갈 소리를 하게."

고흥상회가 화투장을 떼려다말고 디룩한 눈으로 용무를 올려다보았다.

"이 땅에서 나는 농수산물의 자존심을 지켜주자 그거요."

"저 사람, 장사도 시원찮아 혁명가가 될 모양인데, 괜스레 정신 산란하게 하여 설사똥을 싸게 하는구만."

사람들은 화투판에 정신이 팔려 눈알을 빛냈다. 제기랄, 끼리끼리 모여앉아 어느 놈의 것을 발가먹겠다는 것인지. 용무는 눈을 흘기고 돌아섰다. 뚱보가 마주쳐 왔다. 뚱보는 상가에서 마냥 빈둥거리자니 울화통이 터진다면서 며칠 전 산지에 내려갔다가 소득 없이 올라왔다.

"어디를 가는 건가?"

"맨숭한 정신으로 앉아있을 수가 있어야지요."

용무는 투깔스럽게 내쏘았다. 요즘 용무는 누구에게라도 시비를 걸고 싶었고, 농지거리를 하지 않고서는 공허하여 못 견딜 지경이었다.

"이 사람, 이러다가는 옛날 주먹이 폭발하겠는디."

"그렇지 않아도 폭발직전이오."

"누가 그 마음 모르겠는가. 다들 미치고 환장할 노릇이제. 너무 허랑한 마음먹지 말게나. 내년이 또 있지 않는가. 이번에 산지에 내려가 많은 걸 얻어 배웠네. 우리보다 산지 사람들이 훨씬 심각하고 고통스러울 것인디 웃는 여유를 보이더란 말이시."

"어찌 그 심정을 모르것소. 술이라도 한잔 걸칩시다."

"손님도 있고헌디 다음에 하드라고."

뚱보는 사양지심을 내보였다. 백상과 용무는 자갈치 잘 아는 꼼장어집을 들어섰다. 반갑게도 무턱이 혼자 소주잔을 기울이고 있었다.

"오늘은 무슨 일이다요?"

용무는 무턱의 평소 근검절약 정신을 아는지라 의외라는 표정을 지었다. 아무리 일거리가 없다손 치더라도 한가하게 술잔을 기울일 위인이 아니었다.

"두 사람은 무슨 일이여?"

무턱은 자리를 내주었다. 세 사람은 주거니 받거니 술잔을 나누었다. 고향의 인정이 술잔 속에서 오롯이 배어났다.

"백상은 아주 부산에 눌러앉을 셈인가?"

"고향에 내려가야지요. 당분간 어머니를 모셔야겠어요."

"잘 생각했네. 누가 김발을 내려다보고 바닷물에 뛰어들었다 하던가?"

"쪼깐이 아범이라고 합디다."

"용무 자네는 빈소에 다녀왔것네."

"한줌 눈물만 흘리고 왔습니다."

"그려이. 그 사람도 어지간히 팍팍한 살림살이를 겨울 한철 김발에 의지하던마는……."

"아재도 고향에 살았으면 바다 밑을 불끈 뒤집을락 했을 것이오."

"큰일이네. 바다가 점점 고사 직전의 당산나무가 되어가니. 옛날에는 흉년이 들면 육지 사람들이 섬에 들어와 흉년을 모면했는디, 이제는 버려진 땅처럼 바다의 수자원이 고갈되어 가니 말일세."

"그러게 말입니다. 지금이라도 바다를 풍요롭게 가꾸어야 할 텐데요."

"백상이 자네가 해양환경 지킴이로 나서게."

"앞으로 그 어떤 일보다 보람이 있을 겁니다."

"그런 사명감으로 한동안 고향을 지켜야겠지……."

백상은 그 말을 거부하지 않았다. 세 사람은 주거니 받거니 이런저런 이야기로 술잔을 비우고 나서 느릿한 걸음으로 상회로 돌아왔다. 박양은 책을 보다말고 자세를 고쳐 앉았다.

"그만 퇴근하지."

"네. 알겠어요."

박양은 밝은 표정을 지으며 핸드백을 둘러맸다. 그녀는 출근하기도 그렇고, 그만둘 수도 없는 애매하고 따분한 입장이었다. 처음 한동안은 정신없이 바쁘게 돌아갔다. 사람의 부류도 가지가지였고, 곳곳에서 들어오는 상품 또한 훈훈한 인정을 베어 물게 하였다. 그러던 것이 썰물로 빠져나간 바닷가처럼 을씨년스러워 앉아있기가 민망하였다. 누렇게 뜬 얼굴로 전전긍긍하는 모습들이 보기에 안쓰러웠고, 월급 몇 푼 받아먹자고 꼬박꼬박 출근하는 자신이 궁색해 보였다. 더구나 오가는 행인들의 얼굴이나 훔쳐보며 시간을 땜질하는 자신의 위치가 말이 아니었다. 더 붙들 수도 없는 상황이고 보면 내일이라도 그만 두는 게 어떨까?

"요즘 애들은 보기보다 성숙하고 깜찍한 데가 있어."

무턱은 상가를 벗어나는 박양의 뒷모습을 바라보다 말고 담배를 피워 물었다. 박양을 대할 때마다 그 깊이를 측량하기란 난해한 수학문제보다 더 어렵다는 생각이 들었다. 발랄한가 하면 생활적이고, 순진한가 하면 이기적인 면이 있었다. 그런가하면 무언가 꼬집어 말할 수 없는 메마름이 묻어났다. 박양뿐만 아니었다. 안창골을 오르내리는 애들이 대체로 그러하였다. 지는 해를 바라보며 어디 가서 한잔 더 할까 시금한 말을 주고받는데, 배병산이 웃는 얼굴로 들어섰다.

"생각보다 공기가 무겁구랴."

"웃음 짓고 들어서는 사람은 형님뿐인가 봅니다. 그 동안 공사판을 기웃거린 얼굴은 아닌 성싶은데, 코빼기도 내보이지 않다니요."

용무는 소주잔 속에 핑그르르 눈물이 맺혀 떨어지던, 이제는 차디찬 빙판과도 같은 추억 속에 저장시켜버린 공사판을 불현듯 떠올렸다. 비지땀으로 회벽칠한 삶의 처절한 현장. 기초를 다지고 고층을 오르내릴 때마다 아슴푸레한 낭떠러지에 매달린 듯한 아찔함과 저릿한 현기증을 일으키며 막일꾼의 비애를 뼈에 사무치도록 태기질 하였다. 그리고 무엇보다 각양각색의 개성을 지닌 인간군들에게서 크고 작은 욕망의 덩어리를 느껴볼 수 있었다.

욕망이란 놈은 연륜과 더불어 단순성을 잃고 있었다. 그들 모두가 어쩔 수 없이 가장 비참한 밑바닥 생활을 영위하면서도 나름대로의 미래 지향과 욕망을 가슴에 안고 있었다. 다소 허황하기조차 한 슬픔이 비죽이 내비치는 속에서 젊은층과 장년층과의 욕망의 폭, 욕망의 진동, 더나아가 체념의 한계에 차이가 있었다. 젊은 사람일수록 미래를 지향하는 단순성을 띠는가 하면, 쉽게 자신의 나아가는 길을 체념하려하지 않았다. 나이를 거슬러 올라갈수록 진동의 폭이 넓은 대신 솔직함을 잃고 있었으며, 농도 짙은 체념 속에 자신을 곧잘 함몰시켰다. 그리고 일자무식꾼보다 사회를 두루 알고 자신을 성찰할 수 있는 사람일수록 자신의 서글픈 추락을 다시금 만회하려는 욕망으로 눈을 번득였으며, 지혜롭게 연륜을 쌓아올린 자일수록 자기 한계를 극복하려는 울분으로 차 있었다. 절망 속에서 자기 구원을 바라는 눈물겨운 암중모색이라고 해야할까.

용무라고 별개의 인간은 아니었다. 참담한 심정으로 혈로를 찾기 위해 얼마나 자신을 학대하였던가. 그걸 보건대 인간의 욕망은 경도된 사회성을 안고 있다고나 할까. 빠르게만 돌아가는 세태 속에서 부딪치는 모든 요소를 채 소화할 수 없는 데서 부수적으로 생겨나는 것으로서, 밤 깊은 시간이나 희붐한 새벽녘 자신을 돌아보게 되면 자신의 존재가 참으로 초라하게 느껴졌다. 하지만 욕망의 불씨는 사람을 성장시키는 촉매제로써, 그때그때의 충격과 실생활 가운데 보다 현명하고도 신선한 불꽃으로 타올라야하지 않을까.

"나라고 여유가 있어 웃음 짓겠는가. 짐짓 여유를 보인 거지."

"배병산이라고 하늘에서 떨어진 듯 아랫배를 내보이겠는가."

"맞아요. 맨몸으로 땀 흘리며 사는 곳일수록 뜨거움이 잠재해 있으니께요."

배병산은 떠듬하게 말하는 무턱의 말에 공감하였다. 땀과 한숨이 한데 버무려진 삶의 공간. 배병산은 그곳이 이제는 알싸한 향수마저 느끼게 하였다.

"암만. 낮은데서 높은 곳으로 올라갈수록 비정하고도 날카로운 단면을 지니고 있드만. 도대체가 뜨거운 인정을 몰라."

"허허, 낮은 사람들이 사는 높은 곳과는 사뭇 다르요."

네 사람은 모정집에서 간단히 술잔을 나누고 배병산이 이끄는 대로 이차로 향하였다. 발길에 차이는 게 술집 간판이었다. 경기가 위축되고 옹색할수록 실업자는 늘어가고, 술집 간판 또한 숫자를 늘려간다. 그래서 도시는 밤에 존재하는지 모른다. 누군가 팔소매를 잡아끌었다. 짙은 화장냄새가 코를 찔렀다. 아직 철거되지 않은 밑바닥 인생들이 기생하는 술집이었다. 까짓것, 이 불쌍한 따라지 신세들을 위해 한턱 쓰자꾸나. 배병산은 못이기는 체 선선히 응하였고, 나머지 세 사람은 도리 없이 따라 들어섰다. 백상은 이런 세상은 처음인지라 마셨던 술이 확 깨는 기분이었다. 술상이 나오자마자 계집애들이 메뚜기떼 마냥 우르르 몰려들었다. 순식간에 인정사정 볼 것 없이 바닥을 냈다. 오, 이 기막힌 식성. 아이고, 그년들 얼마나 굶주렸기에 저리도 식탐을 부리나.

이번에는 홀딱 쇼를 보여드릴 테니까 딱 한 장만 내놓으시소. 뭐라고? 요년들아. 냄새 나는 그곳을 어디다 자랑하것다고 그 지랄이냐. 치아뿌래라. 오빠, 당숙님예. 이곳에 안 들어오면 몰라도 최대의 빅카드를 외면하면 어찌합니껴? 보이소. 이 탄력성, 이 풍만함, 넘쳐나는 젊음, 마를 줄 모르는 생명수. 모든 게 그냥 그냥 끝내준다고예. 하이고, 잡것들. 언제 그렇게 벌거벗었냐. 으이고, 징그러워라. 저 꼴불견. 빨랑빨랑 옷들 못 입것냐?

날 좀 보소, 날 좀 보이소. 날 쪼께 보소. 동지섣달 꽃보댓기 날 쪼매 보이소. 왜, 또 궁둥이는 흔드는 거냐? 뭐 볼 게 있다고 짓물러터진 조갯살을 쩍쩍 벌리냐. 어이, 주인장 불러와라. 계산서 가져오라고. 언니가 와설랑 교양적으로 한잔 따라주어. 무슨 아우성이야? 자, 잔 받으세요. 네가 교양적으로 술시중을 드는 주인마담이냐? 그래요. 사람이 별겁니까. 하나님이 만드실 때 벌거숭이로 태어났는데, 이왕지사 발가벗고 화끈하게 실답게 놀다가는 거예요. 가만, 어디서 많이 본 것 같다. 너는 어떻냐? 저도 어렴풋이 낯이 익은 듯도 하네예. 저의 집을 애용해 주신 것은 아닌 것 같고……. 가만, 안창골 곤식이 집에서 잠시 쉬었다 가듯 자취했지 않았냐? 백상이 니가 이불 덮고 자는 방 말이다. 오매나! 정통으로 맞추었구나. 어찌 이런 곳을……. 다 팔자소관이지예. 한숨소리. 멍청하게 가라앉은 방안 분위기. 발가벗은 계집애들은 옷 입을 생각은 하지 않고 흥미로운 눈으로 지켜보았다. 차분하게 내력이나 들어보자. 그렇게 분위기를 이어나갈까예? 주인마담은 꿀꺽 한잔 술로 목을 추겼다.

어렵게 중학교를 나온 그녀는 부산으로 나왔다. 망설이고 자시고 할 것 없이 외국인이 경영하는 수출산업체 생산직 공원으로 들어갔다. 고달픈 노동량에 비하여 형편없이 월급은 적었지만 아직은 그다지 쓸데가 없어 착실하게 고향으로 송금하였다. 그 사이 스물을 넘어서고, 적금도 올라가 은근하게 접근해 오는 사내들을 포실한 눈으로 쳐다보곤 하였다. 그렇던 회사가 노조가 결성되면서 노사 간의 갈등이 생겨나기 시작하였다. 그녀 역시 그전에는 다달이 받아 챙기는 월급이 최선의 대가 인줄 알았는데, 회사의 심층을 알고부터는 억울하고 부당하다고 생각하였다. 근로자의 권익과 작업환경의 개선을 외면한 채 여러 모로 혹사당하고 있었다. 노사간의 갈등은 행동으로 번져나고, 외국인 기업주는 일방적으로 회사 문을 닫아버리고 뺑소니를 치듯 철수해 버렸다.

일자리를 잃은 그녀는 한동안 이곳저곳을 기웃거리면서 방황하였다. 금싸라기처럼 한 푼 두 푼 저금해 두었던 돈마저 다 까먹고 났을 때는 살아갈 길이 아득하였다. 취직을 하자니 노조활동을 하였다는 전력을 문제 삼아 받아주지 않았다. 야, 이거 별 달고 나온 사람 취급을 하는구나. 돈 벌자고 고향을 떠나왔는데 이 무슨 따라지 신세냐. 여자의 무기가 무어냐. 까짓것, 술판에 한번 나서보는 거다. 처녀 정조가 뭐 말라비틀어진 것이냐. 꿰매고 수술하면 얼마든지 처녀로 둔갑하는 세상이 아니더냐. 돈 있어 봐라. 과거지사가 입에 오르내리는가. 여대생들도 아르바이트라는 이름으로 술집에 나가 쏠쏠이로 돈을 벌지 않더냐. 그래, 좋다. 돈을 벌자. 그것만이 인간을 인간답게 하는 거다.

그녀는 몇 날을 고심한 끝에 술집에 뛰어들었다. 처음에는 열패감으로 몸 둘 바를 몰랐으나, 아드득 이를 사려 물었다. 개같이 돈을 벌랬다고, 하룻밤 손님을 받았다 하면 공원 월급을 능가하였다. 이왕지사 이길로 나선 것, 돈이나 벌자고 육신을 보시하듯 내던졌다. 그렇게 몇 년을 고생한 그녀는 규모가 작고 외설적이라 할 수 있는 니나노 집을 차렸다. 따라지인생들을 모아 홀딱 벗어부치고 돈을 벌자는 생각이었다. 소위 사장족들이라고 일컫는 부류들일수록 점잖은 풍모와는 달리 화끈한 것을 좋아하였다. 술집을 찾는 것부터가 심각한 사업 이야기나 하자고 들르는 것은 아니지 않는가. 빽빽하고 골치 아픈 일상에서 놓여나 한잔 술로 피로를 털고 인생을 즐기자는 것이었다. 빽적지근한 일상에서 놓여나 자유를 누릴 수 있는 곳은 어디인가? 가장 만만한 곳이 술집

일 터였다. 술집은 손님이 왕이었다. 돈의 위력을, 자신의 위치를 가장 실감나게 내보일 수가 있었다.

술집도 종류가 다양하다. 포장마차에서부터 밀실요정에 이르기까지 천차만별이다. 따라서 술도 술집 분위기에 따라 마시는 격식이나 품격이 다르다. 고급 술집일수록 술값과 팁에 비하여 화끈한 재미기 덜하다. 무언가 허전하다. 그래서 사업상, 처세상, 그런 집을 찾지만 가슴 한쪽이 비게 마련이다. 그 한쪽의 비어있음을 채우기에는 그녀가 경영하는 술집 부류가 제격이었다. 일차 이차 도의 경계를 넘어 취기를 빌어서 들어선다. 고급 술집의 반의반만 마시고 팁을 뿌려도 환호성을 지르며 그 어떤 연출도 마다하지 않았다. 세상의 이치가 최상과 최하는 동일하다는 개념을 낳기 마련이었다. 최선의 본질 속에 악의 기류가 잠재해 있는 게 인간의 심성이다. 다시 말해서 가장 점잖은 위치에 이를수록 원초적인 욕구와 본능을 은연 중 갈구한다. 그러기에 기생파티가 생겨나고, 섹스관광이 기호품으로 등장한다. 저 옛날의 점잖은 체통의 선비들과 기생들의 역학관계를 생각해 보라.

그녀는 그 점을 잘 헤아려 주었다. 인간의 원초적인 본능과 욕구를 해결해 줌으로써 인간 본연의 실체를 인식하게 하였다. 사람은 지위가 높을수록 사방팔방에서 옭아매는 오랏줄로 행동이 부자유스럽고, 자의반 타의반 행동에 제약을 받게 되며, 알 수 없는 틀 속에 갇히게 된다. 그녀는 그러한 굴레로부터 벗어나게 해 주었다. 그 손님 요량껏 잘 모셔. 그 한마디 눈짓으로 뻑적지근한 머리를, 한쪽 구석이 허전한 마음을 비릿하게 채워 주었다. 한 점 가식 없는, 발가벗은 이브의 몸짓으로 보이지 않는 틀 속에서 놓여난 해방감을 맛보게 하였다.

시궁창에서 연꽃이 핀다고, 굳세게 미래를 향해 나가거라. 배병산은 술잔을 들며 그녀의 무궁한 발전을 빌었다. 그 나이에 가정을 꾸리며 아기자기하게 행복을 수놓을 것인데 너무나 깊이 세상사를 몸에 발 랐고, 독기 서린 뱀처럼 육신을 내던졌다. 누가 그녀에게 진수렁에 빠진 타락한 여자라고 돌팔매질을 할 것인가? 배병산은 그녀를 위해 새로운 분위기로 잔을 부딪쳤다. 계집년들은 아까와는 달리 가식 없는 모습으 로 술잔을 처올렸다. 모두가 흐벅지게 취하였고, 벽돌림 노래가 어우러 졌다. 주인마담은 목청껏 노래를 부르다 기어코 울음보를 터뜨렸다. 울 어라. 울어. 눈물도 메마른 줄 알았던마는 뜨거운 가슴으로 젖어있구나. 네 사람은 그녀의 등을 토닥거리고 나서 자리에서 일어났다. 술집을 나 선 길로 택시를 잡아탔다.

용무는 앞좌석에서 편안한 자세로 앉아 눈을 지그시 감았다. 주인마 담의 얼굴 위에 첫사랑 주희의 얼굴이 포개졌다. 사람들은 술집 여자들 을 대하면 부평초처럼 뿌리 없이 흘러온 부류로 생각하였다. 그러나 그 녀들에게도 고향은 엄연히 존재하였다. 그렇다면 그녀들에게 고향은 어떤 의미를 주는가? 잊어야하고 저버려야 하기에 더욱 가슴 깊이로 남 아 한숨과 그리움을 베어 물 것이다. 고향을 잃은 자만이 고향의 진솔 한 아름다움과 향수를 오롯이 품 안고 있는지 모른다. 주희도 마찬가지 였다. 지난번 쪼깐이 아범의 자살사건으로 실로 오랜만에 잠시 고향에 내려갔다 왔을 때, 누구보다도 먼저 고향 소식을 물었다. 쪼깐이 아범이 야말로 먼 친척뻘로 용무가 서러움과 냉대를 받고 자랄 때 주위를 돌아 보며 눈치껏 마음을 써 주었었다.

고향 소식 말이오? 당산나무가 죽어가더군요. 수명이 다하였다기보 다 더한 상징성을 안고 있어 마음이 아릿하였소. 마을이 죽은 거요. 그 뿌리 깊은 나무가요? 이제 의지하고 지켜줄 대지의 신이 죽은 게요. 용 무는 마을을 들어서는 순간 벌거숭이로 서있는 당산나무를 발견하고 깜짝 놀랐다. 그 오랜 풍상과 짓무른 역사를 나이테로 간직한 그 우람한 기상과 휘늘어진 가지는 어디로 갔는가? 용무는 당산나무를 쳐다보며 가슴속으로 꺼이꺼이 울었다. 지난해부터 잎을 게워내지 못하고 앙상한 뼈마디를 드러냈다는 마을 노인들의 침통한 낯빛에서 오늘을 안고 사는 절망을 짓씹었다. 풍요를 기원하고, 마을의 안녕과 질병을 막아주었던 마을의 수호신이 죽은 것이다.

당산나무는 용무네 마을만의 소유물이 아니었다. 섬 전체를 대신한 공동체적 수호신이었다. 고향사람들은 누구나 한 번씩 당산나무를 우러러보았고, 그 앞에서 경건하게 가슴을 여미었다. 설날 아침이면 이웃마을 모두가 당산나무 아래 모여들어 떡두꺼비 같은 들돌을 들어 올리는 연례행사가 벌어졌다. 들돌을 들어 올리는 장사가 나타나면 한해의 풍요와 마을의 정기가 머리 위에 서린다고 풍물을 울렸다.

그리고 아버지를 만났소. 저의 아버지를요? 쪼깐이 아범 장례식에 왔더군. 장례식에요? 나도 놀랐소. 세월이 무상하다는 것을 실감하였소. 육이오전쟁이라는 동족상잔의 격랑 속에서 견원지간이 된 두 집안은 좀처럼 화해의 장을 마련하지 못하였다. 지나치면 마지못해 인사 정도는 하였으나, 가슴에 쌓인 응어리는 풀릴 줄 몰랐다. 용무와 그녀와의 사건으로 더욱 깊은 골을 만들었다. 그런데 허연 백발을 둘러쓰고 불편한 몸으로 장례식에 나타난 것이다. 무연한 눈길로 말이 없었지만 분명 그간의 응어리를 풀어 던지려는 화해와 애도의 빛이 서리어 있었다.

아버지께서 그간 저 때문에 마음고생이 많았어요. 당신 나름대로 후회로움을 안고 있었을 거예요. 주희는 아버지의 고집스러움을 오늘날까지 원망하였다. 그 반발심으로 아버지가 강제로 진행시킨 결혼을 이혼으로 몰아갔고, 결국 여기까지 이르렀다. 나머지 자식들도 사업에 실패하거나 불행을 안았다. 어머니는 화병으로 앓아눕다 돌아가시고, 아버지는 갑자기 기력이 쇠잔하여 금방이라도 허물어질 것 같았다.

봉분이 다 될 때까지 지켜보고 있더니만 나의 손을 가만히 잡더군. 난감할 수밖에 없었소. 우리 딸년 소식 들어보는가? 자네 주위에서 술 장사를 한다는데, 몹쓸 것. 곁에서 잘 좀 지켜주게나. 내 잘못이 컸네. 자네에게도 할 말이 없고. 더구나 돌아가신 자네 선친이야말로 진정한 항일농민운동가요, 올곧은 사상가였네. 시절이 우리를 얄궂게 만들었어. 날 용서해 주겠는가? 노인의 갑작스런 말에 용무는 얼떨떨하였다. 용서랄 게 있겠습니까. 운명으로 돌릴 수밖에요. 고맙네. 저기 묻힌 쪼깐이 아범도 어떻게 보면 시대의 희생양이랄 수 있네. 우리 모두의 잘못이네. 용무는 그런 노인에게 술을 처올렸다.

뒤늦게나마 화해의 장을 마련한 건 반가운 일이에요. 죽음에 가까이 이르게 되면 깨닫는 자가 되는가 보지. 그런데도 우리는 여전히 비극이네요. 우리 사이에 또 다른 강물이 놓여 있으니 말이에요. 반쪽 거울에 얼굴을 비쳐보아도 얼굴 모습을 환히 비쳐볼 수 있지 않겠소. 그렇게 살아야지요. 반쪽 거울이지만 온전히 담아주기를 바랄 수밖에요. 용무는 그녀의 손을 가만히 잡았다. 그녀의 어디에선가 비릿하고도 짭짤한 고향 바다내음이 묻어났다.

-5권에 계속

남도 4 겨울 구들장

초판 1쇄 발행 2002년 6월 25일
개정판 1쇄 발행 2016년 11월 25일

지은이 정형남
펴낸이 이범상
펴낸곳 (주)비전비엔피 · 애플북스

기획 편집 이경원 박월 김승희 강찬양 배윤주
디자인 김혜림 이미숙 김희연
마케팅 한상철 이재필 반지현
전자책 김성화 김희정
관리 이성호 이다정

주소 우) 04034 서울시 마포구 잔다리로7길 12 (서교동)
전화 02)338-2411 | **팩스** 02)338-2413
홈페이지 www.visionbp.co.kr
이메일 visioncorea@naver.com
원고투고 editor@visionbp.co.kr

등록번호 제313-2007-000012호

ISBN 979-11-86639-39-9 04810
　　　979-11-86639-35-1 04810 (세트)

· 값은 뒤표지에 있습니다.
· 잘못된 책은 구입하신 서점에서 바꿔드립니다.

이 도서의 국립중앙도서관 출판예정도서목록(CIP)은 서지정보유통지원시스템 홈페이지(http://seoji.nl.go.kr)와
국가자료공동목록시스템(http://www.nl.go.kr/kolisnet)에서 이용하실 수 있습니다. (CIP제어번호 : CIP2016025457)